会声会影X3

视频编辑·特效·刻录一本通

邓文渊 编著

机械工业出版社
China Machine Press

本书讲解了使用会声会影X3进行影片编辑、制作和刻录输出的操作流程，让用户轻松自制影片。书中从数码摄影编辑的基本概念、视频捕获设备、数码摄像机、摄影技巧等入手，利用会声会影X3提供的“简易编辑”和“DV转DVD向导”功能让读者快速上手，从而快捷地完成影片制作和光盘转录工作，在成就感中掌握会声会影编辑器的操作界面和使用方法；按照影片编辑制作流程，分别介绍视频捕获、影片剪辑、特效添加、多轨视频叠加、标题和字幕制作、各种音频添加、影片输出共享与光盘刻录等内容，让读者能够轻松完整地编辑和制作影片，快快乐乐掌握影片制作过程中的各技术要领。

本书简明易学，技术实用，讲解清晰，案例可模仿可操作性强，既可满足DV发烧友、视频编辑入门者学习，也可以作为大中专院校相关专业及视频编辑制作培训班的教材。

图书在版编目（CIP）数据

会声会影X3视频编辑•特效•刻录一本通 / 邓文渊编著. - 北京 : 机械工业出版社，2011.1

ISBN 978-7-111-31963-4

Ⅰ.①会… Ⅱ.①邓… Ⅲ.①图形软件，会声会影X3 Ⅳ.①TP391.41

中国版本图书馆CIP数据核字（2010）第184989号

机械工业出版社（北京市西城区百万庄大街22号　邮政编码100037）
责任编辑：夏非彼　迟振春
北京彩和坊印刷有限公司印刷
2011年1月第1版第1次印刷
188mm×260mm•19.25印张
标准书号：ISBN 978-7-111-31963-4
　　　　　ISBN 978-7-89451-705-0（光盘）
定价：59.00元（附 1DVD）

凡购本书，如有缺页、倒页、脱页，由本社发行部调换
客服热线：（010）88378991；82728184
购书热线：（010）68326294；88379649；68995259
投稿热线：（010）82728184；88379603
读者信箱：booksaga@126.com

前　言

会声会影X3视频编辑·特效·刻录一本通

每个作品规划了“学前导读”、“范例操作”两大单元，循序渐进地引导用户理解与设计影片作品。本书将以原理加上主题实例说明的方式，让用户在经过整理规划的学习轨迹中，快速学会影片/MV剪辑与编修，轻松地成为影片剪辑大师！

页面结构图解

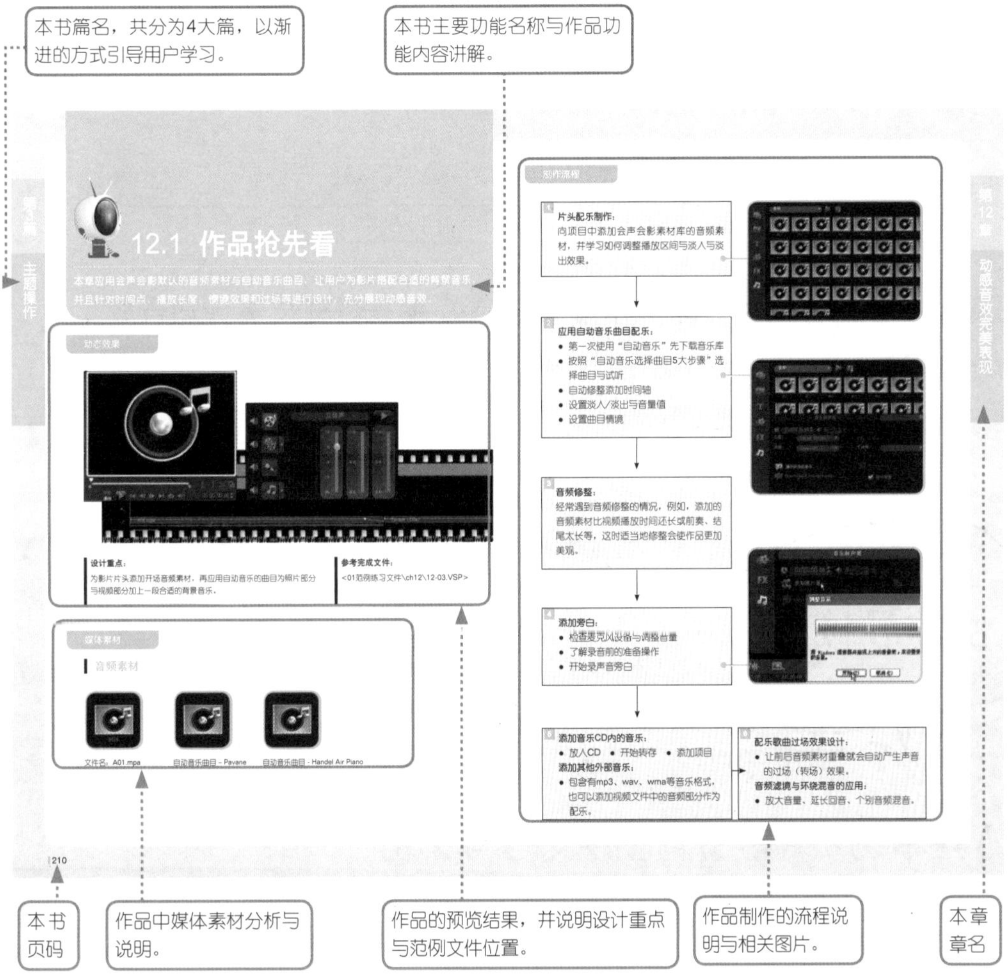

本书篇名，共分为4大篇，以渐进的方式引导用户学习。

本书主要功能名称与作品功能内容讲解。

本书页码

作品中媒体素材分析与说明。

作品的预览结果，并说明设计重点与范例文件位置。

作品制作的流程说明与相关图片。

本章章名

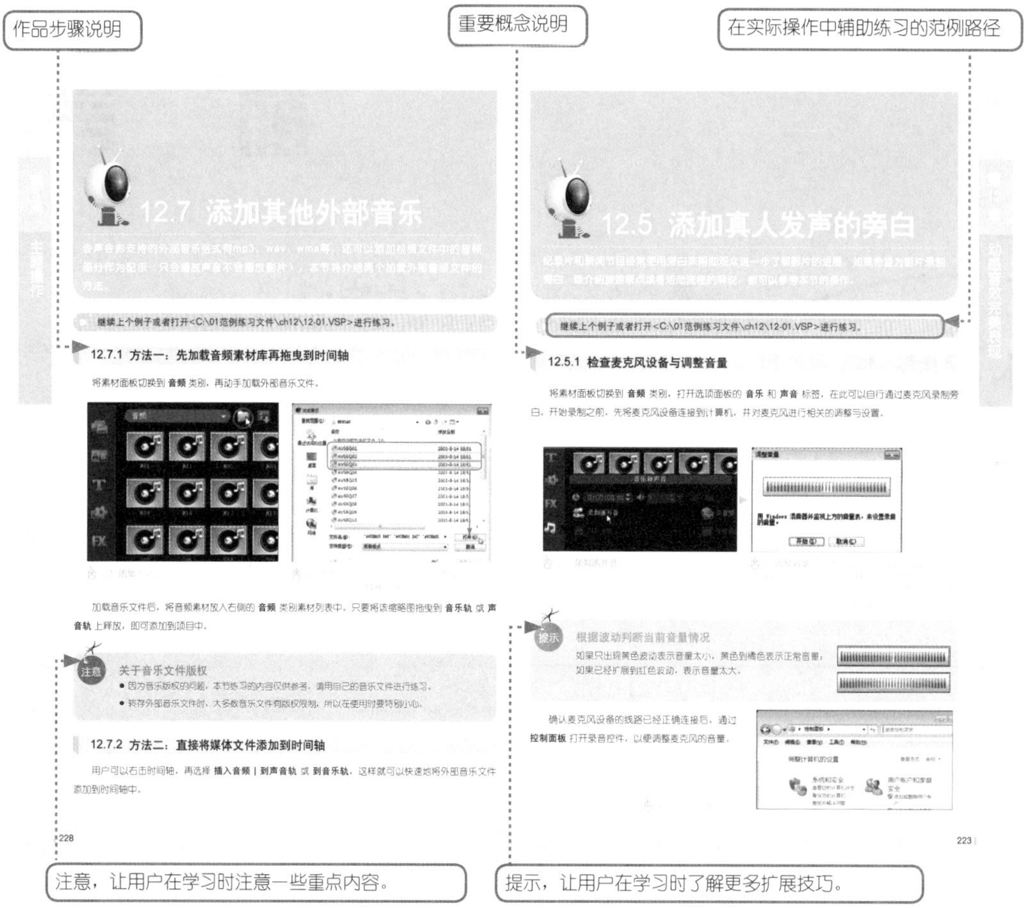

作品步骤说明

重要概念说明

在实际操作中辅助练习的范例路径

注意，让用户在学习时注意一些重点内容。

提示，让用户在学习时了解更多扩展技巧。

拍摄影片 ➔ 快速剪辑 ➔ 字幕配乐 ➔ 创意特效 ➔ 光盘刻录 ➔ 大功告成

3分钟轻松自制影片，解决用户认为最麻烦的影片剪辑与编修，添加菜单/字幕/配乐等。完整的影片设计主题与实例，步骤清楚易懂，配合影音教学光盘，让用户轻松学会影片/MV剪辑与编修。

学习如何通过“会声会影”剪辑与编修视频素材之前，最完整的学习流程应该是先全盘了解基本概念与设备，然而“我就是急着要将自拍影片放上博客！”、“我只是想将影片刻录成DVD光盘！”，可以跳过那些“生硬”的长篇概论吗？下面针对不同的用户制定不同的学习流程，让用户的学习目标更加明确。

打好基本功•掌握影片拍摄技巧与设备

针对初次踏入影音新视界的用户，在剪辑影片之前学会摄像机操作技巧与剪辑基本概念，包含类型、捕获设备、传输线等知识。

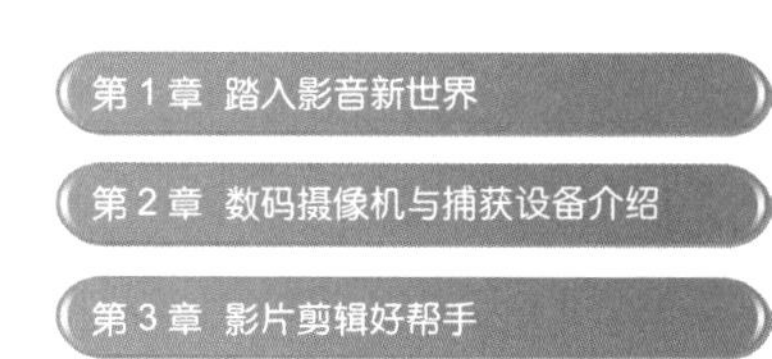

快速上手•剪辑刻录3分钟

跳过冗长的原理说明与繁琐的剪辑过程，直接通过“模板应用”+“光盘刻录”，快速制作与专业相媲美的光盘。

第 4 章 简易编辑——快速组合影片剪辑

第 5 章 DV 转 DVD 向导

第 14 章 用即时项目快速制作电影作品

一次搞定•环境认识视频捕获

在剪辑与编修之前，一方面可以认识会声会影的操作界面、新建项目以及建立专用的环境；另一方面还能够学习通过各种存储媒体达到视频捕获的目的。

第 6 章 进入影音世界——准备工作

第 7 章 开始捕获影片

循序渐进•完整学习不遗漏

一步一个脚印，通过主题实际操作扎实学会剪辑、转场与滤镜设计、字幕特效、嵌套画面、音效、旁白等技巧，制作更加专业的影片。

第 8 章 媒体剪辑与安排的全方位应用

第 9 章 轻松应用转场与滤镜特效

第 10 章 用字幕帮影片讲故事

第 11 章 与众不同的影片创意

第 12 章 动感音效完美表现

发布上传•分享超方便

可以轻松将建构好的影片项目导出为视频文件，刻录为光盘或导出到移动设备、网页作品或屏幕保护程序，甚至上传到视频网站。

第 13 章 大功告成！分享影片

第 16 章 上传视频到博客与光盘封面制作

技巧活用•包装影音光盘

聪明剪辑高清影片，让用户省时又省力。完成影片剪辑后，一起通过PhotoImpact制作漂亮、有质感的光盘盒封面和光盘标签。

第 15 章 聪明剪辑高清影片——智能代理功能

第 16 章 上传视频到博客与光盘封面制作

关于附书光盘内容

为了确保学习《会声会影X3视频编辑•特效•刻录一本通》一书的效果，并能够快速应用到日常生活或实际领域中，本书特别附上作者费尽心力制作出来的完整范例，请将附书光盘放入光驱中，再根据下述说明了解光盘内容：

包含各章范例，提供各个章节的文件夹，供用户在学习过程中，随时打开该文件夹练习与对照；此外<视频素材>与<照片素材>文件夹是提供影片剪辑所需的视频以及照片素材。

针对本书各章范例录制的教学影片与课程说明。只需双击该文件夹下的影片文件，即可利用播放器观看视频内容。请注意，本书附赠的视频由中国台湾作者采用繁体版软件实际操作并录制。

精心设计的Flash动画，让用户可以应用在视频作品中，可以参考第11章的说明，应用动画制作出丰富的效果。

PDF电子档

本书附录A、附录B和附录C是以PDF格式的电子档放在附赠的光盘上，直接打开对应章节的PDF文件即可阅读。

为了方便读者学习和观看视频教学影片，本文档提供了相关的繁体与简体术语对照表。

关于会声会影项目文件

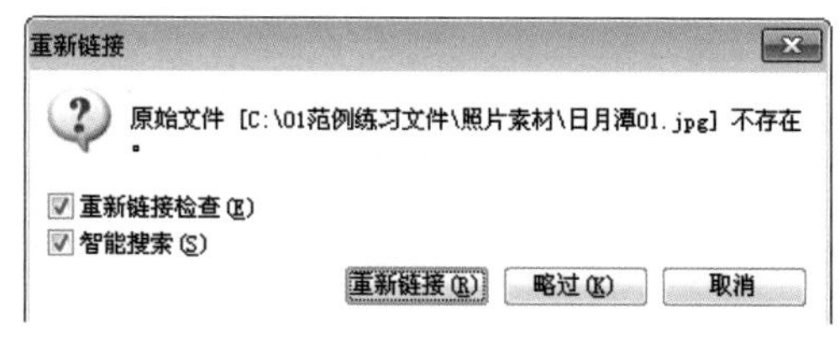

为什么打开项目文件（*.VSP）时，会出现文件链接不到的问题？应该怎么办？

别紧张！这是正常的情况，会声会影的项目文件（*.VSP）是使用绝对路径保存和链接素材文件，所以用户的项目文件保存位置与原文件不相同，就会在打开项目文件时产生链接不到的问题。应该怎么解决呢？可以在打开项目文件时出现的重新链接对话框中，单击“重新链接”按钮，并且再次选择链接不到的相关文件。

当保存项目文件（*.VSP）时，仅记录相关素材的链接路径、音乐或视频文件编辑的设置，而不会保存在项目文件中，所以只要确定项目中相关文件全部成功链接，即可正常编辑使用。

为了方便学习会声会影的实际操作，先将附书光盘中<01范例练习文件>文件夹整个复制到硬盘中（本书是复制到C盘），以供后续章节练习与使用。

补充事项

如果使用的是Windows XP之前的系统，使用各章范例之前，在其文件或文件夹上右击，选择“属性”命令，打开“属性”对话框，撤选该文件的“只读”属性。

目　录

第1篇　影片拍摄

第1章　踏入影音新世界

第 2 章　数码摄像机与捕获设备介绍

第 3 章　影片剪辑好帮手

第2篇 快速上手

第 4 章 简易编辑——快速组合影片剪辑

第 5 章 DV 转 DVD 向导

第3篇 主题操作

第 6 章 进入影音世界——准备工作

第 7 章 开始捕获影片

第 8 章 媒体剪辑与安排的全方位应用

第 9 章 轻松应用转场与滤镜特效

第 10 章 用字幕帮影片讲故事

第 11 章 与众不同的影片创意

第 12 章 动感音效完美表现

第 13 章 大功告成！分享影片

第4篇 技巧活用

第 14 章 用即时项目快速制作电影作品

第 15 章 聪明剪辑高清影片——智能代理功能

第 16 章 上传视频到博客与光盘封面制作

附　录（参见光盘）

A　常见问题解答

B　卡拉 OK 精选光盘制作

C　经 验 分 享

第1篇　影片拍摄

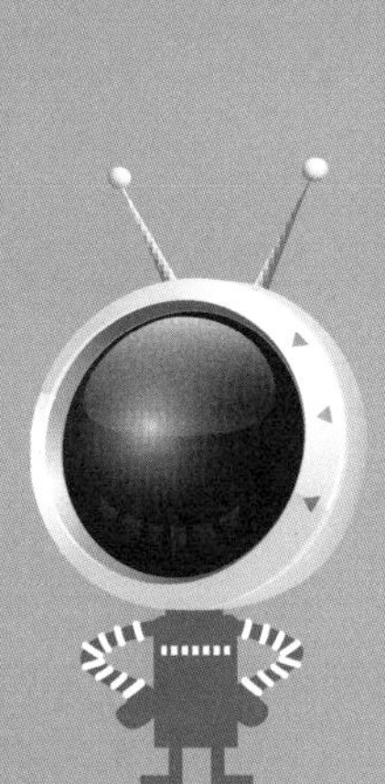

第1章 踏入影音新世界

随着数码摄像机的技术改进、逐渐普及和价格便宜，一般家庭想自制电影的梦想已经可以实现。在实现自制电影的梦想之前，需要让用户了解数码摄像机的操作方法，为踏入影音的世界进行暖身。

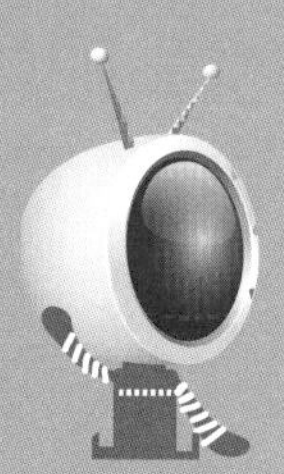

1.1 数码摄像机的日常应用

随着科技的进步，电子消费产品逐渐走入家庭，目前数码相机相当普及，而数码摄像机也逐渐走入家庭。数码摄像机具备动态的录像功能，能够更加生动地记录生活。本节将为用户介绍如何把数码摄像机生活化。

数码摄像机的应用范围相当广泛，下面列举几种常见的应用。

1. 家庭生活纪录片

“用数字影片写日记”可能逐渐成为流行的代表。一般家庭可以用数码摄像机记录小孩的成长史，像近期热门的数码摄像机广告，就是以拍摄小孩成长为主题。从呱呱坠地、满月、长牙、学走路，到小孩第一次喊出爸爸妈妈时，是多么值得记录的时刻！将小孩子的成长过程利用数码摄像机拍摄，并且自行编辑，刻录成VCD、DVD保存，将来回味时更加温馨。

2. 旅游专辑

现在的人有钱、有业余时间，越来越重视休闲旅游，无论国内观光或者国外旅游，都是最好的摄影时机与值得记录珍藏的一刻。

3. 玩家摄影

许多人对于摄影相当感兴趣，除了静态摄影之外，动态的摄影也不再高不可攀，尤其是HDV高清录像机的推出与低价格，让许多玩家级的热爱者可以通过数字摄影来实现自己的想法与梦想。

4. 爱好摄影

人们还可以利用数字摄影，对个人的爱好或者各种领域进行记录，例如，有些人喜欢记录花草、昆虫和动物的生长习性；有些人热忱于环保、生态环境和地质科学领域的研究，这些都可以说是数字摄影的最佳素材。

5. 纪念摄影

特别的纪念时刻，例如，婚礼、喜庆、谢师宴和同学会等，都是拍摄的最佳题材。

6. 数字生活

在网络发达的科技数字时代，可以将数字摄影的作品制作成网络影片，甚至超炫的电子贺卡或者电子邮件，远比静态的数字相片生动活泼。不但可以将保存的图像传递给各地的朋友，还可以通过该视频传达对家人的思念，这些都非常实用。

7. 专业摄影

除了个人、家庭的应用，其实专业的摄影，也全面进入数字时代。线性编辑已经逐渐地在摄影领域得到应用与重视，相信未来可以看到更多的专业数字摄影的应用。

1.2 让影片有剧情、会说话

由于业余的DV摄影爱好者越来越多，为了让自己拍摄制作的影片极具欣赏与分享价值，在编辑影片前需要做一些规划和准备事项，让完成的作品更精致。本节将介绍影片的制作步骤和制作流程。

1.2.1 影片制作的6大步骤

为让影片有剧情、会说话，所以在影片制作之前，首先带用户熟悉一般影片制作过程的6大步骤。

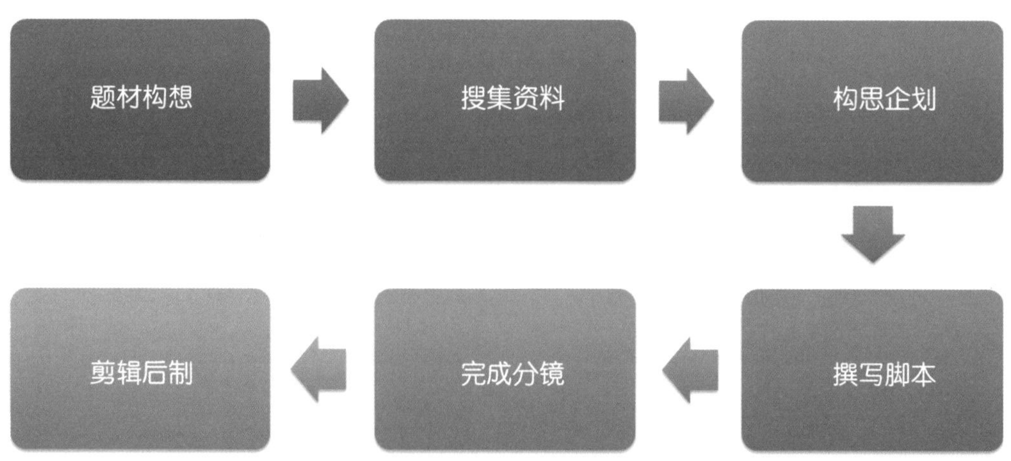

1.2.2 熟悉影片的制作过程

下面对影片制作过程的6大步骤进行详细描述，让用户制作影片时思路清晰、更容易上手。

1. 题材构想

影片制作前，先要设定一个主题。因此，在现实生活中搜集可能的题材，成为影片制作的第一步。但是搜集题材这件事情通常不应该是在打算制作影片之前才开始进行，而是平常就要对一些议题、事件、人物保持长期的关注，有较为深度的情感和兴趣。而在长期的情感以及信息接收的累积下，才比较容易开始着手制作，不至于在一开始时毫无头绪。

2. 搜集资料

为了让构思企划更为详尽，更具有说服力，资料搜集的工作是不可或缺的，而资料搜集大致可分为3种类型：第一类是文字资料，例如网络、平面媒体报导、相关学术论文和书籍都是可能的来源，根据用户的题材而有不同的范围；第二类是影像资料，包括照片、新闻片、档案资料片、其他影片与图像，以及原始手稿文字资料，除了作为文字参考素材之外，有时也会直接当作影像素材使用；第三类是声音资料，影片是音画的结合，声音资料也是重要的元素，如广播录音、原始的录音文件和传统歌谣等。

3. 构思企划

构思企划为影片制作的原始蓝本。当资料搜集完成后，就可以按照资料内容和性质进行归类，例如将与主题特色有关的资料归为一类、与背景有关的资料归为一类、与发展有关的资料归为一类等。接着通过归类后的资料来构思影片的制作方向与内容，以及整合素材。如果此时发现素材不足，则可以再次搜集资料补强以求完备。

4. 撰写脚本

某些影片在制作前没有明确的脚本，但是某些类型的影片必须要有脚本。无论如何，脚本就像建筑的设计图一样，是制作时的重要参考，没有设计图也许可以盖出一幢房子，但是可能会和事先想象的相差甚远。因此，最起码必须有一份明确的制作构想或者大纲，作为剪辑后制的参考依据。

5. 完成分镜

脚本撰写完成后，就要为每个画面进行布局。首先片头要使用哪一张主要图片，接下来确定图片的出场顺序，以及为标题设置字体大小、颜色与位置，最后要确定画面与画面之间的转场方式和搭配的声音效果。

6. 剪辑后制

完成上述步骤后，接着就是运用剪辑软件（如会声会影、威力导演等），按照分镜的内容将辛苦搜集的素材，添加字幕与声音，并设置适合的转场效果，组装成影片，从而达到让影片有剧情、会说话的目标。

1.3 拍摄影片的技巧

如果掌握一些基本的摄影技巧，能够协助用户在摄影时有效地掌控摄影的质量。下面介绍几个基本的摄影小技巧。

1.3.1 姿势与稳定度

1. 减少摄影机的晃动

摄影最怕的就是摄像机晃动或者镜头移动速度过快，造成画面摇晃，还好目前的摄像机都设计了效果不错的防手抖功能，减少摄像机晃动带来的影响。如何拿稳摄像机呢？最好是利用两手同时握住摄像机，提高稳定度；而立式设计的DV，可以利用手握枪的姿势握住摄像机。

其他诸如利用身边可支撑的物品或准备摄影机三脚架，以尽量减少画面的晃动；最忌讳边走边拍的方式，这是很多人会犯的毛病，画面会因此跳动或产生不稳定的状态。除非是针对特殊需求，否则尽量避免此种拍摄方式。千万记住，画面的稳定是动态摄影的第一要素。

三脚架的运用，让画面更加稳定

2. 动态拍摄的姿势与技巧

在拍摄画面时，经常遇到一个画面中无法拍摄全景或者所有的人物，这时候可将摄像机从左到右，或者从右到左地移动拍摄。不过，很多人经常不小心将画面摇来摇去，或者移动速度忽快忽慢，主要原因是身体转动的方式不正确，或者转动的角度太大或太小。

尽可能让双脚站稳之后，以腰身为主，左右转动上半身来拍摄转动的画面，而下半身力求固定，这样就可以增大拍摄画面的角度。

如果需要拍摄的角度通过转动上半身的方式仍然无法完成，可以利用脚跟旋转的方式，保持下半身固定，移动上半身的方式，就可以增大拍摄的角度。还可以将拍摄的画面连续拍摄固定位置3~5秒钟，停止录影后，调整身体方向，再接着重新拍摄，事后进行编辑的操作时，就可以保持连贯性。

提示

利用转动方式拍摄场景过程，摄影机移动的速度到底要多快呢？

其实，应该要看所拍摄的主题与范围，例如，拍摄的是静态景物，则移动的速度可以稍快一点，但要以看得清楚内容为原则；如果内容是动态的主题或内容相当丰富，则拍摄时移动的速度可稍慢一点，这样才能让观众看清楚主题的内容。不过，要自己多加练习，从自行拍摄的结果、经验中体会出最恰当的速度。另外，也可以从电视、电影节目中多加揣摩摄影技巧与拍摄手法。

1.3.2 调焦与光线

1. 广角与近拍摄影

广角或近拍的拍摄，应该由实际主题决定。如果是针对朋友聚会等人物摄影，应该利用广角镜头，将拍摄范围放大，尽可能容纳每个人，当然也可以调整焦距来特写人物；另外，由于广角镜头可以精确地对准焦距，因此还可以拍摄快速移动的物体。另一项拍摄是近拍，生活的周围可能有许多有趣的事物，例如昆虫、蝴蝶和花草等，都可以利用近拍镜头进行完整的记录。

2. 手动调焦

一般人拍摄时，直接采用自动调焦即可，但是在特殊情况下，如隔着玻璃或者拍摄目标不断的移动，或者需要特写效果等，容易使画面的焦距无法顺利对焦，造成画面模糊不清。在这种情况下，可以采用手动调焦。通过手动调焦，焦距不会跑来跑去，不过需要积累经验才能拍好，或许可以在各种基本摄影技巧熟练之后再尝试手动调焦（目前摄像机都提供手动调焦的功能，请参考各品牌摄像机的操作说明书）。

3. 手动调整光线

光线经常是决定拍摄成败的重要因素之一。逆光以及夜景的拍摄，往往容易造成景物或主体变黑而背景过亮，或者光线不足而模糊，市售的摄像机大多数提供逆光修正的功能以及夜摄模式等，可以参阅各品牌摄像机的说明书。最好的方式就是逆光时使用逆光修正功能，如果没有这项功能，则可以利用手动模式，找到亮度调整功能调校画面的亮度。逆光时调高亮度，夜景时则调低，摄像机一般都会将曝光数据显示在屏幕上。当然，最好的方式就是直接看着屏幕上的画面感觉其适当的亮度。

1.3.3 建构画面

1. 拍摄画面的大小

建构画面的大小，先思考要拍摄的人、物和地，把自己当做一个大导演，利用各种大小不同的画面来创作剧情。例如，参加亲友婚礼，从喜宴的某一角落带出全景，再拍一系列的主题人物特写，如新娘、新郎等；另外，可以拍摄一些亲友的人物，可以是全身或半身。不断地变换摄影的思考角度，通过几个不同画面的组合，而不需要拍摄冗长的画面。

另外，还可以调整焦距，捕捉某一主题的全景、中景与特写，再带回全景。例如，拍摄旅游时，要捕获某一特殊风景，先以广角全景的画面拍摄，再逐渐将焦距拉近，带入中景，将要摄影的人物带入画面，进而再取人物特写，最后将画面带回全景，这样完成了人物风景主题的摄影。在每个镜头切换后，可以固定摄影拍摄时间约10多秒即可，如果其中比较具有纪念意义的画面可以多拍几个镜头。不过，镜头切换时焦距的拉动，要靠经验尽可能让画面顺畅而不停滞。

这样，几个简单的镜头，不拖泥带水即可表达主题。拍摄只要掌握上述的重点，以固定镜头为主，动态画面为辅，一定可以拍摄出相当水平的作品。

提示 使用摄影机容易犯的错误

拍摄时，变焦镜头的应用要适当，许多人容易犯画面过快、忽近忽远重复拍摄的错误。镜头的推近拉远以及画面移动的速度需要要多加训练，记住推近或拉远的拍摄操作，每做一次后就稍作暂停。另外，切换一个角度或画面后，再开机拍摄。

2. 建构画面的平衡

摄影初学者最常用的构图方法，就是所谓的“井字”构图法。可以先将画面假想分割成9格，呈现一个井字形，将要拍摄的主题摆在井字的4个交会点任意位置，这样可以有利于画面的平衡。据说这是黄金拍摄比例，大家不妨试试看，尽可能避免将主题摆放在镜头正中央，或者太偏的位置。不过，这只是一种参考方法，其实只要让画面拍摄起来感觉舒服即可。

1.3.4 拍摄的主体

在拍摄时，需要考虑主体的高度，如拍摄坐着的人物主体或者爬行的婴儿、宠物等，摄影者需要调整自己的位置来配合主体的高度，才能避免仅拍摄头部，却看不清楚脸部表情的情况。根据当时拍摄的主体并考虑镜头的距离，可以配合变焦的应用与适当的拍摄角度。合适的拍摄高度与角度，才能充分地展现主体的特色。

1.3.5 拍摄的时间要充足

充足的拍摄时间也是相当重要。对观众而言，每一幕景象都需要花一点时间来看清楚所拍摄的主题内容。以风景或人物为例，同一画面的理想拍摄时间约10秒以上。如果只拍了短短几秒，则切换到下一幕时会显得很突然；如果拍摄过长，则容易让人感觉枯燥乏味。当然，拍摄某些特定的主题内容另当别论，例如，拍摄婚礼的过程、小孩子学走路的过程、小孩子参加赛跑比赛或者在毕业典礼中领取毕业证书等，属于记录性质的影片，有些情况反而只要从头到尾不停地拍摄即可。因此，可以自行衡量，获得一个配合适当主题的影片长度。

预防拍摄画面内容不易被截断

开始拍摄与停止拍摄时，记住在同一画面多停留3秒以上，这样画面内容才不易被截断，并有利于后续的编辑，因为转场编辑时，会占用一些画面与时间。这一点在后续编辑的制作上是非常重要并且实用的小技巧。

1.3.6 其他拍摄的注意事项

1. 规划适合编辑的拍摄

不同题材的摄影，所需的技巧不太一样，如婚礼、演讲、纪录片或特殊事件，旅游度假或小孩的日常生活。在拍摄之前，预先规划拍摄的场景，做好不同的准备，有利于拍摄的流畅以及后续编辑的便利性。

2. 录像易犯的错误

新手最常犯的错误就是在录像时，让摄像机持续打开、忘记关闭，或者录像中心点单纯指向自己想要捕捉的画面。这样，四处观看时摄像机也会跟着晃动，所以随时注意录像启动的情况。

3. 故事情节

把自己当作编剧，每段视频都表达某个故事情节，在拍摄时可以有一些架构，规划成有开头、中间和结尾的情节。如果没有规划要拍摄的内容，通常会遗漏情节的开头与结尾。事先了解情节，将有利于主题的拍摄与后续编辑。例如，婚礼的进行，分别有各个重要的习俗与步骤，事前熟悉并规划要拍摄的情节，并在适当时间到场抓取镜头，可以避免遗漏镜头。安排了故事情节，在后续制作的作品中还可以增加影片的可看性与流畅感。

4. 声音

现场的录音相当重要，如果以人物为主题，例如演讲、毕业典礼等，声音自然是影片相当重要的环节。尽可能达到收音清晰或者利用外接麦克风，如常用的方向性麦克风、多声道麦克风等，避免噪声造成的杂音。在后续编辑时，可以增加现场录音的可用性以及音轨的安排。

第2章 数码摄像机与捕获设备介绍

随着科技进步，摄像机逐渐走入家庭并记录着生活的点滴。通过本章的介绍，让用户认识视频的基础知识、了解各种摄像机的特性、选择合适的捕获设备、通过视频传输线进行影音转换，从而实现“用影像写日记”的梦想。

2.1 认识模拟视频与数字视频

视频类型可分为两种，一种是模拟视频，例如，电视、模拟摄像机、录音机；另一种是数字视频，是由0与1组成的。本节将带领用户认识什么是模拟视频与数字视频。

2.1.1 模拟视频

模拟视频的输出/输入信号是由连续不断变化的变量产生的，日常生活中常见的大多是模拟设备，例如，电视、模拟摄像机、录音机等。处理模拟视频时，编辑过程的视频来源与目标端设备通常都要使用模拟格式。假设想要从模拟摄像机（如V8）捕获视频，将编辑结果录制到模拟媒体（如普通家用录像机）内，这时就需要了解这些媒体的特性与限制。

使用模拟媒体的关键问题是质量，因为模拟信号经过每次拷贝，就损失一些数据，信号会减弱，质量也就跟着下降。拷贝后的副本质量、分辨率一定比原始视频差，即使目标媒体比原始媒体的质量高，在每次拷贝后，信号、质量都会减弱。如果将模拟来源视频捕获转换成数字格式存储编辑，然后将数字格式重新录制为模拟格式，通过模拟设备转换传输，仍然会发生信号的质量减弱的情况。

因此，如果将编辑作品录制为标准的VHS录像带，必须以质量优于VHS的原始视频开始处理，才能得到想要的结果。

提示

模拟信号的拷贝质量

处理模拟视频时，一定要保证母带质量是最好的，在剪辑与传输后，才能避免信号减弱而造成图像质量不清晰。这样制作出的成品，一般称为A拷，如果需要多次拷贝分送亲友等，俗称B拷，依此类推。最好采用A拷作为母带拷贝，避免质量越来越差。如果转换为数字，利用数字拷贝时，后面就不会发生信号减弱的现象。例如，V8转换成VCD后，VCD的复制阶段不会再出现失真的问题。

2.1.2 数字视频

数字通信的信息都以二进制编码的形式进行传输，计算机是采用0与1的二进制数字方式存储数据，影音方面是以数字大小来记录某个信号的强弱情况。数字视频格式利用数字方式来存储视频，其中经常会面对文件质量与大小难以兼顾的问题。如果想取得最好的视频质量，就要采用比较高的采样频率，并且尽可能不压缩数据，相对会大幅度提高所占用的空间。

对于现有电视播放的视频质量而言，转换成每秒的数字数据约需20MB（或者每分钟1.2GB）。可以想象如果录像一个小时，将会占用多大的空间，对于一般用户而言，简直就是天文数字。因此，可以使用较佳的压缩模式来减少数据量并且能维持一定的质量。下面介绍各种数字信号的格式。

1. DV

DV格式是消费市场上最普及的录像带格式，被广泛应用于摄像机和放映机。它是利用3.5MB/Sec的固定压缩速率方式存储，其存储质量已相当接近高级电视播放（广播）质量，并且优于任何一种消费市场的模拟格式。利用数字方式将视频数据存储在录像带上，可以通过DV传输格式中的“火线”（Firewire）将视频传递到计算机上，再录回录像带，其过程完全不会发生信号减弱与降低质量的问题。

DV与Mini-DV除了录像带大小和播放时间不同外其余均相同。Mini-DV为家用格式，采用比较小的带子与比较短的录制时间；DV为通用名。

视频数据存储于DV录像带的过程

现实生活中的图像通过镜头进入DV，通过CCD或CMOS转换成数字信息存入DV录像带。其过程经过DV内的一块压缩芯片，利用固定压缩比5:1的实时压缩数据，以3.5MB/Sec存储在DV录像带中，每60分钟的影片经压缩后约13GB的数字数据。

2. M-JPEG

早期捕获模拟视频进行数字编辑时全部采用此格式，M-JPEG压缩方式与产生的数据速率通常都可以调整。早期市面上的视频采集卡就采用此格式处理，不同厂商的做法可能有些差异。因此，不同采集卡所捕获的M-JPEG文件可能无法在另一张卡上播放，不过，如果转换成标准格式（如MPEG-1）后，就可以在通用媒体上（如VCD）上使用。当前采集卡都支持MPEG-1/2格式。因为MPEG成为主流，所以目前采集卡的控制芯片都直接改为MPEG转换控制芯片。

3. DVD（Digital Versatile Disc）

DVD采用MPEG-2压缩方式录制。在相同的视觉质量下，MPEG-2压缩模式的数据速率远低于DV或M-JPEG。目前DVD在消费市场已经相当普及，并且影音质量相当出色，是现行消费市场质量较好的媒体。从价位与普及程度上看，已经成为市场主流。而未来随着高清晰度影片的问世，第二代蓝光光盘（HDDVD、BD）将会带来另一次影音革命。

4. HD DVD（High Definition DVD）

HD DVD单层容量约为15GB，双层容量约为30GB。目前正在开发三层规格的盘片，能够提供约51GB的存储空间。使用相同的视频压缩技术，其格式均兼容DVD格式。HD DVD通常被误写成“HD-DVD”，是因为人们认为它的连接线和以前的DVD-R/RW的连接线类似。

HD DVD光盘比现有的DVD光盘有许多进步之处，并且具有向下兼容性，所有的HD DVD播放器都可以播放HD DVD和DVD光盘，具备兼容优势。

5. BD（Blu-ray Disc）

BD蓝光光盘（Blu-ray Disc，简称为BD），是DVD光盘新一代光盘格式之一，用以存储高画质的影音以及存储高容量的数据。一个单面单层的蓝光光盘容量约为25GB，足够刻录一个长达4小时的高清晰度影片。若以6x倍速刻录单层25GB的蓝光光盘大约需要50分钟。

单面双层的蓝光光盘容量可达到约50GB，足够刻录一个长达8小时的高清影片。另外，最新规格还包括4层和8层，其容量分别为100GB或者200GB。

蓝光光盘BD的英文名称的由来

蓝光光盘BD的英文名称不使用“Blue-ray Disc”，是因为这个词在欧美地区流于口语化，并具有说明性意义，不许注册为商标。因此，蓝光光盘联盟去掉英文字“Blue”字尾e以“Blu-ray Disc”来完成商标注册。

6. VCD（Video Compact Disc）

VCD采用MPEG-1压缩方式录制，影像质量并不高，略低于VHS，不过采用较好的播放器可以产生稍微好的视频效果。MPEG-1文件的压缩参数可以精确地定义VCD，其VCD标准（2.0）也可以包含静态的图像，因此可存储相册光盘等数据。VCD已经成为消费市场中最基本的产品，而通过较佳的编码程序可以手动调整压缩状态来提高VCD的质量。

7. SVCD

此标准不是很严谨，它可利用MPEG-1或MPEG-2格式将数据存储在光盘媒体上，目前许多DVD与VCD播放器均可播放SVCD格式的光盘。写在SVCD内的MPEG文件采用弹性压缩参数，利用节省存储格式中检查码的空间应用，进行优化压缩运算，以获得比较好的视频质量。

8. MPEG

MPEG是一个协会组织（Motion Pictures Expert Group），专门定义动态画面压缩规格。MPEG格式并不限于VCD与DVD的用途，数字广播电视、网络视频等经常使用的MPEG-2格式画质和DVD一样。不管是MPEG-1或MPEG-2格式，甚至新兴的MPEG-4，都可以使用其不同的帧大小和数据采样速率。

- MPEG-1与MPEG-2主要差别在于MPEG-1最大帧大小为1/4帧，并且MPEG-1的每个帧仅容许逐行扫描，文件小，适合网络发送，但质量有限。
- MPEG-2可以支持完整帧，并且每个帧可以隔行扫描，与电视规格一样。MPEG-2还可支持较高质量的音频。
- MPEG-4在视频方面可以达到相当于MPEG-2的质量水平，而音频方面不如MPEG-2，不过整体而言能够有效控制质量与大小。

9. 其他

还有一些其他的压缩格式可用于计算机上，例如Intel的Indeo的压缩格式与Apple的Quicktime的mov文件，以及RealPlayer的rm文件等格式。这些格式是计算机上常用的视频格式。目前最热门的属于Microsoft推出Windows Media Format，即wmv或asf文件，这是专为网络所设计的较低质量、较低数据传输速率的格式，已经被广泛地应用。

2.1.3 模拟视频数字化

模拟视频可以通过视频捕获设备转换为数字格式。该设备常见的有视频采集卡、计算机的显卡（VIVO功能）、连接到并口或USB口的外部设备等。

常用的数据来源为摄像机所拍摄的影片，每种摄影系统有不同的规格，如有V8（Video-8mm）、Hi8（Video Hi8）、VHS、S-VHS、Betacam、DV（Digtal Video）或D8（Digtal 8mm），这些规格又分为模拟方式或数字方式，如V8、Hi8、VHS、S-VHS与Betacam为模拟方式，DV以及D8为数字方式。

最新的DV分为HDD与HDV两种。HDD是以硬盘存储方式记录DV影片；至于HDV是用720p或1080i高分辨率录制影片，为目前最高分辨率的影片格式。下表对各种摄像机进行了简单的对比。

	分辨率（电视扫描线）	信号记录方式	使用的录像带
VHS	260	模拟	VHS
SVHS	420	模拟	SVHS
V8	240	模拟	V8
Hi8	400	模拟	V8，Hi8
D8	500	数字	V8，Hi8
DV	500	数字	DV
HDD	500	数字	HD
HDV	500	数字	DV

2.2 模拟摄像机与数码摄像机

早期的摄像机是以模拟信号方式来记录视频，视频在传输的过程中容易失真且噪声较多，所以现今多被数码摄像机取代。接下来，将带领用户了解模拟摄像机与数码摄像机的种类、保存介质以及捕获设备。

2.2.1 模拟摄像机

常见的模拟摄像机为V8和Hi8，不过V8的水平分辨率只有280线，而Hi8的水平清晰度达到400线。目前V8已经逐渐被淘汰，因为它的清晰度实在太低了。市场上的模拟摄像机新机型与功能不断推陈出新，所以用低价位同样可以购买比较好的机型。

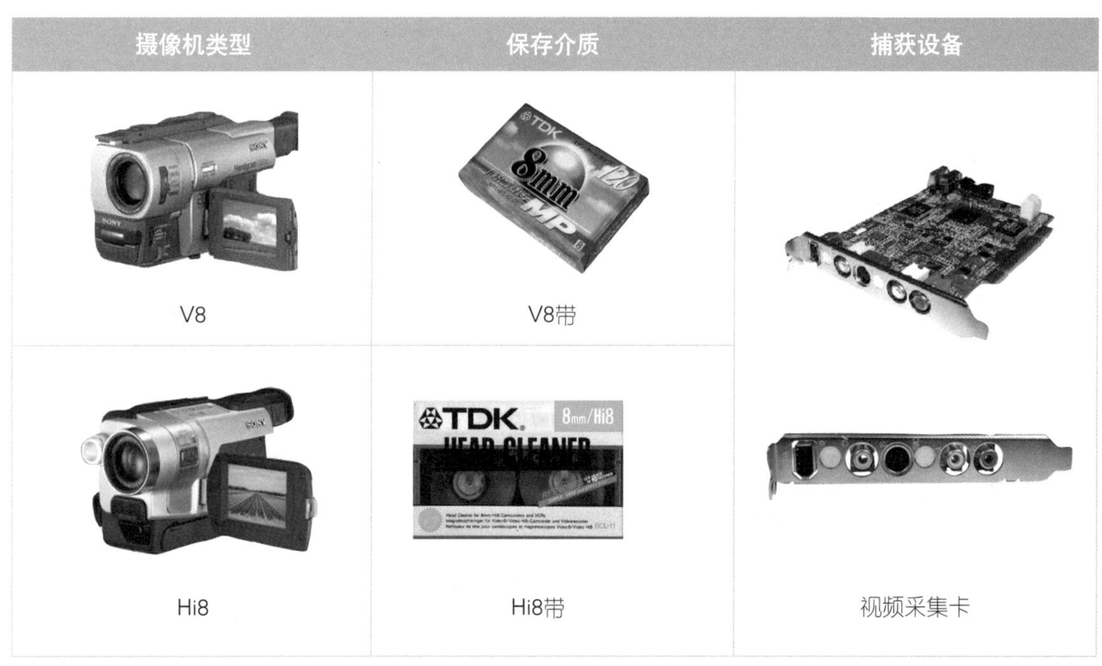

摄像机类型	保存介质	捕获设备
V8	V8带	视频采集卡
Hi8	Hi8带	

2.2.2 数码摄像机

目前最热门的摄像机就是数码摄像机了，而最常见的家用式为mini-DV（通称为DV）。由于DV轻薄短小，容易携带，分辨率也相当高，不论是一般家庭摄影，甚至是一些专业领域，都可以提供非常好的保值效果。至于DV，又分为普通与立式，因为轻巧、握持好的特性，是目前家用的热门机型；另外，DV还有一种镜头是3CCD，能够拍摄出更好的效果，属于比较专业的机型，价格自然也不低。目前由于3CCD普及化，普通家用机型开始采用3CCD的标准或者高级CMOS标准。最新机型是DVD光盘直接录制的DVD-CAM，可以用影碟机在电视上播放。另外，还有使用硬盘的数码录像机HDD，可供长时间录像。画质最高的HDV能够提供1080i高清晰度录像，堪称画质之最。

接下来，就为用户快速导览当前市面上常见的DV类型。

摄像机类型	保存介质	捕获设备
 磁带式摄像机	 DV	 IEEE1394
 光盘式摄像机	 DVD光盘	 DVD光驱
 存储卡式摄像机	 存储卡	 读卡器
 硬盘式摄像机	 内置硬盘	 USB

2.3 模拟捕获设备

常见的模拟设备如电视、VHS录放机、V8摄像机和录音机等，使用模拟的方式记录和存储信息。而模拟捕获设备通常提供此类产品的捕获功能，这样就可以将早期的媒体，如V8、录像带、录音带等转录为VCD或DVD。

模拟捕获传输设备主要包括AV端子、S端子与同轴电缆线等信号输出/输入设备。市场常见的商品，如电视卡、VCD压缩卡、DVD压缩卡等都能够通过硬件芯片直接对信号来源进行压缩操作。对于想直接转录的用户而言，不必再通过软件运算压缩，就可以快速制作出VCD或DVD，非常便捷。

2.3.1 内置式视频采集卡

市面最普及、便宜的就是内置式视频采集卡，通过PCI扩展槽安装在计算机PCI总线上，然后通过附赠的或者专业软件的操作，就可以使用视频捕获功能。内置式视频采集卡通常还有其他功能，如电视信号接收，只要将同轴电缆线端子连接有线电视信号线，就可以通过计算机来收看电视节目，或者直接在计算机中录制节目，甚至转刻录成VCD、DVD。当然，还提供外部信号输入，例如利用AV端子或者S端子输入外部信号，如摄像机、录放机等，这样可以轻易地将早期的VHS录像带转录为VCD或DVD，不但可以节省空间，还具有长时间保存的功能，解决录像带容易发霉、难以保存的缺点。另外，还有功能单一的视频采集卡不具备电视卡功能，单纯地压缩为mpeg文件，以供制作VCD或DVD。一般最新的内置式视频采集卡都新增了数字电视功能，可以说是一卡多用。

提示 **关于内置式视频采集卡**

目前模拟内置视频采集卡在市场上已经相当普及，甚至进入淘汰阶段。主流的产品除了模拟采集、压缩与电视之外，甚至数字电视DVB（Digital Video Broadcasting）功能都已经一起纳入设计考虑。因此，像常见的电视采集卡，不但可以通过计算机观看电视，还可以直接录像并存储到硬盘中；甚至将不方便在家收看的节目，通过预约录像的方式保存为文件。在制作VCD或DVD时，则需要通过刻录方式，才能将录制的节目制作为VCD或DVD；而通过采集卡将摄像机或者录放机转录的文件，也是通过刻录方式才能制作成VCD或DVD。

2.3.2 外置视频采集设备

许多人不喜欢繁琐的硬件安装，除了耗费时间外，还有不兼容等一堆后续问题。因此，厂商推出外置的视频采集设备，只要电源与信号线连接，就可以通过外置视频采集设备捕获视频；有许多厂商加入了电视接受功能，同样可以用来收看电视或者录像节目，非常方便，但是价格比内置稍高。

2.3.3 显卡内置采集功能

目前显卡的市场竞争激烈，许多厂商为了争取顾客，将显卡加入视频采集功能，在产品上标明VIVO功能（Video In and Video Out），也就是可以直接通过显卡上的硬件捕获设备进行输入或输出的操作。这样，可以省去额外购买视频采集设备的费用；如果想收看电视节目，也有几款多功能显卡具备电视功能，大家可以根据自己的需求进行选择。

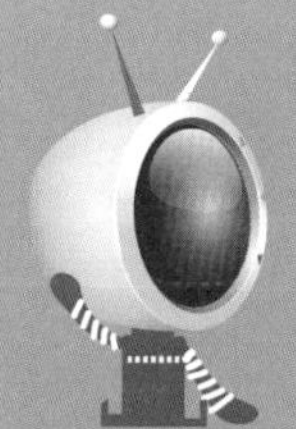

2.4 数字捕获设备

DV摄像机类型越来越多，而不同机型的摄像机要将视频传到计算机，所使用的捕获接口也大不相同。本节将为用户介绍目前常用的数字捕获设备：IEEE1394高速传输接口。

2.4.1 台式机IEEE 1394捕获设备

目前许多主板已经将IEEE 1394（或者新规格IEEE 1394b）列为标准配置之一，不仅用于数字视频的传输，还有许多外设（如外置硬盘或光驱等）通过该接口可以达到高速稳定传输的功能。IEEE 1394扩展卡的价格也相当便宜。目前有许多IEEE 1394的芯片组已经被微软操作系统列

为标准配置，因此安装硬件后，操作系统都能自动安装驱动程序。如果有问题，则安装扩展卡提供的驱动程序，或者按照操作系统类型上网下载厂商提供的驱动程序。如果需要选购，建议选择Ti（德州仪器）的芯片，兼容性与稳定性都比较高。

2.4.2 笔记本电脑IEEE 1394捕获设备

近年来，笔记本电脑不但越来越普及，价格也越来越便宜。去一趟咖啡店，随处可见好友们人手一台笔记本讨论、聊天。全功能型的笔记本电脑支持的接口与功能比较多，价格也比较低，深受广大用户的青睐。而IEEE 1394在新款笔记本电脑中已经是标准配置之一，如果没有该传输接口，可以通过IEEE 1394扩展卡，利用PCMCIA扩展槽进行连接。笔记本电脑的传输接头大多以4-Pin为主，在购买传输线时，注意有别于普通台式机常用的传输线。

2.4.3 USB接口、读卡器与光驱捕获设备

由于保存技术日新月异，使得DV摄像机不再通过IEEE 1394捕获设备，才能将视频传输到计算机。而接下来将为用户介绍光盘式DV、存储卡式DV与硬盘式DV的捕获设备。

1. USB捕获接口

USB（Universal Serial Bus）中文称为“通用串行总线”是计算机主机都会内置的一种串行端口总线标准，也是一种输入/输出接口技术规范。而目前市场主流的硬盘式DV，则是通过USB传输线与其相连接，将视频传输到计算机中。

2. 读卡器

要读取存储在存储卡中的视频，首先要确定计算机主机是否支持使用的存储卡种类（通常是SD卡），若没有则需准备一台读卡器，这样才能通过一般读卡器采用的USB接口将视频传输到计算机中。

3. 光驱

光盘式DV使用DVD光盘来存储视频，所以在读取视频前确认计算机主机上的光驱可以读取DVD光盘。

注意

关于视频剪辑硬件方面的提醒

视频采集卡的价格差异很大，如果一般家庭只是将它当做传输接口，后续利用软件剪辑（如会声会影），则没有必要购买动辄上万的视频采集卡。毕竟家庭用途，不必使用专业压缩芯片，只需要通过计算机软件运算即可。

2.5 认识视频传输线

对于模拟摄像机和数码摄像机与捕获设备有一定的了解后，本节将为用户介绍连接它们之间的桥梁——视频传输线。

1. AV端子信号线

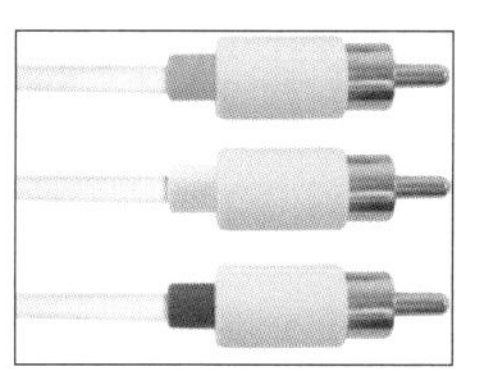

视频传输的类型非常多，最常见的是AV端子传输线。传输线终端根据颜色来标示功能，黄色的为视频传输线，而白色与红色为左右声道的音频传输线。

2. 色差端子信号线

色差端了的接头与AV端了规格相同，但是因为将视频二色（红、蓝、绿）各分为一条传输线，所以提供了更佳的视频传输质量。不过，色差端子不包含音频传输。

3. S端子信号线

视频质量更高的S端子传输线，一般是4针，具有影音传输功能。

4. 同轴电缆线

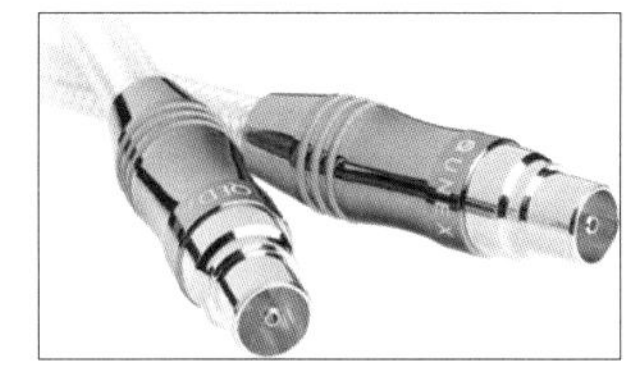

同轴电缆线常作为有线电视或录放机与电视之间的传输介质，也可以通过AV或S端子传输到计算机，可以捕获电视节目或者录像。早期网络线也使用同轴电缆线，只是线头做法不同，线材是相同的。不过，目前网络已经使用RJ45网络线材了。另一种同轴电缆线用来传输数字音频设备之间的数字信号，线头和AV端子相同，与AV端子传输线区别在于线材本身的材质不同。

5. IEEE1394传输线

数字化计算机传输线分为3种：4-Pin对6-Pin、6-Pin对6-Pin和4-Pin对4-Pin，主要适用于IEEE 1394的设备，可以按照不同设备需求购买线材。目前IEEE 1394多半应用在数据流量大的影音传输，由于稳定性高，DV的捕获以IEEE1394接口为主。

6. USB传输线

USB传输线为计算机标准外设，而普通数码相机也多半配有USB传输功能。USB早期仅限于USB 1.0与1.1，速度只有12 Mb/s；目前USB 2.0已经成为标准设备，并提升到480 Mb/s的高速传输。

7. 光纤传输线

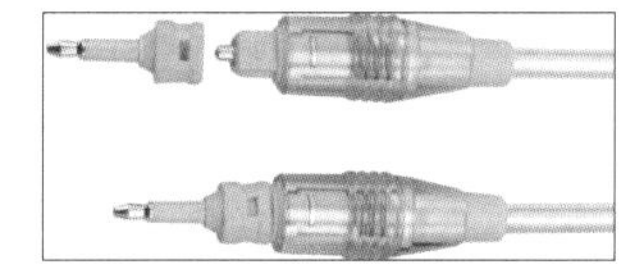

多数为对音频与视频传输要求比较高的玩家使用，可以保证信号的传递无衰减。当然，还需要配置需求比较高的设备，例如，高级的声卡、高级VCD与DVD播放器、扩音器与喇叭等。

8. HDMI

HDMI（High Definition Multimedia Interface）高清晰多媒体接口，是最新一代的图像和声音的传输接口。2002年日立、松下、飞利浦、索尼、汤姆逊、东芝和Silicon Image等7家公司联合组成HDMI组织并制定最新一代的数字图像/音频的传输标准，主要在于提供零失真的数字画质/音频。HDMI最高可以支持5Gb/s的传输带宽、而当前HDTV（高画质电视）仅需要2.2Gb/s的带宽，为将来留了很大的带宽空间以确保更高标准的数字视频使用。

HDMI组织在2004年5月制定HDMI 1.1规格标准。目前欧、美、日等图像公司已将HDMI列入最新一代的系统标准。HDMI的优点包括数字质量未经压缩、接口使用更方便。此外，该标准还可以扩展兼容数字视频接口（DVI）标准。预计不久的将来，HDMI将完全取代传统的VIDEO信号源（S端子、色差端子和RGB端子等），HDMI已经成为数字图像高画质的新指标。

第3章

影片剪辑好帮手

随着数字时代的来临，许多家庭都拥有了一台数码摄像机。拍摄过程比较容易，拍完后如何进行剪辑工作？如何与家人和朋友分享创意影片？就需要利用影片剪辑好帮手——会声会影。本章将带领用户认识会声会影的基本工作环境与功能。

3.1 轻松剪辑出有创意的影片

随着数码摄像机的快速普及，会声会影也成为人们熟知的影片剪辑工具，它的优势是让用户不必重新熟悉软件，就能够轻松剪辑影片。

随着科技进步，越来越多人喜欢拍摄与剪辑生活影片。目前除了非常普及的数码相机外，数码摄像机也逐渐走入家庭。数码摄像机具备了动态的录像功能，更容易生动地记录生活，也使得一般家庭想自制电影的梦想成为现实。以前热门的广告台词“我都用相机写日记”，已经可以改成“我都用DV写日记”了。

不过拍摄很容易，但是拍完后应该如何处理？要怎么与家人分享或上传？这时就必须靠剪辑好帮手——会声会影。

已经迈入X3版的会声会影，是一种用来处理影片内容，并且可以转换影片格式的工具软件。其功能由早期的基本剪辑、刻录功能，升级为不但支持各类摄影设备、多媒体影音格式，还内置专业级的字幕和剪辑特效，甚至连最新的HD高画质影音处理、蓝光光盘刻录、网络影片上传等功能都变得非常简单。因此，会声会影X3不管是用于剪辑家庭影片或者专业用途，都能够节省大量的影片后期制作时间，创造出惊人的效果。

3.2 通过启动画面选择合适的工作模式

影片剪辑是繁杂又费时的工作，为了节省操作时间，会声会影X3通过起始画面提供了不同需求的工作模式，让用户快速上手。

3.2.1 认识启动画面

双击桌面上 的**Corel Video Studio Pro X3**快捷方式图标，打开会声会影X3。在起始画面中包含4个按钮和两个复选框。

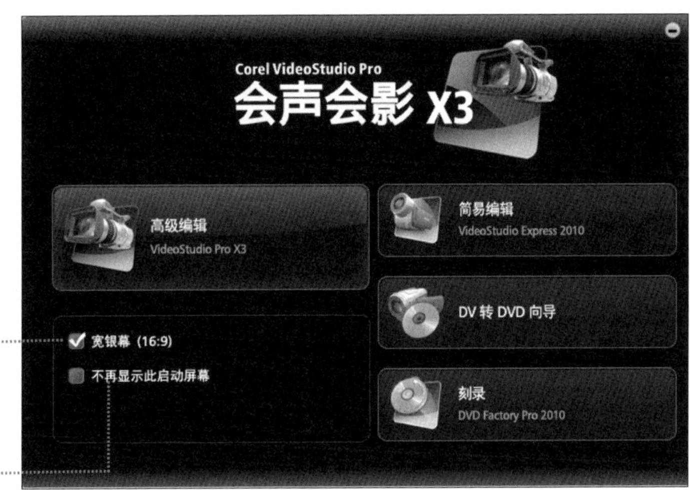

选择此复选框，进入4种工作模式，屏幕默认比例为（16:9）；取消选择此复选框，比例则为（4:3）。

选择此复选框，下次打开会声会影，将直接进入 **高级编辑** 工作模式。

- **高级编辑**：制作影片的首选工作模式，提供一组完整的剪辑工具。
- **简易编辑**：快速简易的工作模式，提供制作电子相簿和影片所需的基本工具。
- **DV转DVD向导**：快速捕获摄像机内容，并直接刻录成光盘。
- **刻录**：负责高级光盘制作和刻录功能。

不小心选择“不要再显示此起始画面”复选框

只要选择 **设置 | 参数选择**，在 **常规** 标签选中 **显示启动画面** 复选框，就可以再次显示启动画面。

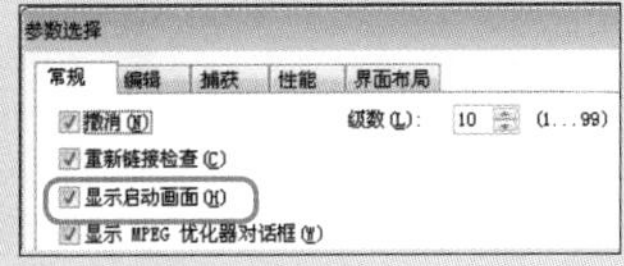

第1篇 影片拍摄

3.2.2 选择合适的工作模式

在开始着手剪辑制作之前，首先要了解4种工作模式提供了什么功能，才能根据个人的需求选择最合适的工作模式。

1. 高级编辑工作模式

这是制作影片的首选工作模式，提供一组完整的剪辑工具。用户可以捕获媒体素材进行编辑工作，并将完成的作品刻录成DVD、BD或者上传到网络上与人分享。

2. 简易编辑工作模式

这是快速简易的工作模式，提供制作电子相簿和影片所需的基本工具。用户不需了解太多影片制作流程，就能够快速完成剪辑工作，并可以将作品上传到人气社区网站分享。

3. “DV转DVD向导”工作模式

这种工作模式能够快速捕获摄像机内容，并直接刻录成光盘。不过，此模式只适用于磁带式摄像机，并不支持光盘式摄像机、存储卡式摄像机和硬盘式摄像机。

4. 刻录工作模式

这种模式负责高级光盘制作和刻录功能，可以导入视频项目，选择包含动画和声音的交互式菜单样式模板和自定义的光盘菜单，打造更具个人特色的DVD、BD和AVCHD光盘。

3.3 支持的设备与文件格式

在进行影片的剪辑前，先带领用户认识会声会影支持的输出/输入设备，以及视频格式、音频格式、影像格式、光盘格式与Flash动画格式。

3.3.1 支持的输出/输入设备

- 1394 FireWire卡，搭配DV/D8/HDV摄像机、放映机使用。
- 支持OHCI兼容的IEEE-1394。
- 适用于模拟摄录放映机的模拟采集卡（XP支持VFW&WDM；Vista支持广播驱动程序架构）。
- 模拟与数字电视捕获设备（支持广播驱动程序架构）。
- USB捕获设备、个人计算机摄像头以及DVD/硬盘/AVCHD/蓝光摄像机、放映机。
- Windows兼容蓝光、HDDVD、DVD-R/RW、DVD+R/RW、DVD-RAM或CD-R/RW光驱。
- Apple、iPhone、具有视频功能的iPod、SonyPSP、PocketPC、Smartphone、Nokia移动电话、MicrosoftZune。

3.3.2 支持的文件格式

1. 视频格式

不管是用摄像机拍摄或捕获DVD光盘的影片，在会声会影中都称为视频素材。实际支持的格式包括AVI、MPEG-1、MPEG-2、HDV、AVCHD、M2T、MPEG-4、H.264、QuickTime、Windows Media Format、DVR-MS、MOD（JVC MOD文件格式）、M2TS、TOD、BDMV、3GPP、3GPP2。

2. 音频格式

音乐光盘、MP3或者录制的旁白等，都是会声会影的音频素材。实际支持的格式包括杜比数字立体声、杜比数字5.1、MP3、MPA、QuickTime、WAV和Windows Media。

3. 图片格式

画面是静态的数码相片，以及扫描图文件，在会声会影中称为图片素材。实际支持格式包括BMP、CLP、CUR、EPS、FAX、FPX、GIF87a、ICO、IFF、IMG、JP2、JPC、JPG、PCD、PCT、PCX、PIC、PNG、PSD、PXR、RAS、SCT、SHG、TGA、TIF/TIFF、UFO、UFP和WMF。

4. 光盘格式

除了上述3大素材格式外，会声会影也支持DVD、Video CD（VCD）、Super Video CD （SVCD）等光盘格式。

5. Flash动画格式

会声会影支持Flash动画格式SWF，所以当用户自制Flash动画，或者在网络下载现成的动画文件后，都可以导入会声会影使用，让影片增加生动的元素。

什么是5.1声道?

就是左侧、右侧、中间、左环绕、右环绕等5个声道，另外加上截取前述5个声道的下半部“超低音”（此为0.1声道），二者合称为5.1声道。

3.4 认识基本视频剪辑术语

首次使用会声会影的用户，经常因为不了解剪辑专业术语而苦恼。下面分别介绍基本的视频剪辑术语，让用户轻松学习会声会影。

3.4.1 视频捕获

捕获视频的驱动程序通常提供每帧捕获一个图场的选项，或者一次捕获两个图场。如果捕获两个图场，还要考虑以什么顺序将图场包装制作成文件内的帧。大多数的驱动程序都以扫描的顺序来包装制作它们，在会声会影中包装图场的顺序是“低场优先”，但有些是包装图场顺序是“高场优先”。一般捕获相关文件将会说明使用哪种图场顺序，如果实在找不到该信息，可以尝试改变图场顺序为“低场优先”，然后进行图场的相关编辑。如果结果不太理想，则尝试将顺序改为“高场优先”。而DV类型1固定采用图场顺序为“低场优先”。

如果只捕获一个图场，产生的视频文件将为“基于帧”，换句话说，每帧只有一个图像。如果捕获两个图场，文件则为“基于图场”，每1/60秒就有一个帧包含两个不同的图场图像。

如果要在不同的播放媒体获得最佳质量，则了解与选择图场模式非常重要。

选择视频捕获前的播放规格

如果设置捕获电视用（图场），可在制作影片时，选择制作成计算机用（帧），则程序要转换不同的播放规格，需要花费比较长的时间。因此，在捕获之前，可以先做好选择，从而减少程序转换所需等待的时间。

3.4.2 视频编辑

通过数字视频录制的影音文件，如以DV格式编译的AVI文件，没有改变其压缩模式而直接捕获到计算机文件。就此而言，文件为帧或图场形式并不重要，因为帧数据都是逐一复制的。不过，当通过编辑程序开始添加效果、转场与速度变化时，其差异就很明显。如果编辑程序不知道输入帧格式与图场格式，则所做的图像处理可能完全错误。此外，通过在图场模式中创建分享，由转场、标题等产生的合成操作将会更加顺畅。

AVI文件包含了其内容的各种格式信息，不过在AVI的规格中没有说明文件是否包含双图场的帧。因此，需要知道文件包含的图场模式，并且正确地在编辑程序中设置选项，正确的做法取决于使用的视频编辑程序。一般而言，如果使用两个图场来捕获素材，将适当的图场顺序设为导入素材的默认值，并使用相同的设置来创建编辑后的结果。如果以图场模式导入素材，但是以帧模式创建视频，那么视频的创建速度将会比较慢，因为每帧都需要重新渲染。正确地选择帧与图场的应用，才能编辑出想要的效果。

3.4.3 音频

在视频文件内使用音频一定会增加文件大小，有时甚至会成倍增加。因此在尽可能缩小件的情况下，音频选项的选择相当重要。如果视频文件是通过网络（如网页或电子邮件）发送，不必太讲究音频质量，可以使用默认的音频选项“8,000Hz,8位,单声道”，有效地节省文件空间。如果增加频率，将会同时增加质量和文件大小。

若从单声道改成立体声，存储文件音频所需的空间将会加倍，所以如果在制作影片VCD或DVD时，希望能获得较佳的影音质量，可以切换成立体声，另外还可以选择MP3质量的音频。

3.4.4 压缩编码

利用模拟摄像机将影片输入计算机，需要经过相当程度的数据压缩（Compression），因为视频数据所需的容量相当庞大，例如NTSC视频系统，每秒需要传递25帧，如果在不压缩状态下，每秒至少需要20MB的容量，一般计算机无法承受。

随着摄像机的等级不同，适当的压缩是不会影响画质。这也是经常在剪辑系统说明中看到所谓的压缩方式（CODEC，Compression and Decompression）及压缩率（Compression Ratio）。目前最常使用的压缩方式有M-JPEG、MPEG和DV；而压缩率自然牵涉到画质的好坏，越高的压缩率代表画质越容易失真。而在制作成VCD或DVD等影片格式，会针对其属性规格进行压缩编码的操作。

3.4.5 媒体类型

- VCD：适用于比较长的项目，可以包含大约74分钟的影片，帧大小为352×240像素。在电视上播放时，将它调成全屏幕的大小，产生的质量稍低于VHS录像带的等级。
- SVCD：可以包含约35分钟的影片，其帧大小为480×480，质量接近DVD，市面上约有1/3的DVD播放机都可以播放它。
- DVD：DVD是能建立较佳画质影片的媒体，其帧大小为720×480或704×480像素，相比较VCD而言，影像的质量清晰许多（另一种以CD媒体存储DVD格式的Mini DVD，因兼容性问题，已经淡出市场）。
- HD DVD Disc（HD DVD）与Blu-ray Disc（BD）：为新一代光盘规格，蓝光刻录设备的差别在于记录的规格方式不同。而容量部分，HD DVD为15G～30G，BD则为25G～50G。由于各自具备优势，未来会由哪一阵营取得市场还有待观察，目前影片市场已有正式商品推出，但不论是影片或者播放硬件均为高价。

不过也不必担心，因为所有计算机上的DVD播放机都可以播放VCD媒体上的这3种格式。如果拥有DVD±RW刻录设备，那么一定可以在DVD播放机上播放此DVD媒体。下表为NTSC视频的各种格式简介。

类型	帧大小	速度	压缩方式	音效	画质
VCD	352×240	30fps	MPG-1	stereo	接近VHS
SVCD	480×480	30fps	MPG-1/2	stereo	优于VCD
DVD	720×480	30fps	MPG-2	DolbyDigitalAC-3	佳
HDDVD 与BD	1280×720	30fps	MPG-2 MEPG-4 AVC VC-1	stereo 多声道	最佳

提示 什么是AC-3？

AC-3即为杜比音效（Dobly Digital），为5.1声道（6个喇叭）独立录制的48kHz，16位高分辨率音频，能够产生出如临现场的环绕效果。

3.5 在线更新与教学

如何更新会声会影这套软件？如何观看在线教学内容？本节的说明将帮助用户在学习会声会影的过程中更加顺利与方便。

3.5.1 更新应用程序

Corel在官方网站提供该系列软件的更新版本，只要确定电脑能够联网，再按照如下操作即可轻松更新文件。

在Corel指南中，单击 **产品信息和首选项** 按钮，选择 **检查更新** 命令，打开对话框。

会声会影会自动检查目前的软件，是否有可用的更新程序。

3.5.2 在线教学内容

Corel将会声会影的帮助文件放置在其官方网站，只要确定计算机能够联网，再按照如下操作即可轻松获得相关帮助信息。

在Corel指南中，切换到 **了解详情** 标签，单击 **启动帮助** 按钮，打开相关帮助网页。

由此页面可以浏览整个会声会影软件的帮助信息。

第2篇 快速上手

第4章 简易编辑——快速组合影片剪辑

复杂的影片剪辑功能，往往是造成计算机初学者望而却步的主因。会声会影X3中的“简易编辑”，不但延续以往“影片向导”的优点还更加精进，让用户能够以最短的时间、最简易的手法，完成影片与电子相簿的制作。

4.1 作品抢先看

本章作品运用“简易编辑”的创建影片功能，套用内置模板样式、转场和音乐，并修改片头片尾标题文字，以及在影片中间添加符合内容的标题文字，快速完成具有专业水平的“日月潭之旅”影片。

动态效果

设计重点：

应用剪辑后的3个视频素材建立影片，应用内置模板样式、转场和音乐，并修改片头/片尾标题文字，以及在影片中间添加符合内容的标题文字。

参考完成文件：

<01范例练习文件\ch04\My Projects\04.vsp>

媒体素材

视频素材

文件名：02.mpg

文件名：05.mpg

文件名：10.mpg

制作流程

1. 首先将视频素材导入 **媒体库** 中，并针对 **02.mpg**、**05.mpg**、**10.mpg** 三个视频素材进行剪辑。
2. 创建电影项目，选择输出格式和应用的模板样式。
3. 选择剪辑过后的3个视频素材加入影片。
4. 把“混音”滑块往右拖曳，调整背景音乐的音量为最大声。
5. 修改应用模板的片头、片尾标题文字。
6. 在影片中间添加标题文字，并延长其显示时间。
7. 最后，可先保存项目，再将影片输出为MPEG2视频文件。

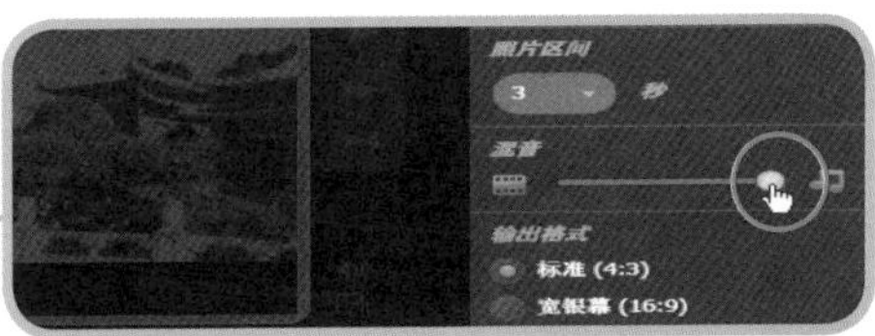

4.2 全新操作环境介绍

本节将介绍“简易编辑”模式的全新操作环境，包括界面与面板的使用方法，熟悉这些内容，对于初学者或者熟悉旧版操作习惯的用户将有很大的帮助。

4.2.1 进入简易编辑

启动会声会影X3软件，在启动画面中单击**简易编辑**进入主画面。

4.2.2 认识操作环境

为了让用户能快速上手，首先认识 **简易编辑** 的全新操作环境。

1. 导览窗格

让用户可以在**库**与 **我的物品** 区域中访问和删除文件。所包含的选项如下。

- **媒体滤镜**：以平面视图显示文件夹来查看缩略图，在**工作区**中还可以选择要显示的媒体类型（例如，**所有媒体**、**照片**、**视频**或**音乐**等）。
- **文件夹**：查看存储在库中的文件夹和分组。
- **专辑**：选择并显示专辑内容，以及新建专辑。
- **项目**：访问制作完成或尚未完成的项目文件。
- **回收站**：查看已删除的项目。

2. 查看按钮

按 **名称**、**日期** 或 **级别** 分类来查看媒体素材。

3. 操作栏

提供 **导入**、**创建**、**打印** 和 **共享**4 大功能。

- **导入**：从各种设备（如，视频光盘、摄像机、移动电话等）导入媒体素材。

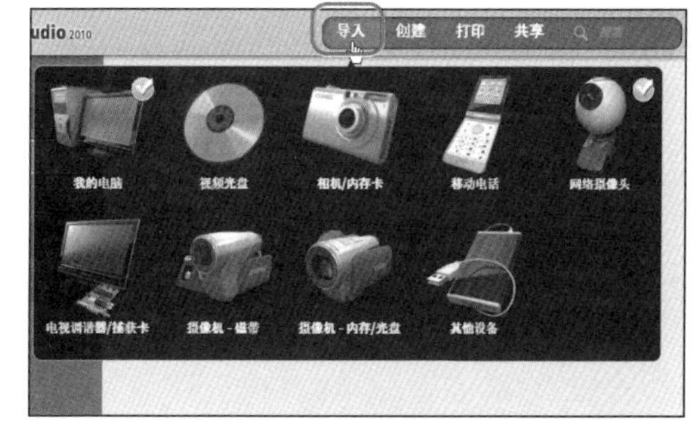

- **创建**：进入视频编辑界面，开始创建视频影片。

- **打印**：分为“照片”和“光盘卷标”两个选项，并可针对其打印设置进行局部的调整。

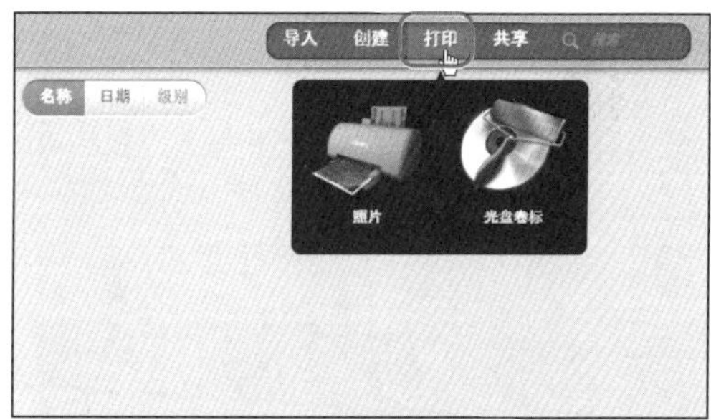

- **共享**：将照片和影片上传到热门社区网站或使用电子邮件传送与他人分享；也可以选择将视频保存为计算机播放或适合刻录的文件格式。

4. 媒体托盘

默认为关闭，不过当用户将缩略图拖曳进入时，就会自动打开，可以接着编辑文件、创建专辑或文件夹，或者启动项目。

5. 工作区

查看媒体素材的缩略图。

4.3 3分钟完成影片剪辑

对于影片剪辑新手和想要快速制作影片的用户，“简易编辑”是不可或缺的好帮手，只要依照指定的步骤——加入视频、样式、标题和配乐，最后将影片输出为视频文件刻录在光盘上，可以实现3分钟完成影片剪辑的理想。

在开始制作影片前，首先要将视频素材导入**媒体库**中，才能针对视频进行快速编辑。

为了让大家方便学习会声会影的实际操作，先将附赠光盘中<01范例练习文件>文件夹整个复制到硬盘（本例是复制到C盘），以供后续章节练习与使用。

4.3.1 导入视频素材

进入 **简易编辑** 主画面后，选择 **导入 | 我的电脑** 打开“我的电脑”窗口。

选择 **导入 | 我的电脑**。

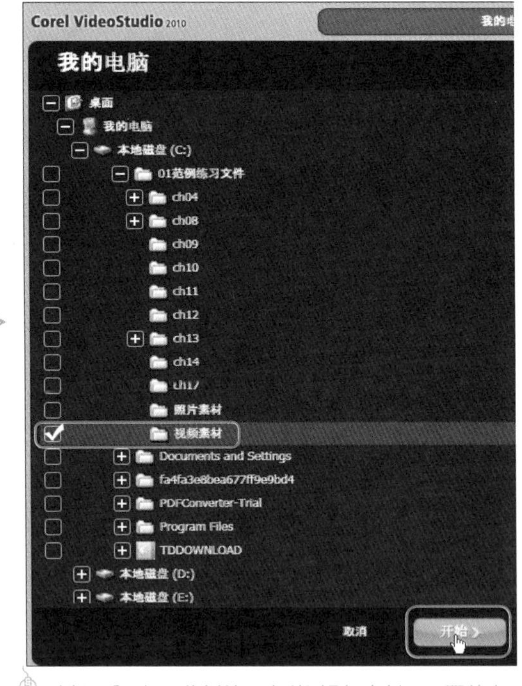

选择<C：\01范例练习文件\视频素材>，再单击 **开始** 按钮。

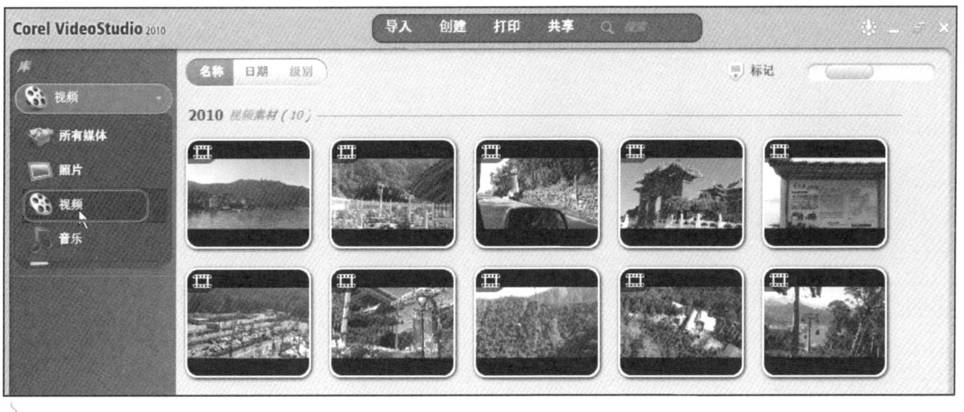

选择 **媒体整理器 | 视频**，即可在**工作区**查看刚才导入的视频素材。

4.3.2 修整视频素材

在 **工作区** 的 **02.mpg** 视频素材上双击，进入 **快速编辑** 窗口进行修整视频的操作。

单击 **修整视频** 按钮。

拖曳左右两侧的剪辑标记，设置要保留的视频素材片段。

其他编辑功能

在 **快速编辑** 窗口中，除了可以对视频素材进行剪辑外，还有如旋转、分割、调整白平衡等编辑功能，用户可以自行深入了解。

单击 **保存选定** 按钮（如果选择的是要删除的视频素材片段，请单击 **删除选定** 按钮）。

单击**后退**按钮回到主画面，按照相同方法为 **05.mpg**、**10.mpg** 视频素材进行修整。

剪辑后的视频素材保存格式

视频素材在经过编辑后回到主画面，会发现原来的视频素材完全没有改变，而是多了一个扩展名为<.vsx>的新视频素材，并在缩略图左上角有一个快速编辑图标。

4.3.3 创建影片项目

完成上述步骤后，选择 **创建 | 电影** 进入 **创建电影** 窗口，进行创建电影的设置。

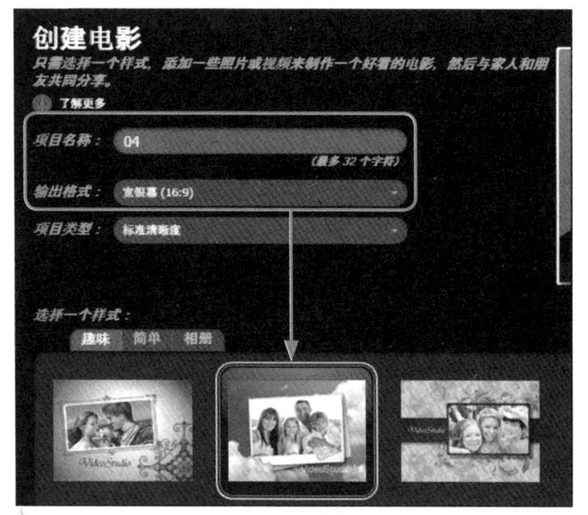

设置项目名称：“04”、输出格式：宽银幕（16:9）、选择一个样式：趣味模板二。

单击 选择照片和视频按钮。

4.3.4 加入剪辑后的视频素材

将3个剪辑过的视频素材加入媒体托盘。

分别在 **02.mpg(1).vsx**、**05.mpg(1).vsx**、**10.mpg(1).vsx** 视频素材右上角打勾图标单击，呈现选择状态，再将其加入媒体托盘，然后单击转至电影按钮。

4.3.5 调整背景音乐的音量

将鼠标移到右侧的 **设置** 选项上，打开 **设置** 面板，调整背景音乐的音量大小。

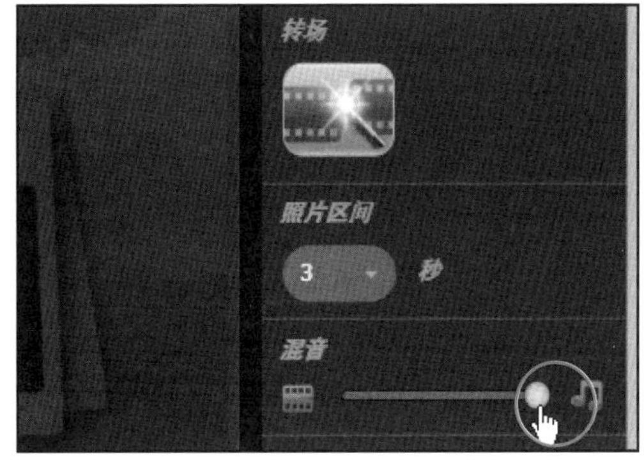

把混音滑块往右拖曳，将背景音乐的音量调整到最大

4.3.6 修改片头、片尾标题文字

单击 **标题** 标签后，在片头或片尾视频缩略图上方的标题栏上双击，为片头或片尾编辑标题文字。

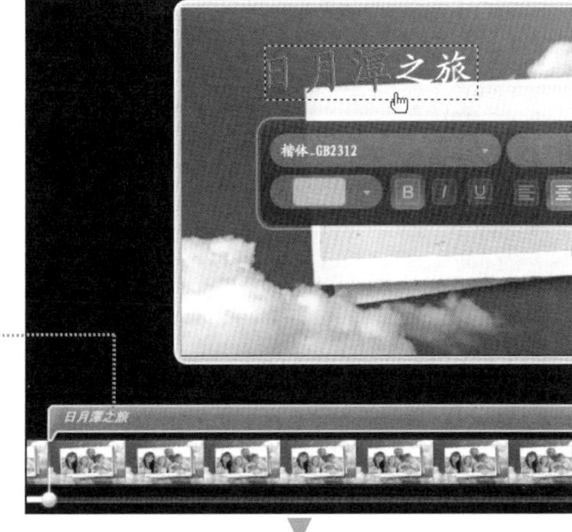

输入片头标题文字："日月潭之旅"，设置合适的字体样式和位置。

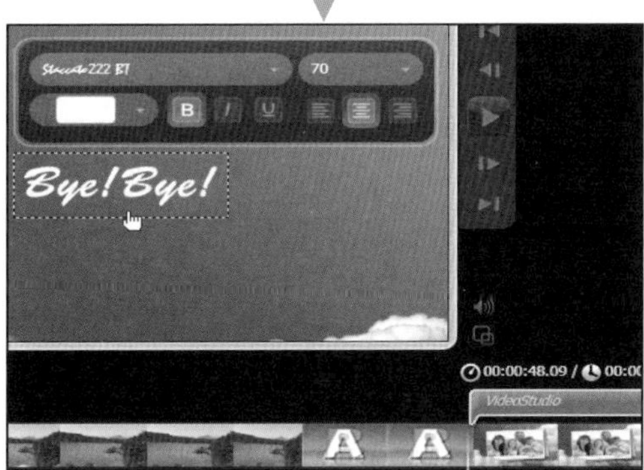

输入片尾标题文字：Bye！Bye！，设置合适的字体样式和位置。

提示

更改应用模板样式

用户可以通过**工作区**中的**播放**按钮，预览影片播放效果。如果不满意时，则可单击**样式**标签重新更改应用的模板样式。

4.3.7 在影片中添加标题文字

可以应用实时预览拖曳到要添加标题文字的位置，并应用喜欢的标题模板。

将实时预览滑块拖曳到要添加标题文字的位置

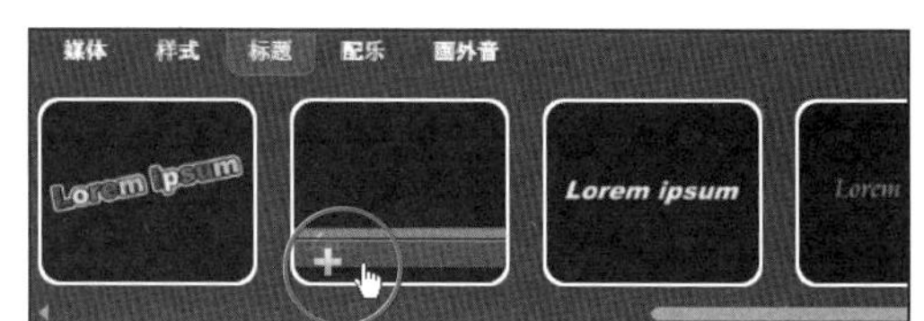

在**媒体托盘**中要应用的标题模板上单击+图标，即可添加标题到当前位置。

接着将调整加入的标题文字内容，让其更切合主题。

输入标题文字："历史古迹文武庙"，并设置合适的字体样式和位置。

通过拖曳的方式延长缩略图上方的标题栏显示长度到第一个视频素材播放完毕。

按照相同的方式，为其他两个视频素材应用合适的标题模板，并输入标题文字："高空缆车！"和"美丽湖光山色"，设置合适的字体样式和位置，以及将标题文字显示时间延长到素材播放完毕。

4.3.8 输出电影

完成影片编辑后，先保存文件（文件会自动保存在默认路径<C：\媒体库\文件\Corel Video Studio Pro\My Projects >），再单击 **输出** 按钮，打开 **输出电影** 窗口，按照如下说明进行操作。

单击**文件**按钮，进入**另存为视频文件**窗口。

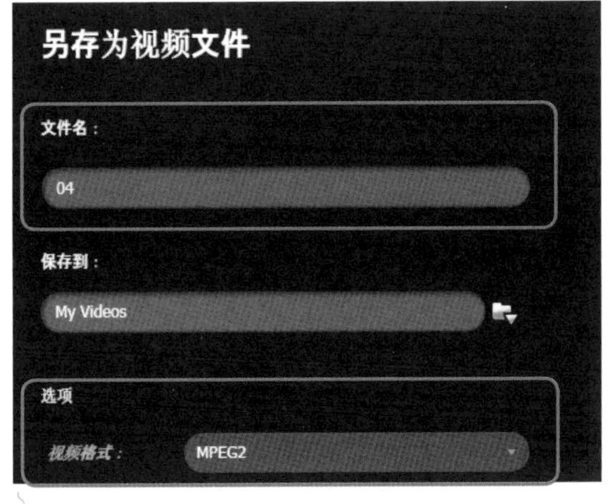

设置文件名："04"、选项|视频格式：**MPEG2**，其他按默认项目即可。

单击 **保存** 按钮，创建电影文件，完成后单击 **确定** 按钮，再单击 **返回** 按钮返回 **简易编辑** 主画面（视频文件会自动加入 **媒体库** 的Videos文件夹）。

无法打开<.vst>文件

当完成影片编辑保存文件时，会在默认路径产生一个<.vst>文件，此文件只能在本机才可以打开。如果移动到其他位置，则会显示无法打开文件。

4.4 快速制作光盘卷标

如果能够为制作好的影片光盘穿上漂亮、有质感的封面，一定可以让收到的亲朋好友刮目相看，而此影片光盘也更具珍藏价值。

通过 **简易编辑** 模式下的 **光盘卷标** 功能，让用户可以不用再打开其他应用程序，即可快速制作打印光盘卷标。

练习载入<C:\01范例练习文件\照片素材> 文件夹内的文件。

4.4.1 导入照片

选择 **导入** | **我的电脑**，打开 **我的电脑** 窗口。

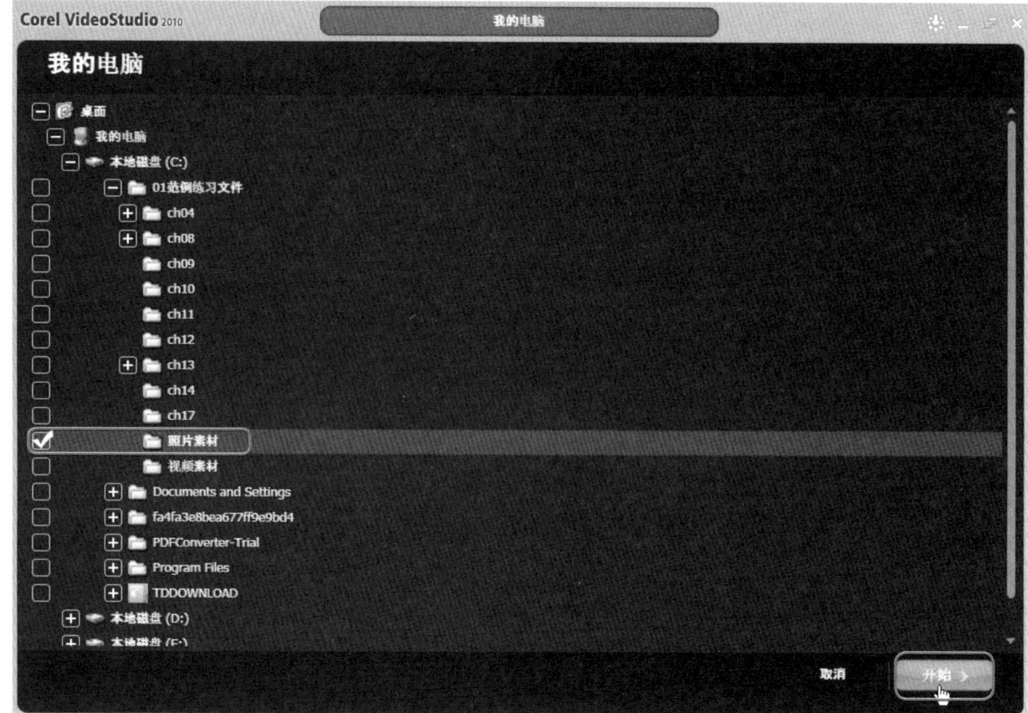

选择<C:\01范例练习文件\照片素材>，再单击**开始**按钮。

选择**媒体整理器 | 照片**，即可在工作区中查看刚才导入的照片素材。

4.4.2 进入光盘卷标

选择 **打印 | 光盘卷标**，进入编辑画面。

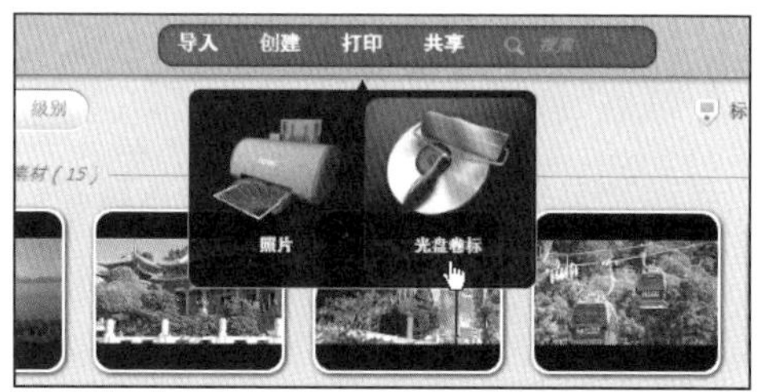

4.4.3 应用样式

选择 **样式** 标签中喜欢的光盘卷标模板，并按照如下方法编辑标题文字。

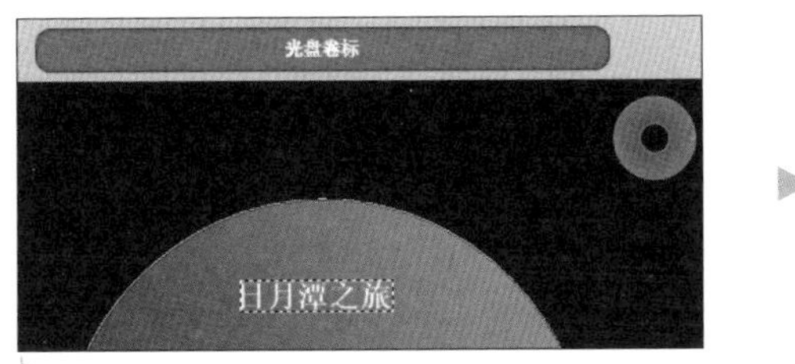

在我的标题文字上双击，然后修改为“日月潭之旅”。

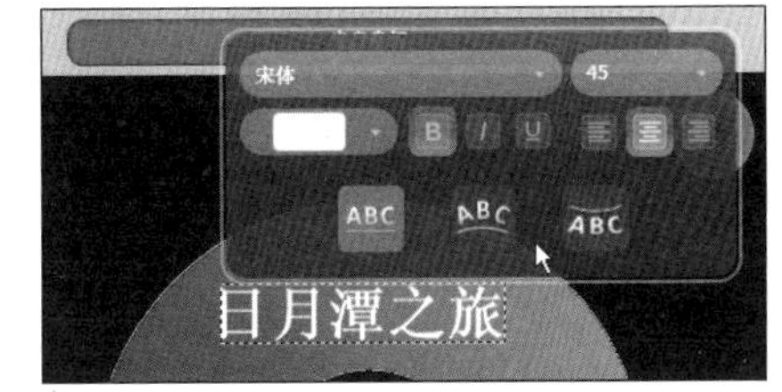

设置合适的字体和字号。

4.4.4 应用背景

单击 **背景** 标签，再单击 **更多照片** 按钮，在 **工作区** 的 **照片素材** 文件夹中挑选喜欢的照片。

在 **日月潭05.jpg** 照片素材右上角打勾图标上单击，呈现选择状态将其加入 **媒体托盘**，再单击 **下一步** 按钮。

4.4.5 执行打印设置

返回 **光盘卷标** 编辑画面后，按照如下说明进行打印设置。

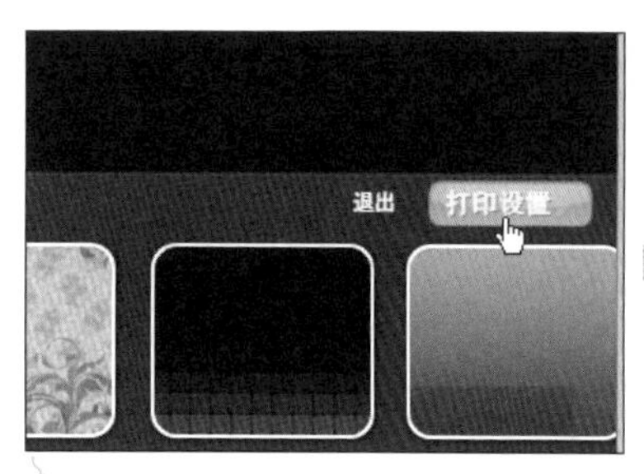

单击 **打印设置** 按钮。

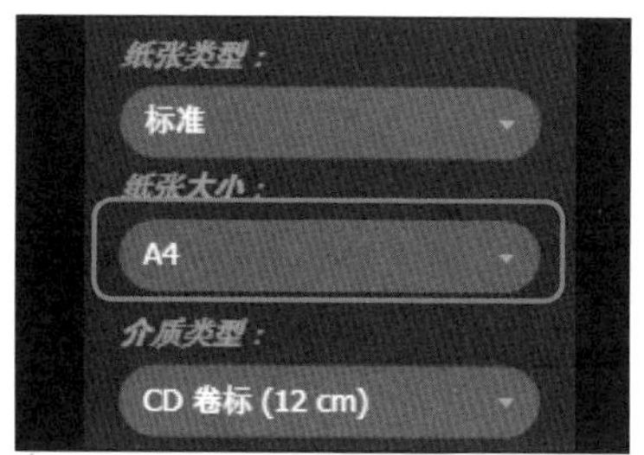

设置 **纸张大小**：**A4**

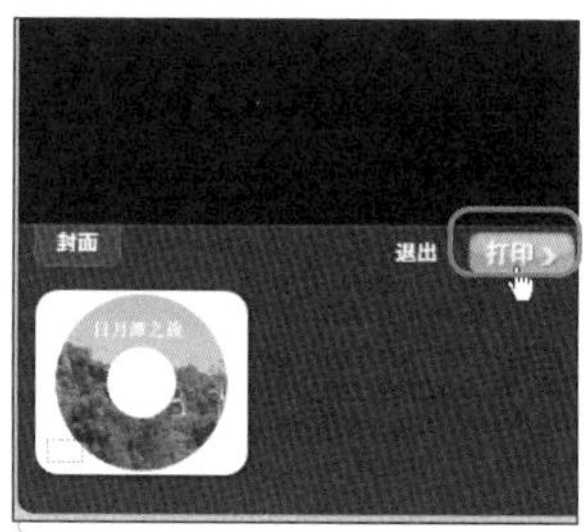

在 **媒体托盘** 的光盘卷标缩略图上单击+的图标，添加封面到打印范围，再单击 **打印** 按钮即可打印出光盘卷标

4.5 输出共享同乐会——Flickr

如今网络发达，造就许多新兴社区共享网站，其中如YouTube、Flickr等，更是全民耳熟能详。会声会影X3中的“共享”功能，让用户在利用各种途径与他人分享作品时，不用再到处乱跑了。

接下来，将以前面制作好的“日月潭之旅”影片分享到Flickr为例，为用户介绍共享影片的方法。

4.5.1 进入共享

先选择要分享的影片后，再选择 **共享 | Flickr** 打开登录画面。

在还未打开登录画面之前，先出现一个等待认证的窗口。

4.5.2 登录Flickr

输入电子邮件和密码后，单击**登录**按钮（如果尚未申请过雅虎账户，则可以单击右下角 **登入** 按钮，按步骤申请账号）。

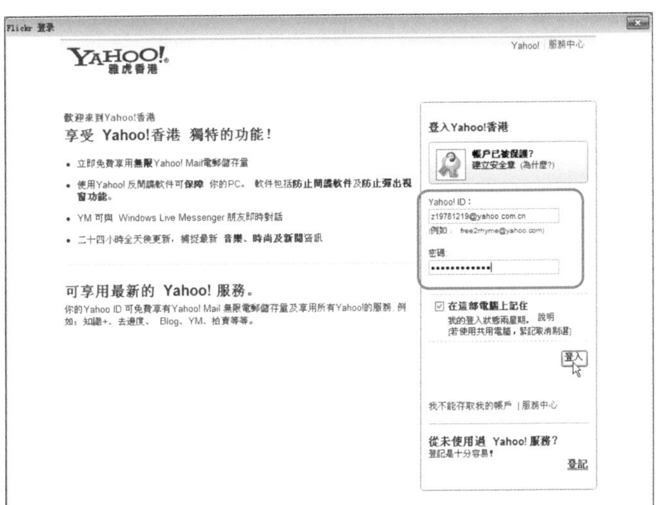

4.5.3 上传到Flickr

单击 **上载相片和视频** 按钮。

单击 **选择相片和视频** 按钮。

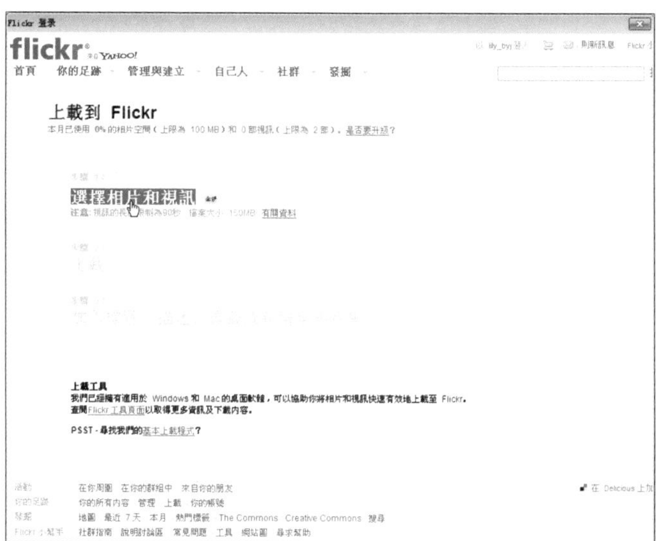

打开 **选择文件** 对话框，选择要上传的影音文件04，单击“打开”按钮。

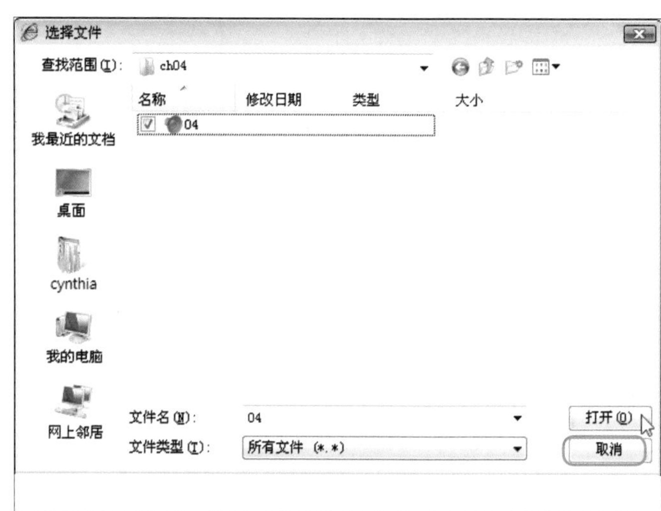

加载要上传的文件后，单击 **上载相片和视频** 按钮，开始进行影片上传。

4.5.4 完成上传并浏览实际播放效果

完成影片上传后，单击 **加入描述** 按钮。

输入影片的标题、描述和标签，单击 **保存** 按钮。

此时，单击影片上的 **播放** 按钮就可以预览影片实际播放效果。

学习笔记

第5章 DV转DVD向导

本章讲解如何通过DV转DVD向导，将DV拍摄的影片直接刻录成DVD光盘保存，让温馨的甜蜜时光永久留存下来。不过，此模式只适用于磁带式摄像机，并不支持其他数码摄像机。

5.1 快速捕获视频

一般用户希望拍摄完毕能够尽快转换成DVD观看成果。为了免去繁琐的编辑过程，会声会影提供了更加简单的DV转DVD向导。对于只希望快速转换刻录而不需要编辑的用户来说，可以轻松又快速地完成DVD制作。

通过IEEE 1394将DV摄像机与计算机连接后，扫描要捕获的DV影片。

5.1.1 进入DV转DVD向导

启动会声会影X3软件，在启动画面中选择**DV转DVD向导**进入主画面。

5.1.2 扫描/捕获设置

如果用户要直接刻录整卷DV影带，可以选择**刻录整个磁带**，并设置**区间**(按照摄录时采用的录像带长度来选择**SP 60 分钟**或者**LP 90 分钟**)。

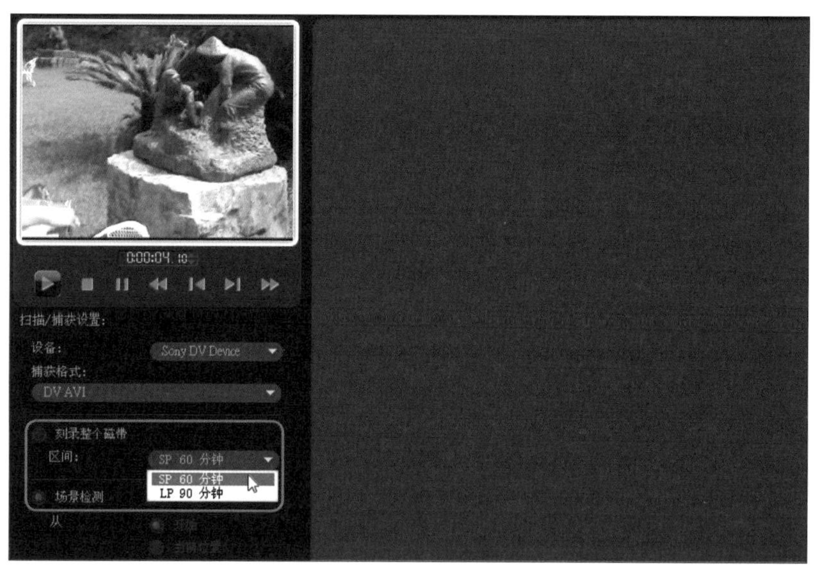

如果希望由某一时间开始捕获，可以先选中 **场景检测** 单选按钮，再选择 **开始** 或者 **当前位置**，以及设置**速度**（有 **1X**、**2X**，以及 **最高速度** 3种选项），快速地扫描影片，进行简易的编辑。

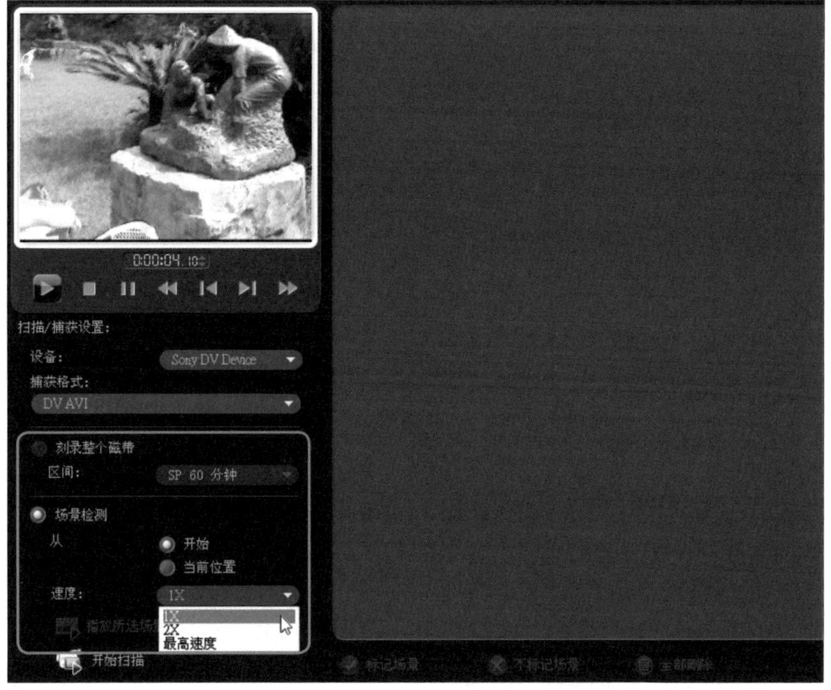

其他相关信息

- 目前DV录像带的价位已经相当便宜，建议录像时，采用标准“SP 60分钟”录影，才能达到较好的录像质量，以及利用不同机器捕获时，也能够获得较好的兼容性。
- **场景检测** 中的 **开始**，是从录像带起点开始扫描；如果已经先选择要捕获影片开始位置，则选择 **当前位置**。扫描速度 **1X** 为1:1的时间，比较费时，而 **2X** 或者 **最高速度** 可以节省检测时间，但容易磨损磁头与机器，用户可以自行衡量。

5.1.3 开始扫描

确认设置后，单击左下角的 **开始扫描** 按钮。

5.1.4 扫描完成

扫描后，将刚扫描的影片放人查看区，可以通过此查看影片片段；而下方的 **标记场景** 与 **不标记场景**，则可以决定该影片是否要被捕获（在影片缩略图右下角显示打勾标记的为要捕获的片段）。确认捕获标记后，单击 **下一步** 按钮，进人刻录设置操作（具体操作步骤请参考下一节的说明）。

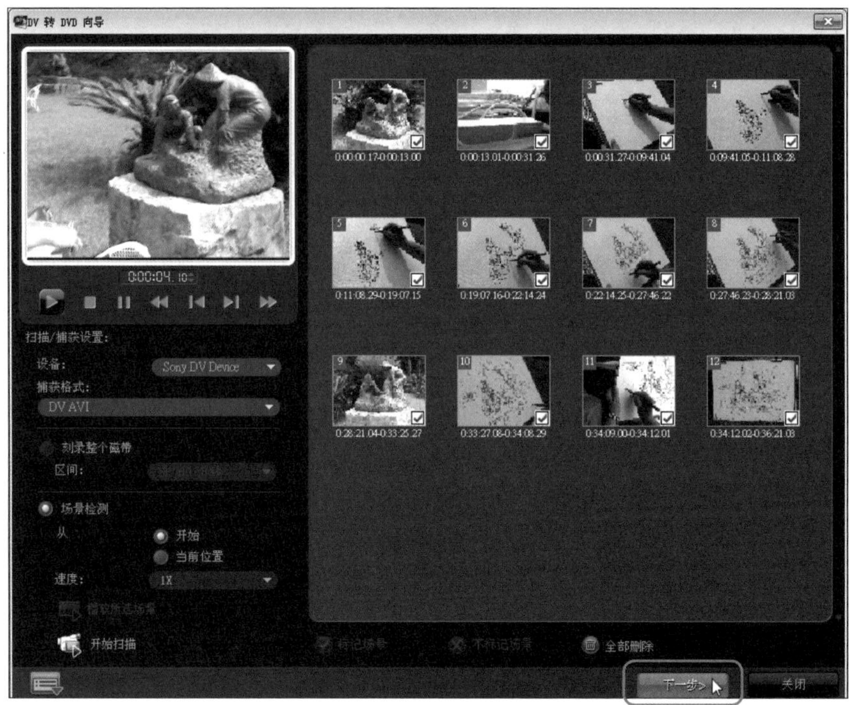

打开与保存快速扫描摘要

窗口左下角的 **选项** 按钮，可以将DV快速扫描摘要保存为专用文件.sca，用作记录相片的简介或备忘录。

打开 DV 快速扫描摘要...
保存 DV 快速扫描摘要...
以 HTML 格式保存 DV 快速扫描摘要...

5.2 应用模板与DVD光盘制作

完成捕获操作后，本节将为用户介绍刻录格式设置与内置主题模板，让用户可以轻轻松松完成具有个人风格的DVD光盘。

5.2.1 设置刻录相关格式与模板

承接上述步骤，完成刻录前的相关格式与模板设置。

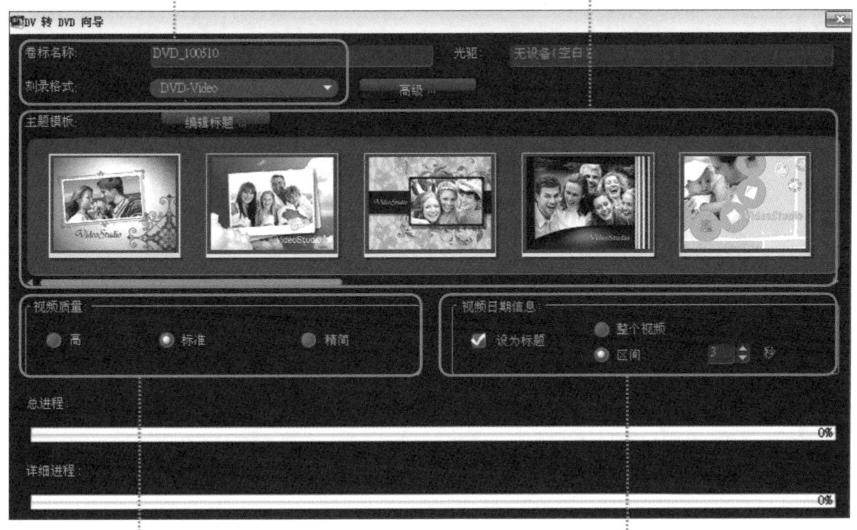

选择输出的 **视频质量**

如果要制作包含日期信息的影片，请选择 **设为标题** 复选框，并选择要在整个视频都出现，或者固定出现几秒钟。

5.2.2 编辑模板标题文字

如果要自定义主题模板文字，可以单击 **编辑标题** 按钮，在 **编辑模板标题** 对话框中单击 **开始** 或者 **最后面** 标签，接着双击要修改的文字，即可修改如字体、色彩或阴影设置属性。

5.2.3 开始刻录

单击 **刻录** 按钮，就会自动开始捕获、转换文件并完成刻录的操作。

创建DVD文件夹

如果计算机没有准备刻录机或者未放入空白DVD光盘，仍然单击 **刻录** 按钮，则会声会影会弹出一个对话框，询问在设备内并无光盘或找不到设备的情况下，是否要在工作文件夹内创建DVD文件夹，以便日后使用。

刻录步骤提供的高级设置

- 刻录步骤提供了高级设置，可以单击 **高级** 按钮，或者单击左下角的 **选项** 按钮在下拉列表中选择 **高级** 命令，打开 **高级设置** 对话框，选择常用功能进行调整。例如，刻录后删除临时文件、显示的比例、是否要创建DVD文件夹等。

- 为了避免发生硬盘空间不足而无法继续刻录的情况，可以在 **高级设置** 对话框中，将 **工作文件夹** 的保存路径修改为较大的硬盘空间。
- **自动添加章节** 并不会改变拍摄画面的画质，所以用户可以根据个人需求决定是否选择此功能。
- 单击左下角的 **选项** 按钮，在下拉列表中还提供转换到影片向导或者会声会影编辑器的功能，便于继续进行高级编辑。

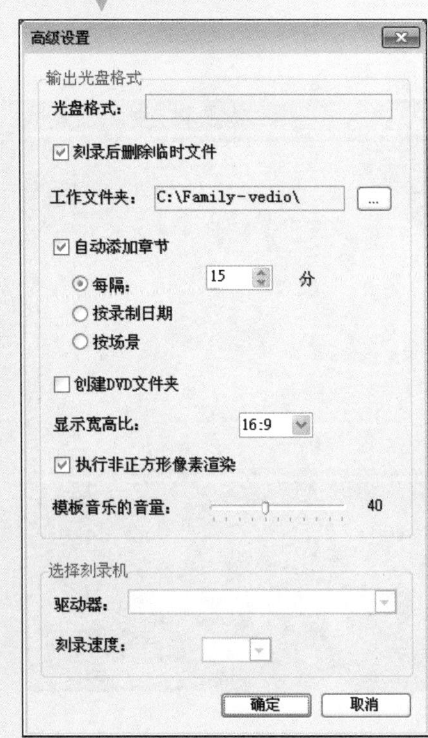

第3篇　主题操作

第6章　进入影音世界——准备工作

会声会影除了提供“简易编辑”以及“DV转DVD向导”两个快速制作模式外，还提供了强大的剪接、编辑与添加特效等高级功能。本章针对会声会影“高级编辑”模式的使用环境与基本操作进行说明，让用户利用3大步骤制作出媲美专业的影片作品。

6.1 操作环境介绍

会声会影提供了兼顾实用与易操作的环境界面，让用户可以轻松快速地制作出具有专业水平的视频作品。所谓“工欲善其事，必先利其器”，在进入剪辑编修前先了解操作环境。

6.1.1 进入会声会影

启动会声会影X3软件，在启动画面中单击 **高级编辑** 图标进入主界面。

6.1.2 认识会声会影X3操作环境

全新改版的界面设计，从 **捕获**、**编辑** 到 **分享** 3大步骤，操作环境更直观、简单易操作，并且能够快速切换到脚本或时间轴视图模式，让影片剪辑更轻松、更准确，现在先认识整个环境的布置。

1. 菜单栏

提供 **文件**、**编辑**、**工具**、**设置** 4大类别命令。常用的如 **新建项目**、**打开项目**、**保存**、**项目属性**、**参数选择**、**保存修整后的视频** 等功能。

2. 步骤面板

会声会影采用了步骤式的工作流程，X3版将创建影片的过程简化为3大步骤，只需要按部就班、从左到右地按顺序进行操作，可化繁为简地完成自己的视频作品。

3. 素材库/素材面板

素材库是一个让用户整理影片所需资料的区域，例如，视频素材、视频滤镜、音频素材、静态图像、转场效果、音乐文件、标题、装饰或动画特殊素材等，显示为缩略图。有些是会声会影内置的素材，这些资料统称为媒体素材。

而素材库中的素材，可以通过“素材库面板”根据素材类型筛选要显示的内容，共分为6大类：包括 **媒体**、**转场**、**标题**、**图形**、**滤镜** 和 **音频**。

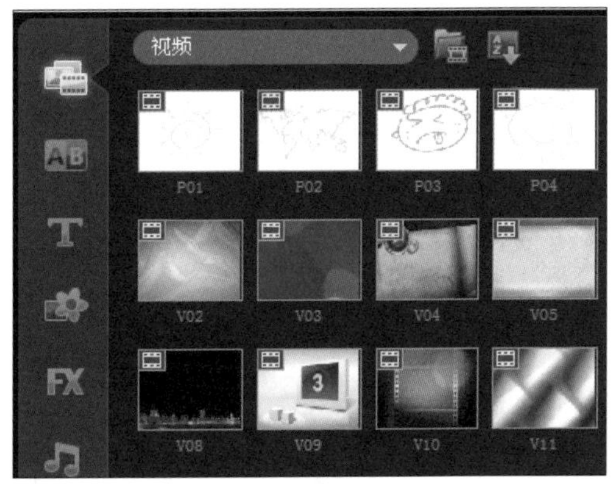

4. 选项面板

会根据当前查看的素材、模式或步骤等的不同而显示相关设置属性。

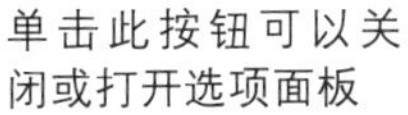
单击此按钮可以关闭或打开选项面板

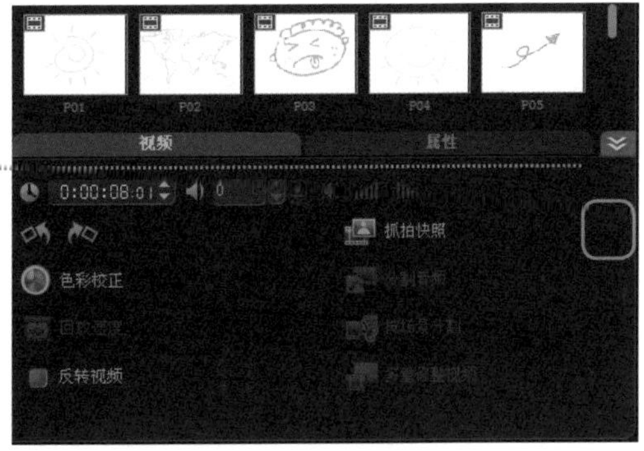

5. 导览面板

“导览面板”可以播放选定的素材或项目，还可以使用修整功能快速地编辑素材。

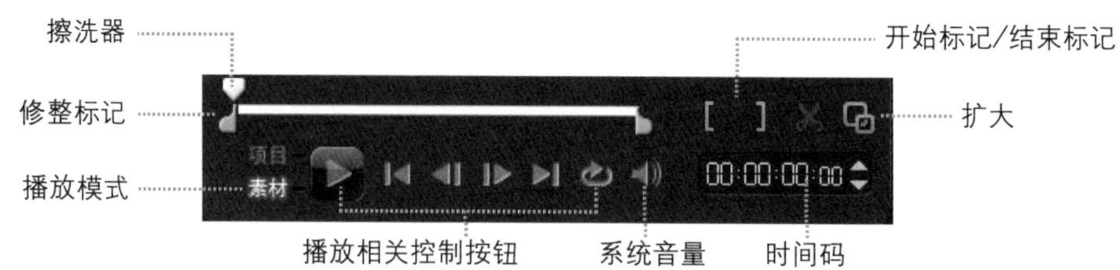

- **擦洗器**：浏览指定位置的项目或素材。
- **修整标记**：设置项目的预览范围或修剪素材。
- **播放模式**：可以选择要预览整个项目或者只是预览选定的素材。
- **播放相关控制按钮**：包含 **播放修整后的素材**、**起始**、**上一帧**、**下一帧**、**终止**、**重复** 6个控制按钮，主要控制素材或项目的播放相关操作。
- **系统音量**：可以调整素材的音量。
- **时间码**：以“时：分：秒：帧”的格式显示指定时间码，可以指定精确的时间码直接跳转到项目的某个时间点或选定的素材上播放。
- **扩大**：将预览窗口放大显示。
- **开始标记/结束标记**：用来设置项目的预览范围，或标记修整素材的开始点与结束点。

6. 工具栏

应用工具栏上的按钮可以切换 **故事板视图** 与 **时间轴视图** 模式，另外还可放大和缩小项目时间以及启动不同的工具来提升编辑效率。

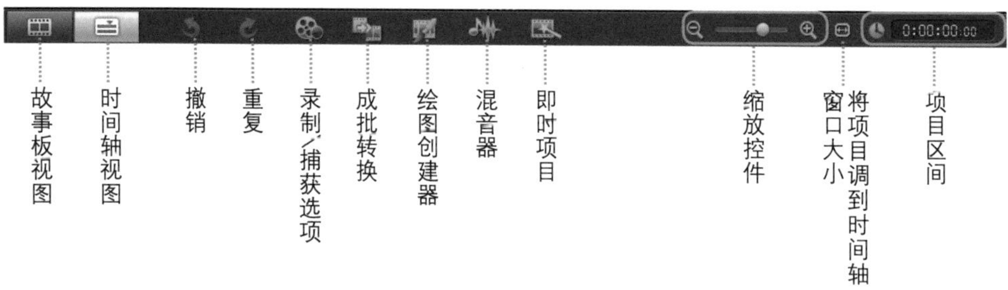

6.2 影片编辑基本概念与流程

许多人只知道准备影片剪辑的硬件与软件，除此之外，是否具备相关的剪辑概念？了解什么是“项目”、“素材”、“帧”与“图场”吗？这些都是操作会声会影剪辑影片时最基本的概念，以下利用简单的说明与图表带领大家一起学习。

6.2.1 认识素材、脚本与项目

会声会影是一套整合视频剪辑与影片制作的软件，进行影片剪辑之前要先带领大家来认识一些基本概念，让剪辑工作更容易上手。

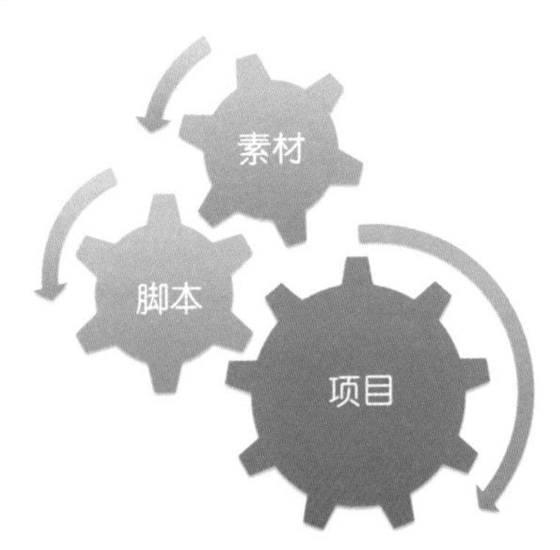

1. 素材

一份完成的影片作品是由各种类别的“素材”组成，素材的类别包括视频、照片、音频、色彩、转场效果和文字等。

2. 脚本

脚本也就是剧本的意思，以构思好的故事情节，将各个素材按照内容与性质安排在会声会影中的脚本栏中。放置在脚本栏上的素材会以内容缩略图呈现，这样作品就会根据此安排进行播放。

3. 项目

由素材与各个特效整合而成的影片作品在会声会影中称为“项目”。当在会声会影完成视频影片剪辑并且保存为项目文件（*.VSP）时，会将制作过程中加入的各类素材与特效完整保留，待下次再打开此项目文件时，仍然可以继续针对素材与特效加以编辑。

项目只会记录各素材的链接路径，而不是将素材完全加载到其中，所以在打开项目文件时如果找不到来源素材，将无法顺利编修。如果将项目文件经过 **输出** 步骤转换为其他文件格式（.wmv、.avi、.mpg），素材与特效会被包装并融合到该文件格式下，那么下次在会声会影中打开此类文件时，将无法分别进行编辑。

6.2.2 现行视频播放系统

目前的电视播放系统有模拟系统与数字系统两种。生活中常见的有线电视，以模拟信号为主，只有部分实现数字化转换的城市开播了数字电视频道，但是需要额外缴费以及购买数字机顶盒，因此尚未普及。

1. 模拟视频系统

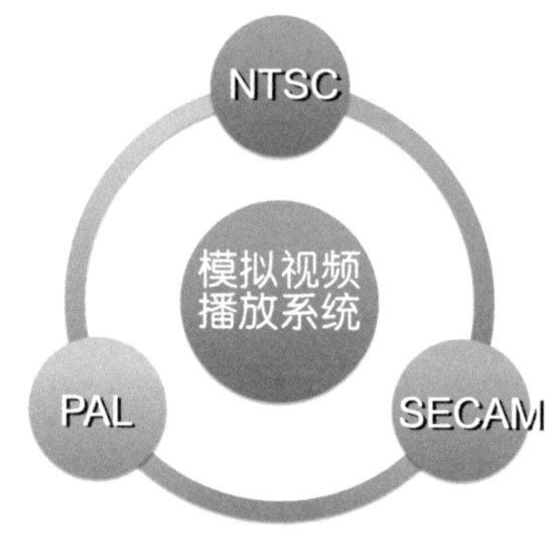

中国大陆地区电视的模拟信号为PAL制式，另外还有NTSC与SECAM等电视制式。这3种制式系统都是通过每秒传送固定数量图形的方式产生动态图像，其区别说明如下：

- **NTSC**（National Television Standards Committee）适用于美国、加拿大、中国台湾等北美及亚洲国家和地区：每帧525条水平扫描线、每秒30（29.97）帧、隔行扫描。
- **PAL**（Phase Alternation Line）适用于欧洲、中国大陆及南太平洋国家和地区：每帧625条水平扫描线、每秒25帧、隔行扫描。
- **SECAM**（Sequential Color And Memory）适用于法国、一些欧洲及俄罗斯国家和地区：每帧819条水平扫描线、每秒25帧、逐行扫描。

播放时，播放的信号和接收的设备要采用相同的视频系统才能收看。

2. 数字视频系统

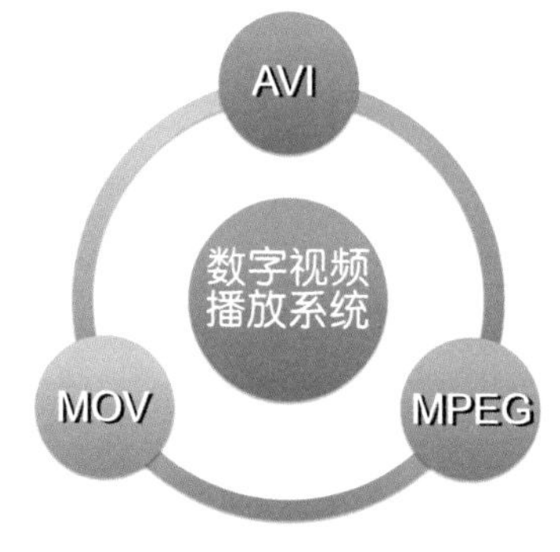

什么是“数字电视”？所谓的“数字”是指传播过程中所使用的方式。数字电视是一种将电视台发送出来的画面信号经数字化处理后，变成一串数据，再以数字方式传送到家中的新科技广播电视系统，其所传送的画面及音质都比传统模拟电视优良许多，并且可传送大量的数据。

对于电视观众来说，其操作及收视方式与传统电视并没有什么不同，却可以接收到较高质量的画面以及拥有更多的功能。以下说明数字视频的格式。

- **AVI**：由Microsoft和Intel所共同制定的视频压缩技术规格。
- **MOV**：由Apple所提出的QuickTime Movie视频文件标准。
- **MPEG**：由世界所制定的视频文件压缩标准，目前已经发展出Mpeg4的规格，以后将会有Mpeg7等新规格的出现。

一般家用电视可通过信号转换盒（即数字机顶盒）收看高质量视频

根据国家广电总局制定的时间表，我国将在2015年完成模拟向数字的过渡。鉴于诸多制约因素，当前上海等实现数字化转换的城市设置的数字电视分辨率规格仅为480线，虽然已经具备如现行DVD的影音质量，但是很可惜没有选定更高质量的规格，目前最高数字电视分辨率规格为1080线。一般家用电视，需要通过一个信号机顶盒才能收看，如果新购买的电视机已经具备接收数字信号功能，则可以直接收看。

6.2.3 认识帧

1. 电视每次的传送画面叫“帧”

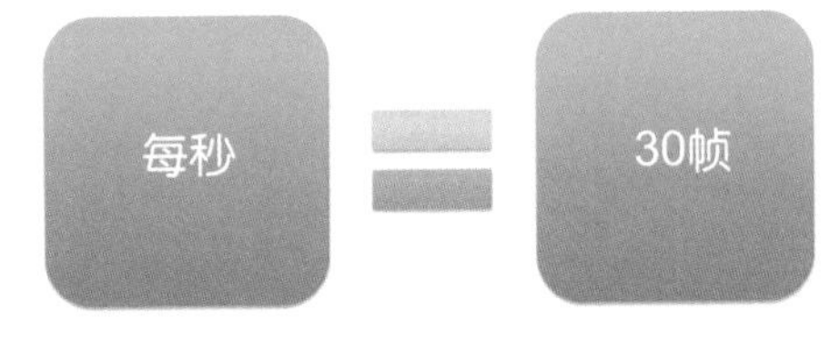

一般来说，眼睛的视觉暂留约为1/16秒，也就是说每播放15帧/秒以上，眼睛就会产生假象认为它是连续的动作。电视利用图像画面的组合，每秒传送30次画面，产生连续的动态图像。每一次的传送画面叫做“帧”(Frame)。

帧是由“扫描线”集合而成的。其中扫描线根据不同的视频制式而有差异，以NTSC制式为例，每帧有525条线，也就是用1/30秒（1Frame）传送525条扫描线。

2. 丢弃帧/非丢弃帧

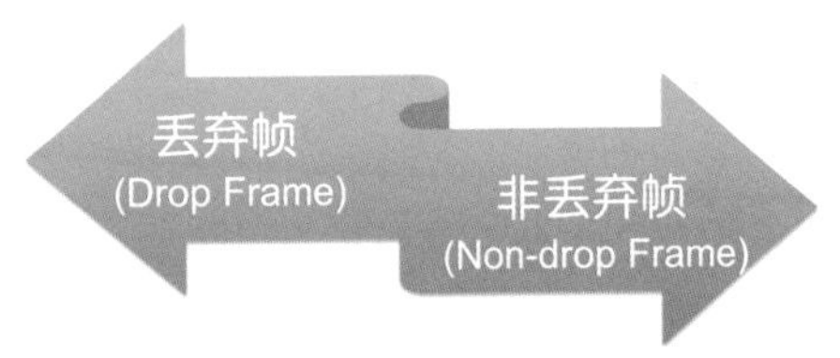

“帧”主要分为两种类型：“丢弃帧”（Drop Frame）与“非丢弃帧”（Non-drop Frame）。以NTSC制式来看，非丢弃帧为30帧/秒，丢弃帧为29.97帧/秒。

然而大多数的录影器材的机械速度只能达到每秒29.97fps（Frame Per Second）即丢弃帧类型，而在计算机上时间的显示方式是HH:MM:SS.FF。因此，第一个帧显示为00:00:00.00、依序为00.01、00.02……00.29然后是01.00，不过这样的显示方式是以30帧/秒而定，按照这样方式计算到最后显示的时间会比真正影片播放的时间短。为了让视觉上播放更加顺畅，平均每分钟结束时遗漏两个帧，而第10分钟不作遗漏帧的操作。

6.2.4 场与场顺序

1. 场/隔行扫描

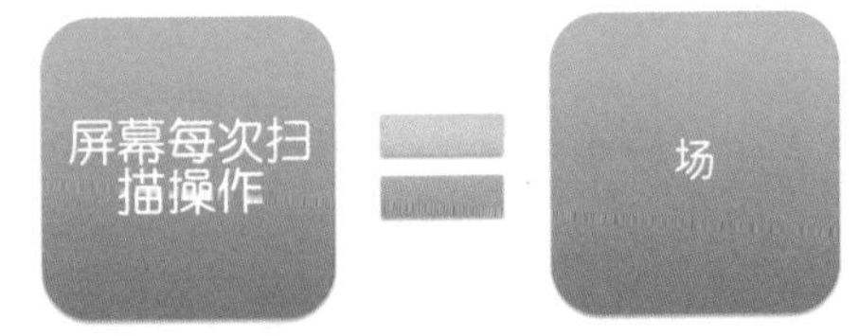

传统电视屏幕播放时，以NTSC系统为例，是通过单数扫描线1、3、5……与双数扫描线2、4、6……两次扫描所合成的，每一次扫描被称作“场”（例如，当标示600Hz子场即指每秒扫描600次），用1/60秒来传递，此方式称为“隔行扫描”。

在“隔行扫描”时的场顺序可分为 **低场优先** 与 **高场优先** 两种。

- **低场优先**：是由奇数扫描线先显示，偶数扫描线后显示，在会声会影中称为“低场优先”的帧类型。
- **高场优先**：是由偶数扫描线先显示，奇数扫描线后显示的帧类型。

建议：在会声会影软件中，如果制作的影片用于传统电视屏幕播放，请设置其帧类型为 **低场优先** 或 **高场优先**。

2. 非隔行扫描

"非隔行扫描"（Non-Interlace）是一次传送整个帧，通过扫描线1、2、3、4、5……依序扫描，常称为"逐行扫描"（Progressive）或"倍频扫描"，计算机使用的屏幕就是用此方式呈现。目前新规格电视也应用此逐行的方式，甚至达到16倍频的高画质，有机会可以去商场体验各种规格电视的质量差异。

建议：在会声会影软件中，如果制作的影片用于计算机或新规格电视（支持倍频扫描）上播放，请设置其 **帧类型** 为 **基于帧**。

为什么在"计算机播放"或"电视播放"时要选择不同的"帧类型"？

如果视频编辑软件没有按照播放媒体指定合适的帧类型，就无法正确地处理与显示场，这样会影响制作出来的视频效果。要指定帧类型，请参考本章其他节的操作说明。

6.2.5 影片剪辑流程

影片剪辑到底需要哪些过程与操作？通过下表让用户掌握剪辑的大方向（右侧标示为书中相对应的章节）：

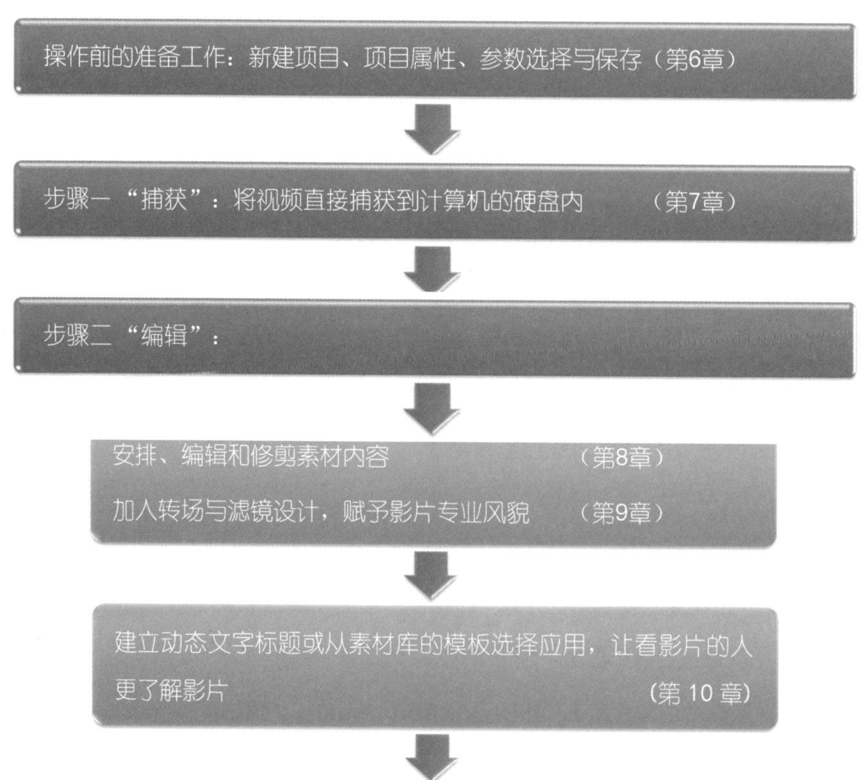

加入子母画面、色彩、对象、边框和Flash动画素材等，让影片更有趣
（第11章）

根据影片内容情境，动手录制旁白与加入背景音乐
（第12章）

步骤三“分享”：影片完成！将内容刻录成光盘与大家分享（第13章）

6.3 项目文件的打开与保存

进入会声会影“高级编辑”工作模式时会自动新建一个项目，让用户可以开始制作影片作品。会声会影的项目文件以（*.vsp）文件格式保存，本节将针对项目文件的3大控制功能：新建项目文件、打开项目文件和保存进行说明。

6.3.1 新建项目

选择 **文件 | 新建项目** 命令，会声会影关闭进行中的工作，并新建一个项目。如果有尚未被保存的项目，系统会提醒用户是否要先保存。

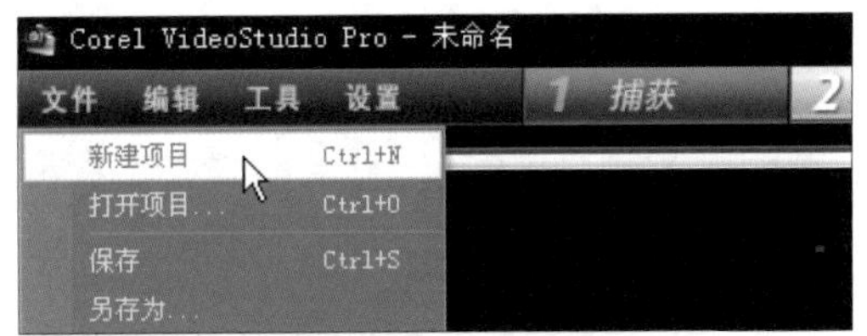

在提示保存的对话框中，若单击 **是** 按钮会进行保存并关闭该项目的操作，若单击 **否** 按钮则不保存当前的项目。会执行这样的确认操作是因为会声会影一次仅能打开一个项目进行剪辑。

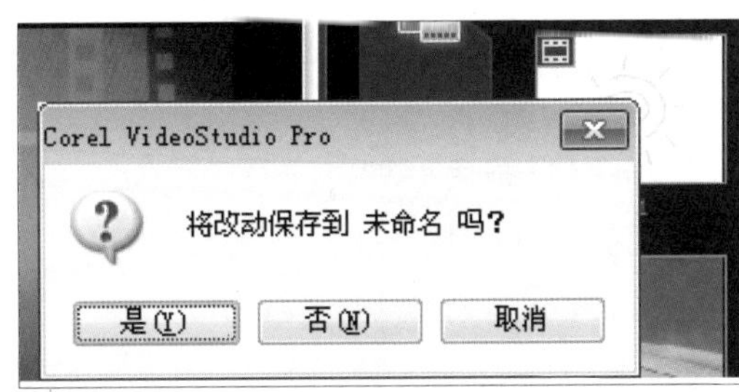

6.3.2 打开项目

选择 **文件 | 打开项目** 命令，可以打开已有的项目文件。打开后会调用该项目保存时的状态，以供继续编辑。

同样，如果遇到尚未保存的项目时，会提示用户是否要保存进行中的项目，再打开项目。

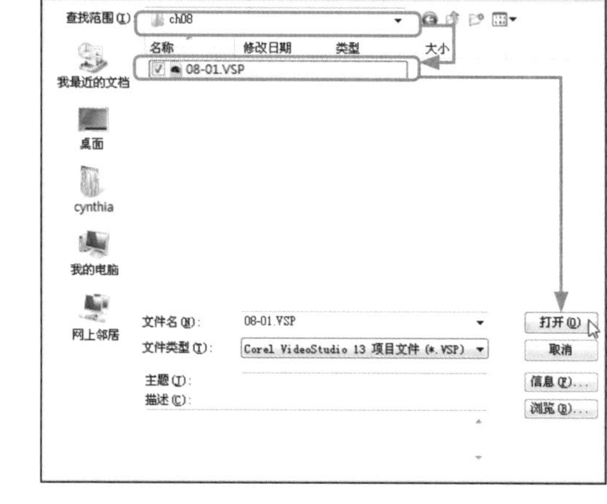

指定文件所在位置后，选择该文件再单击“打开”按钮即可。

6.3.3 保存项目

选择 **文件 | 保存** 命令，让用户将当前的工作保存为会声会影的项目（*.VSP）。单击“保存”按钮后，将工作状态与相关设置一起保存，供以后继续进行编辑。

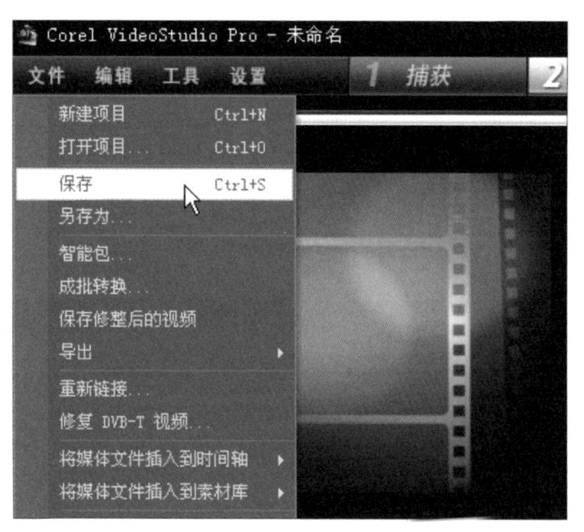

6.3.4 另存新文件

选择 **文件 | 另存为** 命令，让用户将进行中的项目保存为另一个项目文件。选择“另存为”后，在其对话框中可以输入保存项目的文件名与位置。

保存项目文件的快捷键

使用影音编辑程序相当耗费计算机的资源，所以记住随时保存文件，避免一旦计算机死机，前面的辛苦设置全部白费！按 Ctrl + S 键立即保存项目内容。

6.4 创建专用的项目属性

打开新的影片项目文件时，新项目一律使用应用程序默认的项目设置。项目设置主要是决定预览项目时的影片建构方式、外观和质量，建议设置时将其设置为与要捕获的影片属性一样，以避免产生扭曲或跳帧的现象。

本书范例的主要结构是以数个“日月潭缆车之旅”拍摄下来的影片与相片设计组合，首先进入会声会影软件 **高级编辑** 模式，新建一个项目。

6.4.1 设置项目主题、描述与格式

选择 **设置 | 项目属性** 命令，设置项目主题、描述与格式。

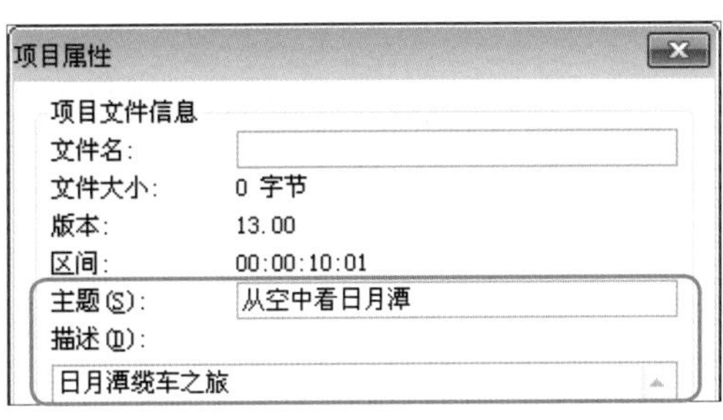

在“主题”文本框中输入项目主题名称、在“描述”文本框输入项目相关说明文字。

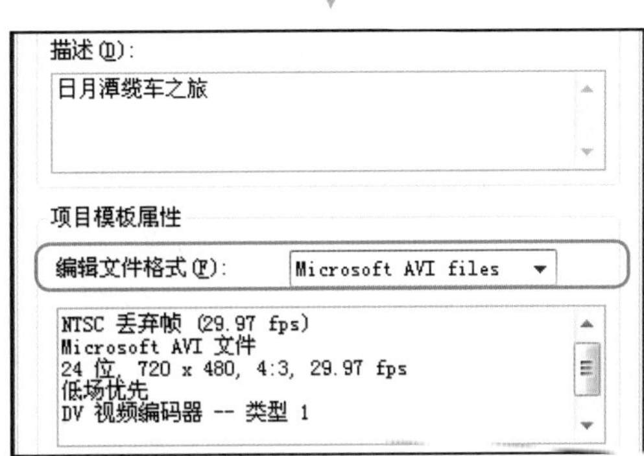

“编辑文件格式”建议设置为Microsoft AVI files格式。

当由DV捕获视频时，在 **编辑文件格式** 的部分设置为**AVI**格式的捕获方式，比较能够保持原始拍摄质量与格式，捕获后在会声会影转换成需要的格式即可。

6.4.2 设置高级选项

同样在 **项目属性** 对话框中，单击下方的 **编辑** 按钮，进入高级选项中设置压缩类型、帧、数据轨等相关项目。

在 **AVI** 选项卡“压缩”列表中改变压缩方式为DV类型。

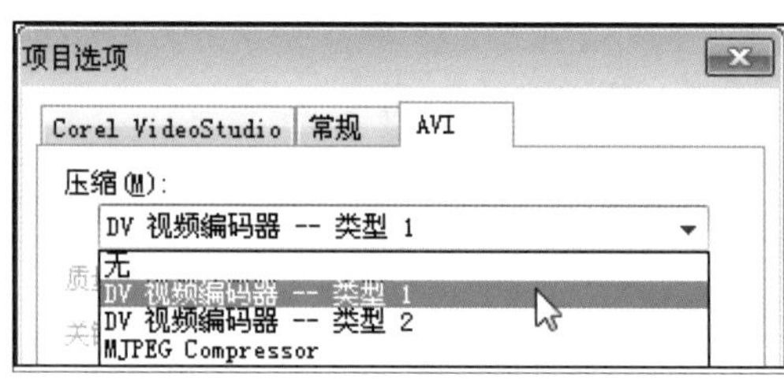

在 **常规** 选项卡的 **帧类型** 列表中按播放媒体指定合适的帧类型（可参考本章其他节说明）。在此默认制作后的影片要在传统电视上播放，所以选择 **低场优先**。

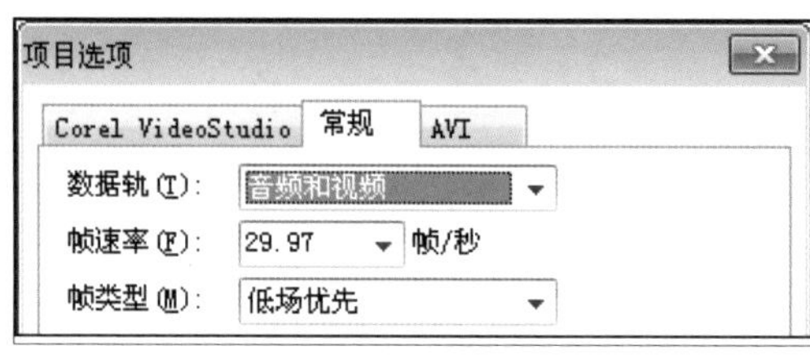

在 **常规** 选项卡 **显示宽高比** 列表中按照影片拍摄时的设置选择宽高比，再单击 **确定** 按钮。

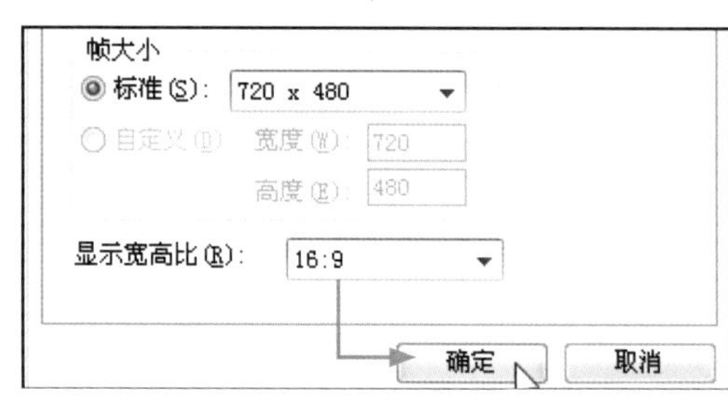

6.4.3 完成项目的选项设置

回到 **项目属性** 对话框，完成以上项目属性相关设置后回到会声会影编辑主画面。

单击 **确定** 按钮，将刚才的设置保存到当前打开的项目中。

再单击 **确定** 按钮，执行修改项目设置的操作。

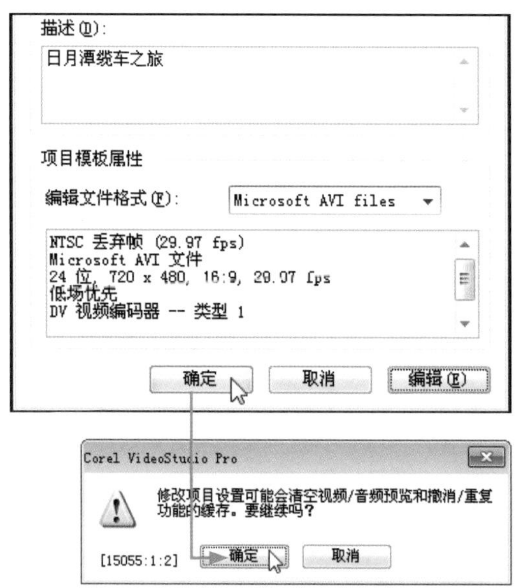

6.5 创建专用的工作环境

打开新的影片项目文件时，一般都是使用默认的工作环境设置，本节将针对这些设置，例如撤销的次数、是否使用默认转场效果、相片与色彩素材时间长度、输出的质量、启用智能型代理等简单说明与介绍，让用户更加了解、更能掌握工作环境。

6.5.1 设置“常规”标签

接续前一节的项目，选择 **设置 | 参数选择** 命令，其对话框中的设置是针对会声会影X3工作环境进行适当的调整，首先说明 **常规** 选项卡内容的相关设置。

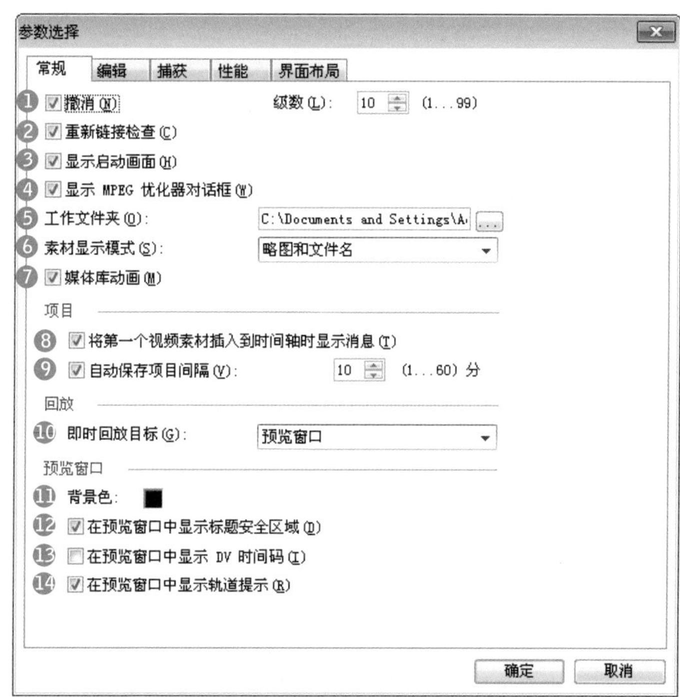

❶ **撤销**：可以返回上一个操作，也就是常见的 **撤销** 命令；在此还可以设置“级数”选项，就是允许撤销与重复的次数，一般使用默认值即可（级数设置得越多，就需要占用更多的内存空间）。

❷ **重新链接检查**：打开项目文件时，系统自动检查项目属性中素材对应的来源文件所处的位置，并重新链接到素材上。预防用户不小心改动了素材来源文件而发生链接不到的情况。

❸ **显示启动画面**：在每次启动会声会影时显示启动画面，该启动画面可以选择要进入高级编辑或简易编辑以及DV转DVD向导。

❹ **显示MPEG优化器对话框**：当需要转换文件为MPEG格式时，会自动打开提示及设置窗口，询问是否针对MPEG进行优化。经过处理后，如果重新编辑，则仅针对部分重新编码，可以大幅度缩短格式转换时间。

⑤ **工作文件夹**：默认保存项目文件的位置，如果要更改路径，可以单击 [...] 按钮浏览设置路径。

⑥ **素材显示模式**：针对素材在时间轴的显示方式。

- 选择**仅略图**，则会显示完整的影片略图。
- 选择 **仅文件名**，则会显示素材的文件名。
- 为了节省计算机硬件资源，又希望能够看到素材内容时，建议使用默认值 **略图与文件名**，只显示素材的第一张略图与文件名。

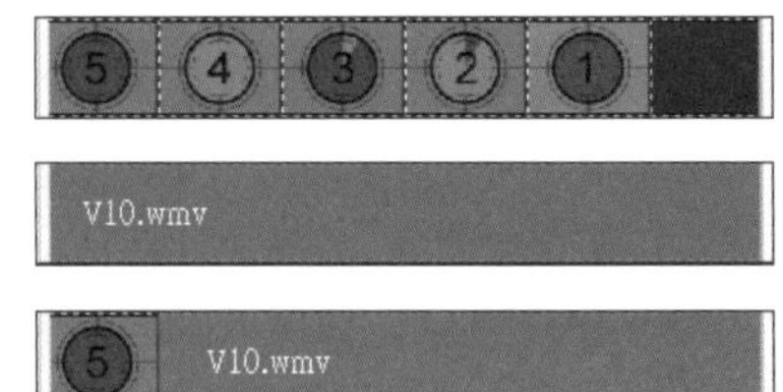

⑦ **媒体库动画**：选择此选项，在每次启动软件时会自动载入用户电脑中存放的视频、音频和图像等相关素材，并整理在素材库下拉列表框的“Windows媒体库”中。

⑧ **将第一个视频素材插入到时间轴时显示消息**：将第一个视频素材捕获或插入到项目中时，会自动检查素材与项目的属性。如果文件格式、帧大小等属性不同，就会显示信息并提供选项，让用户能够将项目设置自动调整为符合当前素材的属性。

⑨ **自动保存项目间隔**：可以设置定时自动保存项目，可以避免长时间编辑忘记保存时，发生计算机死机而丢失编辑项目的遗憾。

⑩ **即时回放目标**：可以选择在哪里播放项目。

⑪ **背景色**：“视频轨”上没有视频素材时显示的背景颜色。

⑫ **在预览窗口显示标题安全区域**：建立标题文字时会根据项目格式的设置显示标题的安全区。这样可以避免实际播放时，文字被裁切掉而显示不全。

⑬ **在预览窗口上显示DV时间码**：播放DV影片时，在预览窗口上会显示DV影片的时间码。显卡必须有VMR（视频混合生成器）兼容才能显示，而实际输出制作并不会显示该时间。

⑭ **在预览窗口中显示轨道提示**：当使用多个视频覆叠轨时，可以有多个素材覆叠在预览窗口中。选中该复选框，会在预览窗口中显示该素材所属的轨道编号。

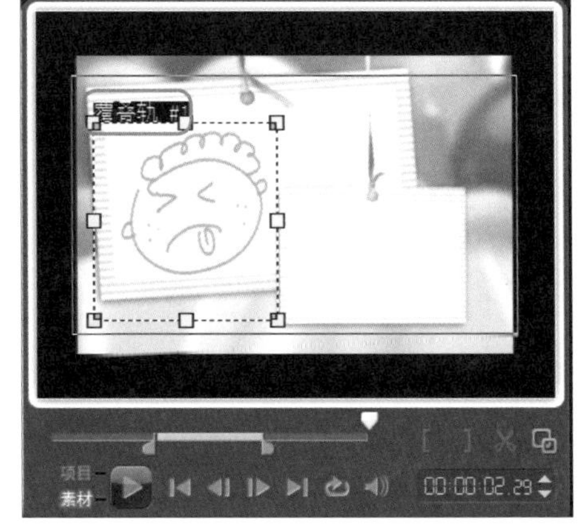

6.5.2 设置“编辑”标签

接着介绍 **参数选择** 对话框中的 **编辑** 标签的相应设置。

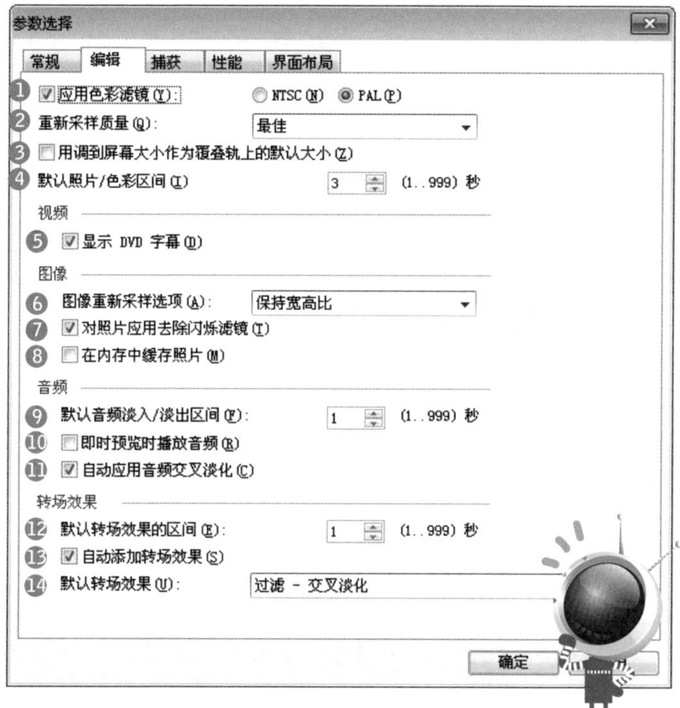

❶ **应用色彩滤镜**：电视系统分为NTSC与PAL，根据地区视频类别选择要应用的色彩滤镜，确保所有色彩都是有效的。如果仅在屏幕上显示，则撤选该复选框。

❷ **重新采样质量**：可以设置所有素材与特效的输出质量。设置的质量越高，产生的视频效果越好，而实际软件渲染转换的时间也相对越长。如果确定要输出最终版本的作品，建议选择“最佳”，如果是预览输出效果，可以选择 **好** 比较快速完成。

❸ **用调到屏幕大小作为覆叠轨上的默认大小**：选中该复选框，将覆叠轨中的素材默认大小设为屏幕可容纳的大小。

❹ **默认照片/色彩区间**：指定要添加项目中的所有图像、色彩素材的播放长度，时间以秒为单位。该区间的设置，可以省去每次插入图像、色彩素材时需要手动调整的操作，尤其是一次插入大量图像素材时，发现所有图像的播放长度会根据该设置值自动调整，既方便又快捷。

❺ **显示DVD字幕**：导入DVD格式的影片时，可以选择是否显示读取字幕。

❻ **图像重新采样选项**：图像采样的方式共有两种，分别为 **保持宽高比** 与 **调到项目大小**。建议使用默认值 **保持宽高比**，这样会根据原素材样本比例进行调整，才不会因为帧的变化而产生变形。另外，**调到项目大小** 会将图像大小按照项目的帧设置调整大小。

❼ **对照片应用去除闪烁滤镜**：选中该复选框，在使用电视来查看图像素材时，减少闪烁。

❽ **在内存中缓存照片**：选中该复选框，可以将图像素材保存在计算机的内存中，拥有更好的编辑和播放效果，但是会消耗大量的内存空间，甚至会影响软件的运行效率，建议使用默认状态不选择即可。

第3篇 主题操作

⑨ **默认音频淡入/淡出区间**：指定音频素材淡入/淡出效果的时间。例如，当用户为影片配上背景音乐时，背景音乐的区间与视频的长度可能不匹配，这时可以利用 **音调** 步骤选项面板中的 **淡出** 功能，让背景音乐逐渐地减小音量。如果淡入或淡出效果的秒数设置太短，容易让背景音乐仓促结束，显得很突然，太长又达不到效果，一般建议设置为3～5秒效果最佳。

⑩ **即时预览时播放音频**：在时间轴上利用预览滑杆预览画面时，能够同步播放音频文件。

⑪ **自动应用音频交叉淡化"**：选中该复选框，软件会自动判断当前项目中各轨道内是否有重叠的音频，若有时会在重叠的部分自动应用音频的交叉淡化效果。

⑫ **默认转场效果的区间**：指定插入多个素材时，其转场效果的时间秒数，常用的设置为1～3秒。

⑬ **自动添加转场效果**：选中该复选框，只要在脚本栏中加入视频或图像素材，会声会影会自动在素材与素材之间添加转场效果，这样就不需要一个个手动添加，用户可以在短时间内迅速完成转场效果的设计。

⑭ **默认转场效果**：默认转场效果为 **随机** 选项，用户还可以更改转场效果，建议将效果设置为 **交叉淡化**。

当插入照片/色彩素材时，会自动设置显示的时间。

如果设置自动添加转场效果，默认的转场效果会自动应用在拖曳到故事板的素材之间。

6.5.3 设置"捕获"标签

接着介绍 **参数选择** 对话框 **捕获** 标签内的相关设置。

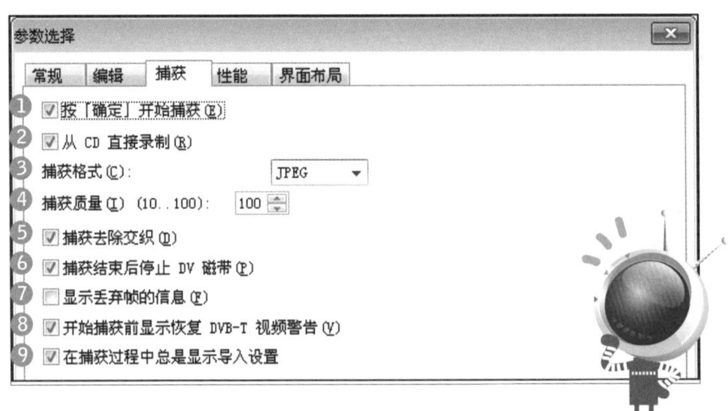

❶ **按「确定」开始捕获**：选中该复选框，可以在开始捕获操作之前，出现一个“确定”捕获对话框，等待实际捕获视频与磁带移到正确时间位置后同步进行捕获。

❷ **从CD直接录制**：选中该复选框，可以让用户直接从光驱中录制音乐CD。

❸ **捕获格式**：设置要捕获成静态图像的保存格式，可以选择为BITMAP或者JPEG。

❹ **捕获质量**：设置捕获成静态图像JPEG文件的压缩质量，数字越大质量越好，相对的文件也会越大（BITMAP无法设置图像质量）。

❺ **捕获去除交织**：选中该复选框后，在下载文件时使用固定图像分辨率，相对于交织图像使用的渐变图像分辨率。

❻ **捕获结束后停止DV磁带**：可以设置为让DV在视频捕获完成后，立即自动停止播放磁带。

❼ **显示丢弃帧的信息**：选中该复选框，可以显示在捕获视频时丢弃多少帧。

❽ **开始捕获前显示恢复DVB-T视频警告**：选中该复选框，提示是否需要恢复DVB-T视频文件。因为DVB-T为数字电视视频，容易发生捕获数字电视信号时，影音不同步的情况，因此可以利用恢复原DVB-T视频功能修复影音不同步的问题。

❾ **在捕获过程中总是显示导入设置**：选中该复选框，每次捕获视频时都会显示相关的导入设置。

6.5.4 设置“性能”标签

接着说明 **参数选择** 对话框“性能”标签内的相关设置。

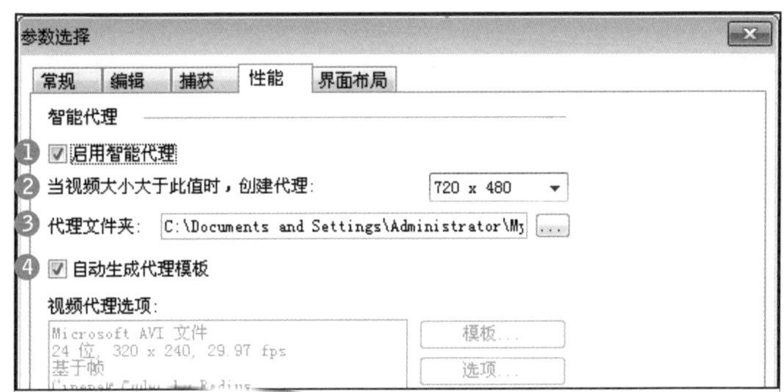

❶ **启用智能代理**：此功能可以让用户的普通计算机也能用编辑DV的方式来编辑HDV中的高画质视频。因为编辑高画质视频会消耗计算机的资源，而 **启用智能代理** 功能时可以生成一个代理文件，代理文件是视频文件较低分辨率的工作备份。当用户在即时播放或预览时，代理文件会取代大型视频来源，而当用户在高画质设置中预览或生成视频文件时，则会再使用原来的大型视频文件。

❷ **当视频大小大于此值时，创建代理**：代理程序可以设置启用条件。例如，如果视频来源文件的画质超过设置，就会自动为该视频文件创建代理文件。

❸ **代理文件夹**：设置处理与保存代理文件的文件夹位置。

❹ **视频代理选项**：指定用来产生代理文件的设置。要更改代理文件格式或其他设置，撤选 **自动生成代理模板** 复选框，再单击 **模板** 按钮，选择合适的设置模板或单击“选项”按钮来调整详细的设置。

6.5.5 设置“界面布局”标签

会声会影X3的操作界面有两种布局方式，用户可以选择 **布局1**、**布局2** 来设置合适的界面布局。

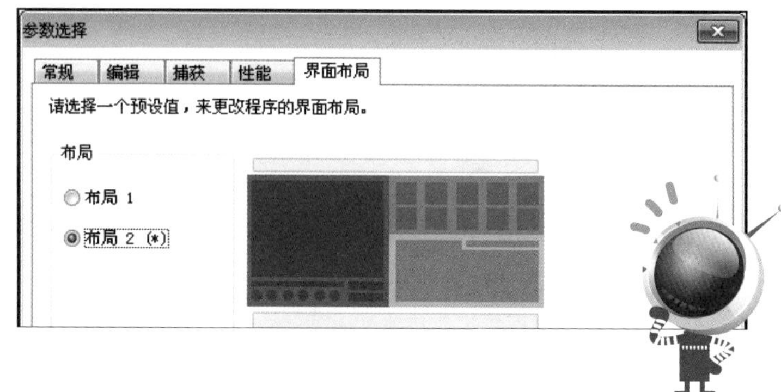

最后，记住单击 **确定** 按钮，将调整好的“参数选择”存放在当前打开的项目中。

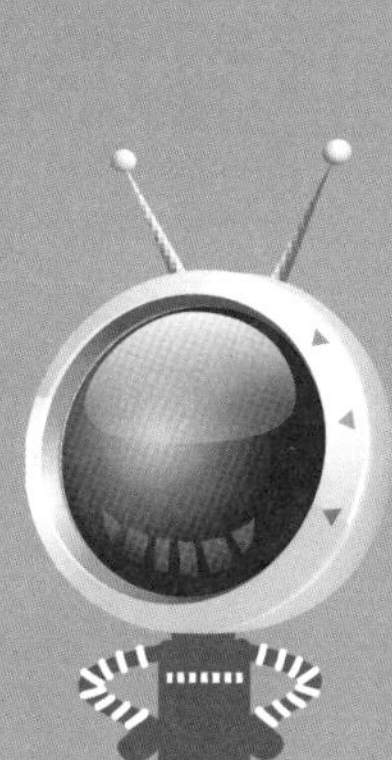

第7章 开始捕获影片

会声会影X3可以轻松从DV或HDV摄像机、AVCHD、BDMV光盘、移动设备以及模拟和数字电视接收器设备等捕获或导入视频，再将这些媒体素材摆放到素材库与时间轴中，让用户通过会声会影发挥无限创意。

7.1 磁带式DV/HDV视频捕获

目前数码摄像机保存的媒体为：磁带、硬盘、存储卡或光盘。如果用户使用的是DV或HDV摄像机，那么一定要仔细阅读本节中针对DV捕获的介绍。至于其他保存媒体会在本章相关内容中陆续进行说明。

7.1.1 检查设备连接

先将DV磁带放入DV摄像机中，并确认DV摄像机已经通过IEEE 1394线正确连接到计算机，并且切换到播放模式（Play或VCR）。另外，如果是要捕获大量的视频时，请务必接上DV摄像机的电源线，以免捕获到一半才发现电力不够，造成捕获工作中断的窘境。

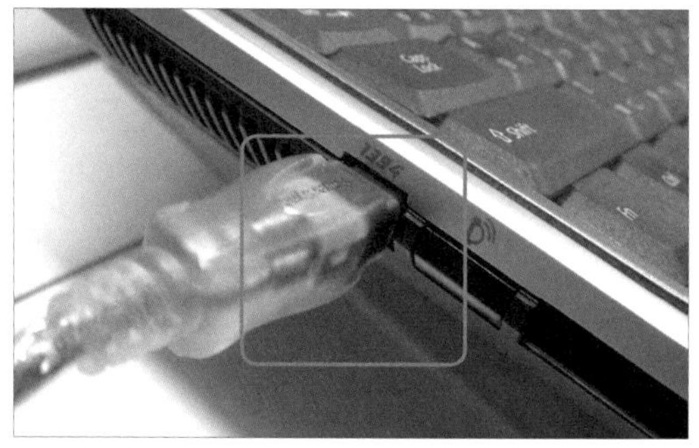

7.1.2 进入会声会影的捕获视频

完成前面的设置后，Windows系统会自动检测到外接摄像机，出现 **自动播放** 对话框，这时指定进入会声会影编辑，会自动打开会声会影软件 **高级编辑** 模式，并切换到 **捕获** 步骤。

选择Corel VideoStudio Pro项目的 捕获并编辑视频，再单击“确定”按钮。

或者用户也可以直接在会声会影软件切换到 **捕获** 步骤，进行捕获的操作。

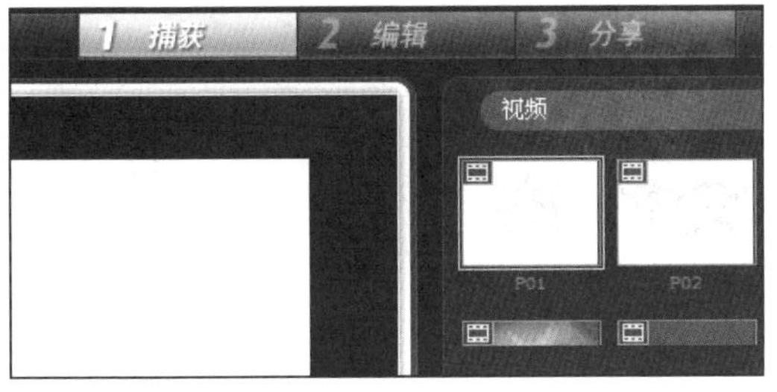

选择 捕获 按钮，进入该步骤。

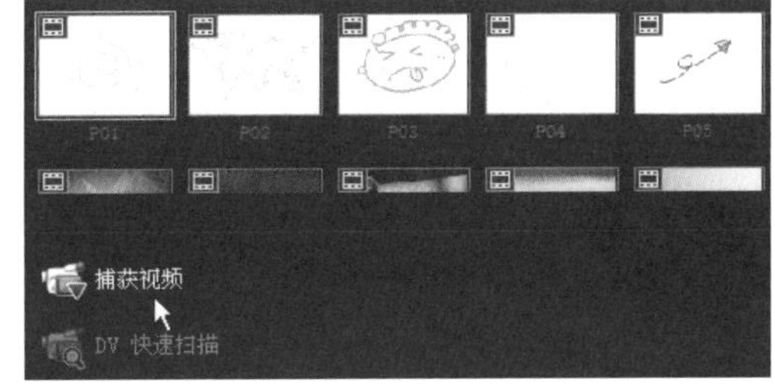

在右下方的选项面板中，单击 捕获视频。

7.1.3 捕获前的相关选项设置

当设备已经正确连接，在预览窗口中会接收到DV磁带的视频内容。然而在开始捕获视频前，必须先对视频来源、格式、场景分割等设置加以调整。

- **来源** 选项，会显示目前检测到的DV摄像机，并列出安装在计算机内的其他设备。
- **格式** 选项，可设置捕获后要保存的媒体文件格式，因为现在要捕获的是DV视频内容，所以建议将 **格式** 设置为 **DV**（可参考下方的提示）。

将“格式”设置为DV。

捕获DV格式保持原有影音质量

如果希望将DV摄像机的视频捕获并剪辑成DVD或VCD保存影片的话，建议捕获时选择保存为DV格式，这样可以直接符合DV拍摄时保存的格式，不但可以保持原始影音质量，在后续的剪辑中也不会失真；另一方面，也不必在捕获的同时进行转换格式的操作，以免造成丢弃帧或者质量不好的现象。现在的计算机硬件设备性能都相当好，在捕获原始媒体素材文件后，做好剪辑设置的工作，再利用会声会影来建构所要的产出媒体文件，这样，就能够达到比较好的质量与效果。

- **捕获文件夹** 选项，文本框中会显示保存捕获文件的默认路径，建议可以单击右侧的 按钮，指定到合适的路径。

● **按场景分割** 复选框，会自动检测DV磁带内容中不同时间、日期与地点，并且捕获视频后，自动分割成不同的媒体素材文件。不过，目前仅支持通过IEEE 1394捕获的DV格式，需要在 **格式** 中设置为 **DV** 格式时，此功能才能被有效选择。

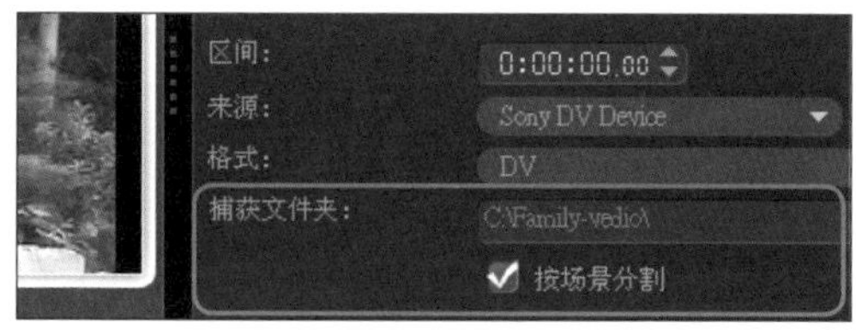

在“捕获文件夹”设置合适的路径，再选中“按场景分割”复选框。

● **选项** 选项，会依照不同捕获来源与格式有不同的设置。

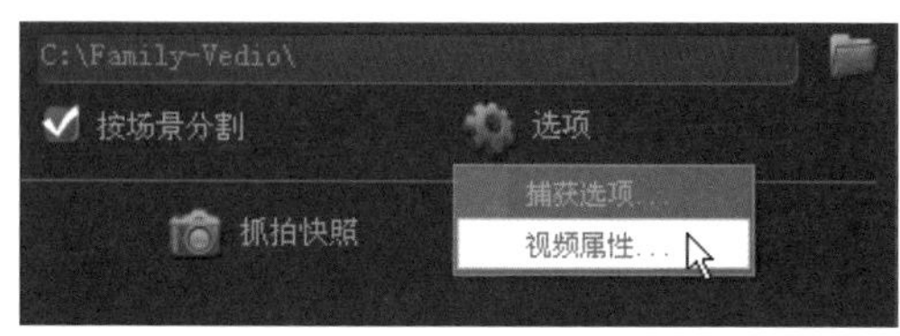

单击“选项”/“捕获选项”。

捕获选项 对话框，可以设置捕获的视频是否置于素材库或者要插入时间轴中。

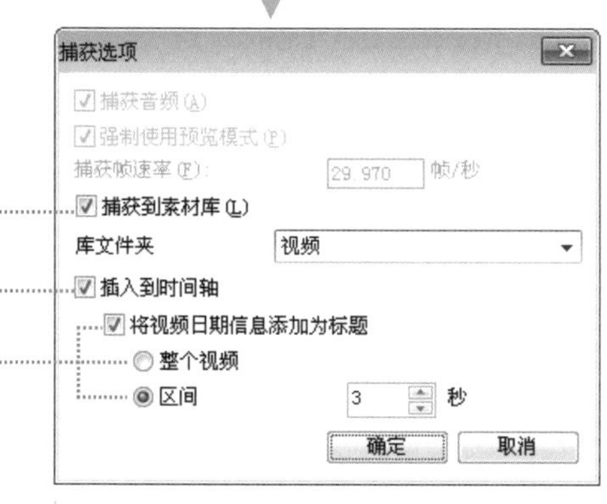

选择此复选框，可将捕获的视频添加到素材库中

选择此复选框，可将捕获的视频插入到时间轴中

选择此复选框，可在插入时间轴中的视频上方显示相关日期数据，并且可以指定是要在整个视频中都显示还是仅显示指定的时间长度。

根据喜好设置捕获视频的后续操作，再单击“确定”按钮。

如何准确地分割场景

在捕获DV时，如果选用DV格式再搭配 **按场景分割** 功能，就可以在视频捕获后自动分割该段视频，然而捕获下来的视频中若有空白段将会影响场景分割的准确性，所以摄像时需要连续拍摄，中间不宜有空白段。

此外，全新的空白磁带在拍摄前，可以事先将DV摄像机盖着镜头拍摄一遍，让磁带保持时间的连续性，这样自动场景分割时才不至于因为有空白段而被迫中断。产生空白段的原因可能是因为拍摄后有倒带去看之前的拍摄结果，而造成没办法精准地将磁头对准当初拍摄断点的位置。

视频属性 对话框，可以设置捕获视频所要应用的视频类型。

单击 **选项** 按钮，选择 **视频属性** 命令。

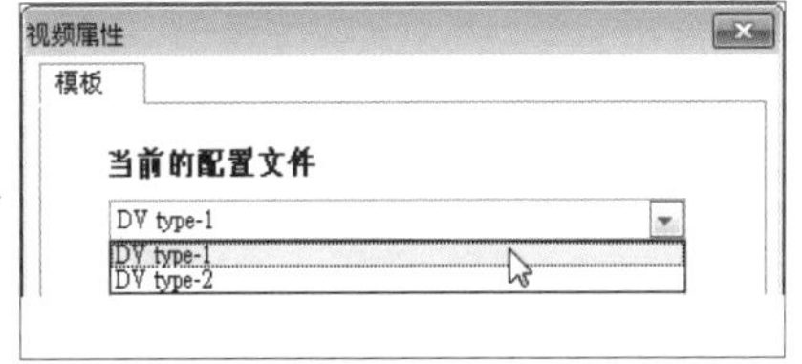

选择 **DV type-1** 按照原始格式保存，再单击 **确定** 按钮应用（可以参考下方"提示"说明）。

DV type-1与DV type-2视频类型如何选择？

- **选项** 下的功能列表，会因不同的捕获格式而有所不同，在本例中设置的是DV格式，所以会有DV type-1与DV type-2两个选项。
- 由IEEE 1394捕获卡所捕获的DV格式，会自动保存成后缀为AVI的文件，DV AVI文件通常包含两种流：视频和音频。在DV type-1中，整个DV流不进行修改保存为一个AVI流文件，即DV标准拍摄模式下保存的文件。在DV type-2中，DV流会分割成独立的视频和音频数据，保存为两种流。DV type-1的优点是会按照原始格式保存与展现，至于DV type-2需要机器或软件都能支持才能处理，相对视频与音频的分离也会增加文件的大小。除非有视频与音频分离的需求，以及录像机支持该格式，不然建议直接选择DV type-1即可。

7.1.4 调整到要开始捕获的位置

通过预览控制栏的控制选项：**播放**、**停止**、**暂停**、**上一帧**、**下一帧** 等按钮，将视频调整到要开始捕获的位置。

7.1.5 开始捕获

设置好相关选项后，即可开始捕获。

单击 **捕获视频** 按钮，开始将DV摄像机内的视频捕获到软件中。

如果出现询问对话框，请单击 **确定** 按钮开始捕获。

7.1.6 停止与完成捕获

按 Esc 键或单击 **停止捕获** 按钮就可以停止视频捕获的操作。进入 **编辑** 步骤，可以看到刚才捕获的视频自动保存扩展名为AVI的文件，并分别放置在素材库与时间轴中。

由于捕获的视频包含了不同的主题与场景内容，所以会自动分割成两个媒体素材文件。

关于捕获的参数选择

- 如果希望单击 **捕获视频** 就开始捕获，不要弹出对话框进行询问，可以选择 **设置 | 参数选择** 命令，在 **捕获** 标签撤选 **按「确定」开始捕获** 复选框即可。
- 如果希望停止捕获影片时，也能同时停止DV磁带的播放，这样捕获下一段影片时才不会发生部分影片没有捕获到的情况。用户可以选择 **设置 | 参数选择** 命令，在 **捕获** 标签中选择 **捕获结束后停止DV磁带** 复选框。

7.2 用“DV快速扫描”捕获视频

DV摄像机视频的捕获，还可以通过“DV快速扫描”功能进行处理。此功能会在完整扫描完DV磁带后，按场景分割并显示所有的视频摘要，让用户可以快速又方便地捕获需要的片段。

7.2.1 启动DV快速扫描

先确认DV摄像机已经通过IEEE 1394线正确连接到计算机，并且切换到播放模式（Play或VCR）。另外，接上DV摄像机的电源线，这样就可以开始扫描与捕获。

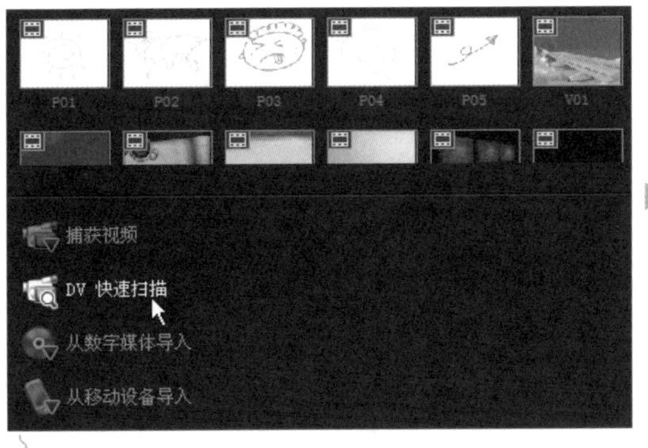

在 **捕获** 步骤中，单击 **DV快速扫描** 按钮。

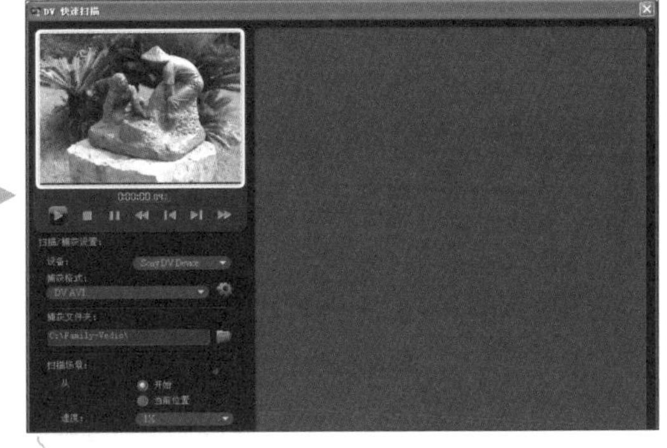

进入 **DV快速扫描** 窗口。

7.2.2 扫描前的相关选项设置

在开始完整扫描DV磁带的操作前，除了先确认设备来源、捕获格式与存放捕获后视频文件的路径，还需要设置扫描的时间点与速度。

- 指定扫描时间点：选中 **开始** 单选按钮，会在扫描前自动倒带到DV磁带开头处再开始扫描；选中 **当前位置** 单选按钮，会从当前预览窗口中看到的画面开始。

此处设置与前面的章节相同

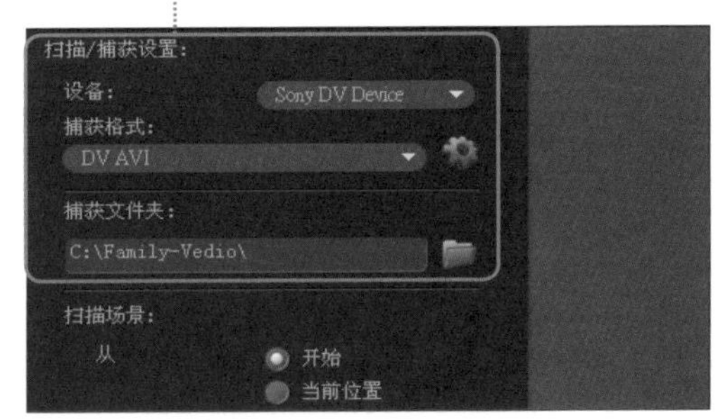

选择合适的扫描开始时间点

- 指定扫描速度：**1X** 以正常播放速度扫描，**2X** 是以2倍速扫描，**最高速度** 约以4.5倍速左右的速度扫描。

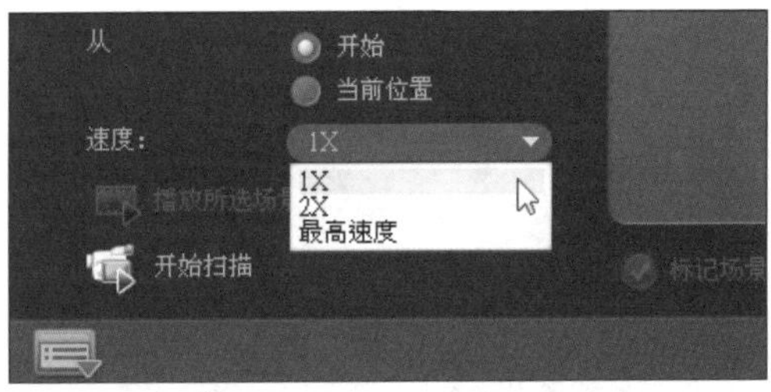

如果时间充足，建议使用 **1X** 正常播放速度扫描，这样能够确保扫描到完整的视频内容。

7.2.3 开始扫描

设置好相关选项后，即可开始扫描。

单击 **开始扫描** 按钮，开始将DV摄像机内的视频摘要完整扫描到软件中。

7.2.4 完成扫描并保存DV快速扫描摘要

DV磁带完成扫描后，在右侧列表中会列出所有视频的缩略图，按场景独立分割并以该段视频的时间点命名，让捕获的视频项目在选择时更加方便。

以该段视频的时间点命名

好不容易完成 **DV** 磁带内容摘要的扫描，建议先将这些摘要数据保存起来。这样，下次再捕获同一DV磁带的内容时就不需要重新扫描，只要打开此次保存起来的扫描摘要文件（*.sca）即可。

单击窗口左下角的 **选项** 按钮，选择 **保存DV快速扫描摘要** 命令进行保存操作。

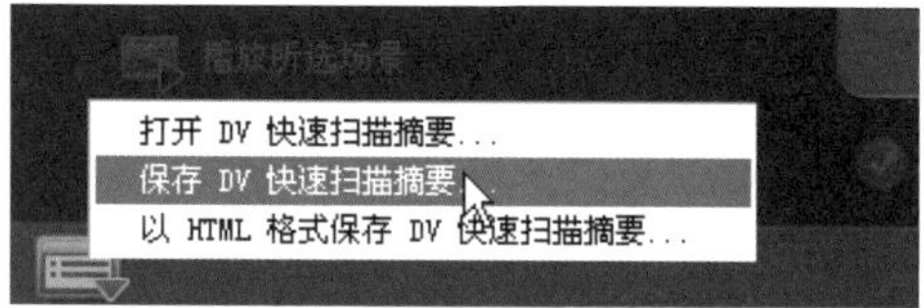

7.2.5 捕获扫描到的视频内容

DV磁带完成扫描后，右侧的视频项目默认为全部选择状态；要进行捕获时，也可以撤选部分不需要捕获的项目，再进行捕获操作。

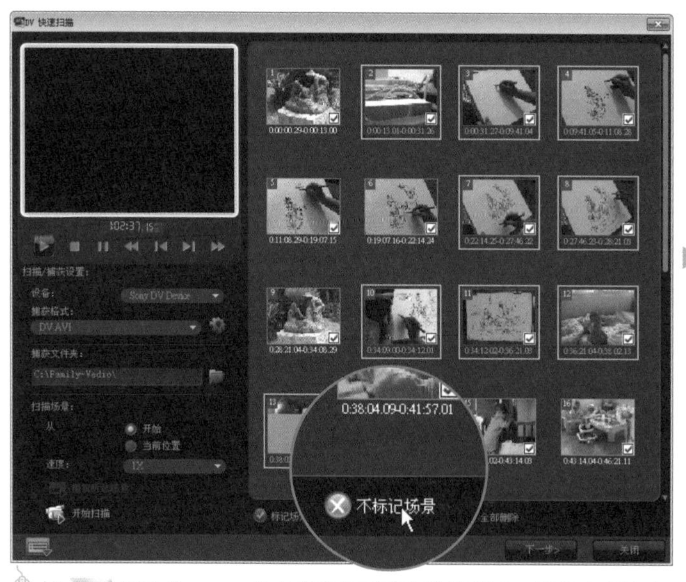

按 Ctrl 键不放，一一单击不需要捕获的视频项目，再单击 **不标记场景**"。

单击 **下一步** 按钮。

将指定视频捕获到工作文件夹后，会出现 **导入设置** 对话框，可以设置导入的视频是否添加到素材库或者要插入时间轴中。

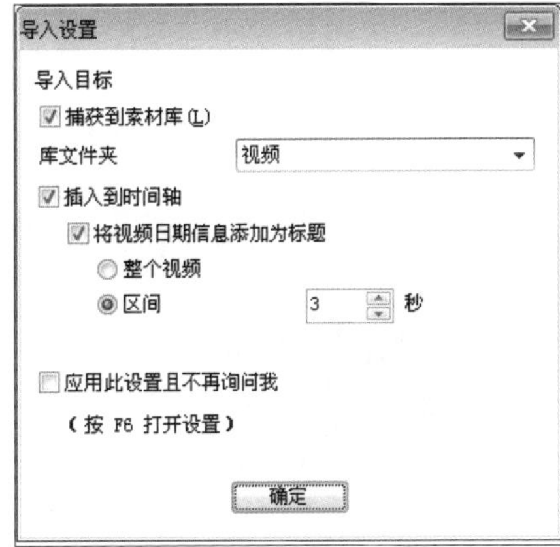

接着，进入 **编辑** 步骤，可以看到刚才指定捕获的视频已经按照 **导入设置** 的要求，分别添加到素材库或时间轴中。

快速备份DV/HDV视频内容为光盘

对于仅希望快速刻录而不需要其他编辑操作的人来说，会声会影的 **DV转DVD向导** 模式可以让用户轻松地完成拥有菜单功能与精美画面的DVD光盘制作！相关操作方式请参考第5章的详细说明。

7.3 高画质 AVCHD 视频捕获

除了捕获DV视频之外，还可以将DVD/DVD-VR、AVCHD、BDMV视频和照片从光盘、硬盘、存储卡或录像机捕获到会声会影中，这是一项非常不错的功能。虽然媒体与设备稍有不同，但其操作方式均相似，在此以捕获高画质AVCHD视频为例进行说明。

AVCHD是Sony公司与Panasonic在2006年联合发表的高画质光盘压缩技术，基于 H.264/MPEG-4 AVC视频编码，支持480i、720p、1080i、1080p等格式，同时支持杜比数码5.1声道。目前最新的摄影机记录格式即为AVCHD，可以将高精细度的高画质影像记录在内置硬盘以及存储卡等不同媒体上。其实，由AVCHD摄像机拍摄出来的视频本身已经是独立的文件，所以可以通过 **导入** 或 **捕获** 两种方式将视频加入会声会影中进行剪辑，然而通过 **捕获** 的方式可以更加完整地获取视频的拍摄时间等相关信息，因此本节将介绍AVCHD视频的完整捕获操作。

7.3.1 将摄像机连接到计算机

捕获的方式十分简单，但是在操作前必须先确认是否已将摄影机正确的与计算机连接。

接上摄像机的电源线，以防捕获到一半电力不够，造成捕获工作中断。

以USB传输线一头接上摄像机。

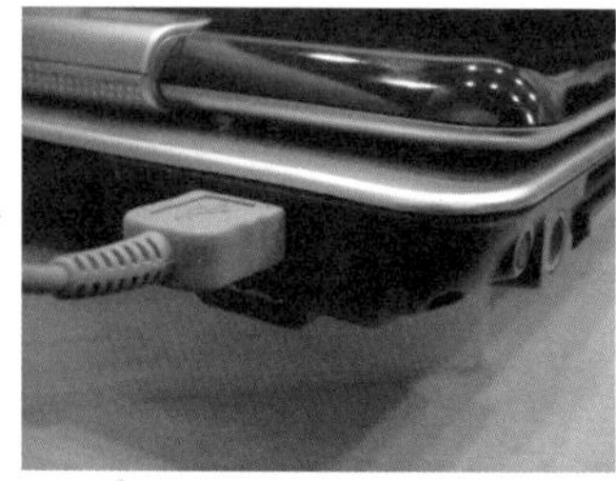

以USB传输线另一头接上计算机。

待USB传输线将摄像机与计算机连接好后，打开摄像机电源并切换到连接设置模式，下图为SONY硬盘式摄像机的画面（此款摄像机会自动切换到此画面），请根据视频文件存放的位置选择合适的功能按钮进行连接与传输。

单击此按钮会连接到硬盘传输

单击此按钮会连接到存储卡传输

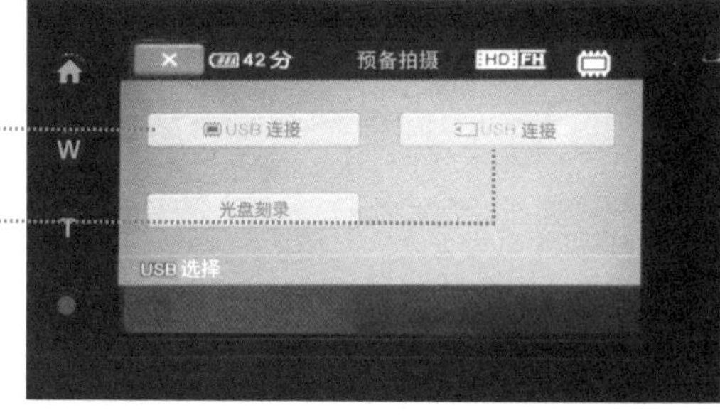

7.3.2 进入会声会影并从数字媒体导入

完成步骤1的设置后，回到会声会影软件中进行捕获的操作。

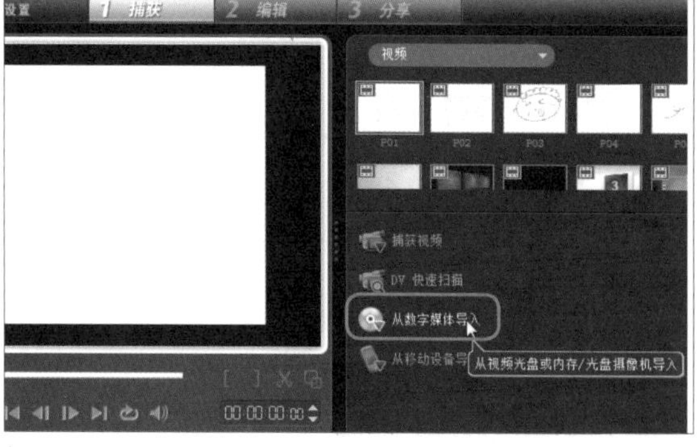

在 **捕获** 步骤选择 **从数字媒体导入**。

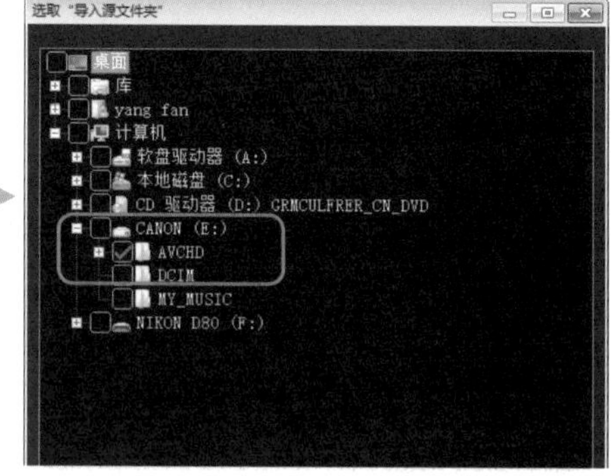

勾选要导入的AVCHD视频源文件夹，再单击 **确定** 按钮。

选择任一视频后，单击上方的 **预览素材** 按钮，可浏览该视频内容

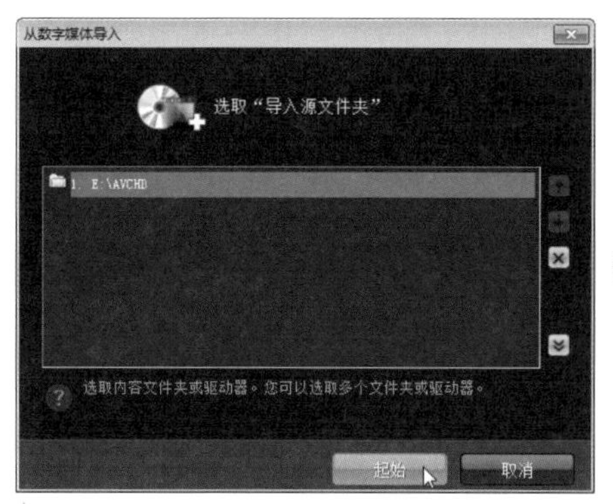

确认源文件夹后，单击 **起始** 按钮

在窗口中以缩略图的形式显示源文件夹

7.3.3 指定要导入的视频

在窗口中以缩略图显示源文件夹内的视频内容，可以选择全部导入或导入指定的视频。

在视频缩略图左上角方框上单击，呈现打勾图标时即为选择。

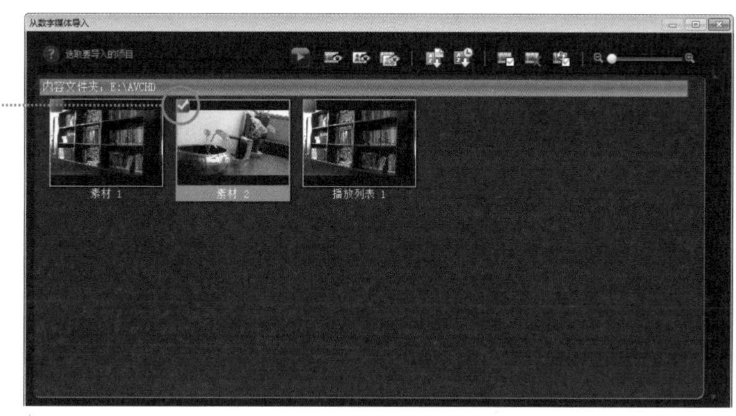

——选择要导入的视频，接着确认导入的 **工作文件夹** 路径后，单击 **开始导入** 按钮。

7.3.4 导入设置

将指定视频导入工作文件夹后，会出现 **导入设置** 对话框，可以设置导入的视频是否置于素材库或者要插入时间轴中。

选择此复选框，可以将导入的视频置于素材库中

选择此复选框，可以将导入的视频置于时间轴中

选择此复选框，可以在插入时间轴中的视频上方显示相关日期数据，并可指定是在整个视频中一直显示还是仅在指定的区间显示。

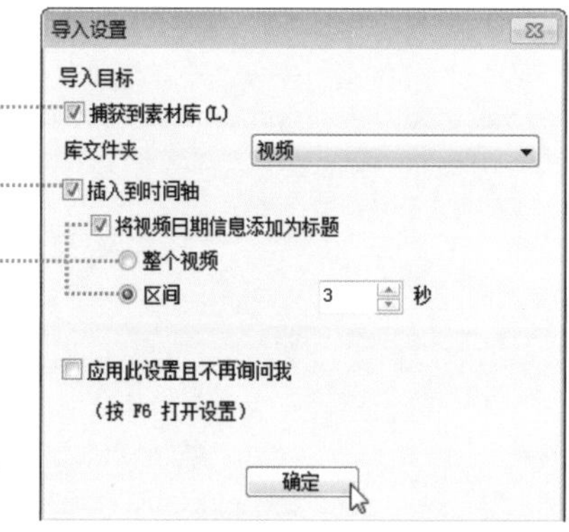

根据喜好设置导入的后续操作后，再单击 **确定** 按钮。

7.3.5 完成导入操作

进入 **编辑** 步骤，可以看到刚才指定导入的视频已经按照 **导入设置** 的要求，分别置于素材库或时间轴中。

7.4 DVD光盘影片视频捕获

如果要捕获DVD光盘的影片片段，或者以前从DV转录为DVD后，母带已经不存在，希望重新剪辑，会声会影能够轻松解决你的问题。

光盘式数码摄像机（DVD CAM）或AVCHD高画质光盘式数码摄像机，都可以将光盘直接置入计算机光驱中读取导入编辑，然而在导入编辑前，请在光盘式数码摄像机中关闭光盘（Close Disc），才能在计算机中顺利读取。会声会影更支持从BDMV蓝光影片中捕获影片，但若是受保护的蓝光影片，则可能无法顺利读取。

7.4.1 进入会声会影并从数字媒体导入

DVD光盘影片的捕获操作非常简单，先将光盘放入光驱中，接着回到会声会影软件中进行捕获的操作。

在 捕获 步骤单击 从数字媒体导入。

选择要导入视频的光驱，再单击 **确定** 按钮。

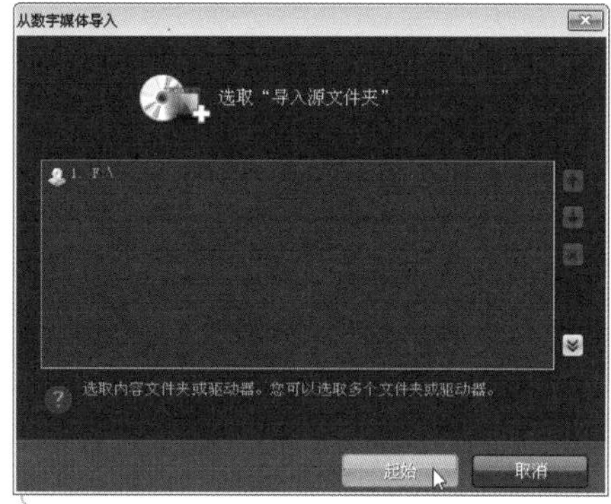

确认源文件夹后，单击 **开始** 按钮。

7.4.2 指定要导入的视频

开始导入源文件夹内的视频后，在窗口中会以缩略图显示每个视频的内容，可以选择全部导入或导入指定的视频。

在视频缩略图左上角方框上单击，当呈现打勾图标时即为选择

——选择要导入的视频，接着确认导入的 **工作文件夹** 路径后，再单击 **开始导入** 按钮。

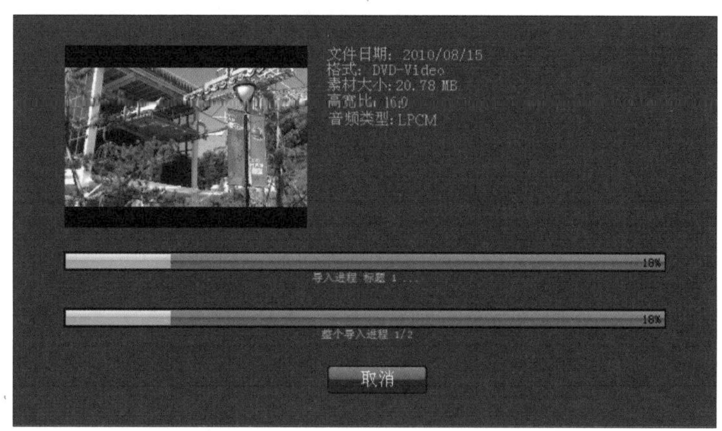

导入过程中可以看到影片的日期、格式和宽高比等信息。

7.4.3 导入设置

将指定视频导入工作文件夹后，会出现 **导入设置** 对话框，可以设置导入的视频是否添加到素材库或者要插入时间轴中。

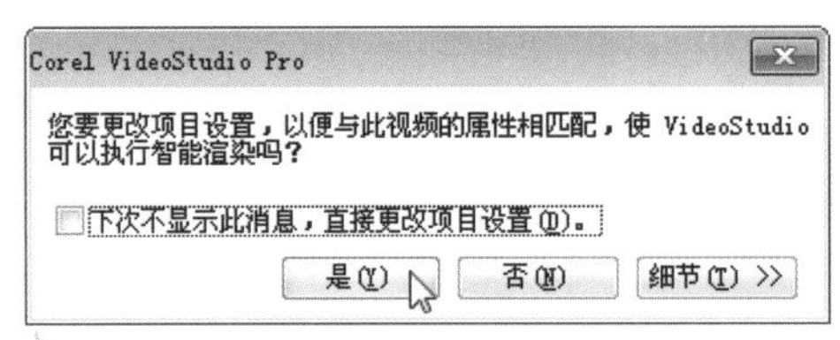

⑨ 在提示信息对话框单击 **是** 按钮。

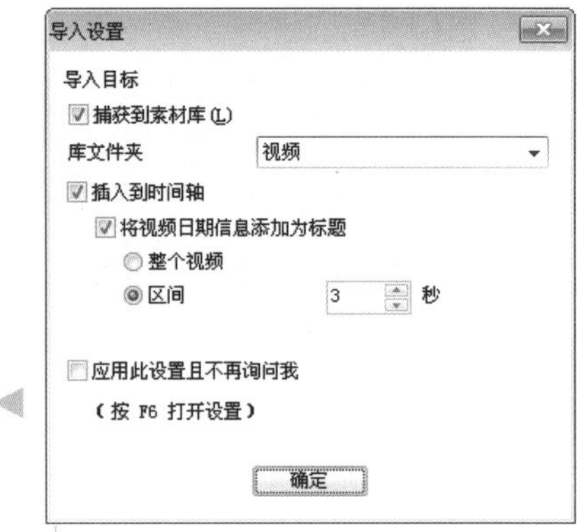

⑩ 根据喜好设置导入的后续操作，再单击 **确定** 按钮。

7.4.4 完成导入操作

进入 **编辑** 步骤，可以看到刚才指定导入的视频已经按照 **导入设置** 的要求，分别添加到素材库或时间轴中。

已将导入的视频添加到素材库中

已将导入的视频插入到时间轴中

7.5 WebCam与TV视频捕获

在影像视频的接收设备中，常见的还有计算机上基本配备的WebCam（网络视频摄像头）与模拟、数字电视设备，这些也可以通过会声会影捕获与剪辑。

7.5.1 通过WebCam捕获视频

WebCam具有录像、传播和静态图像捕捉等功能，该设备是通过镜头采集图像后，再通过感光元件电路及控制元件对图像进行处理，并转换成计算机所能识别的数字信号，然后通过USB线路传输到计算机。目前笔记本电脑（NB）大多数内置此设备，而比较新型的计算机（PC）也陆续跟进。

1. 指定视频源与开始捕获

确认设备已经妥善连接后，即可开始捕获。

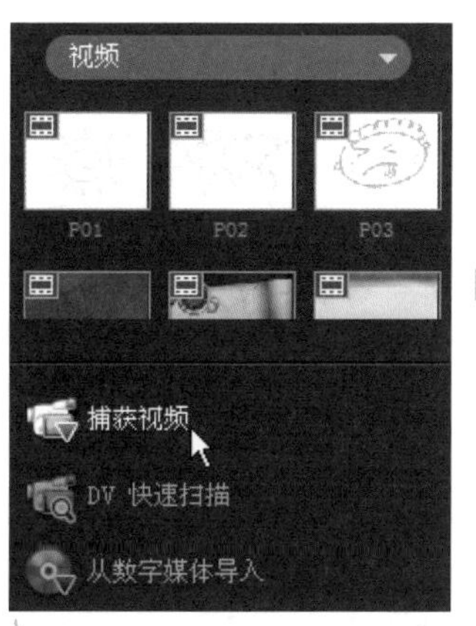

在 **捕获** 步骤中，单击 **捕获视频**。

在 **来源** 列表中选择USB视频设备后，再单击 **捕获视频** 按钮，开始通过WebCam将所接收的影像捕获到软件中。

2. 停止与完成捕获

按 Esc 键或单击 **停止捕获** 按钮就可以停止视频捕获的操作。进入 **编辑** 步骤，可以看到刚才捕获的视频已经分别添加到素材库与时间轴中。

7.5.2 模拟电视与数字电视节目的捕获

目前的电视播放系统有“模拟”与“数字”两种。而一般常见的有线电视仍以模拟视频系统为主（传递的是模拟信号）。

如果你的计算机装有“模拟信号采集卡”，就可以观看和录制模拟有线电视节目。如果安装“数字电视棒”，通过此数字电视接收器可以接收空中的无线数字频道，不需要经过网络即可以通过计算机捕获数字电视节目，不论是保存为文件、VCD或DVD都相当方便。

现在新型的产品“三频电视卡/棒/盒”除了可以同时支持DVB-T数字电视、传统模拟电视与模拟FM影音之外，还拥有PIP/POP子母画面与1080i HDTV高画质等超强功能，让你的计算机变成多功能化家庭剧院以及影音中心。

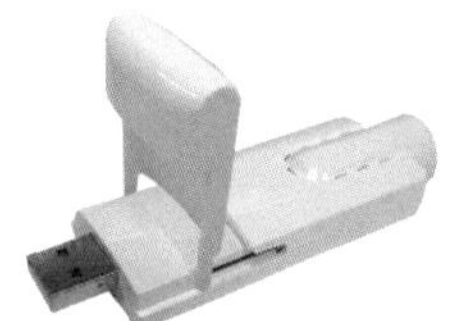

数字电视棒

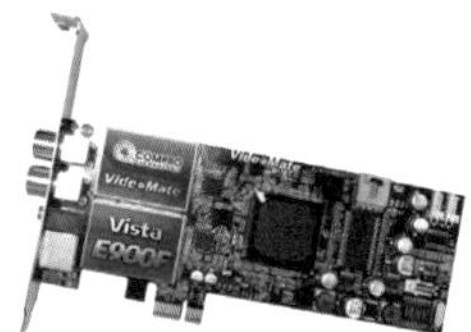

三频电视卡

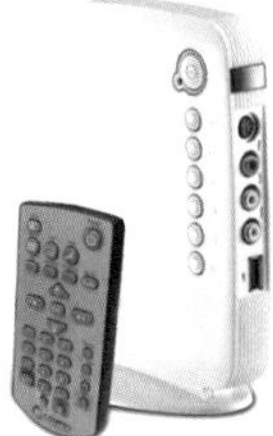

三频电视盒

1. 指定视频来源

模拟与数字电视节目的捕获方式大同小异，在此以加装“数字电视棒”为例，说明捕获数字电视节目的方式。先确认设备已经妥善安装与连接后，即可开始捕获。

在 **捕获** 步骤，单击 **捕获视频**。

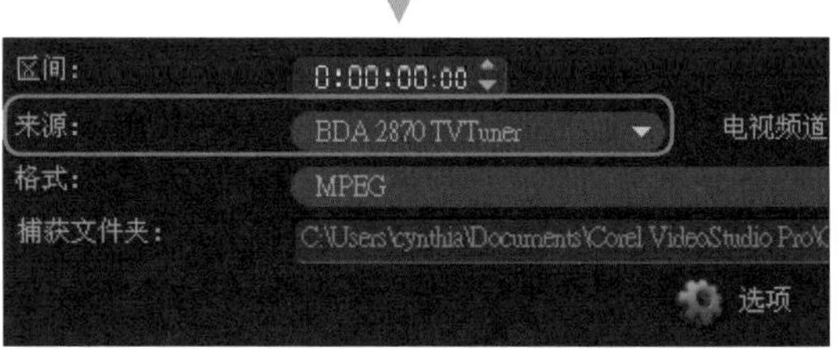

在 **来源** 列表选择计算机中的数字电视设备

提示 捕获的DVB-T节目格式

当来源为DVB-T数字电视接收器设备时，因为数字信号捕获回来的视频默认会为MPEG-2格式，所以在 **格式** 框中会显示**MPEG**。

2. 频道扫描设置

第一次使用DVB-T数字电视接收器或模拟信号采集卡等电视节目捕获设备时，必须先执行电视频道的扫描操作，这样才能正确地进行视频捕获。

单击 **选项** 按钮选择 **视频属性** 命令。

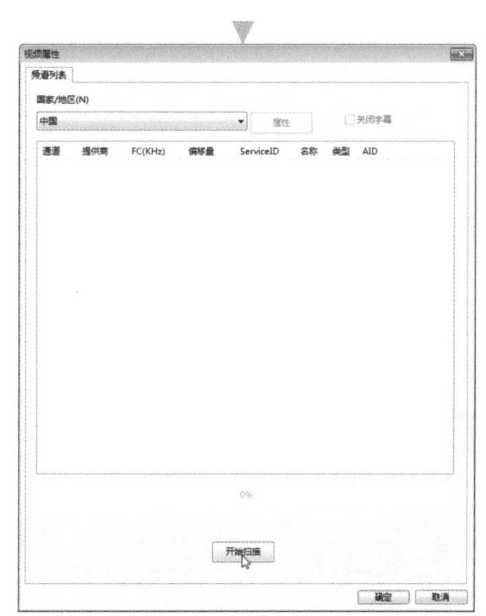

单击 **开始扫描** 按钮，请系统自动检测。

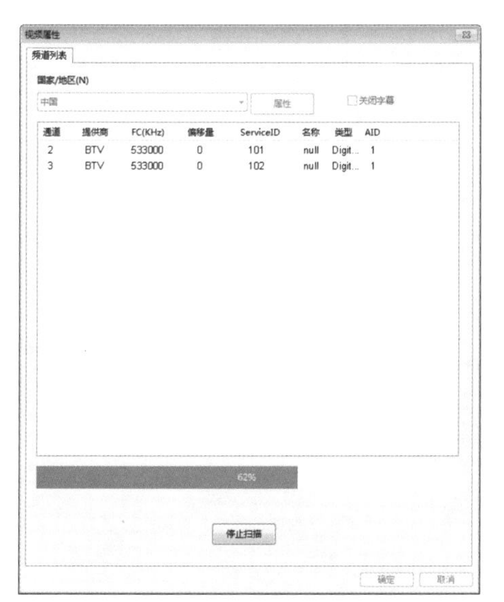

耐心等待数分钟后，会在列表框中列出已经扫描到的相关频道，完成扫描后单击 **确定** 按钮回到主画面。

3. 选择频道并开始与停止捕获

在会声会影预览窗口中可以看到目前频道的电视节目画面，调整到要捕获的频道后即可开始捕获视频。

在 **电视频道** 文本框中输入数值或单击右侧的微调按钮，调整到合适的频道。

单击 **捕获视频** 按钮，开始捕获节目视频。

4. 停止与完成捕获

按 Esc 键或单击 **停止捕获** 按钮，就可以停止视频捕获的操作。

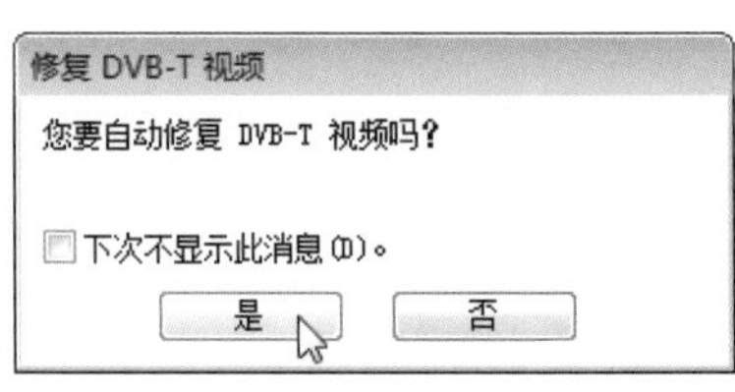

当单击 **停止捕获** 按钮，会出现 **复原DVB-T视频** 对话框，建议单击 **是** 按钮就会自动进行数字电视信号相关调整。这是因为数字电视频号为纯数字，而目前数字电视为无线电波，在传送与捕获过程中有可能造成影音稍微不同步，因此会声会影提供一个功能可将数字电视信号所捕获的影片其声音与视频进行同步的调整。

7.6 存储卡与HDD等移动设备视频捕获

会声会影提供了从手机、iPod和PSP、存储卡和数码相机等移动设备中，将媒体素材导入你的项目。

7.6.1 进入会声会影并从移动设备导入

本例要说明由存储卡上捕获视频的方法，而其他移动设备的捕获操作都大同小异，先确认移动设备的连接线是否已经与计算机连接，接着即可开始捕获。

在 **捕获** 步骤中，单击 **从移动设备导入**。

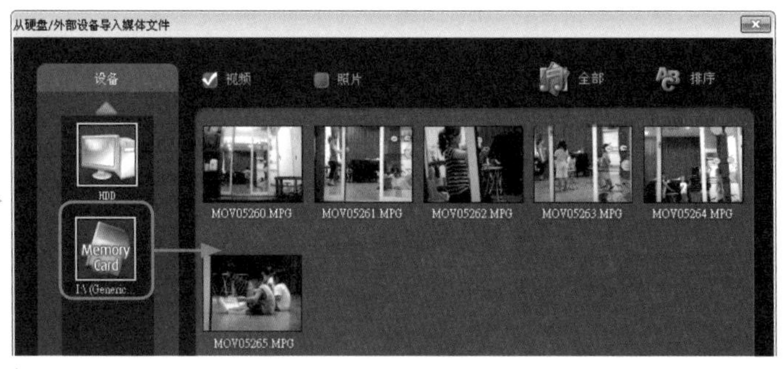

进入该窗口，在左侧 **设备** 框中选择希望浏览的设备项目，接着可以在右侧列表中看到该设备内的媒体素材。

7.6.2 指定保存路径与预览媒体素材内容

窗口右侧以缩略图显示源文件夹内的视频内容，可以选择全部导入或导入指定的视频。

单击 **设置** 按钮，设置捕获文件的“导入/导出路径”，然后单击 **确定** 按钮。

在窗口的上方，可以按照希望检测的类别选择 **视频** 与 **照片**。

如果为视频文件，选择该媒体素材缩略图，可以通过下方控制播放栏预览该视频内容。

7.6.3 开始导入与导入设置

完成相关设置后即可动手将指定视频导入工作文件夹，接着会出现 **导入设置** 对话框，可以设置导入的视频是否添加到素材库或者要插入时间轴中。

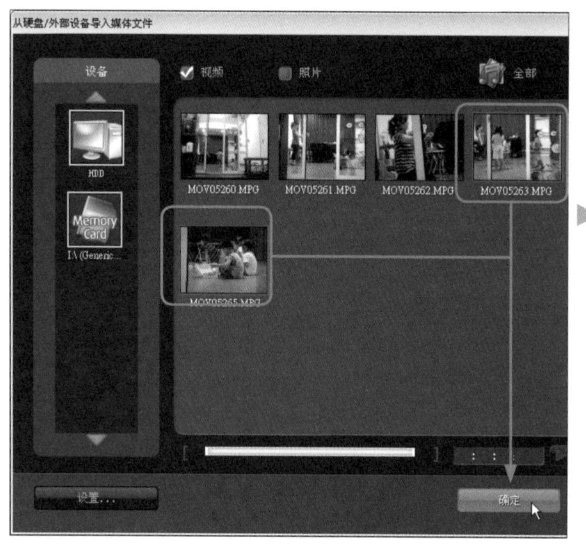

按 Ctrl 键不放，逐一选择要捕获的媒体项目，再单击 **确定** 按钮。

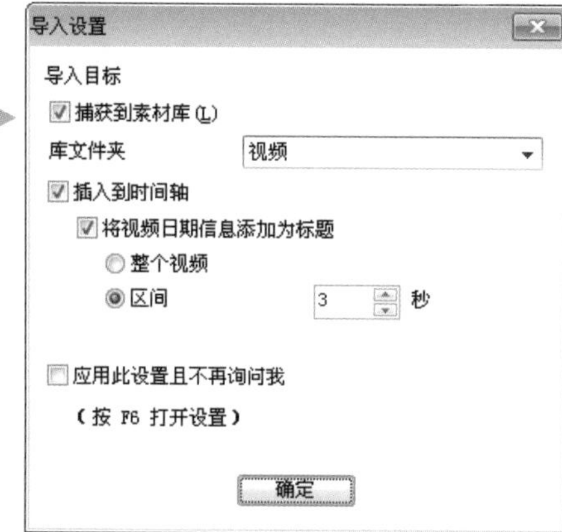

选择导入的目标，再单击 **确定** 按钮。

7.6.4 完成导入操作

进入 **编辑** 步骤，可以看到刚才指定导入的视频已经按照 **导入设置** 的要求，分别添加到素材库或时间轴中。

第8章

媒体剪辑与安排的全方位应用

本章在“编辑”步骤中让用户将项目的视频、照片和色彩等元素组合在一起并添加到时间轴，以安排各媒体素材的先后顺序与媒体内容的剪辑与色彩校正。

8.1 作品抢先看

本书主要是按照用户构思好的影片情节加入相关素材媒体，以及调整素材播放区间、剪辑编修素材内容等全方位应用，让用户的项目在添加音效与字幕前安排出最合适的架构。

动态效果

设计重点：

视频、照片、色彩媒体素材的加入，介绍多种又快又简单地修整素材与控制播放时间的方法，以及为照片素材应用摇动和缩放特效等。

参考完成文件：

<01范例练习文件\ch08\08-09.VSP>

媒体素材

照片素材　　视频素材

文件名：04.mpg

文件名：05.mpg

文件名：06.mpg

文件名：07.mpg

文件名：08.mpg

文件名：09.mpg

文件名：01.mpg

制作流程

1 由 **时间轴 / 故事板栏** 认识开始说明，接着加入视频、照片和色彩媒体素材。

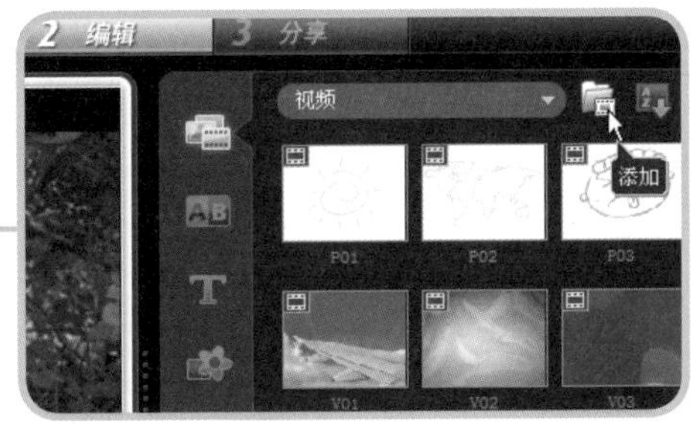

2 针对已加入项目的素材，在脚本栏与素材库中基本的调整操作说明。

3 **修整素材的快速方式：**

- 使用“修整标记”修整素材
- 使用“开始/结束时间”标记修整素材
- 分割视频
- 直接在时间轴上修整素材

4 **修整素材的高级方式：**

- 多重修整视频
- 按场景分割视频

5 让照片素材动起来，应用“摇动和缩放”功能，模仿摄像机多方位移动的动态效果。

6 最后，说明视频、影像色彩修正方法与项目内相关素材包装操作的执行。

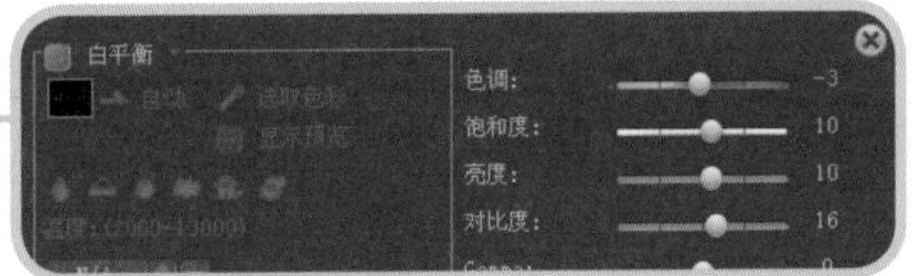

8.2 认识时间轴/故事板模式

完成视频的捕获并设置为视频素材文件后，接着就要动手编辑了。首先可以通过故事板视图模式，快速地将相关素材按照剧情进行插入与排列，再通过修整、滤镜等功能的处理，完成构建项目编辑的第一步。

8.2.1 时间轴视图模式

“时间轴”是项目中安排媒体素材的地方。完成捕获操作之后，视频素材文件除了会自动加入素材库之外，也会自动加入到时间轴中。

为了便于大家学习会声会影的实际操作，先将附赠光盘中<01范例练习文件>文件夹整个复制到硬盘中（本书是复制到C盘），以供后续章节练习与使用。本节打开<C:\01范例练习文件\ch08\08-01.VSP>进行练习。

1. 浏览“时间轴视图”模式界面

切换到 **编辑** 步骤，在默认的 **时间轴视图** 模式下可以完整地显示项目中各个元素以及详细信息，该模式将项目中的素材分为 **视频轨**、**覆叠轨**、**标题轨**、**声音轨** 和 **音乐轨** 5大类。

文件 编辑 工具 设置
1 捕获
2 编辑

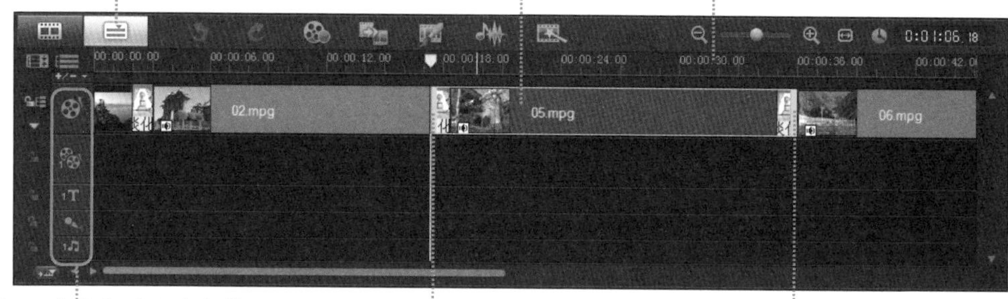

单击此按钮可以切换到 **时间轴视图** 模式
素材信息
时间轴标尺：以“时：分：秒：帧”的形式显示项目时间码，可以帮助判断素材和项目的长度
02.mpg
05.mpg
06.mpg
轨按钮：在此分别为 **视频轨**、**覆叠轨**、**标题轨**、**声音轨** 和 **音乐轨**
由黄线框起来的区域代表当前选择的素材范围
转场效果

2. 时间轴视图控制

时间轴高度会按照当前项目中的数据轨数量而变化，而宽度会按照素材内容的时间长度进行显示，下面简单说明时间轴视图的相关控制按钮。

02.mpg
05.mpg
单击此按钮，可以显示项目中所有轨道；再次单击，可以恢复原有视图
缩小 和 **放大** 按钮可以变大或缩小时间码的间隔，即产生视图比例上的调整
将项目调到时间轴窗口大小 按钮，单击此按钮时会将整个项目内容缩小到当前可见的时间轴范围内

8.2.2 故事板视图模式

在 **故事板** 视图下，可以清楚了解整个剧本流程的安排，简单快捷地查看各个媒体素材文件的信息与情况，例如排列顺序的编号显示、该媒体素材的音频情况以及是否经过滤镜编辑、素材的区间等，都会通过略图显示在故事板中。

单击此按钮，可以切换到 **故事板视图** 模式

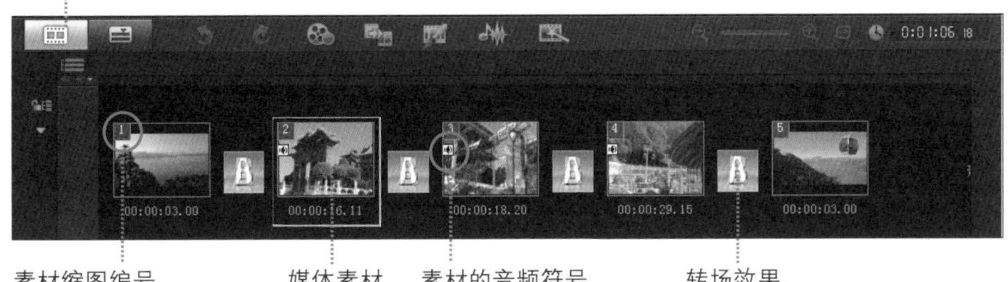

自动加入转场特效

选择 **设置 | 参数选择** 命令，在 **常规** 选项卡内选中 **使用默认转场效果** 复选框，当多媒体素材添加到故事板时，相邻的两个素材之间会自动添加转场效果；如果撤选“使用默认转场效果”复选框，则默认不会添加转场效果。

8.3 添加视频、照片与色彩媒体素材

在会声会影中，素材库是一个很重要的预览存储区域，可以让用户放置与创建影片需要的所有资料：视频、音频、图像、色彩、转场、视频滤镜、标题、装饰和动画等，这些数据统称为媒体素材。

在 **编辑** 步骤中将素材根据需要的故事情节组合到故事板上，完成一个影片的初步架构。除了前面利用 **捕获** 步骤添加视频素材的方法，还可以手动编辑故事板与增加素材库的素材资料。

8.3.1 视频素材与照片素材

虽然在 **时间轴 / 故事板** 两个模式都可以加入媒体素材，但是由于安排照片和视频素材最快捷简单的方法是通过 **故事板视图** 模式来布置，因此本章大多数的内容将通过 **故事板视图** 模式介绍。选择 **文件 | 新建项目** 命令进行练习。

1. 从媒体素材库添加

先切换到 **故事板视图** 模式，可以直接拖曳右侧素材库中的素材到故事板中。

将素材库面板切换到 **媒体**，在该素材列表中选择要添加的素材类别。

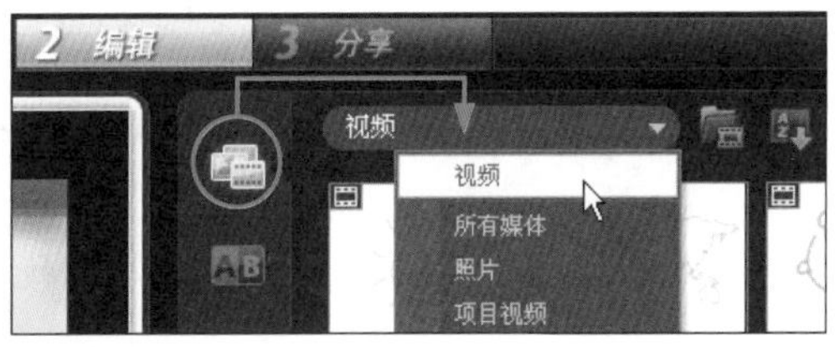

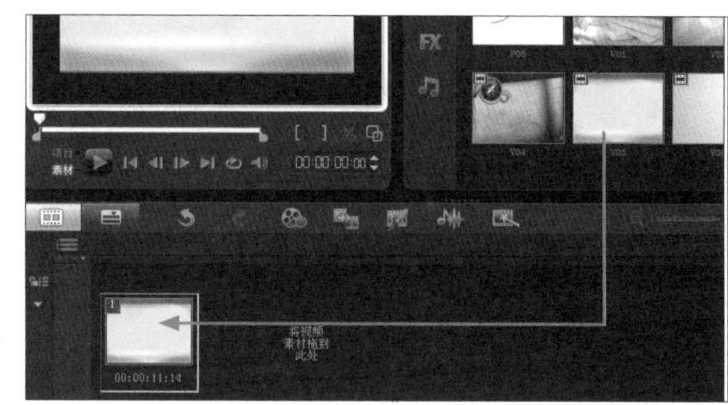

选择一个素材缩略图，按住鼠标左键不放拖曳到故事板上释放。

2. 单击 按钮添加素材

如果要添加素材库中没有的素材，可以如下图所示设置将文件添加到素材库中。

练习加载<C:\01范例练习文件\视频素材>文件夹中的文件。

在素材列表中选择“视频”，再单击“添加”按钮。

选择素材文件路径，再按住 Ctrl 键不放，逐一单击要添加的素材文件，最后单击 打开 按钮。

可以拖曳各个素材项目，向上、向下拖动，改变素材摆放的前后顺序。

确认素材的前、后顺序，单击 确定 按钮。

按住 Ctrl 键不放，在素材库选择要添加的素材，并拖动到故事板上要插入的位置放开，完成素材加入故事板的操作，接着单击“是”按钮，自动更改项目属性以匹配项目。

3. 通过时间轴设置

无论是故事板或时间轴视图模式，都可以右击故事板，从弹出的快捷菜单中选择插入视频与图像等文件（通过此方式加入的素材不会在素材库中显示）。

练习加载<C:\01范例练习文件\相片素材> 文件夹中的文件。

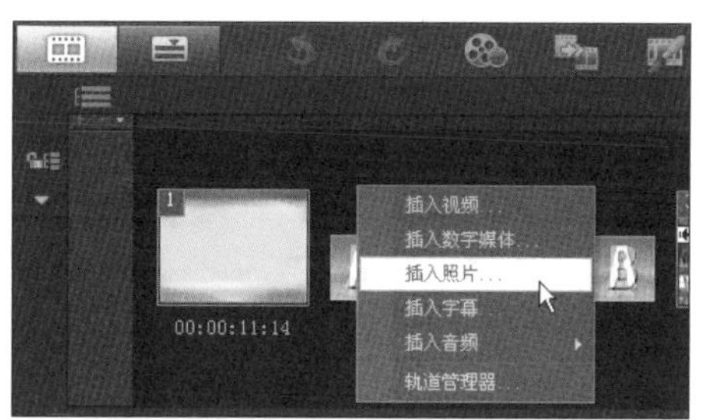

在故事板的空白处右击，选择要插入的素材

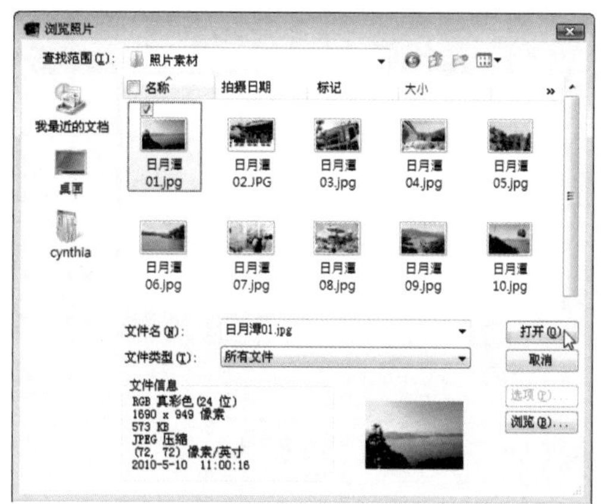

在放置照片素材的路径下，选择要添加的素材文件，单击 **打开** 按钮，即可将该文件加入故事板

可以拖动垂直滚动条，向下浏览故事板上的素材项目。

故事板的最后一个素材，就是刚才指定添加的素材。

8.3.2 色彩素材

色彩素材就是单色的背景，经常应用于片头或片尾，例如，插入黑色素材，再添加合适的文字即可作为片尾。继续上例进行练习。

1. 从色彩素材库添加

添加色彩素材的步骤与视频和照片素材的方式相同，首先切换到“色彩”素材库，直接将素材拖曳到故事板中。

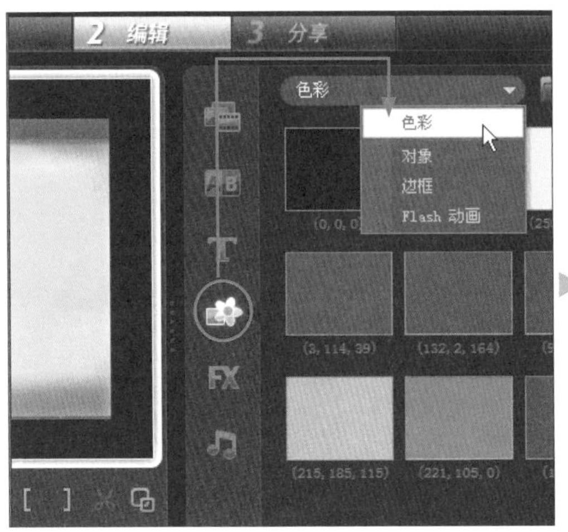

将素材库面板切换到 **图形** 选项，在该列表中选择 **色彩** 类别

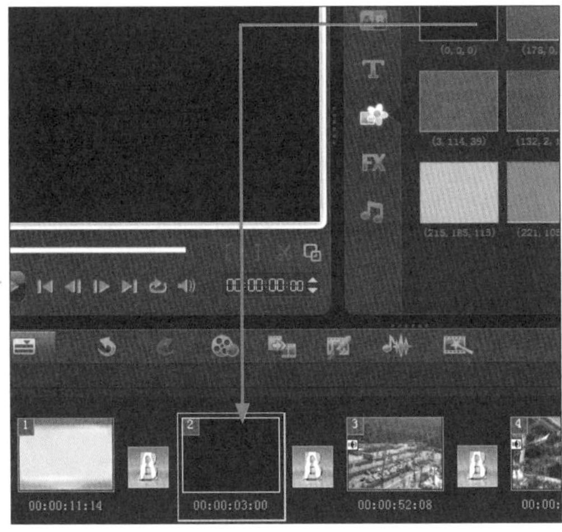

选择一个色彩素材缩略图，按住鼠标左键不放拖曳到故事板上释放

2. 调整区间 / 浏览色彩素材效果

色彩素材添加后，先调整其区间，这样在播放项目时才能看到色彩素材搭配上转场的效果。

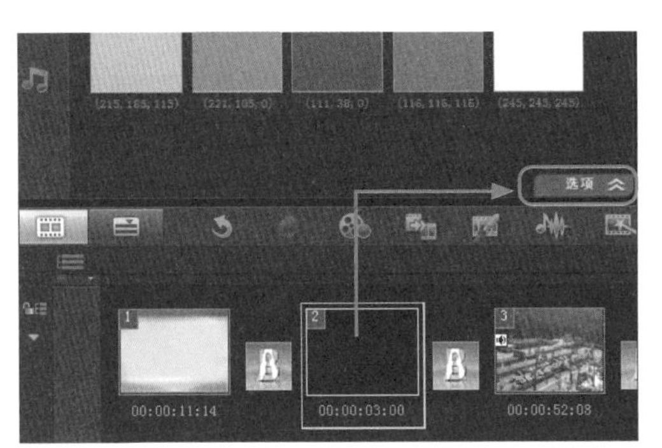

选择故事板中，要调整区间的色彩素材，再单击素材库右下角的 **选项** 按钮。

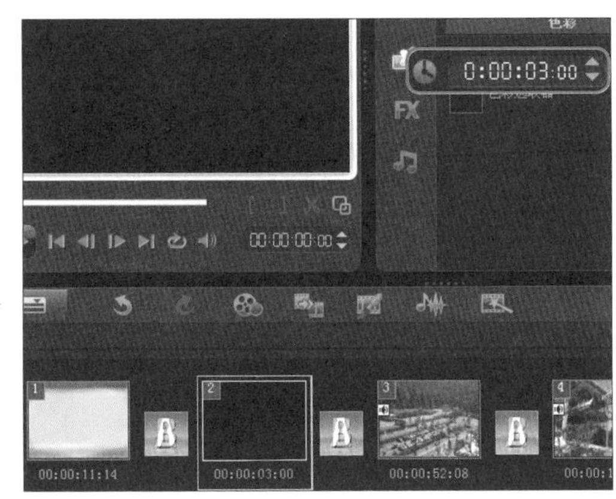

在该素材的选项面板，调整色彩素材的区间为：3秒。

接着播放此项目，在预览窗口中体会到色彩素材的视觉效果。

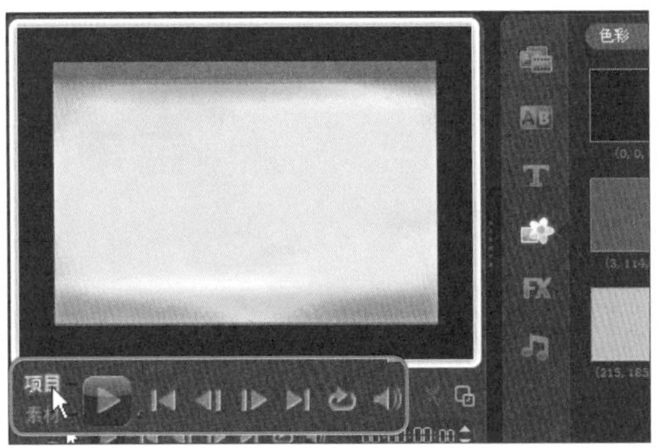

单击 **项目** 按钮切换到项目模式。

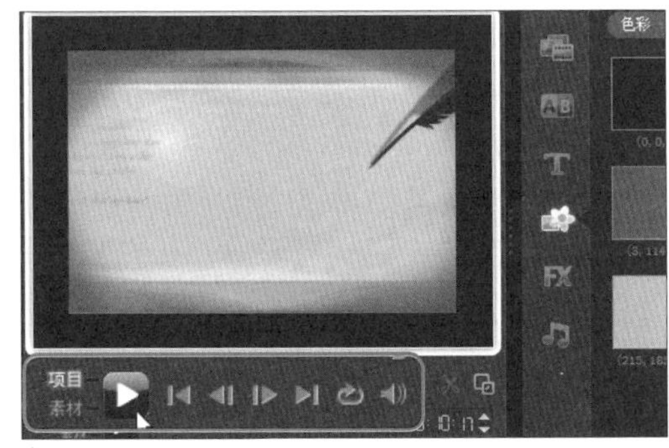

单击 **播放** 按钮，在预览窗口中观看色彩的视觉变化。

提示

色彩片头的神奇妙用

在片头添加黑色的色彩素材，并预留3~5秒钟，再利用交叉淡化转场效果，可以减缓因为播放时延迟时间所受到的影响。例如，将DVD光盘放入DVD播放机中，开始播放时，影片会因为信号传递延迟而少一两秒的画面，如果利用色彩素材作为短片头，可以缓冲时间。

3. 改变故事板中色彩素材的颜色

将色彩素材加入故事板中才发现色彩不是很搭配，如何调整呢？选择故事板中要调整的素材缩略图，在如下图所示的选项面板中调整色彩。

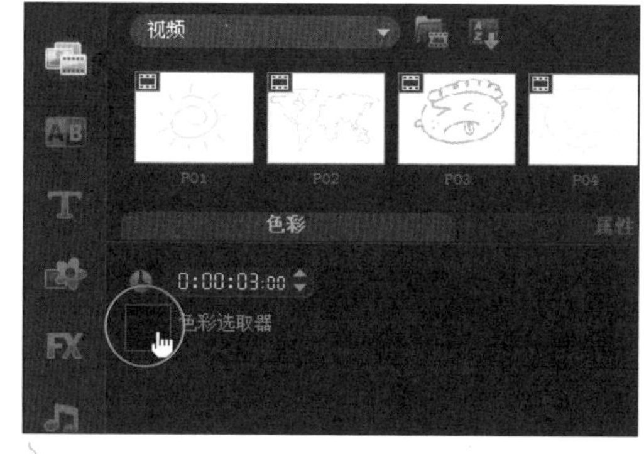

在选项面板中单击 **色彩选取器**。

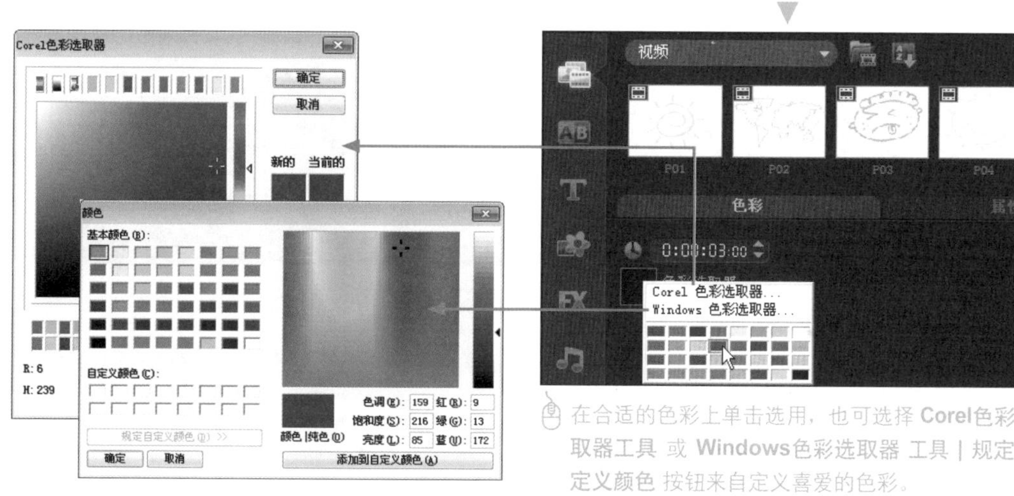

在合适的色彩上单击选用，也可选择 **Corel色彩选取器工具** 或 **Windows色彩选取器** 工具 | **规定自定义颜色** 按钮来自定义喜爱的色彩。

4. 在色彩素材库内新建色彩素材

如果要在素材库中新建色彩素材，可以单击 **添加** 按钮，在 **新建色彩素材** 对话框中设置新色彩值即可。

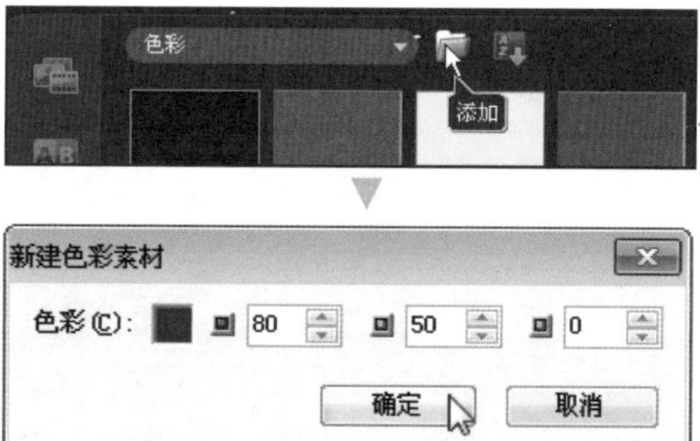

请记住保存文件，本节练习可以参考< C:\01范例练习文件\ch08\08-02.VSP> 完成文件。

8.4 调整故事板中素材缩略图

了解将各种媒体素材加入故事板的方法后，接着练习如何调整已经加入故事板中的素材，主要是调整素材的顺序或将其删除。在调整前先选择要调整的素材才能开始操作。

请继续上个例子或打开<C:\01范例练习文件\ch08\08-02.VSP> 进行练习。

8.4.1 选择素材

在调整故事板中的素材前，先单击调整的素材缩略图，当缩略图显示黄色边框时表示已被选择，这时就可以调整。

已被选择的素材缩略图

一次选择多个素材，按住 Shift 键不放，单击第一个要选择的缩略图，再单击最后一个要选择的缩略图，这样即可选择该范围内的素材缩略图。

取消故事板中的素材缩略图

如果要取消素材缩略图的选择状态，只需单击缩略图以外的任意位置，即可取消该缩略图的被选择状态。

8.4.2 调整素材顺序

先选择要调整的素材缩略图，按住该素材缩略图不放拖曳到目的位置再释放，即可调整素材的顺序。

例如，将编号9素材缩略图移到编号3素材缩略图前面。

按住编号9素材缩略图不放，拖曳到目的位置再放开。

完成素材顺序的调整（当移动或删除相邻素材时，转场效果会被删除）。

8.4.3 删除素材

如果要删除已在故事板中的素材略图时，可以选择后直接按 Delete 键删除素材。

例如，要删除编号4素材缩略图，可以如下进行操作。

选择故事板上要删除的素材缩略图后，按 Delete 键删除。

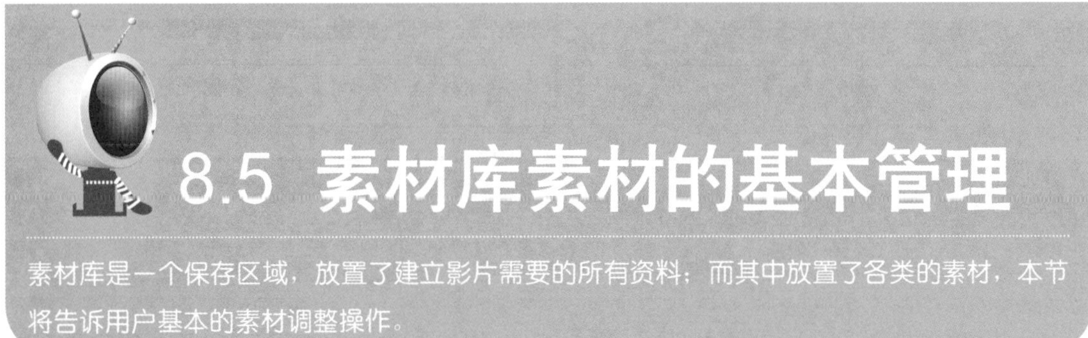

8.5 素材库素材的基本管理

素材库是一个保存区域，放置了建立影片需要的所有资料；而其中放置了各类的素材，本节将告诉用户基本的素材调整操作。

8.5.1 控制素材库缩略图大小

素材库中显示的素材缩略图数量有限，在安排剧情故事时不是非常方便。这时，可以在窗口右上角 **放大/缩小控制轴** 上拖曳圆形按钮来放大、缩小缩略图，以浏览更多的素材缩略图。

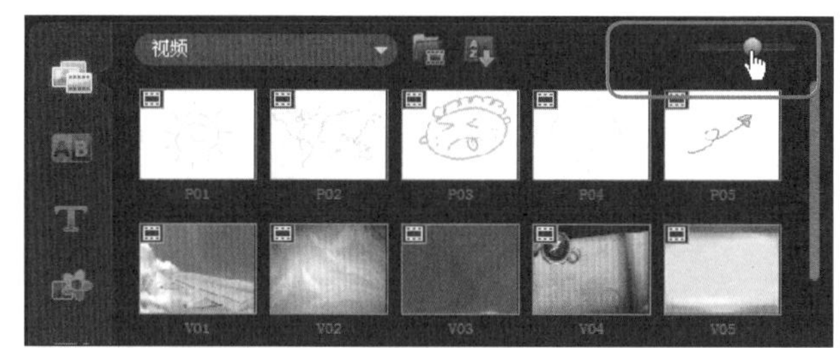

向左拖曳会缩小素材缩略图，向右拖曳会放大素材缩略图。

8.5.2 排序素材库中的素材

素材库中的素材默认是以加入素材库的时间点进行排序。如果要重新整理，则可以按照“名称”或“日期”排序。其中，由DV摄像机捕获的AVI视频文件，会按照该片段拍摄的日期和时间排序，而其他视频文件是按照文件日期排序。

单击素材库中的按钮，然后选择合适的排序方式进行素材排序。

8.5.3 打开项目时重新链接素材库中的素材

会声会影的项目文件.VSP仅包含当前进行的工作状态与设置，与之相关的媒体素材文件，都是以链接的方式保存在来源的文件夹中。如果将媒体素材文件的文件夹移到其他位置或更改名称，当选择 **文件 | 打开项目** 命令时，会出现如下所示的 **重新链接** 对话框，表示项目文件找不到与制作时相同路径的对应素材。

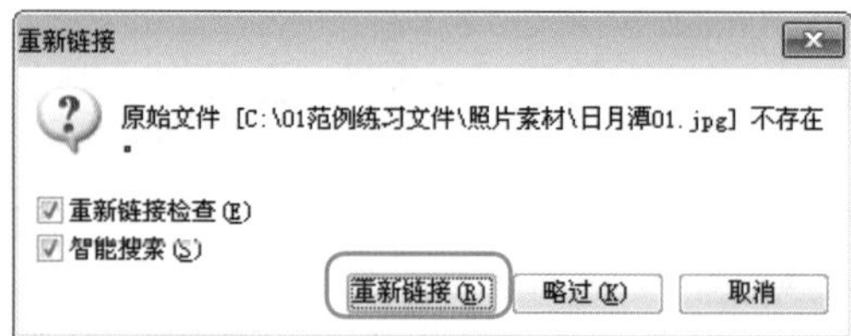

单击 **重新链接** 按钮，系统会让用户指定对应素材的新位置，再用智能建构方式重新链接原始素材文件。

8.5.4 重新链接素材库中的素材

同样，如果素材库素材缩略图左上角出现了黄色标记，表示该素材原本指引的文件路径下已经找不到源文件，并且当单击该素材缩略图时会出现 **重新链接** 对话框，请用户予以调整或删除该素材缩略图。

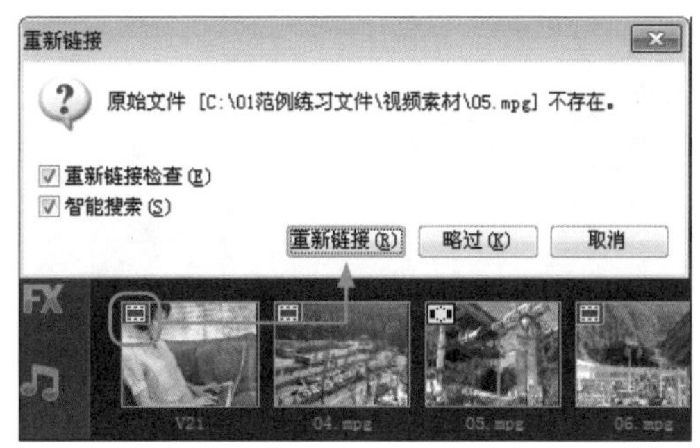

单击 **重新链接** 按钮可以重新指定素材存放的路径，单击 **删除** 按钮会将该素材缩略图删除。

8.5.5 删除素材库中使用不到的素材

建议定时整理素材库，将用不到的素材从素材库删除。删除的操作并不会影响到曾经使用该素材创建的项目。

从素材库中选择要删除的素材，在素材上右击，选择 **删除** 命令。

8.6 应用文件夹分类素材库的素材

如果只是不断地添加素材而没有妥善管理，“素材库”中的素材越来越多，要找到合适的素材就如大海捞针一样。

8.6.1 添加与删除素材文件夹

库创建者 可以在各类别素材中自定义文件夹，按主题、时间和性质等特性进行归类，以协助保存与管理媒体素材，让各类素材使用起来更加得心应手。

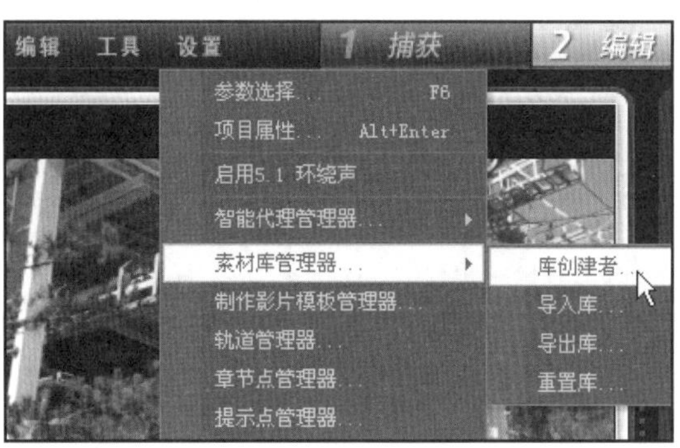

选择 **设置 | 素材库管理器 | 库创建者** 命令，打开 **库创建者** 对话框。

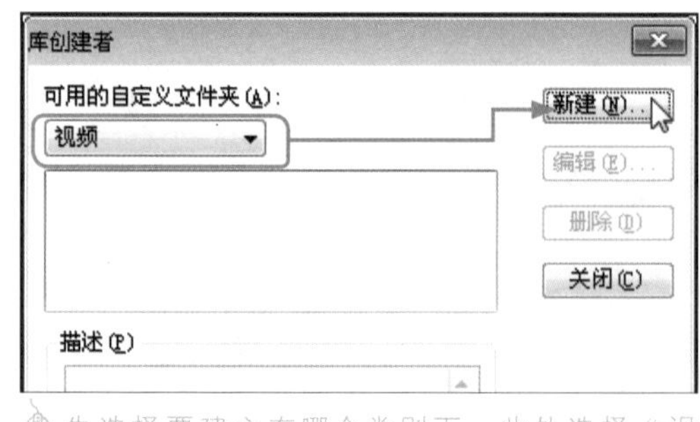

先选择要建立在哪个类别下，此处选择“视频”，再单击 **新建** 按钮。

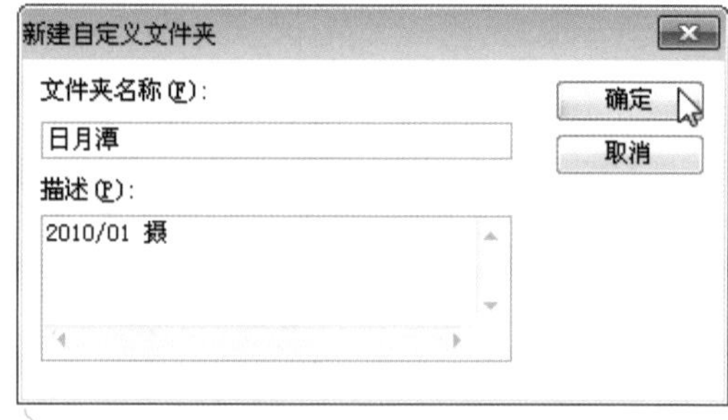

输入文件夹名称和相关描述，单击 **确定** 按钮。

单击 **关闭** 按钮完成新建文件夹的操作。

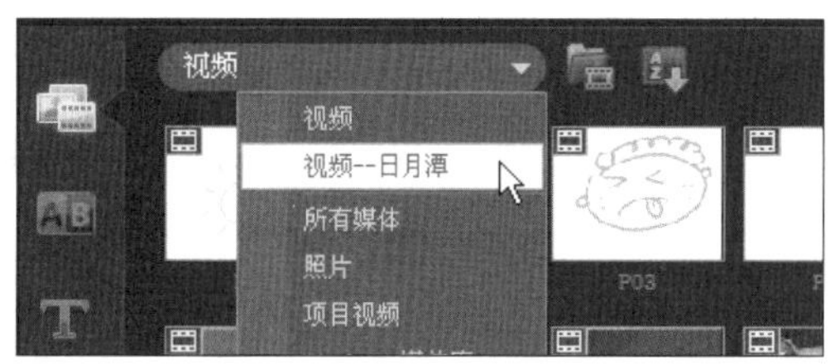

在素材库 **视频** 类别列表中，可以看到刚才建立的文件夹名称，只要单击该名称，再进行添加素材的操作，即可将媒体素材归类在此处。

8.6.2 移动原有素材到指定的素材库文件夹中

如果要将原有的素材移动到新建的素材库文件夹，需要使用复制与粘贴命令。

从素材库类别中选择要移动的素材，在素材上右击，选择 **复制**。

切换到合适的素材库类别文件夹下，在空白处右击，选择 **粘贴**”。

回到刚才复制素材的素材库类别中，选择那些已复制、粘贴的素材，在素材上右击选择 删除 命令，即可完成素材移动的操作。

8.7 又快又简单地修整素材

素材的修整可以有效控制影片开始/结束播放时间点以及总片长时间，会声会影提供了多种视频素材的修整方法，在此整理出几个简单又快速的视频素材修整方法作为参考。

请继续上个例子或打开<C:\01范例练习文件\ch08\08-03.VSP>进行练习。

8.7.1 使用“修整标记”修整素材

在 **编辑** 步骤预览窗口下方的控件中，拖曳 **开始** 与 **结束** 修整标记向左或向右，即可轻松修整素材播放的内容。

选择故事板上要修整的素材缩略图（编号4）。

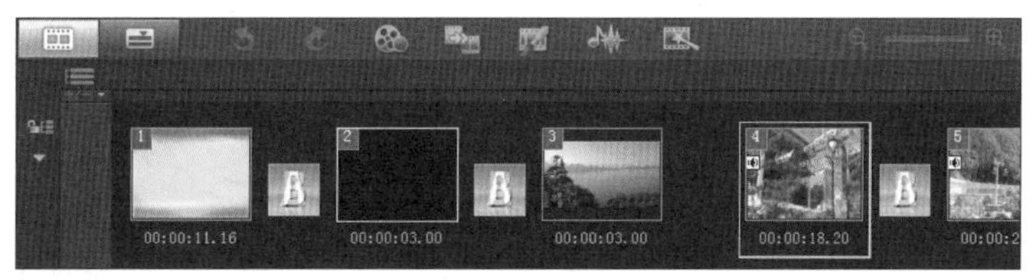

按住右侧黄色修整标记不放，拖曳到合适播放点再放开，此处即为新的视频结束时间（修整栏 中白色部分即为保留的范围）。

按住左侧黄色修整标记不放，拖曳到合适播放点再放开，此处即为新的视频开始时间（可以通过预览窗口浏览播放点的视频内容）。

8.7.2 使用“开始标记”与“结束标记”修整素材

在 **编辑** 步骤选择故事板上要修整的素材缩略图（编号4），首先标记开始时间：

拖曳 **擦洗器** 到合适的素材起始位置。

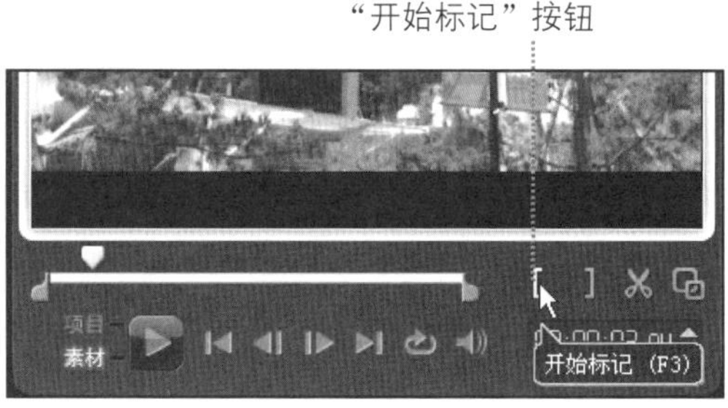

单击 **开始标记** 按钮，将该处标记为素材开始点。

接着标记结束时间，这样就完成使用标记修整素材的操作。

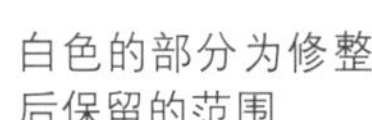

拖曳 **预览滑块** 到合适的素材结束位置后放开，再单击 **结束标记** 按钮。

素材经过修整后，可以单击预览控制栏上 **播放** 按钮，浏览白色范围内的保留片段。

8.7.3 分割视频

分割视频功能可以将视频素材一分为二，但是无法进行视频头尾的修整。这样的分割操作，常用于希望将该视频素材前后段分别应用不同的特别效果时使用。在“编辑”步骤选择故事板上要修整的素材缩略图（编号5），然后如下图所示进行分割操作。

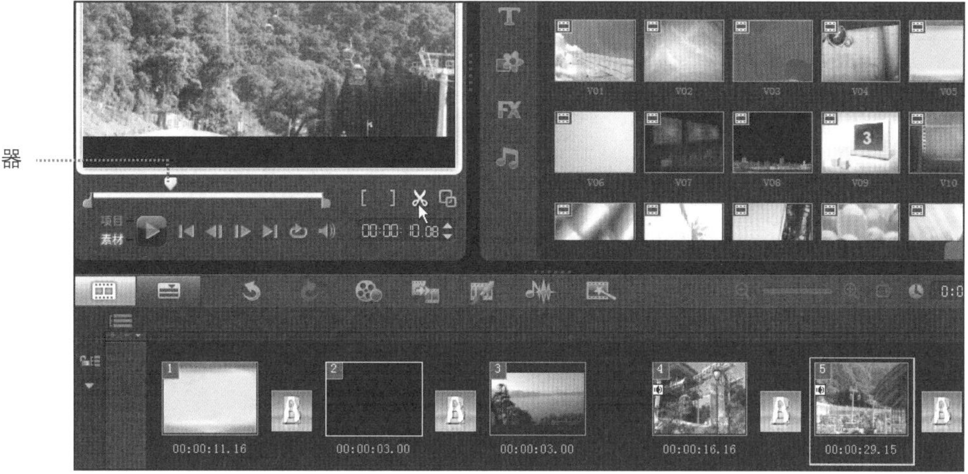

拖曳 **预览滑块** 到希望分割的位置。

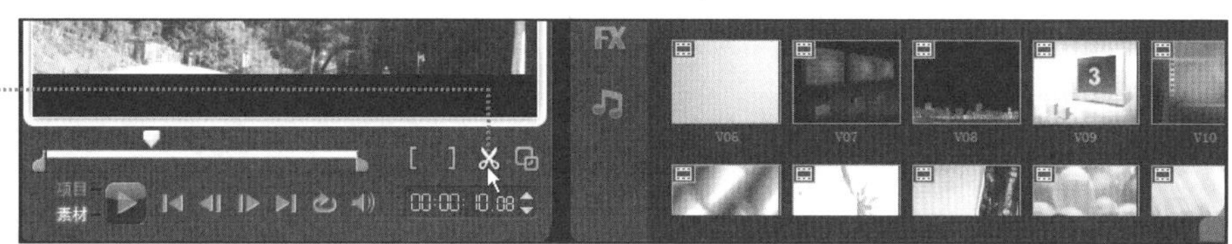

单击 **分割素材** 按钮，即可将素材在当前时间点一分为二。

8.7.4 直接在时间轴上修整素材

在**编辑** 步骤中先切换到 **时间轴视图** 模式，该模式可以显示素材文件的名称与区间，并且可以直接在时间轴上修整素材播放内容。

可以应用 **缩小**、**放大** 按钮调整时间轴上素材缩略图的查看比例，以便素材修整。

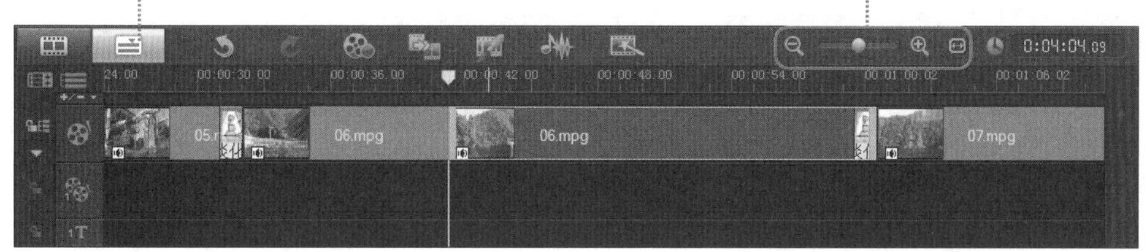

选择时间轴上要修整的素材缩略图（06.mpg），利用鼠标直接拖曳素材两端的黄色修整控点来更改视频长度。

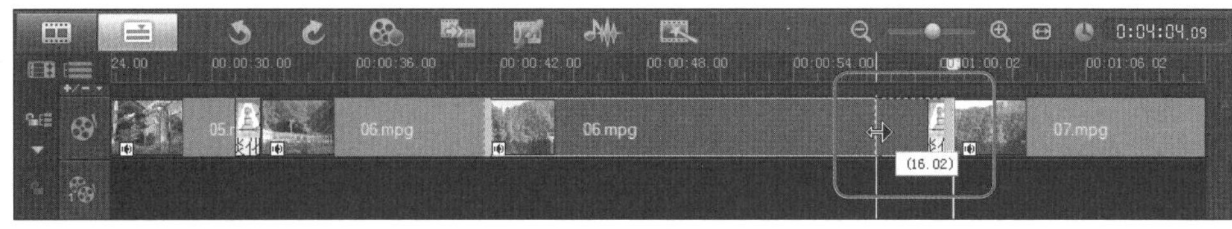

将鼠标指针移到素材左、右两侧黄色修整控点，当呈黑色箭头时，按住鼠标左键不放拖曳，修整素材（右下角会出现素材修整后的区间）。

当修整的是相片素材时，此修整操作将会延长或缩短照片素材播放的区间。

关于修整后的素材

- 标记开始与结束点的修整方式，可以仅针对视频的开始或结束点做调整，并不强制头尾都进行标记。
- 修整后的素材并不是真的删除剪掉的素材，而是通过修整控点定义该素材的可播放范围与区间。只要将修整控点重新拖曳到两端，即可恢复到原来未修整的状态。

8.8 修整出视频精彩片段——多重修整视频

“多重视频修整”功能可以将一个素材按指定区间分成多个素材，以手动修整视频素材的方式，通过预览轻松切割与保留。

请继续上个例子或打开<C:\01范例练习文件\ch08\08-04.VSP>进行练习。

8.8.1 进入多重修整

在 **编辑** 步骤选择故事板上要修整的素材缩略图（编号8），开始多重修整的操作。

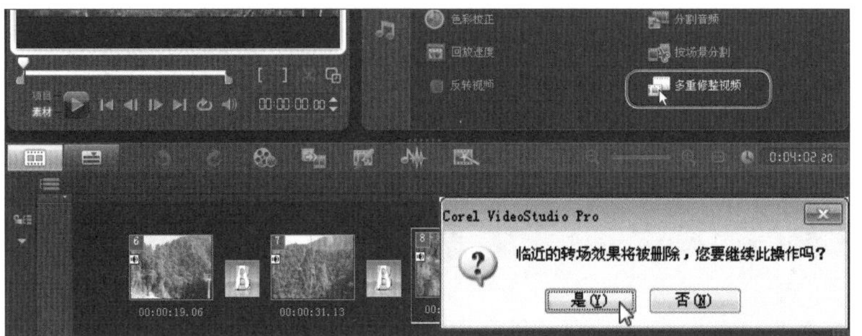

在 **选项** 面板 **视频** 选项卡中单击 **多重修整视频**，接着会出现一个询问对话框告知相邻的转场效果会被删除，单击 **是** 按钮。

8.8.2 修整出第一个区间

在 **多重修整视频** 窗口，先单击 **播放** 按钮 ▶ 浏览此素材内容，同时构思要修整的片段。

标记视频第一个区间开始点。

擦洗器

拖曳 **擦洗器**，直到用来作为第一个区段的开始帧出现（范例中的时间点为：0:00:00）。

"设置开始标记"按钮

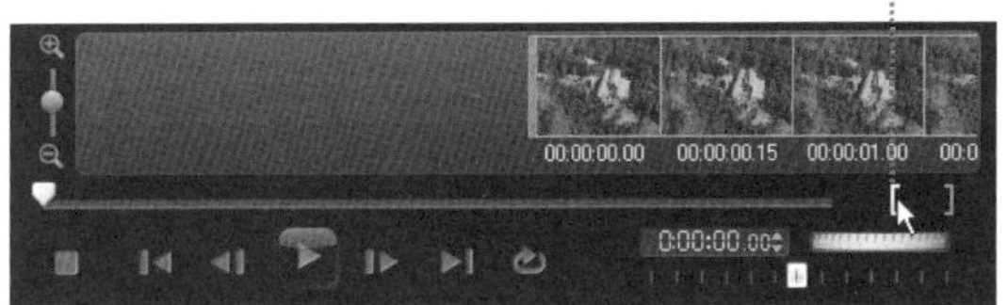

单击 **设置开始标记** 按钮，将当前的帧标记为第一个区段开始点。

标记视频第一个区间结束点。

产生第一个区段，以白色线段标示

拖曳 **擦洗器**，直到要用来作为第一个区段的结束帧出现。接着单击"设置结束标记"按钮，将当前的帧标记为第一个区段结束点（范例中的时间点为：0:00:12）。

改变选择区属性

选择区（橘色标示区间）默认为修整操作中的保留部分，如果要改为修整操作中的删除部分，可以在 **多重修整视频** 窗口左上角单击 **反转选取** 按钮。

完成第一个区间的设置后，会在下方查看栏中自动产生该区间的缩略图。

8.8.3 修整其他区间

如果需要修整为多个视频素材，只要重复进行上步骤的操作，直到完成所有区间的标示。

第二个区间的时间点为：0:00:29到0:00:36

第三个区间的时间点为：0:00:44到0:00:54

8.8.4 播放修整后的视频并完成多重修整

完成视频的标记修整后，可针对修整的区间进行预览，确认没问题之后单击 **确定** 按钮完成整个多重修整的操作。

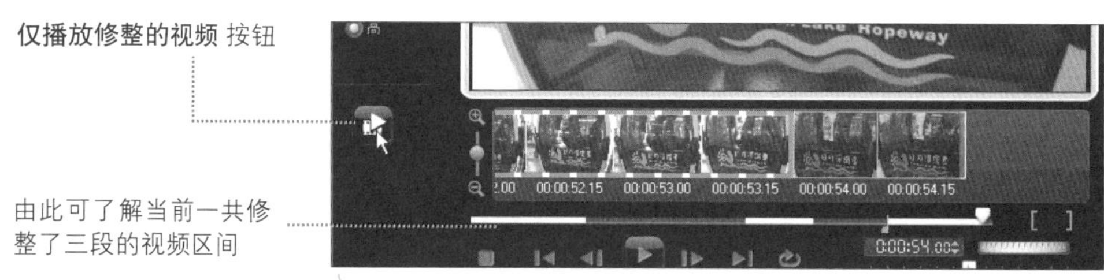

单击 **仅播放修整的视频** 按钮，浏览当前视频保留下来的区间内容

▼

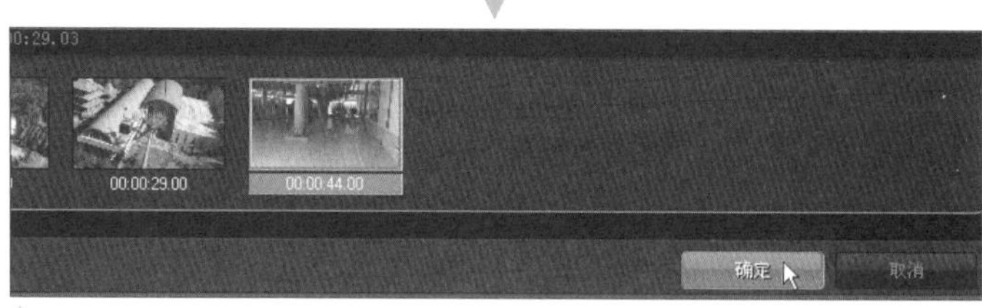

确认修整内容没有问题，单击 **确定** 按钮完成设置。

8.8.5 回到主画面查看修整后的效果

回到 **编辑** 步骤故事板中，可以清楚看到多出了两个素材缩略图（编号9、10素材缩略图）。

请记住保存文件，本节练习可以参考<C:\01范例练习文件\ch08\08-05.VSP>完成文件。

8.9 按场景分割视频

“按场景分割”功能多用来分割捕获的DV AVI文件，会声会影会自动检测拍摄的日期、时间或场景等因素来分割视频，能够有利于剧情故事的安排或剪辑。如果选择的视频素材为MPEG或其他视频文件，这个功能就只能按照视频内容的变化分割视频。

继续上个例子或打开<C:\01范例练习文件\ch08\08-05.VSP>进行练习。

8.9.1 进入按场景分割

在 **编辑** 步骤选择故事板上要调整的素材缩略图（编号11），开始按场景分割操作。

在选项面板 **视频** 选项卡单击 **按场景分割** 按钮。

第3篇 主题操作

8.9.2 设置场景扫描的敏感度

打开 **场景** 对话框，如果素材文件是直接利用DV捕获的视频素材文件，则在 **扫描方法** 中会默认为 **DV录制时间扫描** 项目，自动检测DV拍摄过程中的时间断点，做为视频的切割。由于本例的视频素材不是由DV录制，所以将 **扫描方式** 设置为 **帧内容**，再设置扫描的感应度。

"扫描方法"设置为"帧内容"，再单击"选项"按钮。

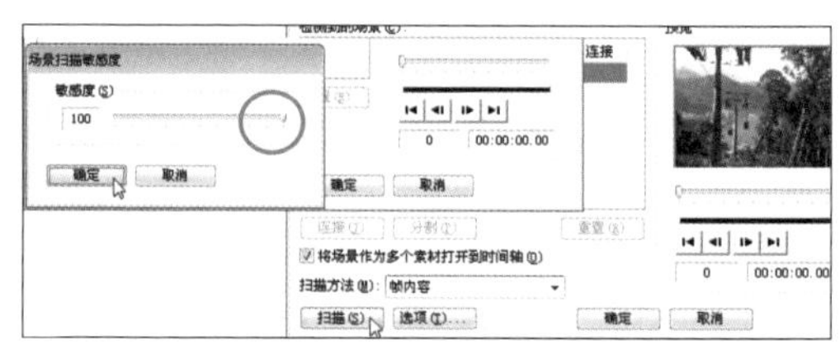

拖曳控制杆设置场景扫描敏感度为100，再单击"确定"按钮。

8.9.3 场景扫描

按照设置好的扫描方法与敏感度开始检测视频中的场景。

单击 **扫描** 按钮开始检测。

列出扫描结果，并默认全部选择显示在故事板。

8.9.4 连接、分割、保留与不保留设置

经过扫描后，已经自动完成场景的检测与切割，接下来还可以手动调整需要分割或连接的部分。本例要将检测到的场景项目1、2组合成一段。

如果决定哪些场景不要保留，可以取消选择该场景项目。这样，完成场景切割的操作后将不会出现该段视频。

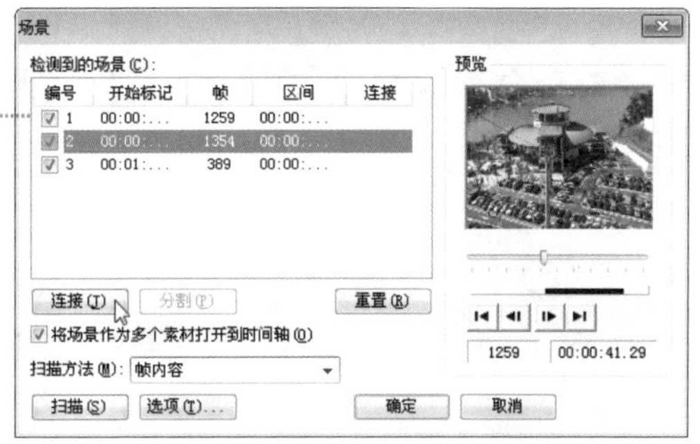

选择位于下方的场景项目2，再单击 连接 按钮，该场景项目就会合并到上方的场景项目1中。

选择连接过的场景项目，再单击“分割”按钮就会恢复成未连接的状态。

选择“将场景作为多个素材打开到时间轴”复选框，会自动将所分割的素材结果加入故事板内。

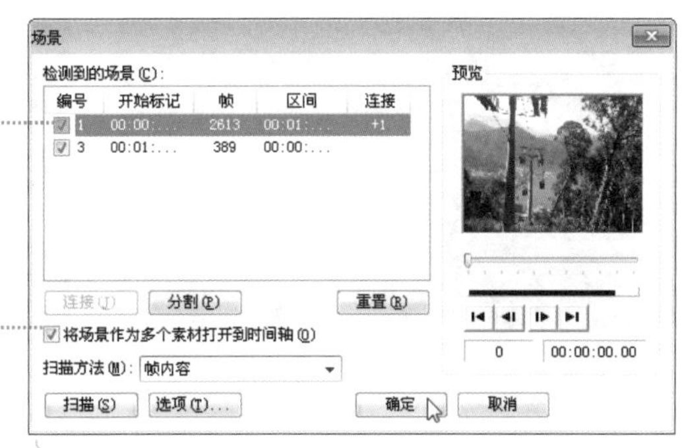

单击“确定”按钮，完成按场景分割视频的操作。

8.9.5 完成按场景分割视频

完成后，回到 **编辑** 步骤故事板中，可以看到刚才的视频素材按指定已经被切割成两个素材（编号11、12素材缩略图）。

8.10 保存修整后的视频

前面几节说明了许多修整素材的方式，然而经过分割或修整后的素材并不会自动显示在素材库中。接下来，通过“保存修整的视频”功能可以将修整后的素材另存为新的文件，并显示在素材库中以方便下次选择使用。

- 请继续上个例子或打开<C:\01范例练习文件\ch08\08-06.VSP>进行练习。

在 **编辑** 步骤中，选择时间轴中已经修整并要进行保存的素材缩略图（05.mpg），开始保存操作。

选择 文件 | 保存修整后的视频命令。

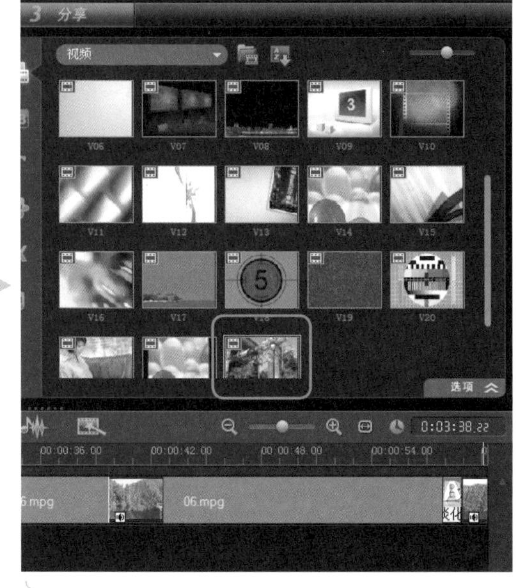

保存完成后，会将该素材缩略图添加到素材库的合适类别中，也可以进入所设置的工作文件夹，查找刚才保存的文件。

提示 查看修整后的视频保存路径

刚才的保存操作到底存放在哪里？其实，会声会影中默认的工作文件夹，可以在 **设置 | 参数选择 | 常规** 选项卡的 **工作文件夹** 内设置，也可以在此查看所设置的路径。

8.11 将视频画面保存为静态图像

此功能可以将视频素材在预览窗口看到的画面保存为静态图像文件，完成后将该图像文件缩略图添加到"照片"素材库类别中，也可以到设置的工作文件夹中查找保存的文件。

请继续上个例子或打开< C:\01范例练习文件\ch08\08-06.VSP>进行练习。

8.11.1 设置静态图像的格式与质量

首先设置视频画面捕获成静态图像后的保存格式与质量，请选择 **设置 | 参数选择** 命令。

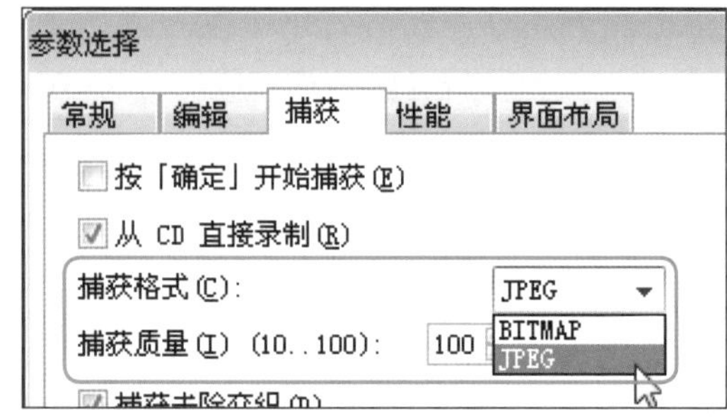

在 捕获 选项卡中设置 捕获格式 与 捕获质量，再单击 确定 按钮。

8.11.2 指定画面与开始捕获

在故事板或时间轴中选择一个视频素材，指定要捕获的画面并开始捕获其静态图像。

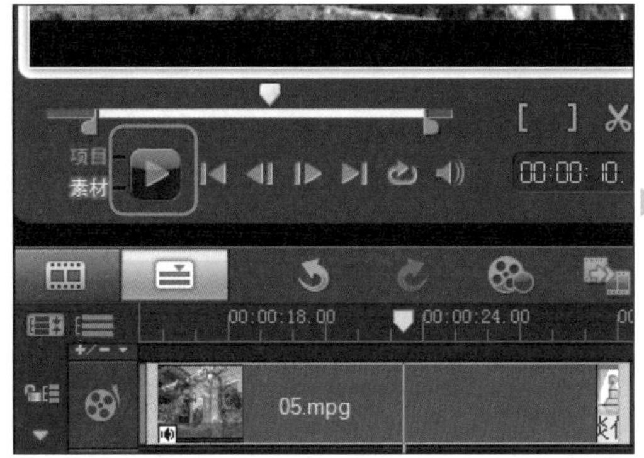

在预览窗口查看需要的画面。

选项面板单击 **抓拍快照** 按钮，可以将当前预览画面中的图像保存为静态图像并放进素材库中。

8.12 让照片素材动起来——摇动和缩放

“剪辑”操作应用在照片素材，不是用于调整播放内容，而是指定播放的区间，并且可以加上“摇动和缩放”功能，模拟摄像机多方位移动和缩放的动态效果。

请继续上个例子或打开<C:\01范例练习文件\ch08\08-06.VSP>进行练习。

8.12.1 设置照片素材区间

由于要在静态的照片素材上设置动态效果，在此建议该素材的播放区间至少需要10秒。在 **编辑** 步骤选择故事板上要调整的素材缩略图（编号3），先调整照片素材播放长度（如果一次想要为多个照片素材应用 **摇动和缩放** 效果，请参考本章其他节的说明）。

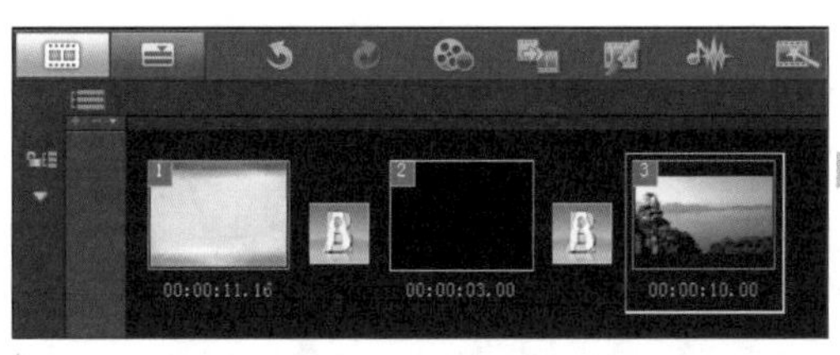

选择故事板要修整的素材缩略图（编号3）。

区间的格式为“时：分：秒：帧”

在选项面板 **照片区间** 的左边数来第3组00上单击，输入10，再按 **Enter** 键完成区间的调整。

8.12.2 应用默认摇动和缩放效果

在选项面板 **照片** 选项卡选择 **摇动和缩放** 项目，并在默认列表中选择合适的平移和缩放效果应用（在此应用第一个效果）。

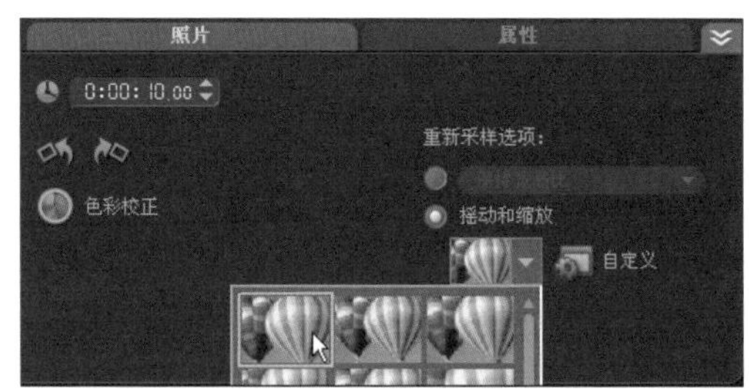

8.12.3 预览应用效果后的动态效果

单击 **播放** 按钮，可以预览静态照片素材应用 **摇动和缩放** 后的动态效果。

8.12.4 进入自定义

除了应用默认的摇动和缩放效果，也可以自行手动设计，首先进入自定义相关画面。

选择故事板要修整的素材缩略图（编号3），再在选项面板单击 **自定义** 按钮。

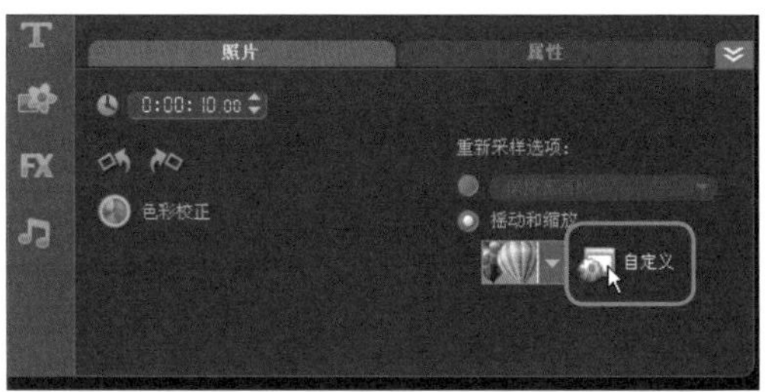

进入 **摇动和缩放** 对话框，会看到原图与预览两个画面以及时间轴。

原图预览画面

应用后预览画面

在原图预览画面中看到两个十字符号，表示此效果当前设置了“开始”与“结束”两个关键帧

此处线框为虚拟摄像机的镜头边框

时间轴

在 **摇动和缩放** 对话框时间轴中，分为上下两栏，上方为 **时间栏**、下方为 **帧栏**，在帧栏默认有 **开始** 与 **结束** 两个关键帧，可以在帧栏自定义关键帧，并且可以在各帧中设置摇动和缩放的特效。

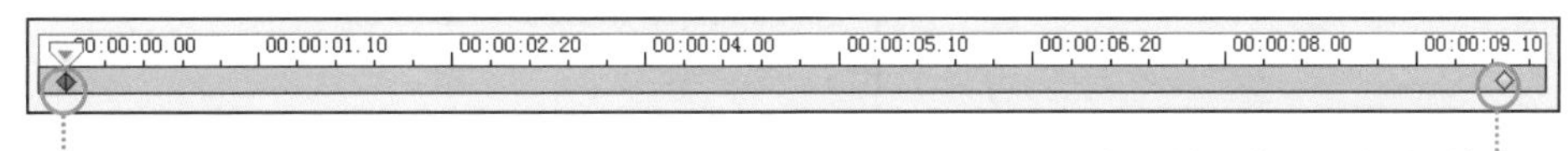

时间轴帧栏中，红色菱形符号即代表 **开始** 关键帧所在位置

灰色菱形符号即代表 **结束** 关键帧所在位置

8.12.5 摇动和缩放效果

本范例希望一开始是对焦到图像左上角的天空，再慢慢下拉到中央的潭面上，最后拉远以显示整个图像。

首先设置 **开始** 关键帧。

在时间轴 **开始** 关键帧的菱形标记上单击选择关键帧：菱形标记会呈红色。

提示

为什么我看到的内容配置不一样？

摇动和缩放 对话框中的内容与设置值，一开始会根据素材之前所应用的默认 **摇动和缩放** 特效而有所不同，有的特效会设置了开始、中间与结束三个关键帧，有的仅设置了开始与结束两个关键帧。

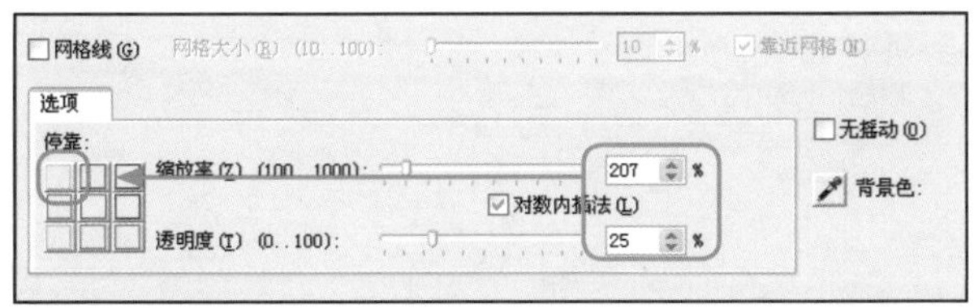

在 **缩放率** 输入207、**透明度** 输入25，再单击 **停靠** 的左上角定位方块。

在时间轴帧栏以复制 **开始** 关键帧的方式产生一个新关键帧，并设置该帧的效果。

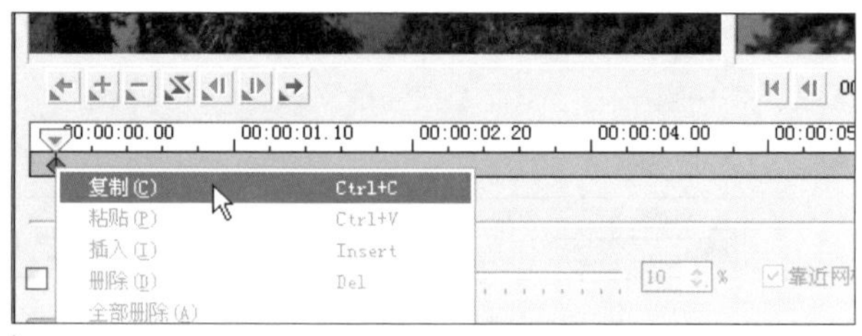

在时间轴 **开始** 关键帧的菱形标记上单击选择关键帧（菱形标记会呈红色），再在关键帧的菱形标记上右击，选择 **复制** 命令。

拖曳 **滑杆** 到要添加关键帧位置（本例为约00:00:04:23的时间点），再在时间轴帧栏上右击，选择 **粘贴** 命令。

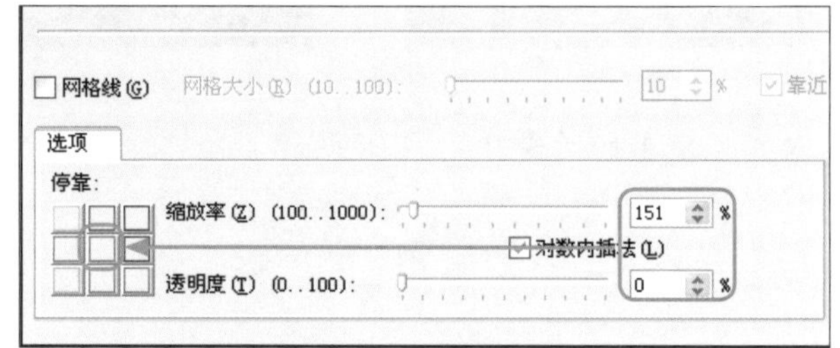

在 **缩放率** 框输入151、**透明度** 框输入0，再单击“停靠”的中央定位方块。

最后设置 **结束** 关键帧。

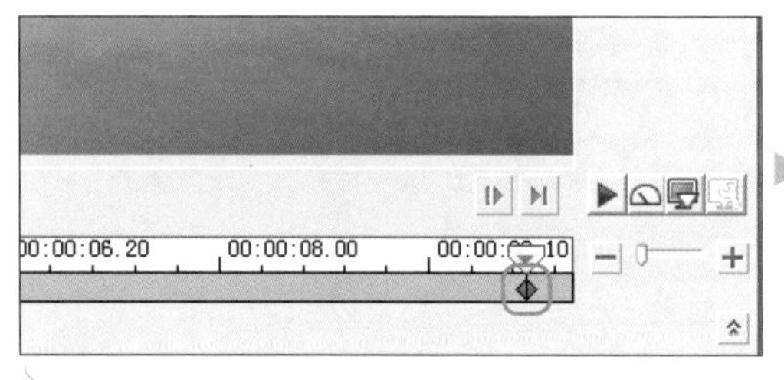

在时间轴 **结束** 关键帧的菱形标记上单击：菱形标记会呈红色。

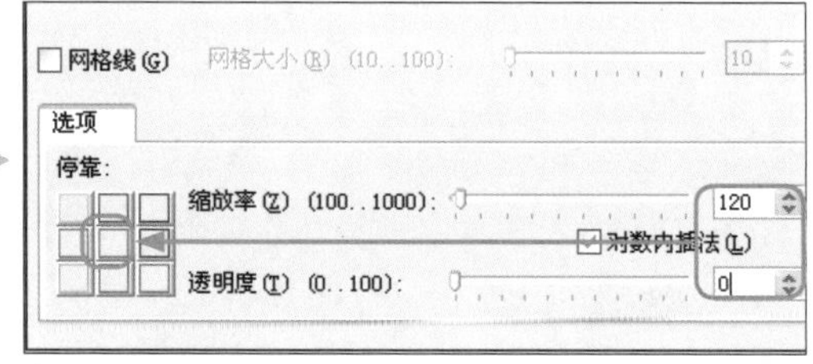

在 **缩放率** 框输入120、**透明度** 框输入0，再单击 **停靠** 的中央定位方块。

8.12.6 预览特效

完成！现在预览刚才创建的摇动和缩放特效。

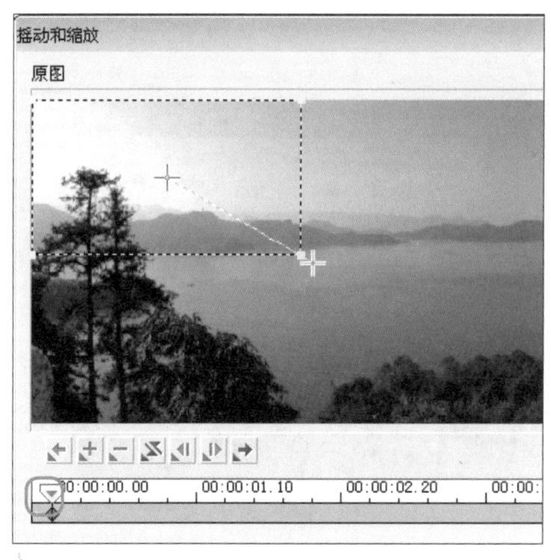

拖曳滑杆到时间轴开始处。

单击 **播放** 按钮开始预览（再单击一次该按钮会停止预览的操作）。

待确定整个摇动和缩放的特效已经设置好，请单击 **确定** 按钮，回到主画面。

提示

"摇动和缩放"对话框的选项设置

- **缩放率**：此框中的值越高，会将镜头拉近对焦的主题。
- **透明度**：如果有淡入、淡出的特效，可以在此设置透明度，图像会淡化为背景色。背景色可以在右侧颜色方块上单击加以设置。
- **对数内插法**：选择此复选框，可以让静态图像在平移缩放的操作时比较流畅。

提示

一次为多个照片素材应用"摇动和缩放"效果

摇动和缩放 功能增加了照片的可看性，但是如果素材很多，需要每张设置时，往往让人望而却步。会声会影可以一次选择需要设置的影像素材后，同时加上自动摇动和缩放，免去每个素材都需要设置的麻烦。

1. 在故事板或时间轴中，按住 Shift 键不放，在第一个要选择的素材缩略图上单击，再在最后一个要选择的素材缩略图单击，这样即可选择范围内的素材缩略图。
2. 选择需要调整的素材后，首先调整区间长度。

故事板或时间轴中，在任意选择的素材上右击，选择 **更改照片区间** 命令。在 **区间** 对话框设置合适的区间后，单击 **确定** 按钮。

3. 接着，开始应用 **自动摇动和缩放** 功能。

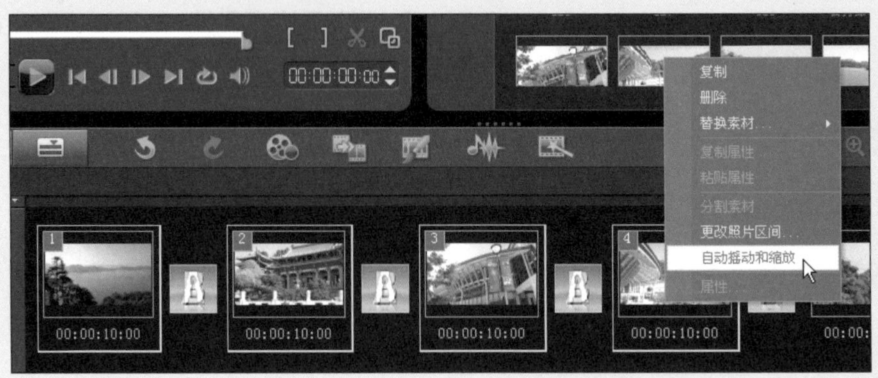

故事板或时间轴中，再次在任意选择的素材缩略图上右击，选择 **自动摇动和缩放** 命令即可。

8.13 视频静音设置

应用视频素材经常会遇到的一个问题：拍摄影片时常会将路边交通工具的声音、路人甲乙的对话等，一起录制下来。这时，只要将视频素材的音量调到静音，就可以解决这个恼人的问题。

请继续上个例子或打开<C:\01范例练习文件\ch08\08-07.VSP>进行练习。

针对视频中音频的困扰，可以通过此方法将视频的音量调整为静音，而不必将声音删除。在 **编辑** 步骤选择时间轴上要设置为静音的素材缩略图（编号4），然后开始设置。

在选项面板 视频 选项卡中单击 静音 按钮。

按照相同的方法将故事板上的视频素材全部设为静音，接着可以在主画面左侧预览窗口，按照预览控制栏上 **播放** 按钮浏览已经设置为静音的效果。

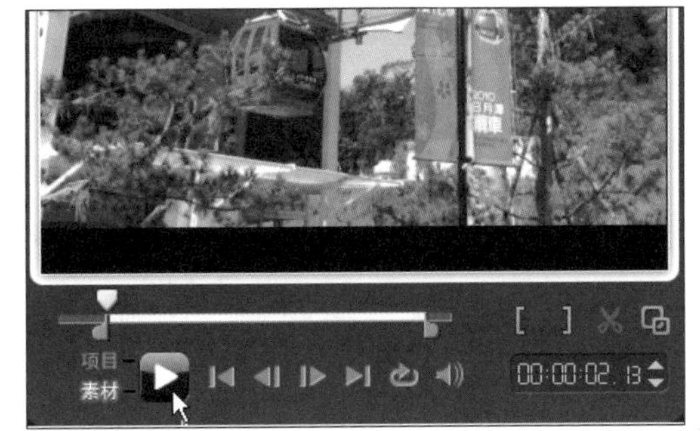

8.14 让视频色彩更鲜艳

如果采用的素材是在天气不理想的情况下录制或拍摄的，本节要说明的功能可以调整视频或照片素材的色彩设置，例如，色调、饱和度、亮度、对比或白平衡等。不仅校正素材色彩，也让外观变得更亮眼。

请继续上个例子或打开<C:\01范例练习文件\ch08\08-08.VSP>进行练习。

8.14.1 调整色彩和亮度

首先针对素材的色彩和亮度调整，在 **编辑** 步骤选择故 事板上要调整色彩的素材缩略图（编号7），打开选项面板开始设置。

如果在各项目滑动条上双击，可以重设该项目的值。

在选项面板单击 色彩校正 选项。

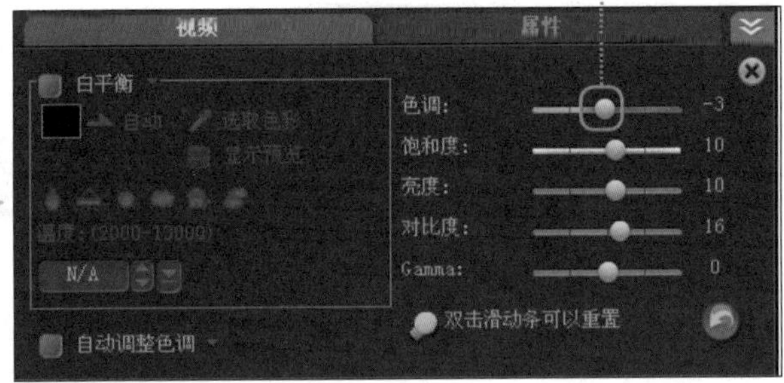

在 色调、饱和度、亮度、对比度、Gamma 各项目中，向右或向左拖曳滑杆以调整素材外观。

在主画面左侧预览窗口，可以实时观看新设置对素材的影响程度。如果是校正视频素材，可以再次单击控制栏上的“播放”按钮浏览效果。

8.14.2 调整白平衡

白平衡可以删除素材在拍摄时因为光源或不正确的硬件设置所造成的怪异色彩，还原素材的自然色温。在 **编辑** 步骤选择故事板上要修整的素材缩略图（编号7），打开选项面板开始设置。

在选项面板单击 **色彩校正** 选项。

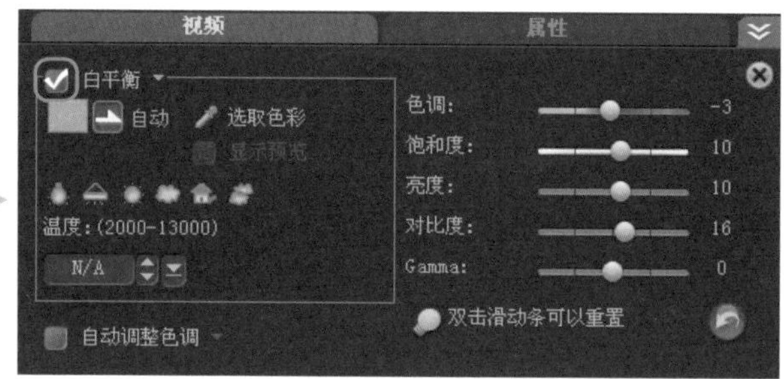

选择 **白平衡**，可以在选项面板中按 **自动**、**选取色彩**、**默认情境**、**温度** 等因素来调整。

白平衡的4大处理方式如下。

- **自动**：自动选择最符合整个图像色彩的白点如下。
- **选取色彩**：可以手动从素材中选择白点，单击此按钮后，在预览视频窗口的该素材图像上，为白色或中性灰的参考区域单击以设置白点。
- **默认情境**：按照光线环境（钨光、荧光、日光、云彩、阴影与阴暗），设置白点。
- **温度**：指定光源的温度为多少Kelvin（K），在钨光、荧光和日光情境下属于比较低的温度，而云彩、阴影和阴暗则属于高温度。

设置白平衡中要找出白点的方式后，再在主画面左侧预览窗口实时观看新设置对素材的影响程度。如果是校正视频素材，可以单击预览控制栏上 **播放** 按钮浏览效果。

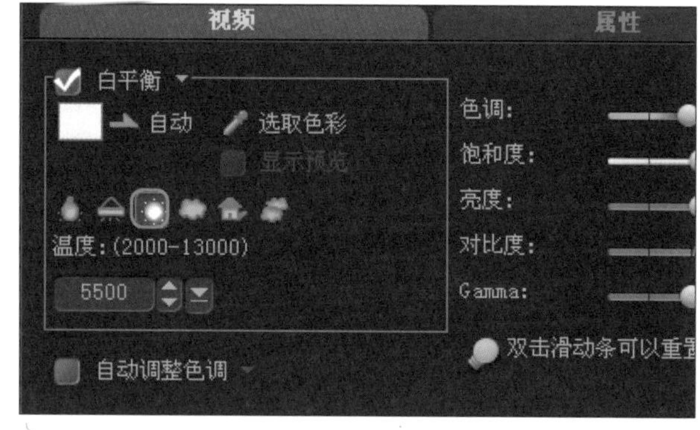

在此单击 **默认情境** 为 **日光**，将素材应用为日光的白平衡效果。

8.14.3 自动色调调整

如果对如何调整色调、亮度、对比度或白平衡等色彩因素不太了解，这时可以通过 **自动调整色调** 功能快速调整，并且可以指定是否要将素材调整为最亮、较亮、一般、较暗或最暗。

在 **编辑** 步骤选择故事板上要修整的素材缩略图（编号7），打开选项面板开始设置。

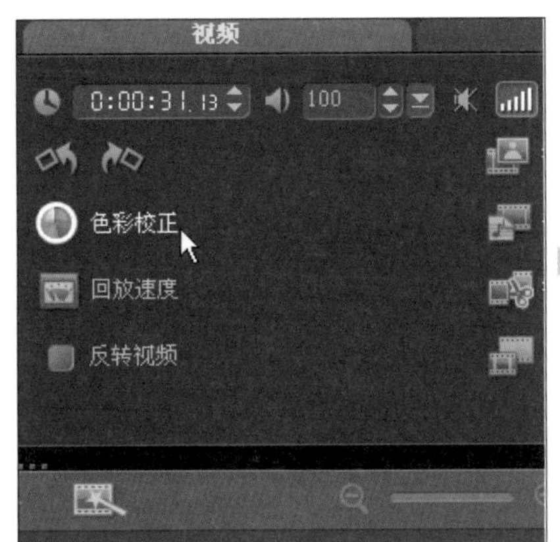

在选项面板单击“色彩校正”选项。

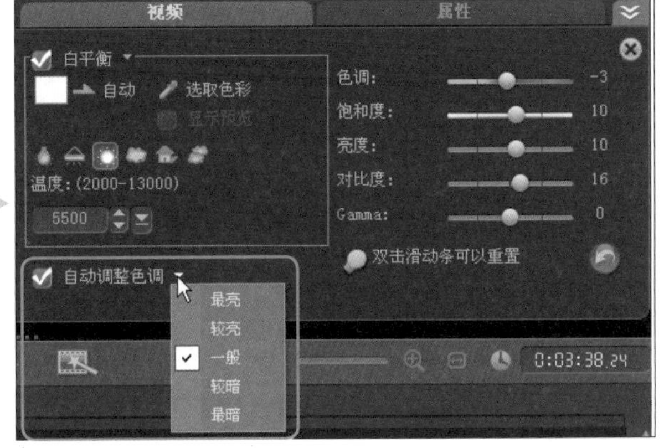

选中“自动调整色调”，并单击右侧列表按钮，在列表中选择合适的自动调整质量。

在主画面左侧预览窗口，可以实时观看新设置对素材的影响程度。如果是校正视频素材，可以再次单击预览控制栏上 **播放** 按钮浏览效果。

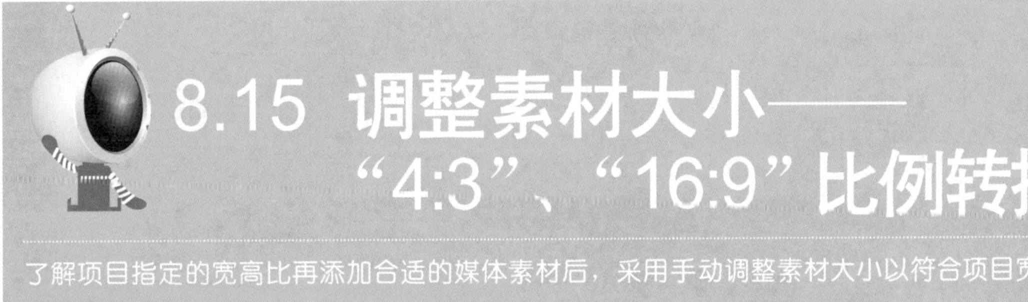

8.15 调整素材大小——“4:3”、“16:9”比例转换

了解项目指定的宽高比再添加合适的媒体素材后，采用手动调整素材大小以符合项目宽高比，这样才能让影片作品更加完整。

● 请继续上一个例子进行练习。

项目的宽高比分为一般屏幕（4:3）与宽银幕（16:9）两种，一般来说在项目开始的 **项目属性** 中就会按照使用到的视频素材规格调整其宽高比。

然而，会声会影在素材库中默认的视频、照片素材都是以一般屏幕（4:3）比例为主。如果加入设置为宽银幕（16:9）的项目中，则会自动在左右两侧以黑色色块补足，现在就一起查看如何修改素材大小。

8.15.1 确认当前项目的“宽高比”

在会声会影主画面选择 **设置 | 项目属性 | 编辑** 按钮，在 **常规** 选项卡中的 **显示宽高比** 可以看到当前项目的宽高比设置。

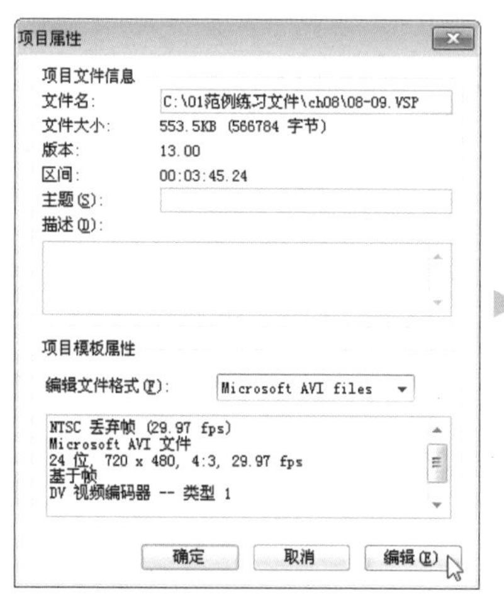

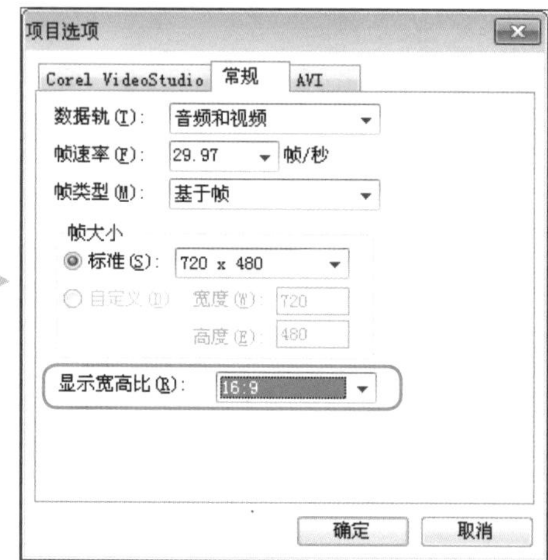

8.15.2 变形素材

在 **编辑** 步骤，选择故事板中要调整的素材缩略图，再打开选项面板进行调整的操作。

选择故事板要调整大小的素材缩略图（编号1），再单击 **选项** 按钮，打开选项面板。

在选项面板 **属性** 选项卡内选中 **变形素材** 复选框，这时在预览窗口的素材四周会出现8个黄色调整点与虚线框，虚线框代表素材的边界。

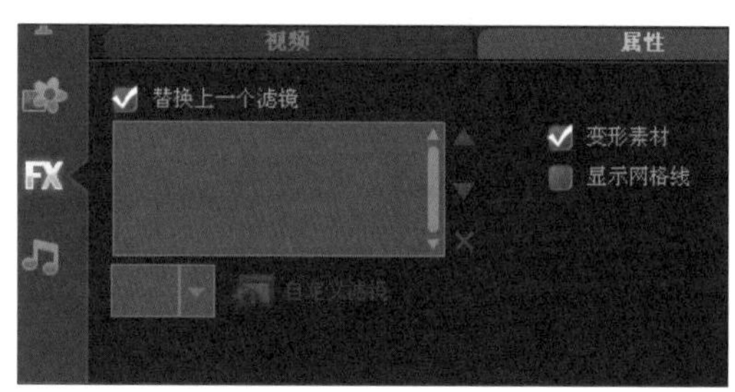

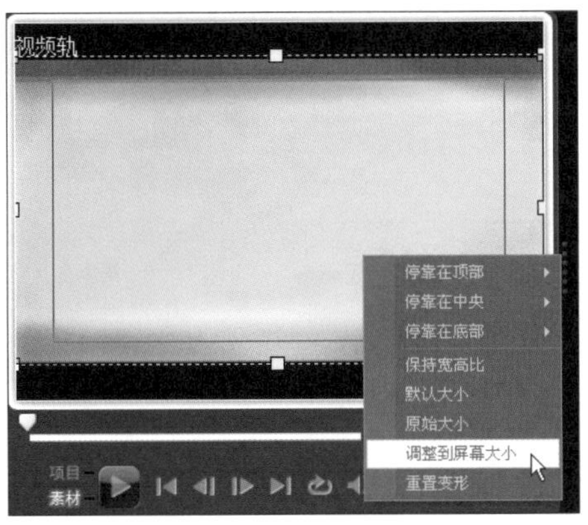

用鼠标拖曳黄色调整点可以任意变形或扭曲素材，然而在此建议在预览窗口中的素材上右击，选择 **调整到屏幕大小** 命令，通过此功能可以自动将当前的素材调整成符合项目的宽高比。

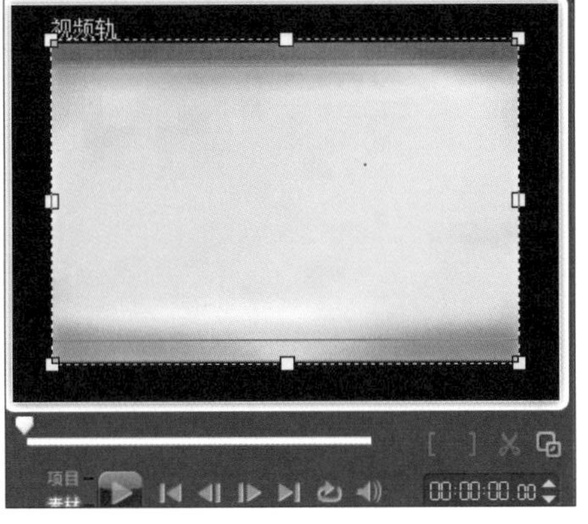

由于此素材直接从素材库内添加，因此在当前的预览窗口中可以看到该素材并不是16:9的比例，而是在左、右两侧自动填满黑色色块。

请记住保存文件，本节练习可以参考<C:\01范例练习文件\ch08\08-09.VSP>完成文件。

8.16 打包备份项目与项目内的素材（智能包）

“智能包”功能可以将项目与项目内会用到的素材一起包装起来，就可以带着这些项目与素材在不同的计算机中继续工作。

请继续上个例子或打开<C:\01范例练习文件\ ch08 \ 08-09.VSP>进行练习。

8.16.1 进入智能包操作

影音剪辑的处理，不一定仅限于在某一台计算机上操作，有可能晚上在家中进行操作，白天还希望带到其他地方继续剪辑处理。不论是利用台式计算机或者笔记本电脑，不同的计算机平台，经常会因为媒体素材文件与路径关系出错而不容易继续编辑工作。这样的问题需要通过 **智能包** 功能进行处理。

当编辑某一个项目，希望将项目与素材打包，请选择 **文件 | 智能包** 命令。

8.16.2 指定保存路径与名称

出现提示对话框，询问是否要保存当前的项目。

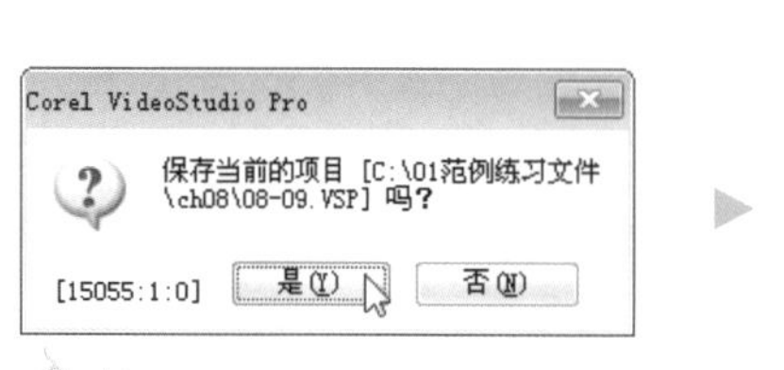

单击 是 按钮。

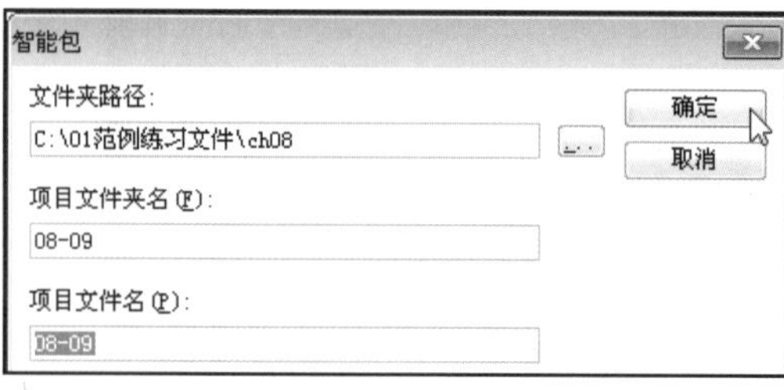

为打包的项目进行命名与路径选择，最后单击 确定 按钮开始进行打包操作。

8.16.3 完成包装并查看包装内容

完成打包后，可以自行查看刚刚所指定的路径，其中会出现所指定名称的文件夹，包含项目与项目所需的素材，只要将此文件夹拷贝携带，即可在不同计算机继续进行编辑的工作。

第9章 轻松应用转场与滤镜特效

本章介绍的“转场”与“滤镜”特效是整个影片剪辑中的“最佳配角”。“转场特效”主要用来丰富与衔接影片之间的切换，而“滤镜特效”可以应用到媒体素材上，让素材轻松产生各种亮眼效果。

然而，“配角”毕竟不能抢了“主角”的风采，适度与适量的应用才能增强影片的效果。

9.1 作品抢先看

本章将通过添加“转场”与“滤镜”，模拟多重美工以及镜头特效，让影片观感更强，并且充分展示自制影片的各种创意。

动态效果

设计重点：

应用各种“转场”变化与“滤镜”特效，不仅为影片作品增添趣味性，还能够丰富自制影片的质感。

参考完成文件：

<01范例练习文件\ch09\09-07.VSP>

媒体素材

转场素材

项目名称：交叉淡化

项目名称：遮罩

项目名称：翻转

项目名称：3 D彩屑

滤镜素材

项目名称：镜头闪光

项目名称：水彩

项目名称：FX 速写

制作流程

1 转场效果与概念认识，接着学习从素材库添加转场特效的方式（选择转场类别、预览转场效果、添加转场、浏览添加后的效果）。

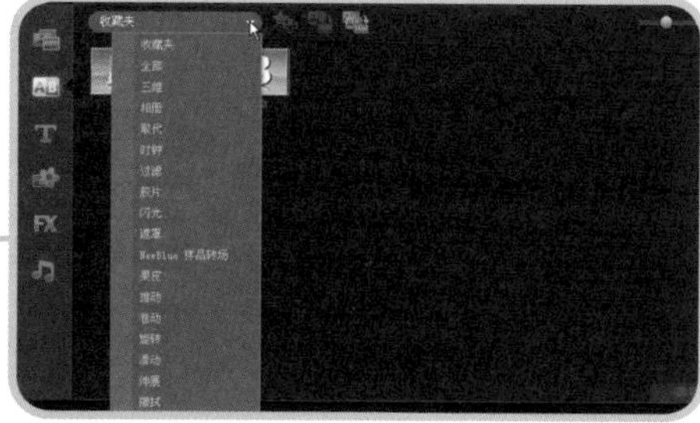

2 快速添加转场特效的方式：

- 转场效果上双击鼠标
- 将指定特效应用到视频轨
- 将随机特效应用到视频轨
- 将常用转场效果添加到“收藏夹”

3 说明添加素材时自动产生转场的方法。

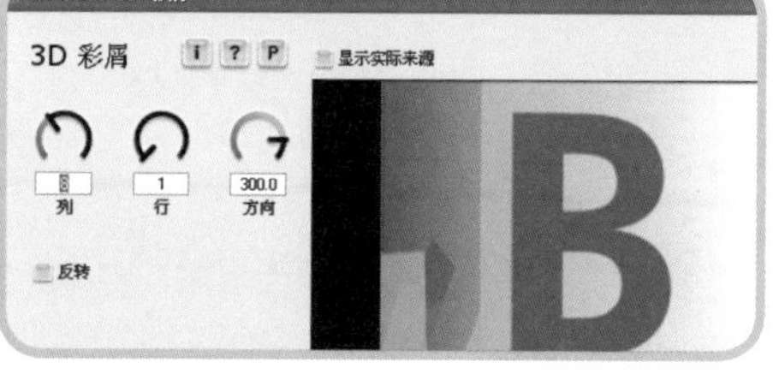

4 说明删除、调整与自定义转场特效的方法，以达到全方位的掌握。

5 设计“相册翻页”转场效果。

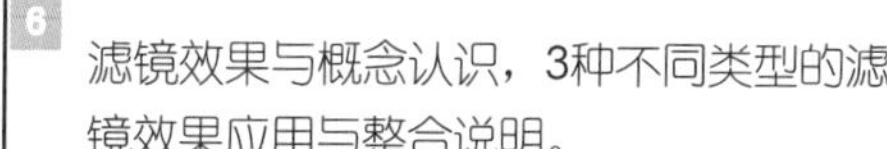

6 滤镜效果与概念认识，3种不同类型的滤镜效果应用与整合说明。

9.2 转场效果与概念

什么是转场效果呢？顾名思义，就是切换不同场景时添加的变化。简单地说，就是在两个主题画面之间添加一点转换效果，让画面的切换不会显得太突然。

举例来说，拍摄的影片中第一段为山水风景，第二段为家庭成员的人物拍摄或者宠物特写等。如果从如诗如画的小桥流水画面中突然来一只乌龟，会不会让人感觉突然呢？通过会声会影提供的转场特效，不但能够解决这个问题，还能够丰富自制影片的可看性！

9.2.1 转场效果会占用影片部分秒数

在两段影片之间插入转场特效时，将会占用两段影片的部分秒数，因为转场特效是通过影片内容的重叠融合而产生的，所以拍摄时要注意。

拍摄的时间要充足，从拍摄开始到拍摄结束的前后段时间多停留3秒以上，可以防止不小心剪辑的一些画面，或者在转场时会消耗一部分的时间画面。如果拍摄时间不足，可能会漏掉重要的画面或者被转场效果取代。因此，再次提醒用户，开始录影时，先在起始画面停留3秒以上，结束拍摄时也是将画面停留3秒以上，这样会对后续编辑工作很有帮助，也不会遗漏重要的画面。

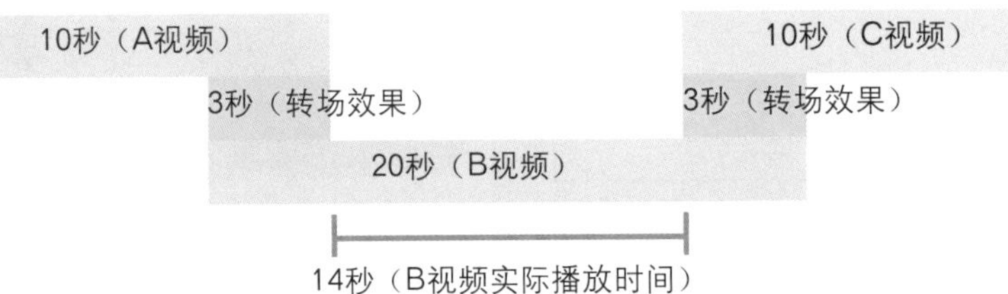

9.2.2 转场效果种类

会声会影提供的转场效果相当丰富，例如**三维**、**相册**、**取代**、**时钟**、**过滤**、**胶片**、**闪光**、**遮罩**、**NewBlue样品转场**、**果皮**、**推动**、**卷动**、**旋转**、**滑动**、**伸展**、**擦拭**等16种类别。另外，还可以将常用的转场效果归类到 **收藏夹** 类别中。

每一类转场效果中还有多个特定的变化，可以自行测试各种效果所展现的特效，挑选自己喜爱或者适合影片内容的效果。另外，还可以参考电影、电视节目或者MTV等各种影视中不同场景所会用到的转场特效。例如，制作婚纱光盘时加上闪光以及遮罩转场效果会是一个不错的变化。

在 编辑 步骤素材库面板中切换到 转场，再单击该 画廊 按钮。

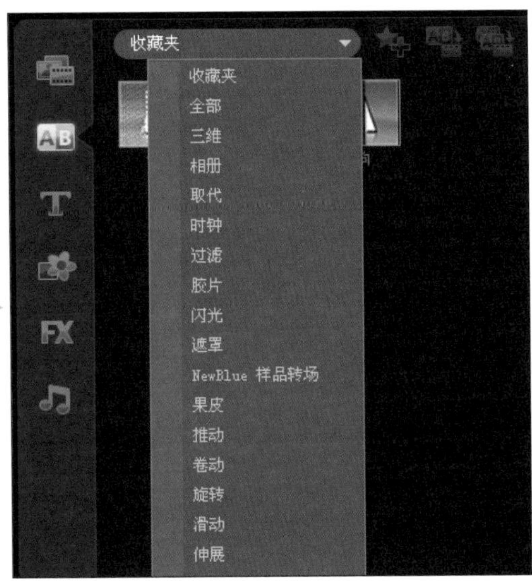

在转场列表中，会列出提供的16种类别的转场特效。

9.2.3 有“万用型”的转场效果吗

一般转场效果除了片头的淡入与片尾的淡出之外，场景之间的转换比较常见的就是 **过滤** 分类中的 **交叉淡化** 效果，可以说是比较安全的转场效果。什么是不安全的转场效果呢，例如，如果甜蜜的结婚场景搭配了破裂效果的转场，就很不合适。

大家可以多尝试各种效果，再根据自己的经验以及影片的特性来搭配适合的转场。

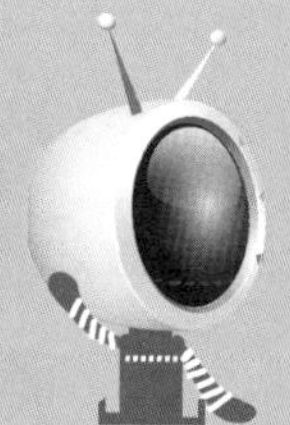

9.3 从素材库中添加转场

不论在“故事板视图”或“时间轴视图”模式下都可以添加转场特效，但是建议在“故事板视图”模式下进行，会更清楚地看到转场添加的位置与顺序。

打开 < C:\01范例练习文件\ch09\09-01.VSP>练习。

9.3.1 选择“转场”类别并预览素材库中的转场效果

将素材库中的转场效果添加到项目之前，可以在预览窗口查看该转场的动态效果。

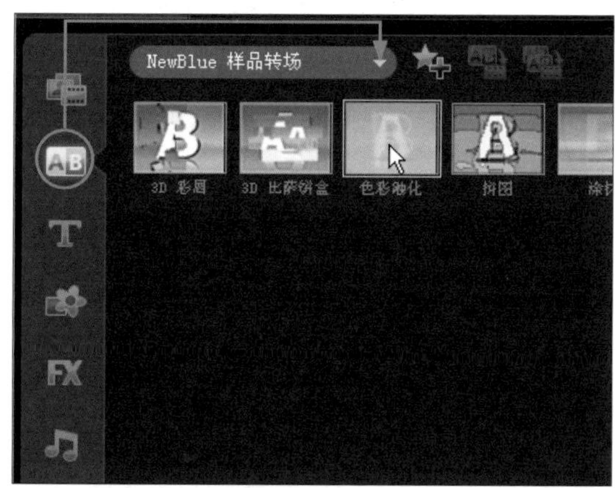

将素材库面板切换到 **转场**，再单击 **画廊** 按钮，从列表中选择想要预览的转场类别与转场效果。

预览窗口可以看到转场的动态效果，单击 **播放** 按钮可以再次预览。

提示

为什么调整项目中的媒体素材时转场效果会不见？

如果故事板各个素材之间已经设置好转场效果，再次调整素材的排列顺序或删除素材时，相邻的转场效果也会被删除，必须以手动的方式再次添加。

第3篇 主题操作

9.3.2 根据主题添加合适的转场特效

经过预览的操作后，可以选择一个合适的转场特效，并添加到故事板两个媒体素材之间。

选择一个转场素材，按住鼠标左键不放拖曳到故事板上两段素材缩略图之间放开。

在 **故事板视图** 模式下可以清楚地看到插入的转场效果。

9.3.3 浏览添加项目中的转场效果

添加转场效果后，可以在故事板中选择该转场效果缩略图来预览实际播放效果。

单击 **播放** 按钮，即可预览故事板中选择的转场效果。

9.4 快速添加转场特效

面对大量素材时，如何快速地添加转场效果以便节省制作时间？下面介绍4种快速添加的方法。

接着上个例子或者打开< C:\ 01范例练习文件\ ch09 \ 09-02.VSP>进行练习。

9.4.1 方法1：转场效果上双击鼠标

在没有默认自动转场效果并且需要手动添加转场效果时，可以在素材库中合适的转场效果上双击鼠标，将该效果快速插入到故事板素材缩略图之间第一个空白的转场位置。重复此操作，就可以快速地在整个项目中添加转场效果的设计。

9.4.2 方法2：将指定特效应用到视频轨

只要一个操作，就能够将指定的转场效果应用到整个项目素材之间。

选择合适的转场效果后，再单击“对视频轨应用当前效果”按钮。

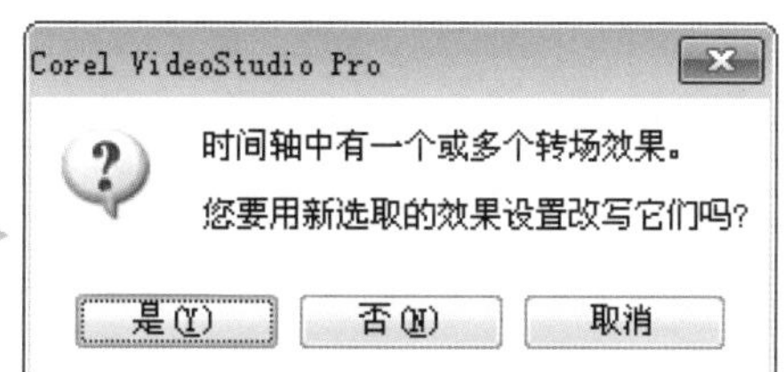

如果故事板素材缩略图之间已经添加其他转场效果，会弹出此对话框：

- 单击 **是** 按钮，新的转场效果自动取代原有的转场效果。
- 单击 **否** 按钮，仅将新的转场效果添加到空白的转场位置，不会影响原来的转场设计。
- 单击 **取消** 按钮，则取消此操作。

9.4.3 方法3：将随机特效应用到视频轨

只要一个操作，将随机转场效果应用到整个项目素材之间。

直接单击 **对视频轨用随机效果** 按钮（如果弹出上述步骤的询问对话框，单击“是”或“否”按钮进行应用）。

9.4.4 方法4：将常用转场效果添加到“收藏夹”类别

在这么多的转场效果中，可以将比较喜欢的项目添加到 **收藏夹** 类别中，以方便后面设计时快速应用。

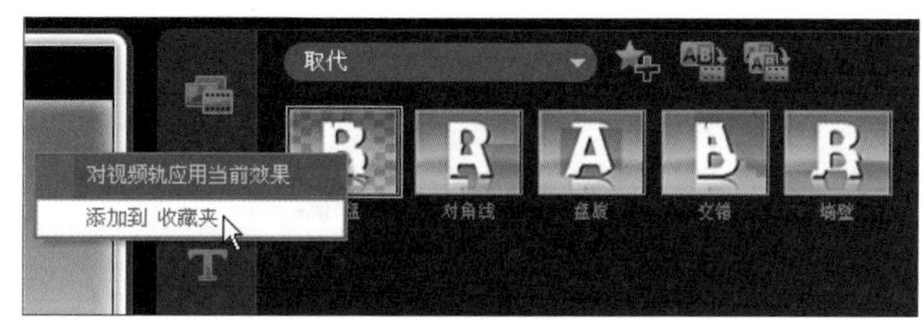

在要添加 **收藏夹** 的转场特效缩略图上右击，选择 **添加到 收藏夹**。

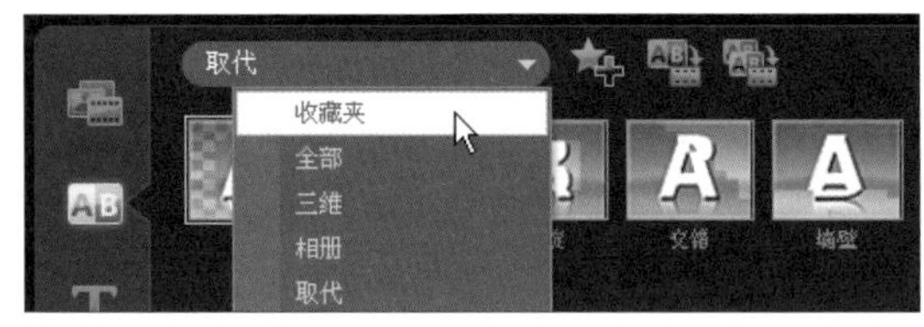

切换到转场特效素材库的 **收藏夹** 类别。

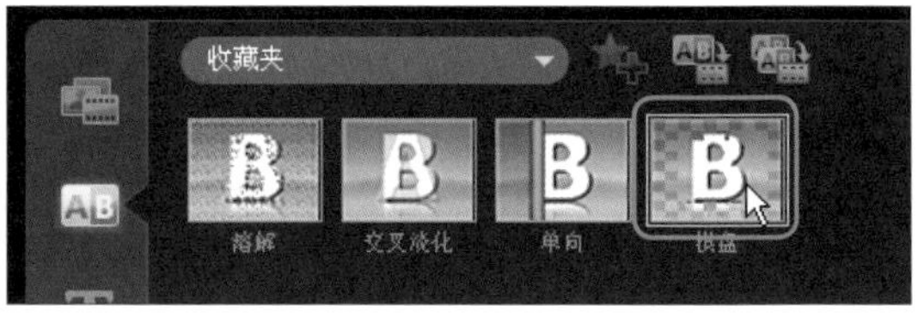

在转场特效素材库的 **收藏夹** 类别中，可以看到已经添加的特效选项，再将其应用到视频轨中。

9.5 添加素材时自动产生转场

如果将转场效果设置在初始参数选择中，这样在每次添加媒体素材时就会自动产生转场效果，可以省去每次进行插入与设置的相关操作。

会声会影并没有默认转场效果，必须手动将转场效果添加项目的脚本中。如果希望媒体素材添加到故事板或时间轴时可以自动在素材之间创建转场效果，这样的操作需要在添加素材前从 **参数选择** 中指定。

在添加大量媒体素材时，可以节省许多设置转场效果的时间。

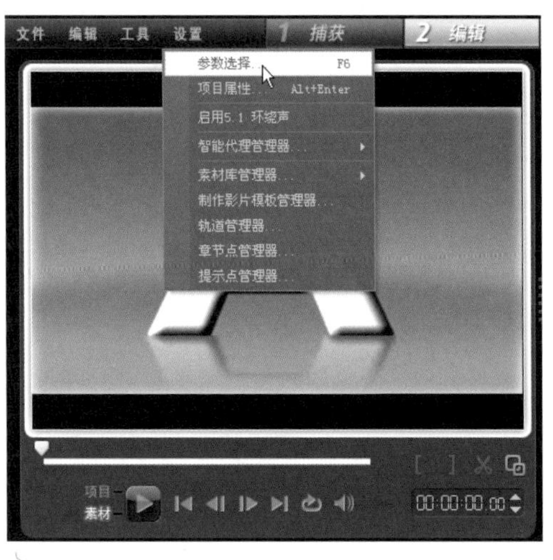

选择 **设置 | 参数选择** 命令。

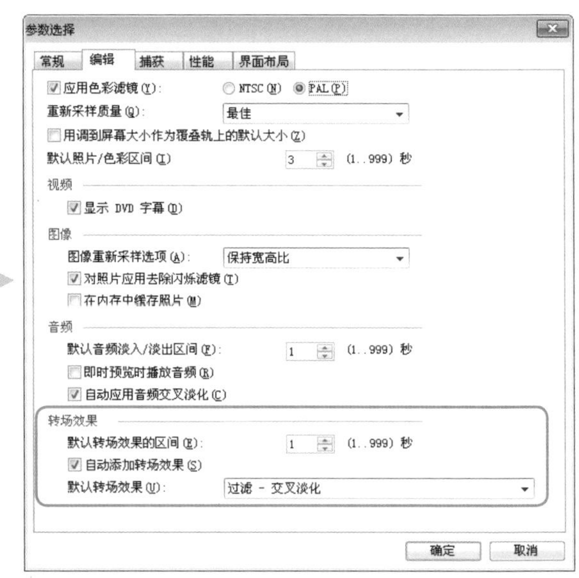

在 **编辑** 标签的 **转场效果** 项目中，设置其区间，选择 **自动添加转场特效** 复选框，再从“默认转场效果”列表中选择合适的特效，设置后单击 **确定** 按钮完成设置。

9.6 删除与调整转场效果

对于设计好的转场效果，可能需要删除或修改为其他转场效果。本节将介绍如何调整已经添加到项目中的转场效果。

9.6.1 删除项目中的转场效果

删除转场效果很简单，只要选择故事板上的转场效果缩略图，直接按 **Delete** 键或者在特效缩略图上右击，在弹出的快捷菜单中选择 **删除** 命令即可。

9.6.2 调整项目中的转场效果

如果要调整已经添加的转场效果，可以在转场素材库中重新挑选一个合适的特效，按住鼠标左键将该特效拖曳到故事板上要调整的转场效果上释放，这样即可调整为新的特效。

9.7 自定义转场特效

不同转场效果包含不同的属性可供调整，只要选择故事板中的转场效果缩略图后，即可在选项面板中进行设置。如果面板中的属性名称呈现灰色或者没有NewBlue的“自定义”功能，就表示选择的转场效果无法自定义属性。

9.7.1 “边框”、“色彩”与“柔化边缘”等属性调整

以转场素材库中的 **过滤** 类别的 **遮罩** 效果为例说明。

将转场素材库 **过滤** 类别的 **遮罩** 效果拖曳到故事板缩略图（编号2与3）之间。

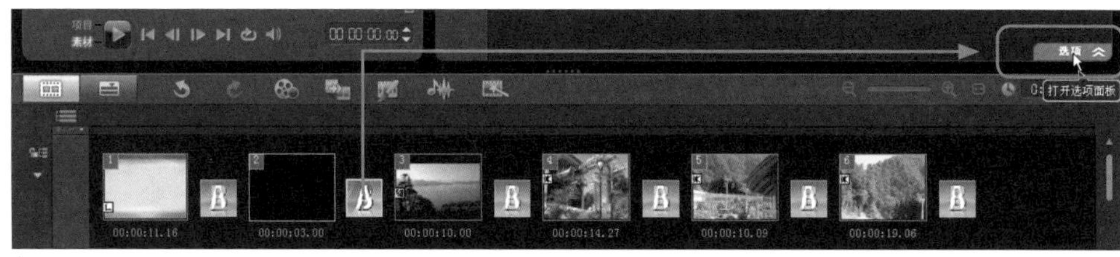

选择故事板要自定义转场特效的缩略图，再单击 **选项**，打开选项面板。

除了可以调整转场特效的播放时间，每个转场特效拥有的属性还可以设置 **边框**、**色彩**、**柔化边缘** 和 **方向** 等选项。

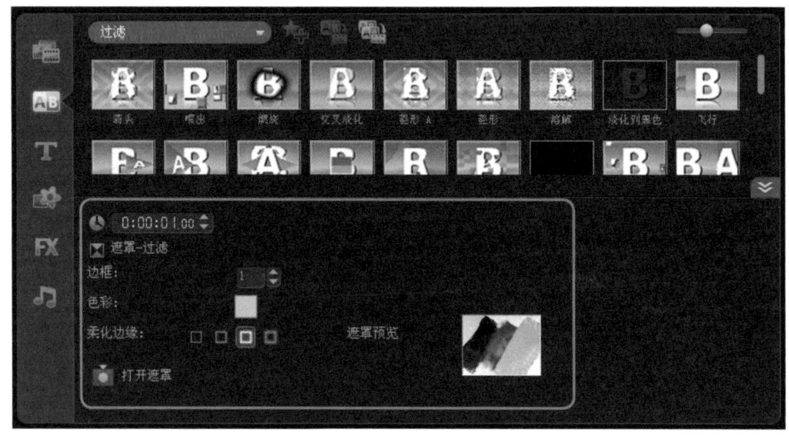

- **边框** 与 **色彩**：在 **边框** 框中输入边框的数值后，再单击 **色彩** 颜色框，应用合适的颜色。
- **柔化边缘**：一般默认均为 **无柔化边缘**，可以按照需求调整加强柔化边缘的程度。

调整好相关属性的色彩与数值后，在预览窗口中单击 **播放** 按钮浏览刚才自定义的转场效果。

9.7.2 NewBlue转场效果的“自定义”功能

NewBlue样式套件包含最畅销的NewBlueFX特效和转场套装产品的转场特效模块，在此以转场素材库中的 **NewBlue样品转场** 类别的 **3D彩屑** 效果为例进行说明，**3D彩屑** 转场效果可以将第一个视频变成小小的立体彩屑，以喷洒在屏幕的方式来显现第二个视频。

将转场素材库中 **NewBlue样品转场** 类别的 **3D彩屑** 效果拖曳到故事板缩略图（编号 3与4）之间。

打开选项面板，从故事板选择要自定义的 **NewBlue** 转场效果缩略图，先设置区间再进入其效果自定义选项。

为了稍等一下可以完整呈现此特效效果，设置播放时间为2秒。

单击选项面板中的 **自定义**。

在 **NewBlue** 转场特效的自定义对话框中，可以针对各种特效的属性调整相关选项。

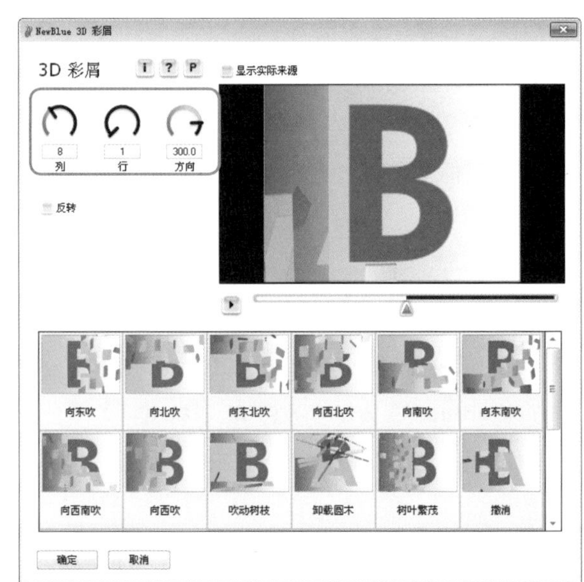

可以在 列、行、方向 选项中调整相关的值，或者直接在下方的各种模板中选择合适的应用，最后单击 **确定** 按钮返回主画面。

返回主画面，在预览窗口会自动播放刚才自定义的转场效果。

9.8 设计“相册翻页”转场效果

通过前面的说明，相信已经对转场有了比较深的认识。这里练习使用“相册”转场效果，该效果会模拟翻动相册页面的动作，不仅如此，还可以自定义不同的相册版面，改变相册封面、背景、大小和位置等。

打开 <C:\01范例练习文件\ch09\09-05.VSP>进行练习。

9.8.1 添加“相册”类别转场效果

为了方便学习，<09-05.VSP>练习文件已经从故事板中添加5个相片媒体素材（缩略图编号3～编号7），在此将练习在这5个相片媒体素材之间添加 **相册** 转场效果。

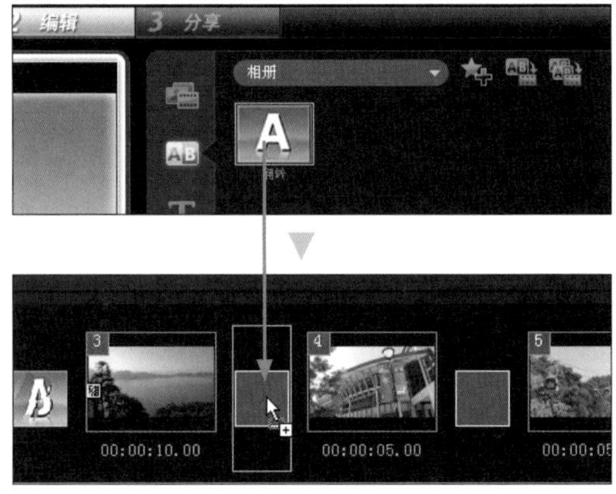

将转场素材库中 **相册** 类别的 **翻转** 效果拖曳到故事板缩略图（编号3与4）之间。

9.8.2 进入自定义项目

打开选项面板，在故事板选择要调整的相册转场效果缩略图状态下，先设置区间再进入其自定义选项。

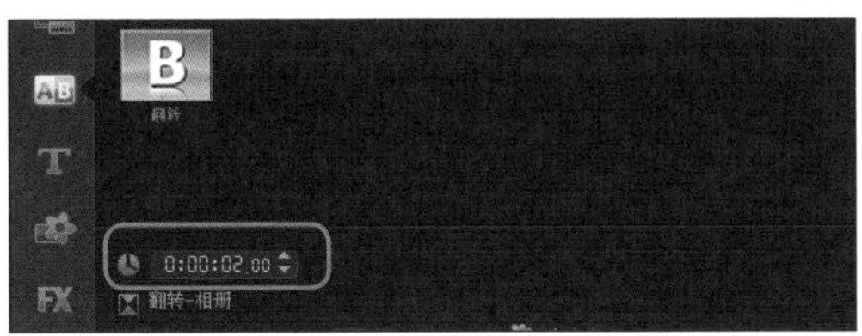

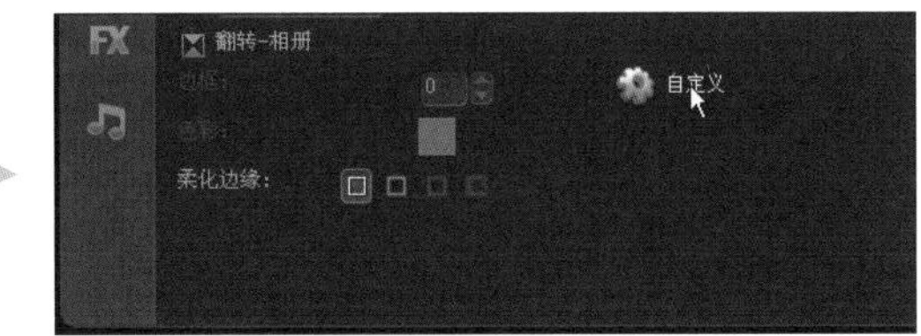

为了稍等一下可以完整呈现此特效效果，设置播放时间为2秒。

单击选项面板中的 **自定义**。

9.8.3 自定义相册大小、封面、位置与方向

在 **翻转-相册** 对话框的 **相册** 标签中，设置相册大小、封面、位置与方向等选项。

单击 **播放** 按钮可以随时预览新设置后的动态效果

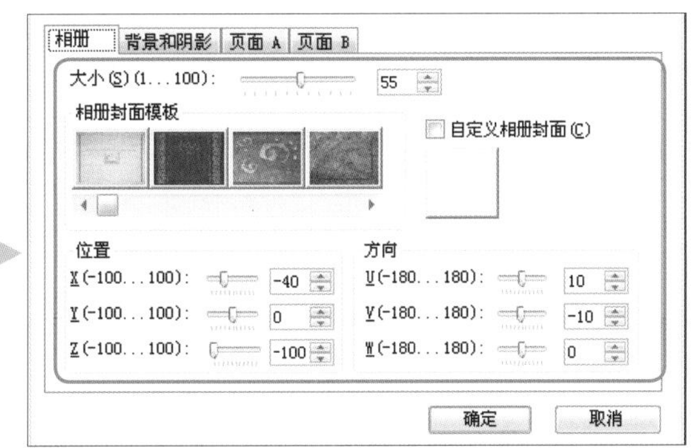

在 **布局** 框中，选择合适的布局。

"相册"标签中主要是设置相册的大小、封面、摆放位置与旋转角度，可以参考右图的值进行设置。

9.8.4 自定义相册背景和阴影

在 **翻转-相册** 对话框的 **背景和阴影** 标签中，设置相册的背景和阴影选项。

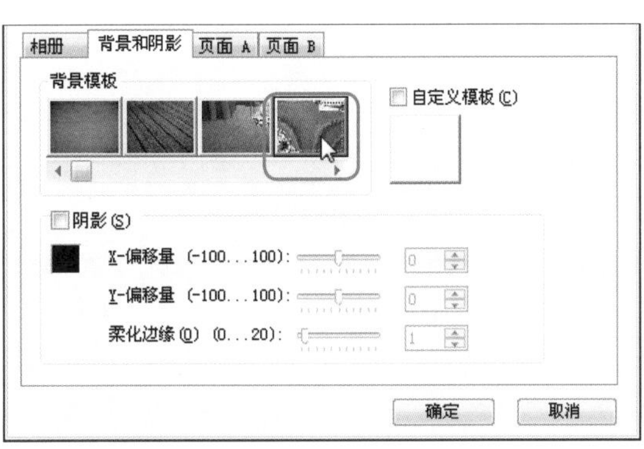

在 **背景和阴影** 标签中可先以选择合适的 **背景模板** 样式，再按照需要选择 **阴影** 复选框，为相册加上阴影效果（如果要让阴影看起来更加柔和，可以提高 **柔化边缘** 的数值）。

第3篇 主题操作

9.8.5 自定义相册页面A内页设计

相册 标签中可以先选择合适的 **相册页面模板** 样式后，再按照需要调整页面大小和位置。

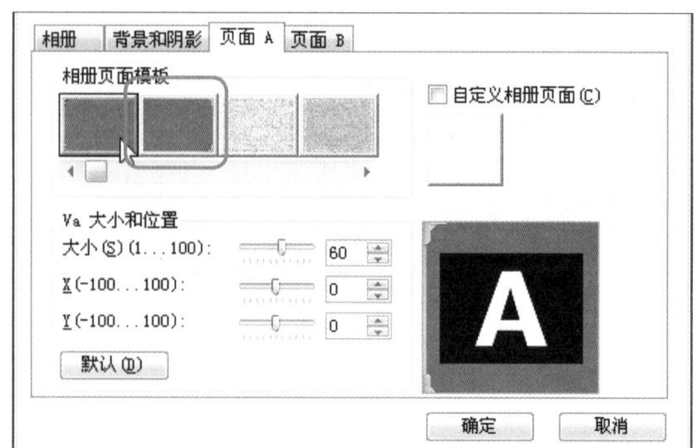

在 **页面A** 标签中，设置 相册第一页内页的设计、大小与位置。

9.8.6 自定义相册页面B内页设计

在 **翻转-相册** 对话框的 **页面B** 标签中，设置相册第二页内页的设计、大小与位置。

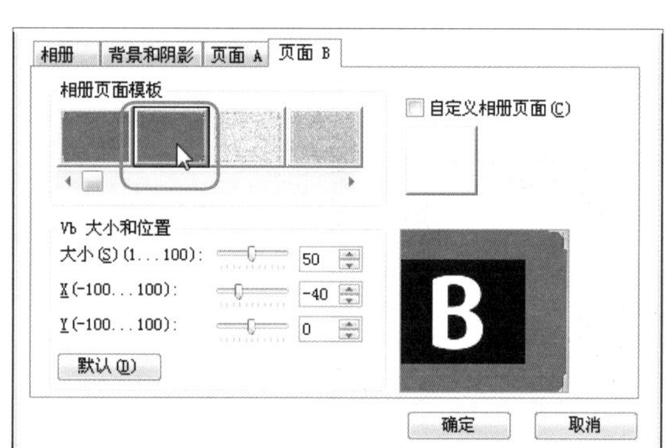

在"页面B"标签中可以先选择合适的"相册页面模板"样式，再按照需要调整页面大小和位置。

9.8.7 完成相册转场效果的自定义设计

完成 **翻转-相册** 对话框内的相关设置，单击 **确定** 按钮应用所有设置。返回主画面，在预览窗口会自动播放刚才自定义好的转场效果。

重复上述方法，完成故事板缩略图编号4与5、缩略图编号5与6、缩略图编号6与7 之间的3组相册转场效果。

保存文件，此练习可以参考< C:\01范例练习文件\ ch09\ 09-06.VSP>完成文件。

9.9 滤镜应用——增添阳光普照的闪光效果

完成转场设计后，还可以针对项目中的媒体素材应用滤镜效果，让相同的素材内容变化出多样的视觉效果。

打开< C:\ 01范例练习文件\ ch09 \ 09-06.VSP>进行练习。

“滤镜”是一种应用到媒体素材的特殊效果，可以单独或组合应用到视频、覆叠和标题轨，主要在改变视频、照片、标题文字素材的样式或外观。例如，将素材应用上单色滤镜，就能够产生复古怀旧效果，除此之外，还可以改善素材的色彩平衡或呈现手绘画作等视觉效果。

会声会影的素材库提供了12种滤镜类别，每一类别中还有多个特定的变化，用户可以选择一个合适的滤镜特效进行应用。

9.9.1 选择“滤镜”类别并预览素材库中的滤镜效果

本节将为故事板缩略图（编号16）增添阳光普照的闪光效果。在应用素材库中的滤镜效果之前，可以先在预览窗口查看该滤镜的动态效果。

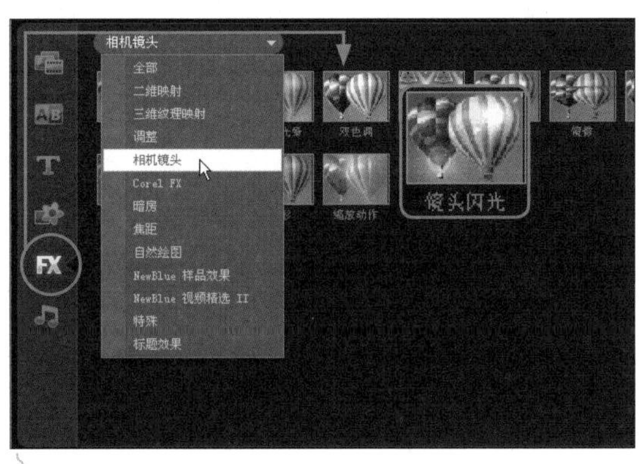

将素材库面板切换到 **滤镜**，单击 **画廊** 按钮，从素材列表中选择 **相机镜头** 类别中的 **镜头闪光** 效果。

可以在预览窗口看到转场的动态效果，单击 **播放** 按钮可以再次浏览。

9.9.2 应用到项目媒体素材

浏览后，将指定的滤镜效果应用到素材上。

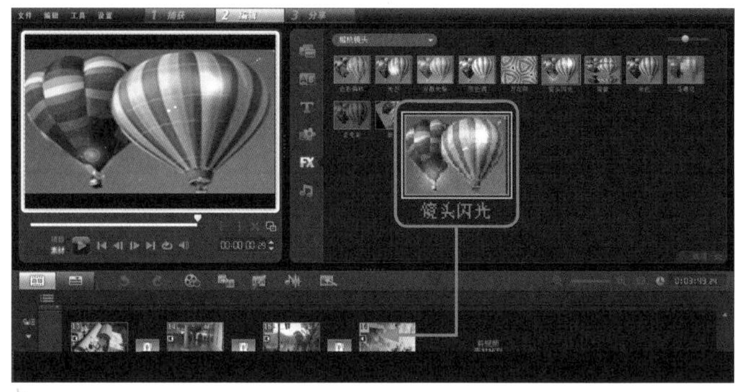

把 **相机镜头** 类别的 **镜头闪光** 效果拖曳到故事板缩略图（编号16），将此特效应用到素材上。

9.9.3 自定义滤镜效果

应用指定的滤镜效果后，打开选项面板，在此会显示当前应用的滤镜名称，也可以自定义该滤镜效果的相关属性。

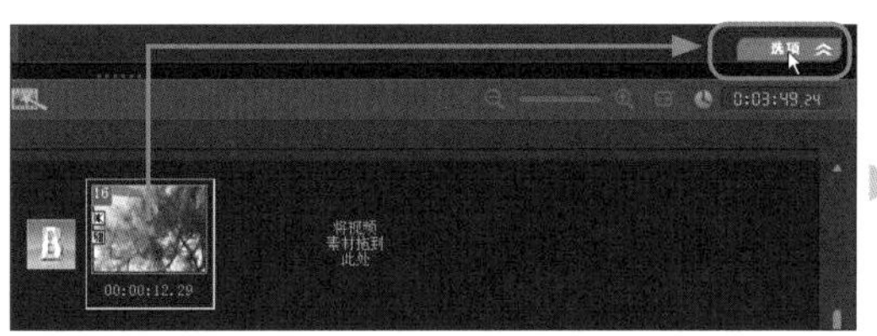

选择故事板中要自定义滤镜特效的缩略图，再单击 **选项** 按钮，打开选项面板。

当前素材应用的滤镜名称

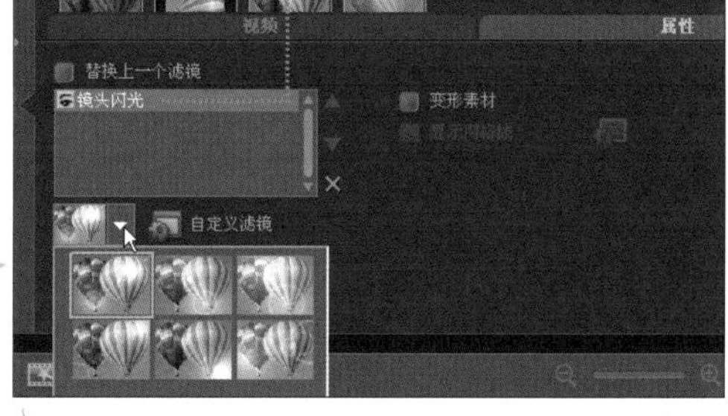

在选项面板 **属性** 标签，单击 **默认模板** 列表按钮，从列表中可以选择更合适的效果。

在选项面板 **属性** 标签中单击 **自定义滤镜**。

进入 **镜头闪光** 对话框，会看到应用前后两个预览画面以及时间轴，其布局方式与前面介绍的 **摇动和缩放** 对话框相同，只要在此设置合适该滤镜特效的属性值即可。

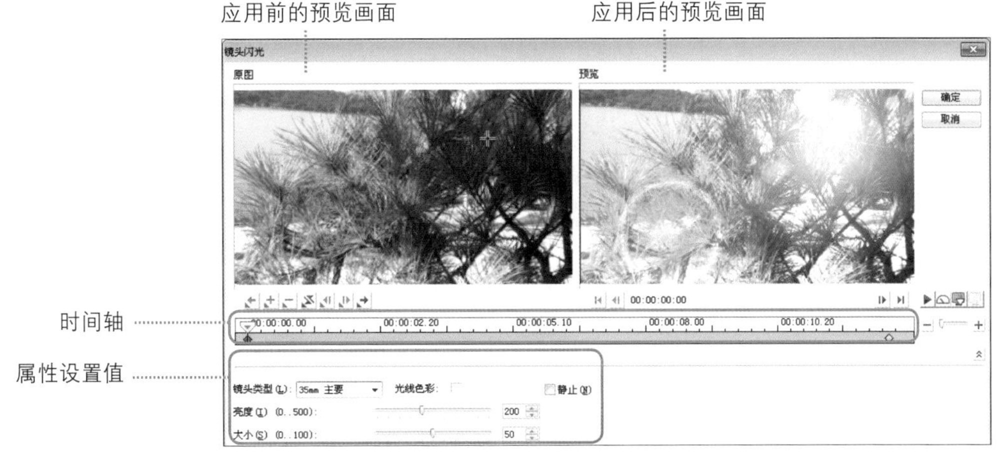

首先设置 **开始** 主帧。

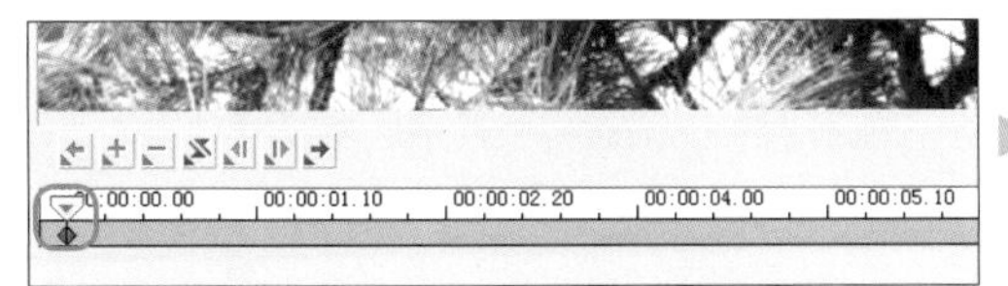

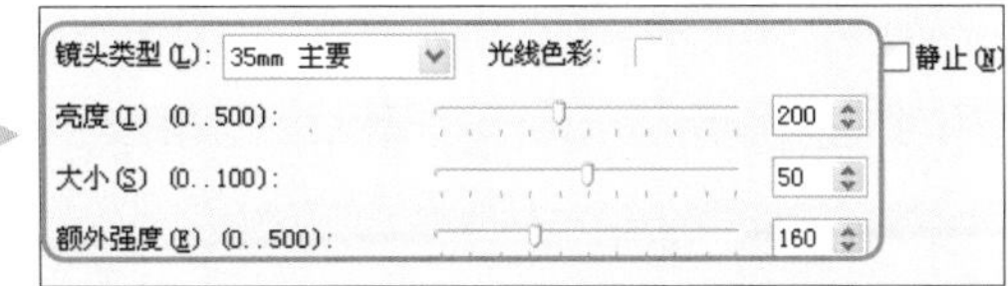

单击时间轴左侧的 **开始** 主帧菱形标记选择主帧，菱形标记会呈红色。

设置 **镜头类型**：35mm主要、**亮度**：200、**大小**：50、**额外强度**：160。

接着设置 **结束** 主帧。

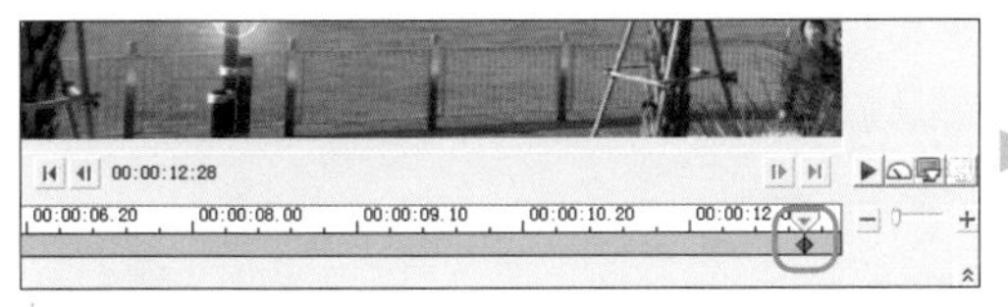

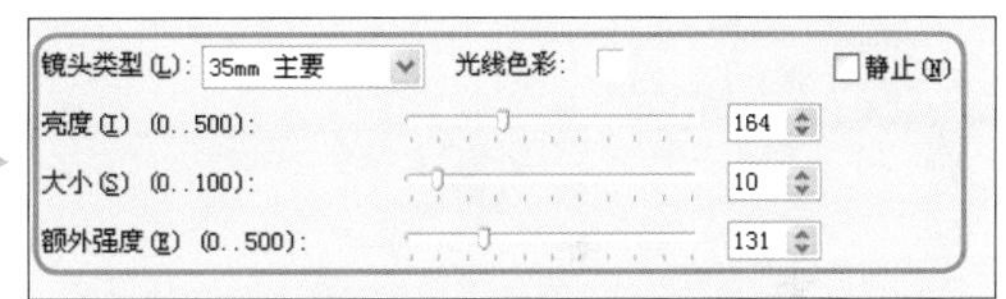

单击时间轴右侧的 **结束** 主帧菱形标记选择主帧，菱形标记会呈红色。

设置 **镜头类型**：35mm 主要、**亮度**：164、**大小**：10、**额外强度**：131。

镜头类型 包含了 **35mm主要、50~300mm缩放** 两种，前者的光线比较长，效果比较柔和，而后者亮光范围比较大，效果也比较强烈。

9.9.4 预览特效

完成作品，预览查看刚才自定义的滤镜特效。

将“控件”拖曳到时间轴的开始处。

单击“播放”按钮开始预览（再次单击该按钮会停止预览）。

设置好整个滤镜特效后，单击 **确定** 按钮，返回主画面。

在主画面中也可以单击预览窗口的 **播放** 按钮浏览刚才自定义的转场效果，该素材应用了“滤镜”特效，就拥有了阳光普照的闪光效果。

9.10 NewBlue滤镜应用——呈现水彩绘图风格

NewBlue样式套件包含多种滤镜特效，在此要应用的NewBlue滤镜效果会让媒体素材产生类似水彩画的感觉。

接着上一节的例子继续练习。

9.10.1 应用到项目媒体素材

将指定的滤镜效果应用到素材上。

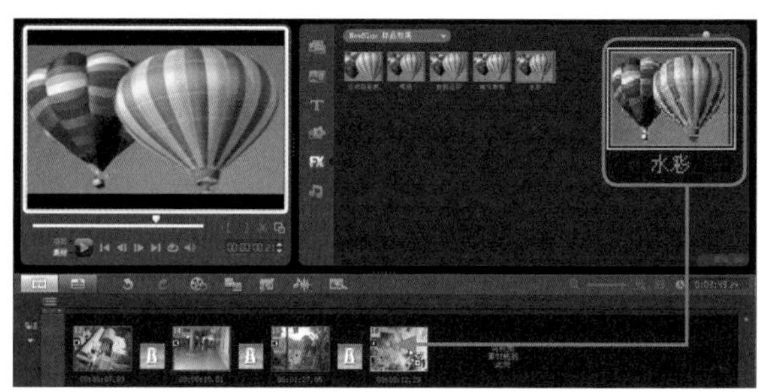

将 **NewBlue样品效果** 类别的 **水彩** 效果拖曳到故事板缩略图（编号16）上释放，将此特效应用到素材上。

9.10.2 产生叠加的滤镜效果

当前应用到素材上的滤镜效果，可以通过 **属性** 标签中的滤镜列表进行排序与删除的操作。

选择故事板中要自定义滤镜特效的缩略图，再单击 选项 按钮，打开选项面板。

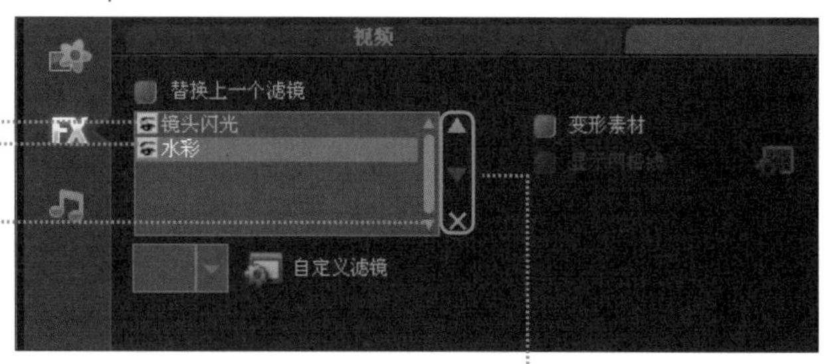

撤选 **替换上一个滤镜** 复选框，同一个媒体素材才能应用多个滤镜效果。

滤镜列表中显示两个选项，视频上的滤镜效果会以叠加的方式呈现。

单击 **删除滤镜** 按钮，可以删除滤镜列表中当前选择的滤镜选项。

单击 **上移滤镜**、**下移滤镜** 按钮，可以调整当前滤镜列表中选择的滤镜顺序。

9.10.3 自定义滤镜效果

在选项面板中，可以自定义该滤镜效果的相关属性。

在滤镜列表中选择 **水彩** 选项，再单击 **自定义滤镜** 按钮。

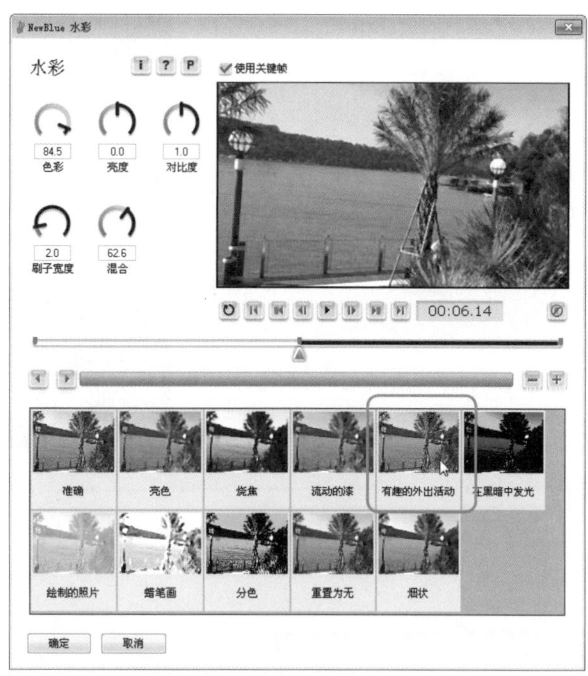

可以直接在下方选择合适的应用模板，在上方的各个选项中调整相关的值，最后单击 **确定** 按钮返回主画面。

返回主画面后，可以在预览窗口单击 **播放** 按钮浏览刚才自定义的转场效果。这样，该素材就应用了“滤镜”特效，呈现出水彩的绘图风格。

9.11 Corel FX滤镜应用——呈现手绘速写风格

Corel FX滤镜类别内的"FX速写"效果会让视频产生在手绘的速写线条，可以选择只有呈现速写线条或二者覆叠的画面，让影片增添趣味性。

接着上一节的例子继续练习。

9.11.1 应用到项目媒体素材

将指定的滤镜效果应用到素材上。

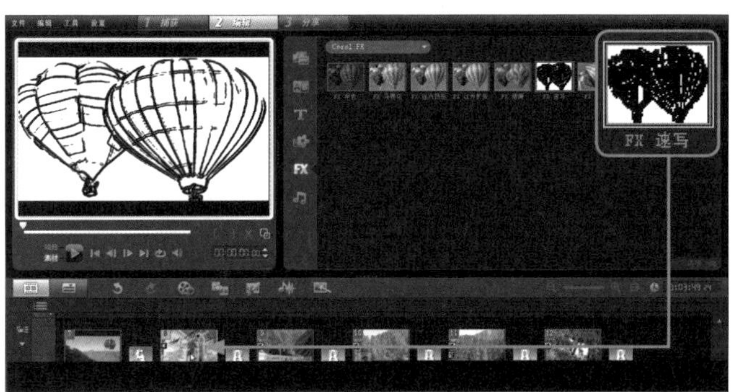

将Corel FX类别的"FX速写"效果拖曳到故事板缩略图（编号8）上释放，将此特效应用到素材上。

9.11.2 自定义滤镜效果

应用指定的滤镜效果后，打开选项面板，在此会显示当前应用的滤镜名称，也可以自定义该滤镜效果的相关属性。

选择故事板中要自定义滤镜特效的缩略图，再单击 **选项** 按钮，打开选项面板。

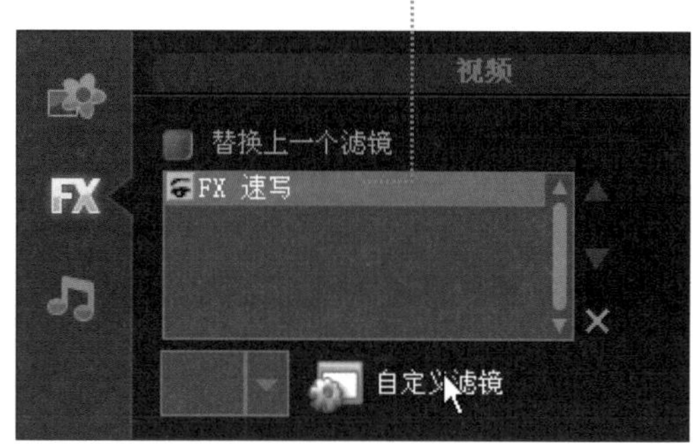

在选项面板“属性”标签中，单击“自定义滤镜”按钮。

进入 **FX速写** 对话框，会看到应用前后两个预览画面以及时间轴，其布局方式与前面介绍的 **镜头闪光** 对话框相同，只要在此设置适合该滤镜特效的属性值即可。

“速写”滤镜效果属性

- **像素**：控制笔触的大小，值越大笔触越粗。
- **阈值**：控制笔触的复杂程度，值越大复杂度越低。
- **模式**：选择“速写”会让影片只保留笔触去除视频色彩；选择 **覆叠** 则是将笔触覆盖在频上两者均呈现。

首先设置 **开始** 主帧。

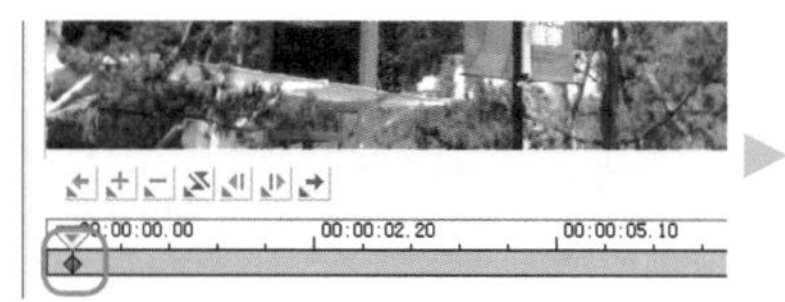

在时间轴左侧的 **开始** 主帧菱形标记上单击鼠标左键选择主帧，菱形标记会呈红色。

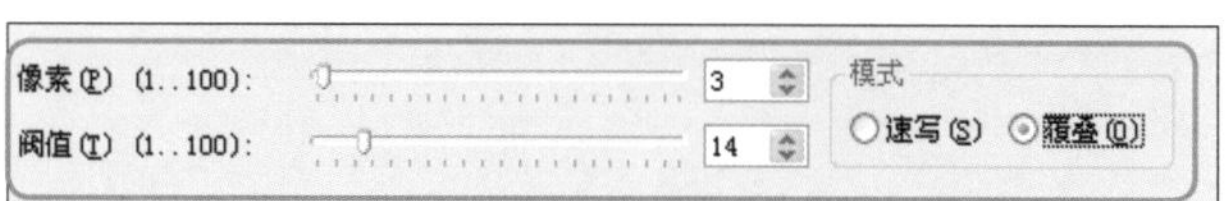

像素：3、阈值：14、模式：覆叠。

接着设置 **结束** 主帧：

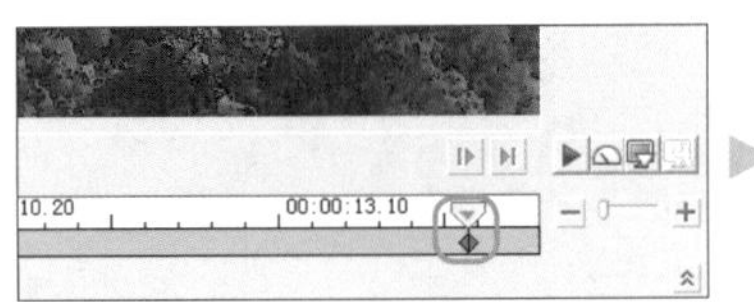

单击时间轴右侧的 **结束** 主帧菱形标记选择主帧，菱形标记会呈红色。

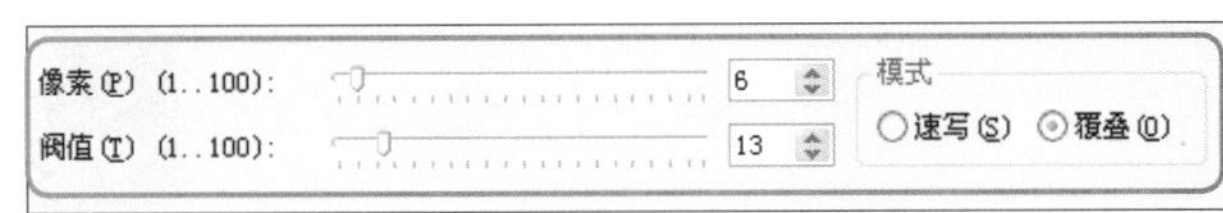

像素：6、阈值：13、模式：覆叠。

9.11.3 预览特效

完成后预览刚才自定义的滤镜特效。

将 **滑块** 拖曳到时间轴开始处。

单击 **播放** 按钮开始预览（再次单击该按钮会停止预览）。

设置好整个滤镜特效后单击“确定”按钮，返回主画面。

第10章 用字幕帮影片讲故事

本章主要为影片设计文字、字幕，并且针对文字属性与动作进行变化，呈现出如同电视、电影节目一般的文字显示效果。而这个常用于片头标题、场景说明或者片尾感言，让影片配合字幕的变化，更加多姿多彩。

10.1 作品抢先看

本章将为范例影片加上片头标题、场景说明与片尾谢幕文字，整个影片是以“从空中看日月潭”为主题，带领观看影片的人一起进行趟云端漫步的缆车之旅。

动态效果

设计重点：

应用标题素材 与各种动画、滤镜特效，为影片作品合适的片段添加片头标题、场景说明与片尾谢幕文字。

参考完成文件：

<01范例练习文件\ch10\10-05.VSP>

媒体素材

标题素材

片头标题：从空中看日月潭

片头副标题：缆车之旅，云端漫步

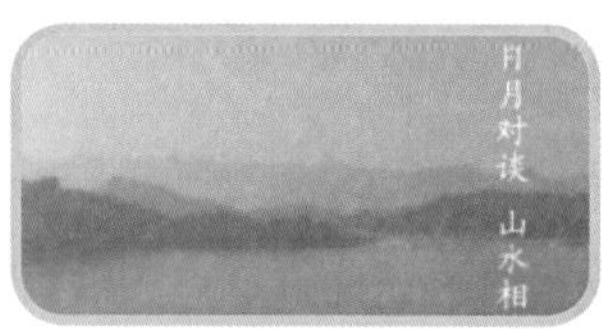

竖排副标题：日月对谈　山水相连

横排字幕：从日月潭缆车站出发……

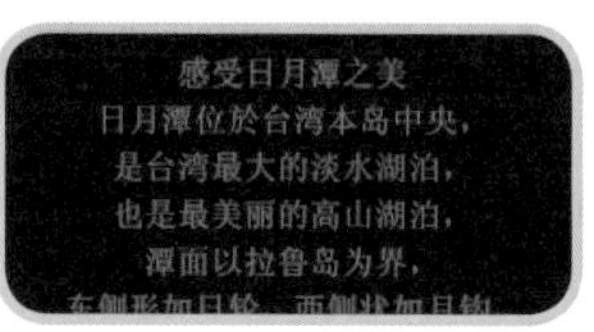

横排尾谢幕文字：感受日月潭之美……

横排尾谢幕文字：地点：南投日……

制作流程

1 片头文字制作一：
向项目直接添加会声会影素材库中的标题素材，并学习如何调整已有的文字内容、格式与素材位置。

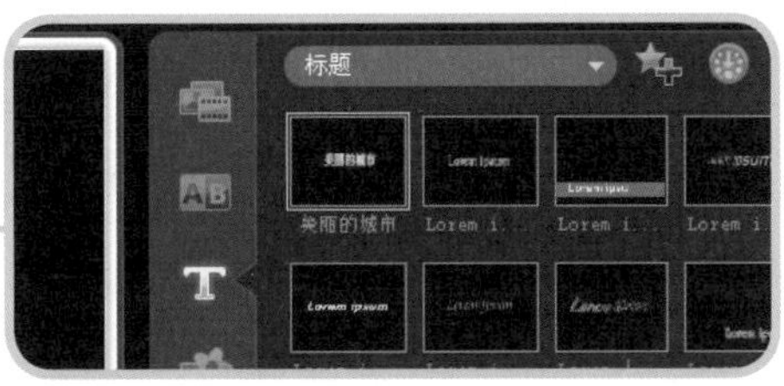

↓

2 片头文字制作二：
打开第2个标题轨，让标题素材拥有更多变化，并学习从无到有设计出标题素材与编辑文字格式、播放时间。

↓

3 添加字幕：
在影片片段添加竖排、横排字幕。

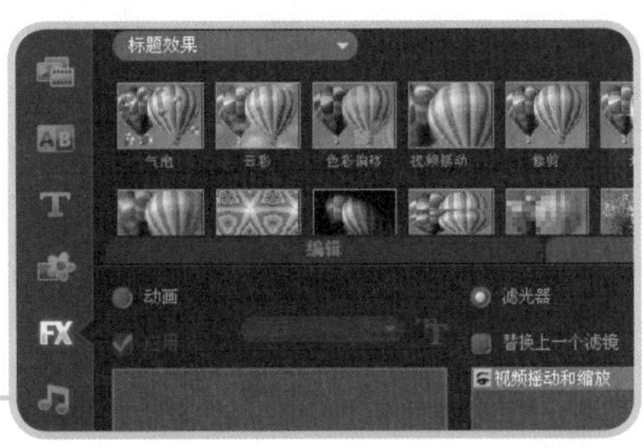

↓

4 美化文字：
包含背景颜色、边框、阴影、透明度，以及应用默认样式与旋转文字的设计。
为标题素材应用滤镜特效：
添加气泡、光芒、水流等 27 种默认效果。

↓

5 添加片尾谢幕文字：
动画效果设置与自定义属性的详细说明，最后为影片添加片尾谢幕文字设计，让整段影片完美结束。

10.2 轻松应用标题素材

影片中有两种添加文字的方法，一种是应用会声会影素材库中的标题素材；另一种是自行输入文字再设置格式与动画。在此先介绍如何应用现有的标题素材，再使用简单手动调整以轻松迅速地做出具有特效的专业标题。

打开 < C:\01范例练习文件\ ch10\10-01.VSP>进行练习。

本例在影片片头设计相关的标题文字。

10.2.1 选择标题素材并预览素材库中的标题素材效果

素材库面板 **标题** 类别拥有多个默认标题素材，让用户不用花费时间重新制作，只需拖曳到项目 **标题轨** 即可快速应用。

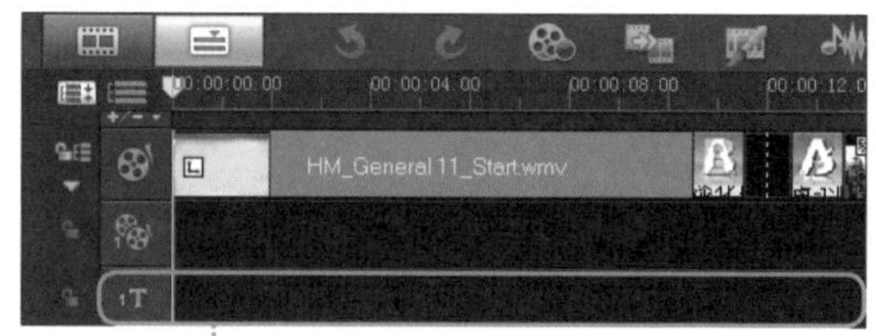

时间轴 **标题轨**

将标题素材添加到项目之前，可以在预览窗口查看素材的动态效果。

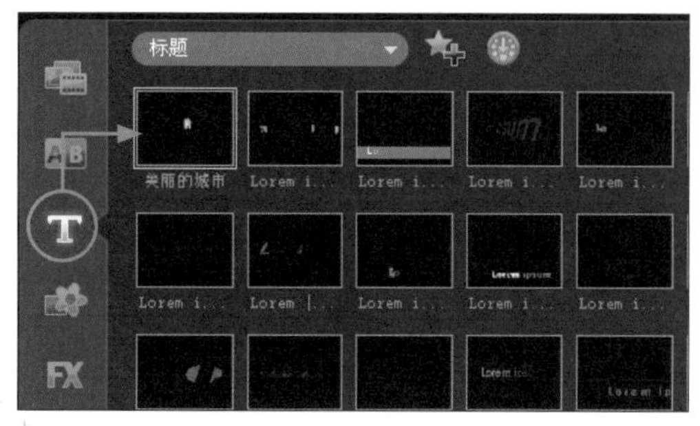

将素材库面板切换到 标题，再选择想要预览的标题素材效果。

预览窗口可以看到标题素材的动态效果，单击 **播放** 按钮可以再次浏览。

10.2.2 为主题添加合适的标题素材

经过浏览后，可以选择标题素材，并添加项目合适的时间点。在添加标题素材之前，先切换到 **时间轴视图** 模式，再按照如下说明进行操作。

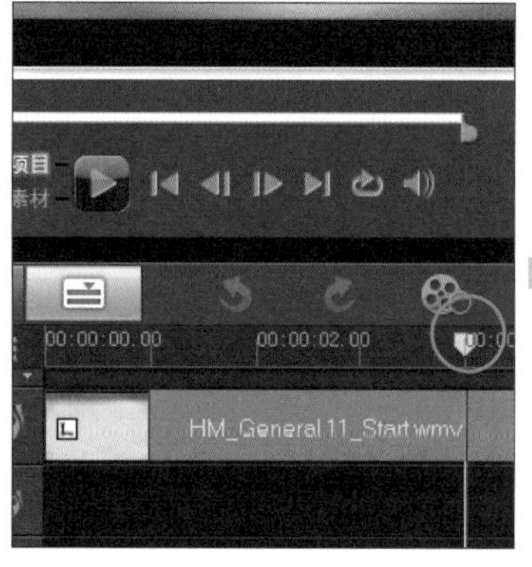

在时间轴00:00:04:00处单击，将时间指针移到此时间点。

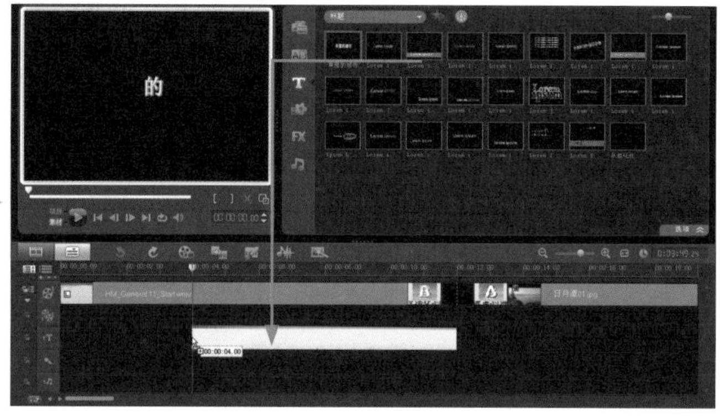

选择 **美丽的城市** 标题素材，按住鼠标左键不放拖曳到时间轴 **标题轨**，对齐时间指针对齐线再释放鼠标。

在时间轴 **标题轨** 可以清楚看到插入的标题素材。

10.2.3 编辑文字内容

添加到项目中的标题素材需要先调整标题文字的内容，才能更加符合主题。

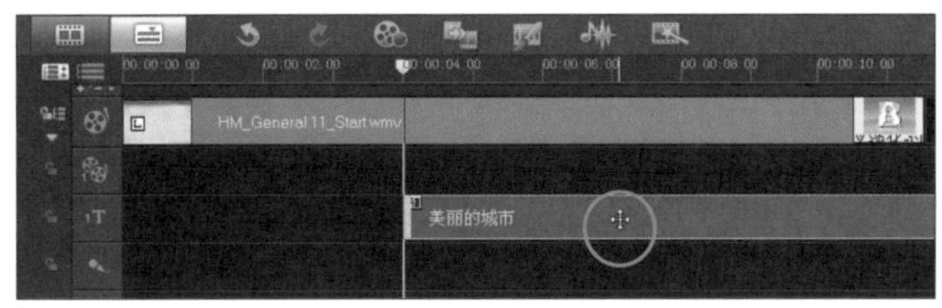

双击时间轴 **标题轨** 中要调整的标题素材，在预览窗口会完整呈现并选择该素材。

双击预览窗口上的标题素材，进入标题文字编辑模式。

将文字修改为“从空中看日月潭”。

10.2.4 调整文字格式

保持文字仍然处于编辑模式下，再单击 **选项** 按钮，打开选项面板。

选项面板可以调整区间、字体、大小、行距以及背景等格式设计，在此参考下列说明设置相关的文字格式。

在标题素材编辑模式，反向选择文字“日月潭”。

在选项面板的 **编辑** 标签设置 区间：**08:00**、字体：楷体_**GB2312**、字号：**54**、颜色：白色。

单击 边框/阴影/透明度，为文字设计"橘色"边框。

在预览窗口文字框内单击，取消文字反向选择，可以看到当前设置好的文字效果。

同一组标题素材可以产生不同的格式设计。同样，本例还可以参考下图设置"从空中看"的文字格式。

在标题素材编辑模式，反向选择文字"从空中看"。

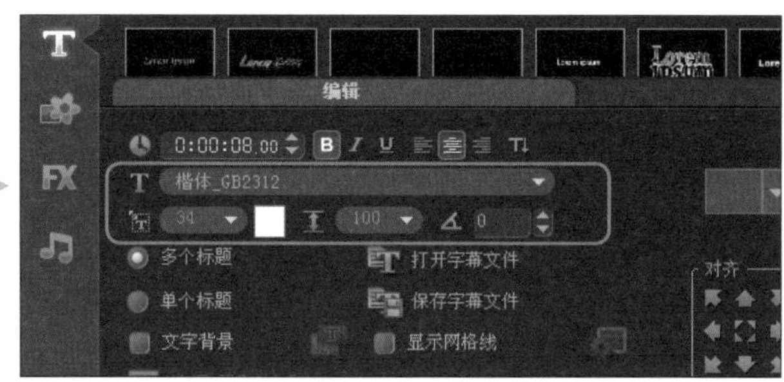

在选项面板的 编辑 标签设置 字体：楷体_GB2312、字号：34、颜色：白色。

同一组标题素材可以产生不同格式设计的限制

并非所有的格式都能够产生不同调整的效果，只有基本格式才能如此应用；所谓基本格式是指：字体、字号、颜色、粗体、斜体、下划线、行距与对齐等。

10.2.5 调整标题素材的位置

在标题素材编辑模式下，单击预览窗口的标题素材虚线框的外面，该对象会出现虚线框与黄色控制点，此时将鼠标指针移到对象中心点（呈手掌状），按住鼠标左键不放拖曳，即可改变标题素材的位置。

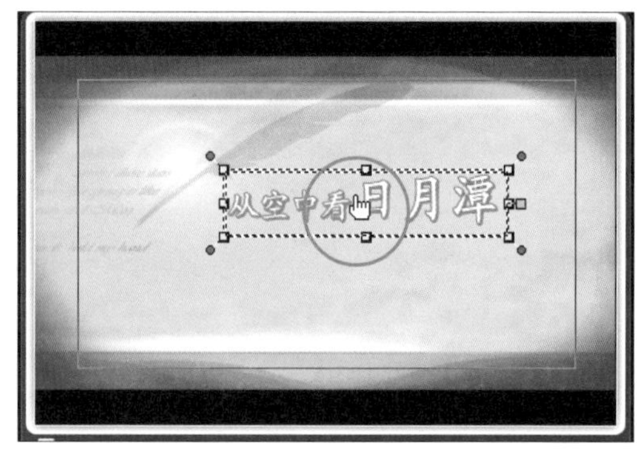

10.2.6 浏览添加标题素材的效果

完成以上素材的添加与调整操作后，现在一起预览实际的播放效果。

在时间轴 **标题轨** 选择该标题素材，并在预览窗口中将播放标记移到开始处，单击 **项目** 与 **播放** 按钮，开始预览标题素材的动态效果。

提示

获取更多标题样式

会声会影X3 **标题** 类别素材，除了默认的几种样式，用户还可以通过 **帮助与产品信息** 下载更多的免费标题样式。

单击会声会影主画面右上角的 **帮助与产品信息** 按钮，打开产品帮助窗口。

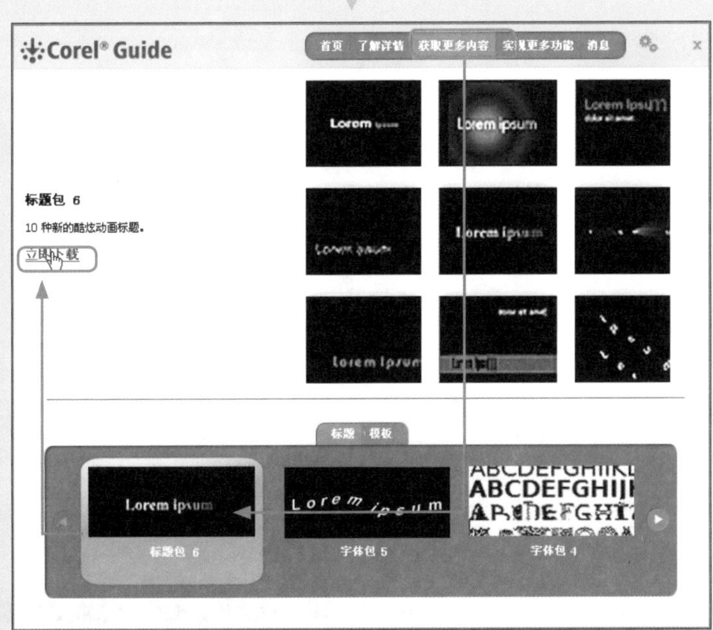

单击 **获取更多内容** 按钮，在 **标题** 标签中选择 **标题包6**，再单击 **立即下载** 链接文字，即开始下载相关标题包（确定当前已经能够正常上网）。

提示

完成下载后，单击 **立即安装** 按钮进行相关的安装操作，最后重新启动软件即可拥有更多的标题素材套件。

10.3 双标题轨并添加标题文字

在影片中添加清晰醒目的片头文字有助于提升观众对影片主题、地点等信息的了解，也能够快速融入影片内容。而一般影片片头文字后方大多搭配影像图片或者专为片头设计的视频效果，不太会以捕获影片内容直接放在片头播放的方式呈现。

继续上个例子进行练习。

本例将在影片片头设计上副标题文字。

10.3.1 打开第二个标题轨

项目可以拥有两个标题轨，这样可以将标题素材分别放置在两个标题轨中。通过时间点的设置，制作出文字交错出现的动画效果，或者在执行时分轨处理，不会相互影响。

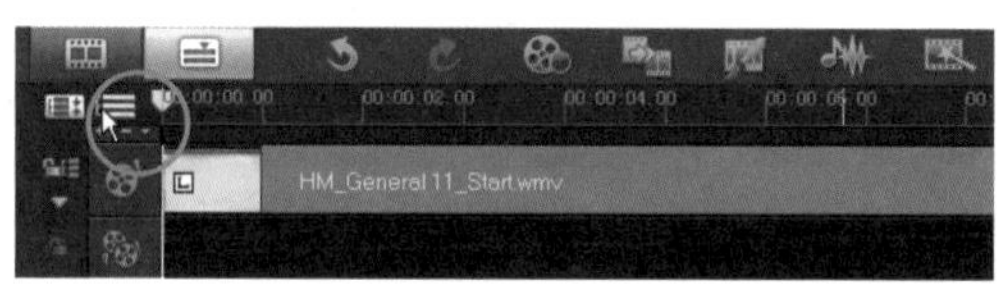

单击时间轴左侧的 轨道管理器 按钮打开 轨道管理器 对话框。

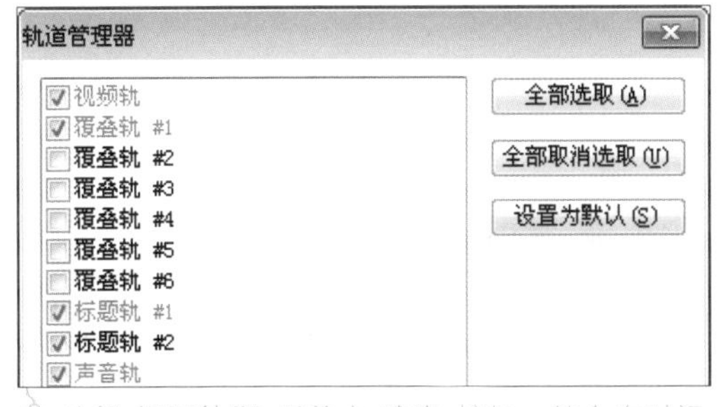

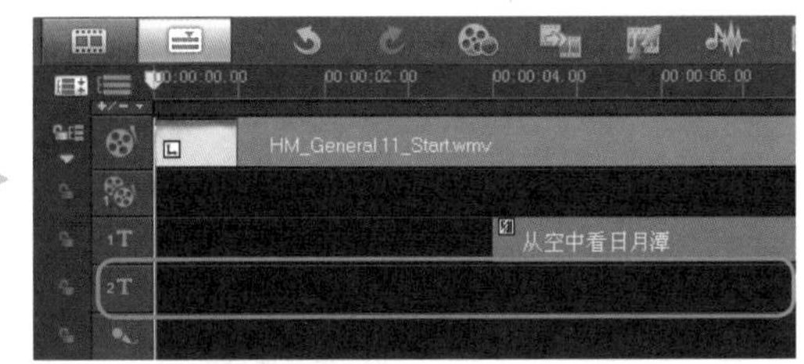

选择 标题轨#2 后单击 确定 按钮，就会在时间轴中出现第二个 标题轨。

10.3.2 在合适的时间点添加标题素材

先确认素材库面板已经切换到 **标题**。

在 **标题轨2** 时间点0秒处，添加文字“缆车之旅．云端漫步”。

在时间轴 00:00:00:00处单击，将时间指针移到此时间点。

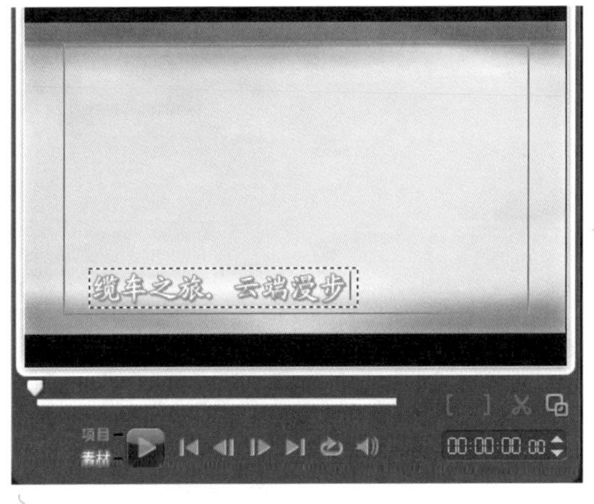

输入文字：“缆车之旅．云端漫步”。

在预览窗口左下角处双击。

注意

标题安全区域

- 输入文字时，在预览窗口中会看到一个矩形方框的安全区域。为了避免影片输出到电视屏幕上查看时文字被裁掉，建议将文字置于安全区域内。
- 如果预览窗口没出现标题安全区域时，可以选择 **设置 | 参数选择** 命令，在 **常规** 标签的 **预览窗口** 中选择 **在预览窗口中显示标题安全区域** 复选框即可。

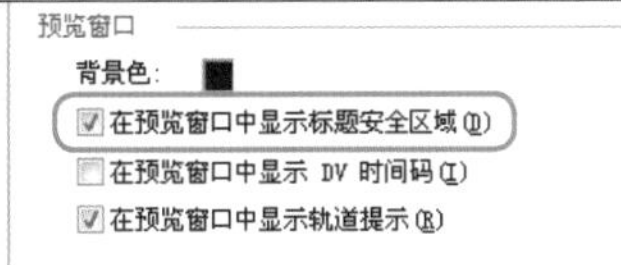

10.3.3 编修文字格式

为文字设置相关格式。

在标题素材编辑模式，反向选择文字"缆车之旅，云端漫步"。

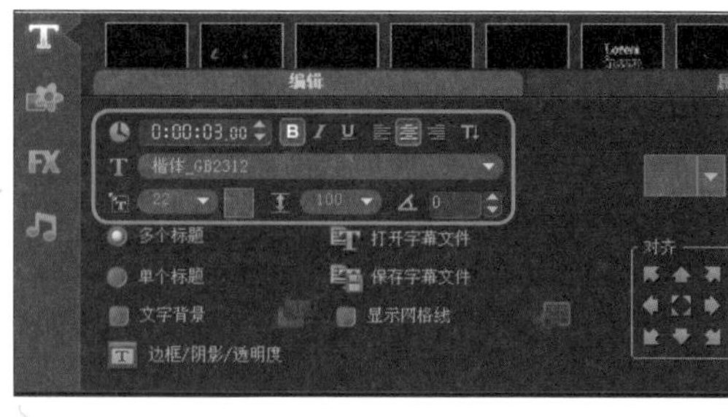

在选项面板的 **编辑** 标签设置 **粗体**、**字体**：**楷体_GB2312**、**字号**：**22**、**颜色**：**深咖啡**。

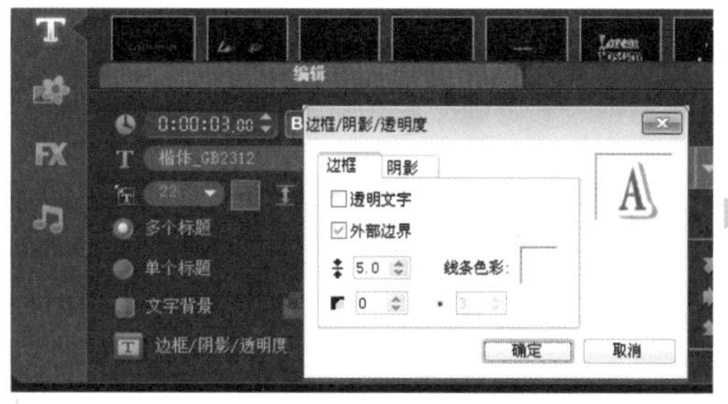

单击 **边框/阴影/透明度**，在打开的对话框中为文字设计 **白色** **边框**。

标题素材的属性会延续前面的素材而设置，此素材撤选 **属性** 标签的 **应用** 复选框，不产生前面设置过的动画效果。

10.3.4 标题素材播放时间的调整

除了通过时间标尺与选项面板来制定标题文字在项目中播放的时间点与区间之外，还可以直接在时间轴 **标题轨** 上快速调整。下面设置"缆车之旅，云端漫步"文字的播放区间为11秒。

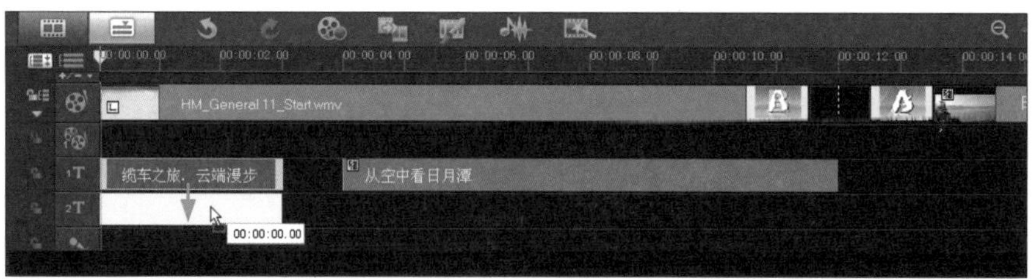

由于 **标题轨 1** 该时间点之前并没有其他标题素材，所以添加的标题素材会自动产生在该轨中，按住"缆车之旅，云端漫步"标题素材不放，拖曳到下一行 **标题轨 2** 摆放。

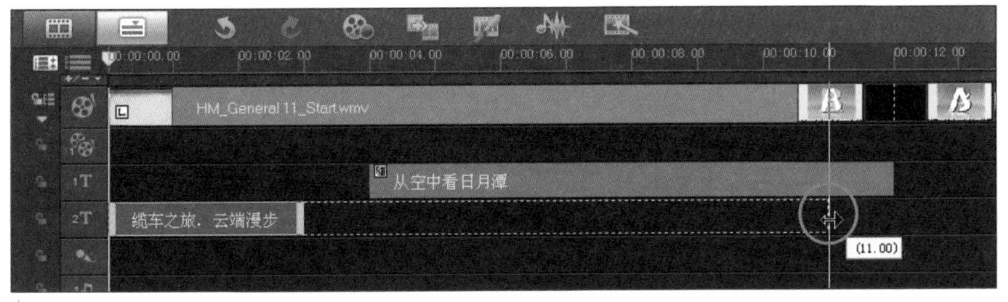

将鼠标指针移到“缆车之旅，云端漫步”标题素材右侧黄色修剪控点，呈现黑色箭头时，按住鼠标左键不放向右拖曳到第11秒处释放（右下角会出现素材修剪后的区间）。

10.3.5 浏览调整后的标题素材

在预览窗口的文字框内单击，取消文字反向选择，可以看到当前设计的标题素材。

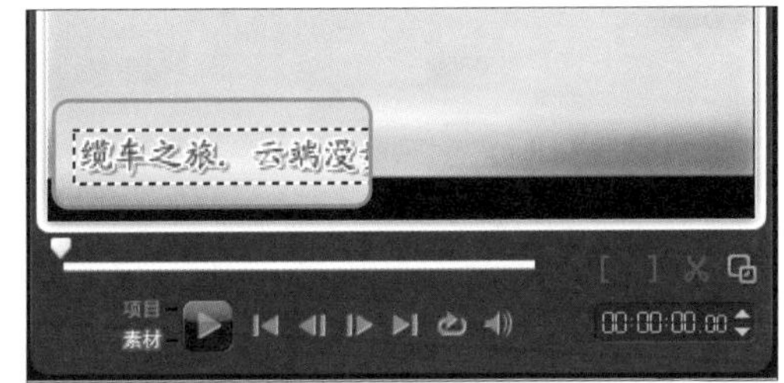

完成以上片头标题素材的添加与调整操作后，现在就一起预览播放效果。

在预览窗口中，将播放标记移到开始处，再单击 **项目** 与 **播放** 按钮，开始预览片头标题素材的动态效果。

提示

删除标题素材

如果觉得这个场景设计的标题素材过多时，则与一般文字处理软件的编辑方法相同，只需选择要删除的标题素材，再按 **Delete** 键即可。

10.4 制作竖排与横排字幕

除了片头添加标题之外，影片的片段之间也可以按内容添加适当的解释字幕，有助于观众了解影片内容，并且让影片更加多姿多彩。影片中字幕与标题文字的制作是相同的，只是设计上建议可以使用比较小的字体，便于说明影片的内容。

继续上个例子或者打开< C :\01范例练习文件\ ch10\10-02.VSP>进行练习。

10.4.1 竖排字幕

本例为影片 **日月潭01.jpg**，输入适合的竖排字幕。

确认素材库面板已经切换到“标题”。

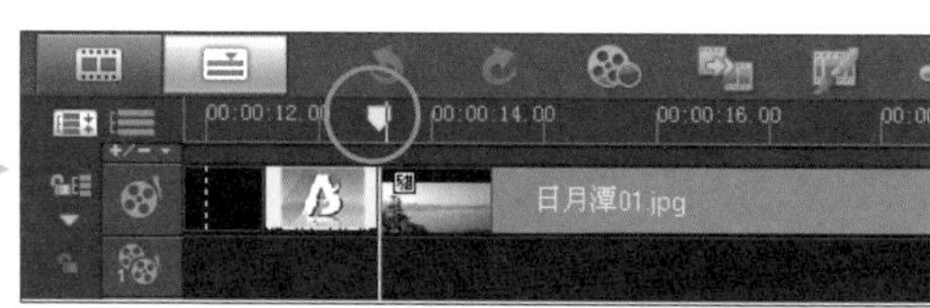

将时间指针移到时间轴“日月潭01.jpg”素材的开始处。

双击预览窗口的右上方，进入标题素材的编辑模式。

单击 **将方向更改为垂直** 按钮，可以将文字方向设置为竖排。

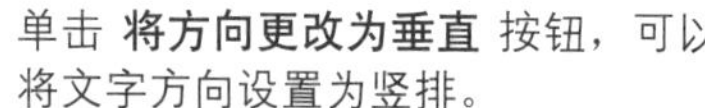

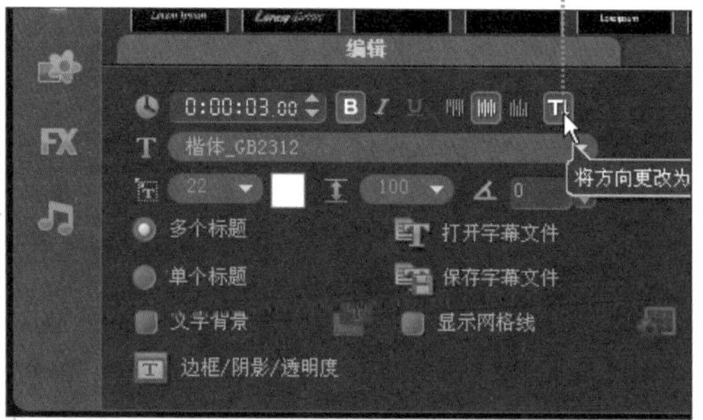

在选项面板 **编辑** 标签中设置 **将方向更改为垂直**、粗体、字体：**楷体_GB2312**、字号：**22**、颜色：**白**。

单击 **边框/阴影/透明度** 按钮，为文字设计边框宽度：4的 **灰蓝色** 边框，并选中**外部边界**。

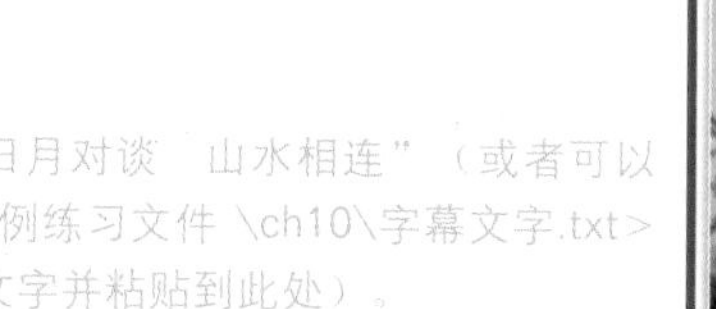
输入文字：“日月对谈　山水相连”（或者可以复制<C:\01范例练习文件\ch10\字幕文字.txt>文件内的纵向文字并粘贴到此处）。

完成竖排字幕的输入后，单击预览窗口的标题素材虚线框的外侧，该对象会出现虚线框与黄色控制点。此时，将鼠标指针移到对象中心点（呈手掌状），按住鼠标左键不放拖曳，即可调整标题素材的位置。

最后，调整此段标题素材的播放起始与结束时间点。

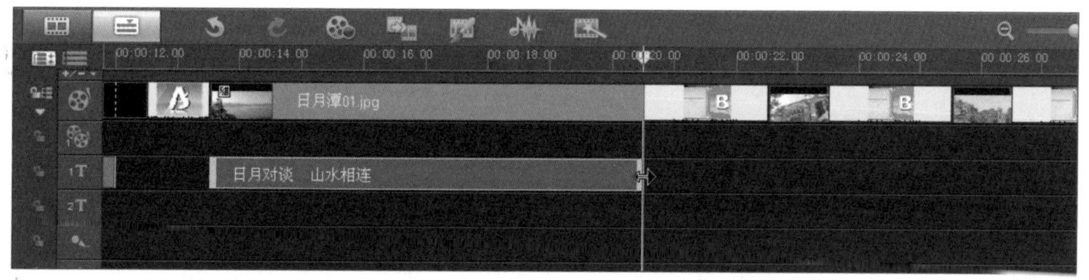

将鼠标指针移到“日月对谈　山水相连”标题素材右侧黄色修剪控点，呈现黑色箭头时，按住鼠标左键不放向右拖曳到时间轴 **日月潭01.jpg** 素材结束处释放。

10.4.2 横排字幕

本例为影片内容07.mpg与08.mpg两段视频添加适合的横排字幕。

先确认素材库面板已经切换到 **标题**，再按照如下说明进行操作。

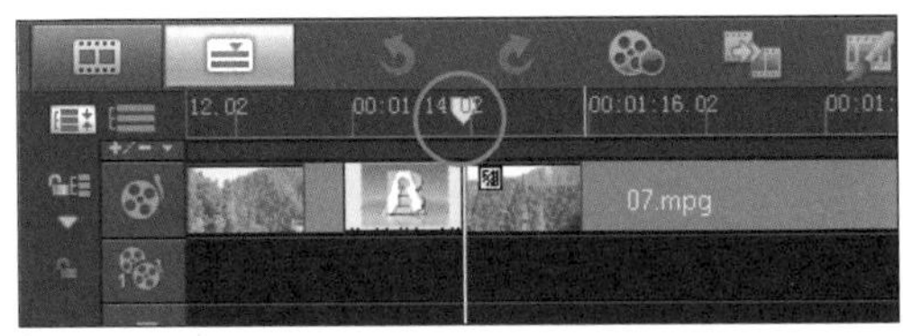

将时间指针移到时间轴 **07.mpg** 视频的开始处。

双击预览窗口的左下方，进入标题素材编辑模式。

取消选择 **将方向更改为垂直**，可以将文字变成横排。

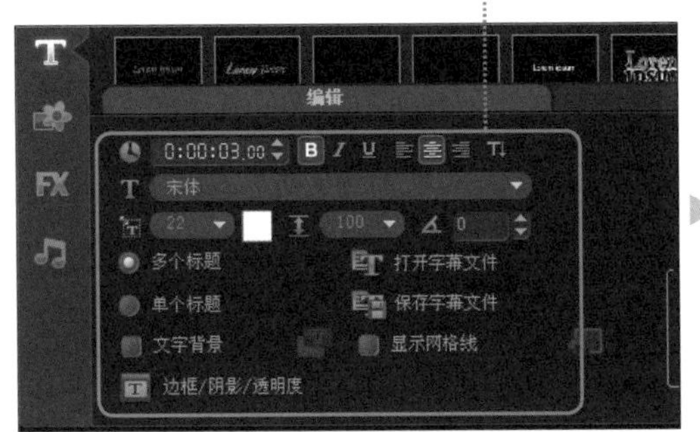

在选项面板的 编辑 标签取消选择 将方向更改为垂直，设置粗体、字体：宋体、“字号：22”、“颜色：白色”。

输入文字：“从日月潭缆车……1044M”（或者可以复制<C:\ 01范例练习文件\ch10\字幕文字.txt>文件内的横排文字，并粘贴到此处）。

在预览窗口的标题素材虚线框之外单击，该对象会出现虚线框与黄色控制点，此时将鼠标指针移到对象中心点（呈手掌状），按住鼠标左键不放拖曳，即可调整标题素材的位置。

另外，要着手调整的是此段标题素材的播放起始时间点与结束时间点。

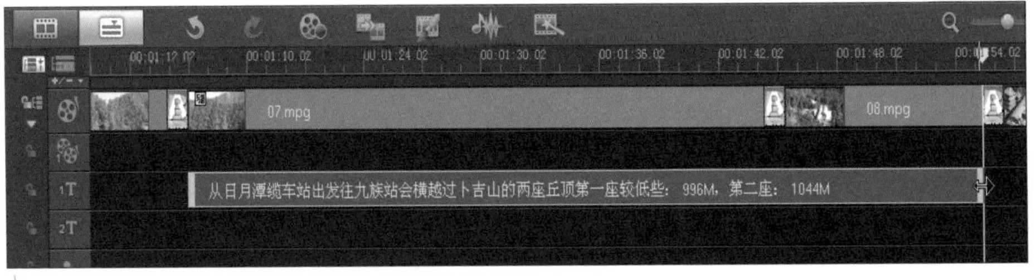

将鼠标指针移到“从日月潭缆车……1044M”标题素材右侧黄色修剪控点，呈现黑色箭头时，按住鼠标左键不放向右拖曳到时间轴08.mpg视频结束处释放。

完成横排字幕制作后，由于 **07.mpg** 视频内容颜色丰富，所以首先感到不合适的是字幕与该段视频搭配时不够突显，此部分将会通过下页的背景颜色设置进行改善。

继续使用上一组文字的样式与动画相关设置

如果输入文字之前选择了其他组标题素材，则输入的文字会自动应用上一组的文字样式与动画相关设置。

10.5 美化文字——背景、边框、阴影与透明度

经过前面几节的练习，可以发现影片中的文字其实可以很美观。不但有基本格式、行距、颜色设置，就连边框、阴影、透明度和背景颜色的设计都非常简单。

继续上个例子进行练习。

10.5.1 设计文字的背景颜色

添加适当的文字背景可以让文字在影片中更加突出，不会因为文字颜色太淡而看不清楚文字。

1. 填充文字背景栏的长条渐变背景

文字背景可以为文字后方设计长条或椭圆形、矩形、曲边矩形和圆边矩形的颜色条，让文字标题更加亮眼。本例为影片字幕“从日月潭缆车……1044M”，设计深咖啡色到灰蓝色渐变的长条颜色背景。

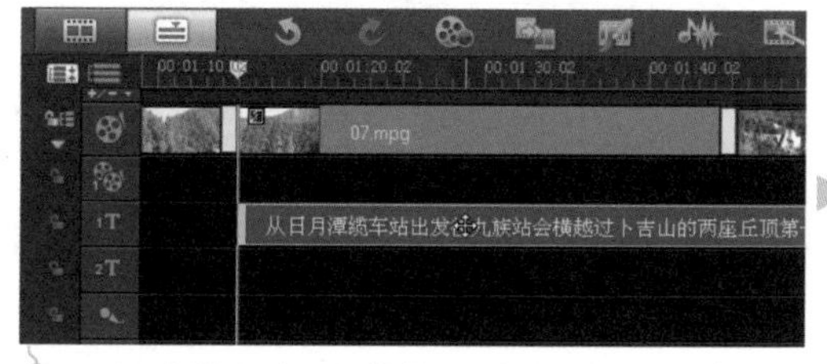

双击 **时间轴** 标题轨的“从日月潭缆车……1044M”素材，在预览窗口选择该素材。

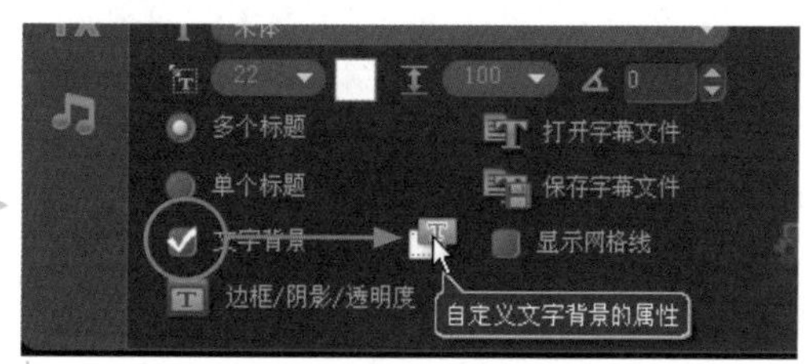

在选项面板的 **编辑** 标签选择 **文字背景**，再单击 **自定义文字背景属性** 按钮，打开 **文字背景** 对话框。

依据文字所在位置，选择文字背景类型。

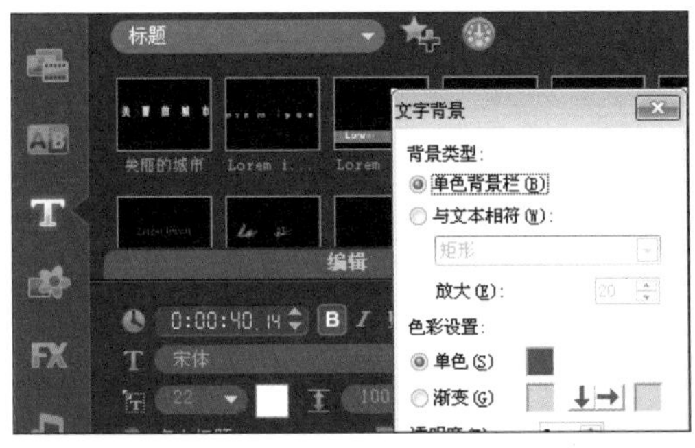

选择 背景类型：单色背景栏。

选定文字背景所要呈现的类型后，可以为该类型设置为单色或渐变颜色，并设置其透明度。

单击颜色块可以从列表中指定合适的颜色，或者通过其他颜色选择工具来指定颜色。

设置 色彩设置：渐变，灰蓝色 水平渐变到 深咖啡色，透明度：20，最后单击 确定 按钮，完成文字背景的设计。

完成文字背景的设计后，返回查看该字幕所呈现的效果，是不是已经改善了文字太浅的问题。

2. 随文字自动调整的形状渐变背景

本例为影片片头文字“缆车之旅．云端漫步”，设计浅橘色到深咖啡色渐变的圆边矩形背景。

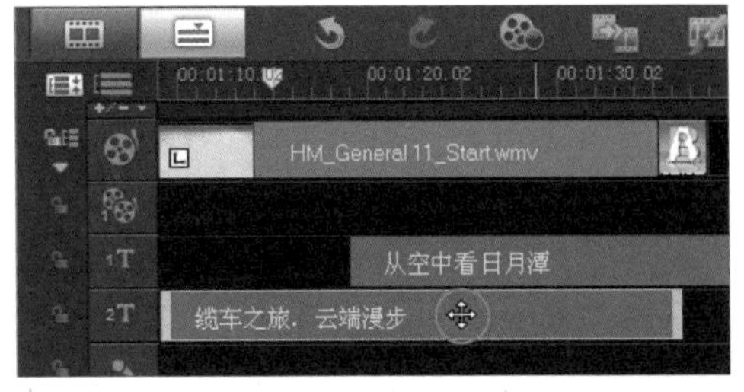

双击时间轴 标题轨 的“缆车之旅．云端漫步”素材，在预览窗口中选择该素材。

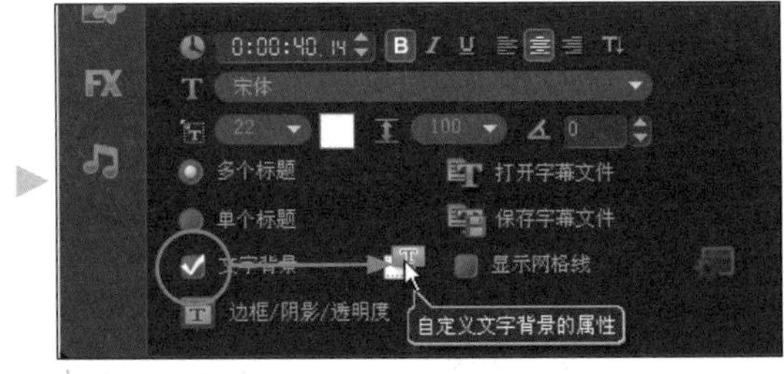

在选项面板的 编辑 标签选择 文字背景，再单击 自定义文字背景属性 按钮，打开 文字背景 对话框。

依据文字所在的位置，选择文字背景类型。

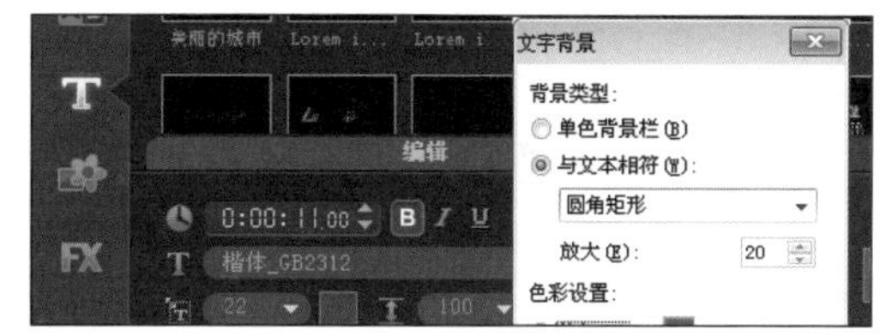

设置 背景类型：与文本相符，从列表中选择圆角矩形、放大：20。

选定文字背景所要呈现的类型后，可以为该类型设置为单色或渐变颜色，并设置其透明度。

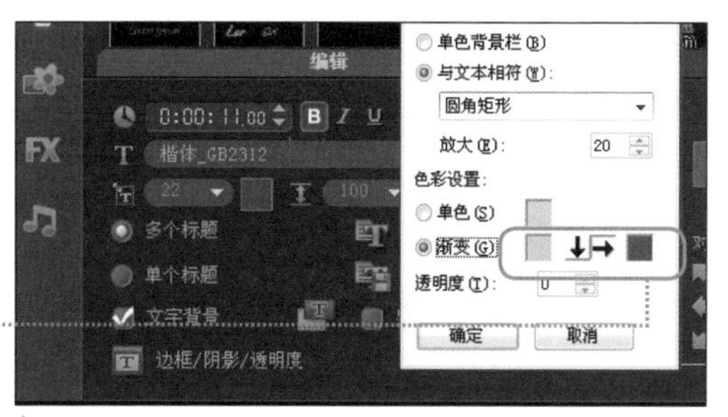

单击颜色块可以从列表中指定合适的颜色，或者通过其他颜色选择工具来指定颜色。

设置 色彩设置：渐变、由浅橘色 垂直渐变到 深咖啡色、透明度：40。

最后单击 **确定** 按钮，完成文字背景的设计。

完成文字背景的设计后，返回查看所呈现的效果。

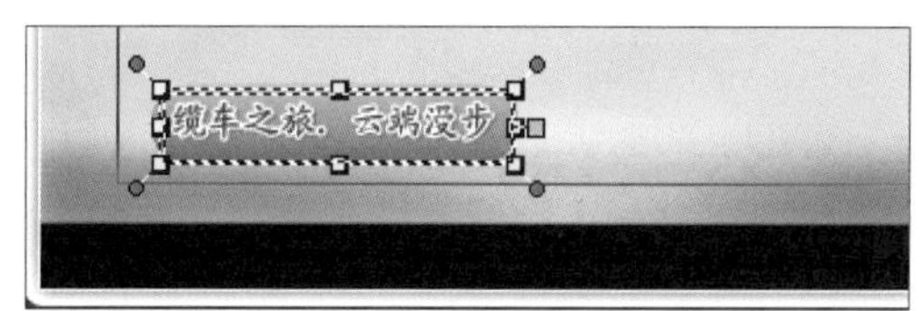

10.5.2 设计文字的边框/阴影/透明度

会声会影的文字设计也可以制作出绘图软件的效果！简单的几个设置就可以为文字添加边框、阴影与透明度效果，并且有即时预览美工效果的功能。

1. 边框线设置

边框/阴影/透明度 对话框中 **边框** 标签不仅可以为文字加上边框线，还可以设置文字的透明度让边框效果更特别。

本例为影片片头文字“从空中看日月潭”，设计 **褐色、粗细5** 的边框线。

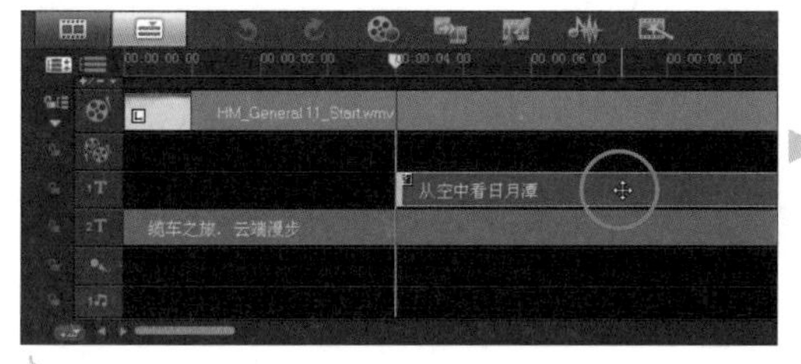

双击时间轴 **标题轨** 的“从空中看日月潭”素材，在预览窗口选择该素材。

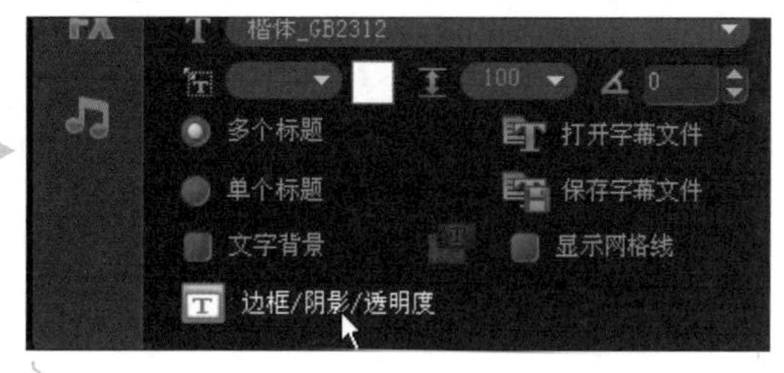

在选项面板的 **编辑** 标签单击 **边框/阴影/透明度** 按钮。

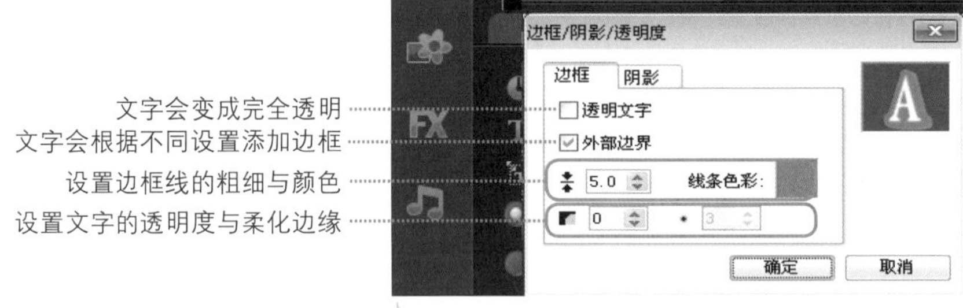

选中 外部边界 复选框、边框宽度：5。

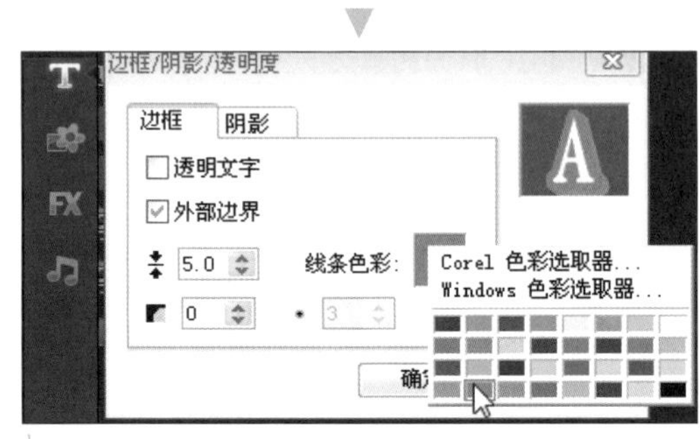

单击 线条色彩 右侧颜色块，可以从调色板中选择 褐色。

2. 阴影设置

边框/阴影/透明度 对话框中的 **阴影** 标签可以设置3种常见的阴影样式：**下垂阴影**、**光晕阴影**、**突起阴影**。本例为影片片头文字“从空中看日月潭”，设计突起阴影。

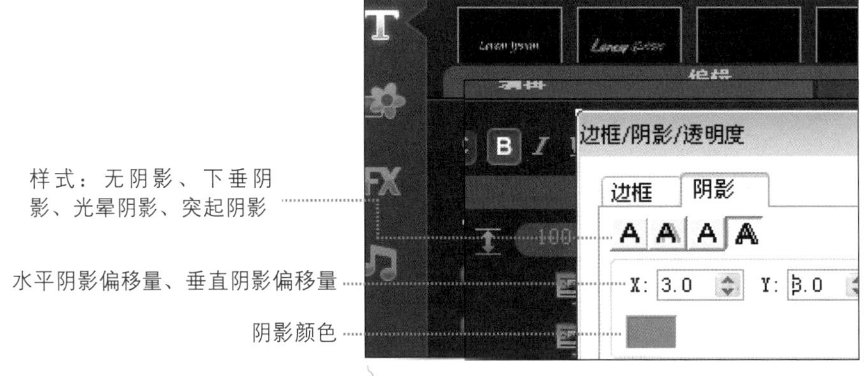

单击 突起阴影按钮，设置X：3、Y：3、颜色：深灰色，再单击 确定 按钮。

下垂阴影

光晕阴影

突起阴影

3. 手动调整阴影强度与位置

关闭 **边框/阴影/透明度** 对话框后，还可以直接在预览窗口拖曳标题素材上的蓝色控点来调整阴影强度与位置。

10.5.3 快速应用默认样式

除了前面说明的各种美化文字方式，还可以直接应用文字的默认样式，从而快速设计标题素材的对齐方式、边框、阴影、透明度并且添加文字背景。

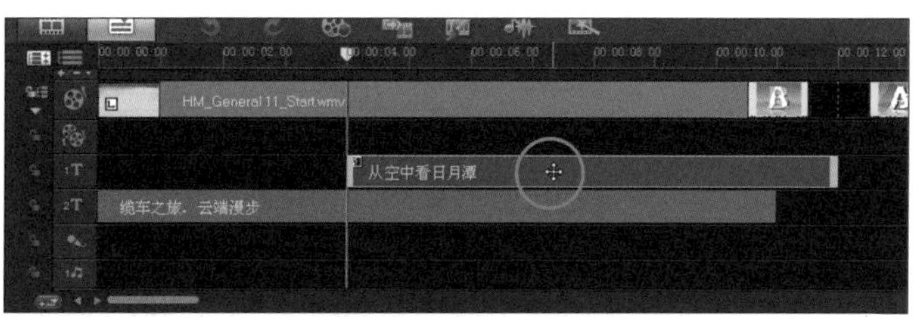

双击时间轴 **标题轨** 的“从空中看日月潭”素材，在预览窗口中选择该素材。

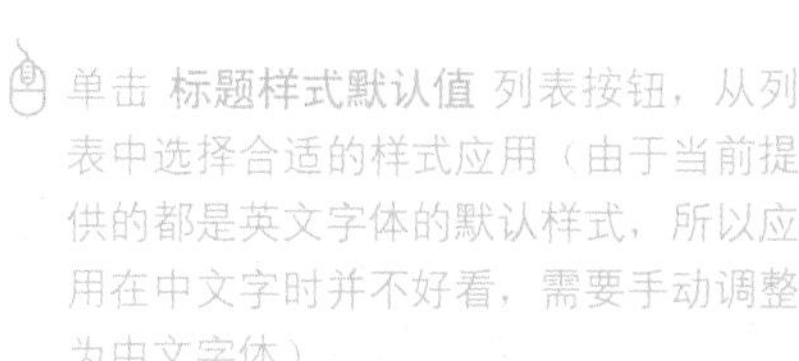

“标题样式默认值”列表按钮

单击 **标题样式默认值** 列表按钮，从列表中选择合适的样式应用（由于当前提供的都是英文字体的默认样式，所以应用在中文字时并不好看，需要手动调整为中文字体）。

10.5.4 旋转文字

除了以上介绍的编辑文字方法之外，还可以在预览窗口旋转标题素材的摆放角度。

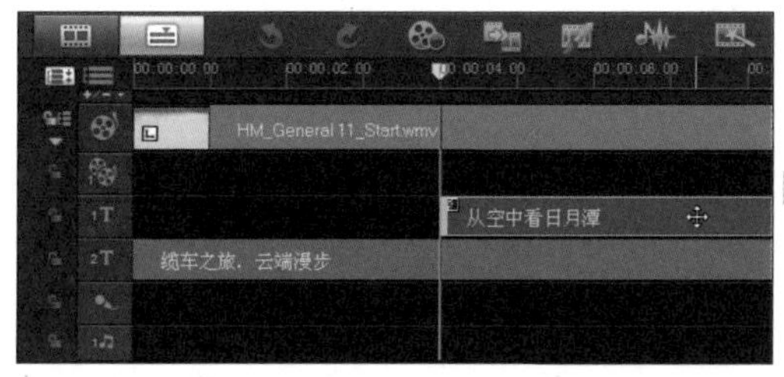

双击时间轴 **标题轨** 上要应用的素材，在预览窗口中选择该素材。

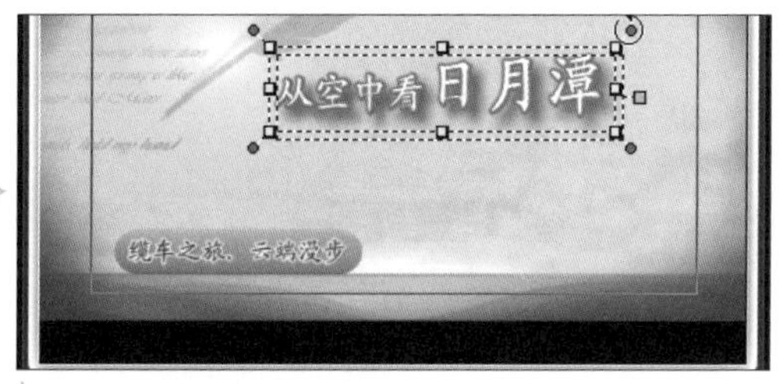

在预览窗口标题素材的4个角落，按住拖曳桃红色控点即可旋转到合适的角度。

10.5.5 确认调整并浏览实际播放效果

完成以上片头标题素材的美化设计与调整操作后，现在预览实际的播放效果。

在预览窗口中，将播放标记移到开始处，再单击 **项目** 与 **播放** 按钮，开始预览片头标题素材的动态效果。

将自定义文字效果添加“标题”素材库

可以将 **标题轨** 中完成设计的标题素材，拖曳到右侧 **标题** 素材库的缩略图区释放，即可将自定义设计的效果添加到 **标题** 类别素材中。以后若需要使用此文字设计时，只要将该模板素材拖曳到 **标题轨** 中即可。

10.6 为标题素材应用滤镜

标题素材专用的“标题效果”滤镜项目与第9章提到的各种滤镜特效属于“滤镜”类别内的素材。“标题效果滤镜”可以让文字应用泡泡、光芒、水流等共27种默认效果，本节将应用一个会放大/缩小文字的“视频摇动和缩放”滤镜效果。

继续上个例子或打开< C:\01范例练习文件\ ch10\ 10-03.VSP>进行练习。

10.6.1 将滤镜应用到标题素材

先确认素材库面板已经切换到 **标题**，再按照如下说明进行操作。

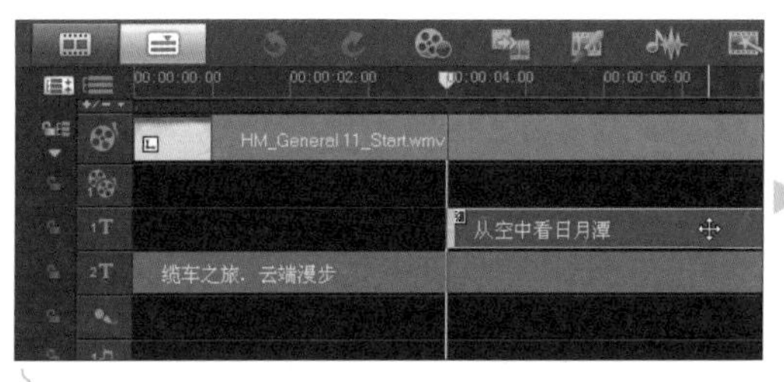

双击时间轴 **标题轨** 的“从空中看日月潭”素材，在预览窗口中选择该素材。

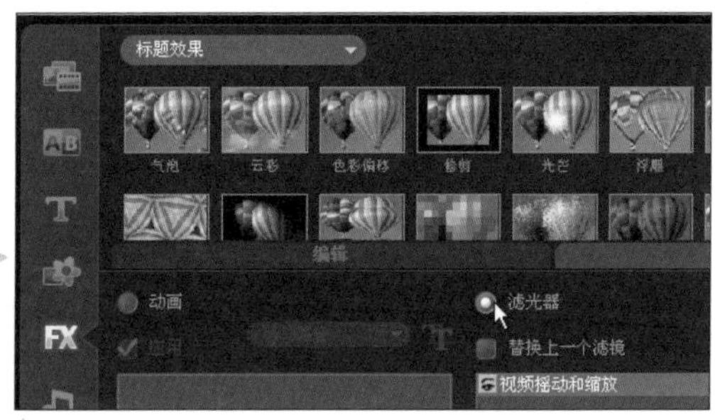

在选项面板的 **属性** 标签选择 **滤光器**，切换到滤镜特效素材。

提示

标题素材只能应用“标题效果”滤镜？

标题素材可以应用的滤镜并不局限于 **标题效果** 滤镜类别，其他滤镜类别的部分特效也能应用于标题素材，只是应用有些滤镜后效果并不理想。

为标题素材应用滤镜特效的方式和其他素材相同，先从滤镜素材库中选择合适的滤镜效果再拖曳到素材上即可。

将 **标题效果** 类别的 **视频摇动和缩放** 效果拖曳到时间轴“从空中看日月潭”标题素材上释放，让素材应用此特效。

10.6.2 自定义滤镜效果

应用指定的滤镜效果后，在选项面板会显示当前应用的滤镜名称，也可以自定义该滤镜效果的其他属性。

当前应用的滤镜名称

在选项面板 **属性** 标签中单击 **自定义滤镜**。

首先设置 **开始** 主帧。

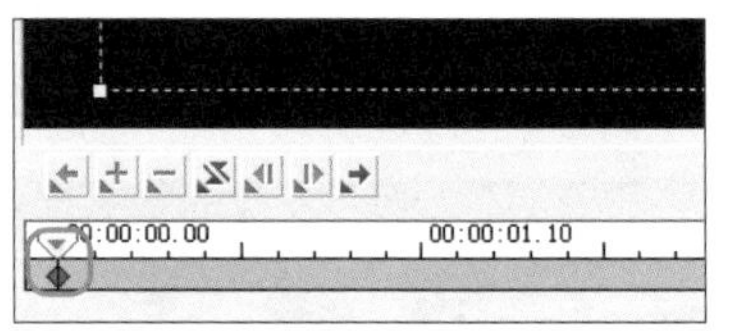

在时间轴左侧的 **开始** 主帧菱形标记上单击选择主帧，菱形标记会呈红色。

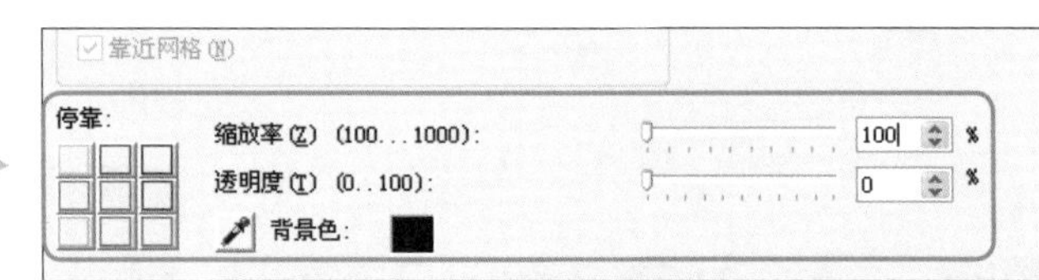

可以在下方相关属性设置值进行局部的调整，在此输入 **缩放率**：**100**。

接着设置“结束”主帧。

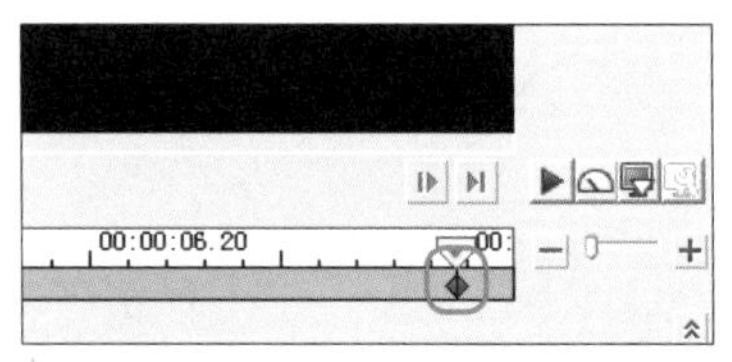

在时间轴右侧的 **结束** 主帧菱形标记上单击选择主帧，菱形标记会呈红色。

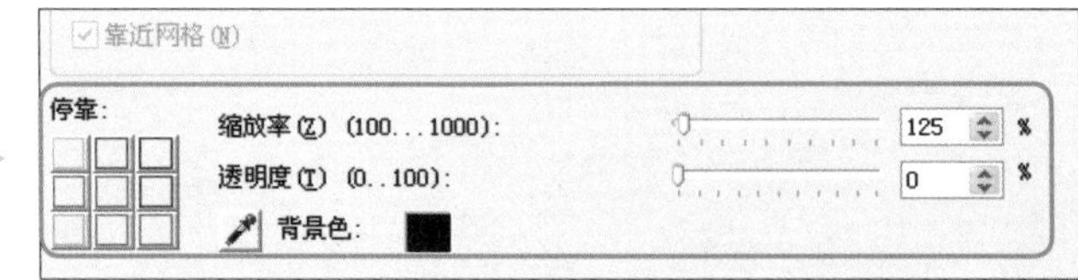

可以在下方相关属性设置值进行局部的调整，在此输入 **缩放率**：**125**。

10.6.3 预览特效

完成后，预览刚才自定义的标题滤镜特效。

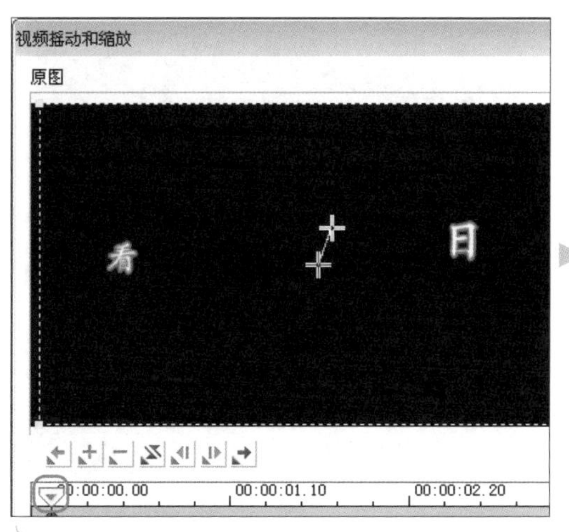

将 **滑块** 拖曳到时间轴开始处。

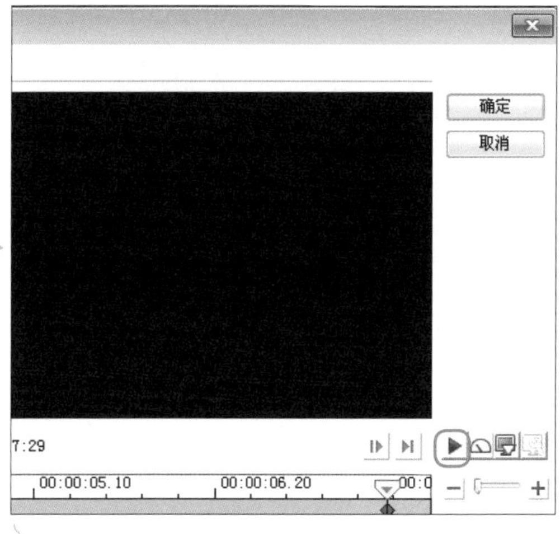

单击 **播放** 按钮开始预览（再次单击该按钮会停止预览）。

确定整个滤镜特效已经设置好，单击 **确定** 按钮返回主画面。

10.7 设计文字动画效果

应用默认文字动画效果后，还可以自定义已经应用的效果，调整动画的方向、速度和样式等，让字幕的变化更加丰富。

继续上个例子进行练习。

10.7.1 应用默认动画

设计文字动画的过程中，要注意别让太复杂的动画影响到添加字幕的用意，并在动画显示后稍作停留，让观众可以清楚了解字幕内容。先确认素材库面板已经切换到 **标题**，再按照如下说明进行操作：

双击时间轴 **标题轨** 的“日月对谈 山水相连”素材，在预览窗口中选择该素材。

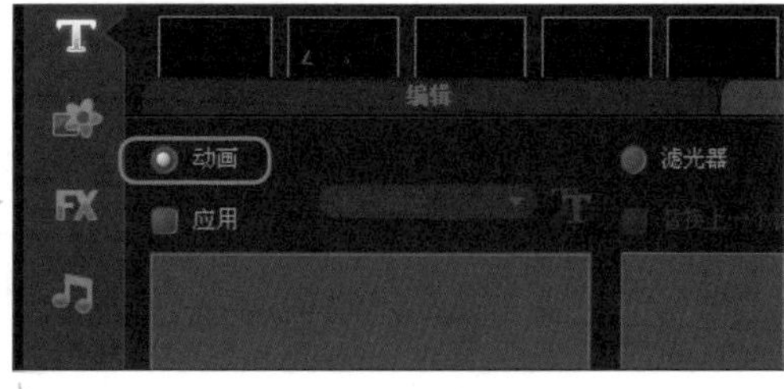

在选项面板的 **属性** 标签选中 **动画** 单选按钮。

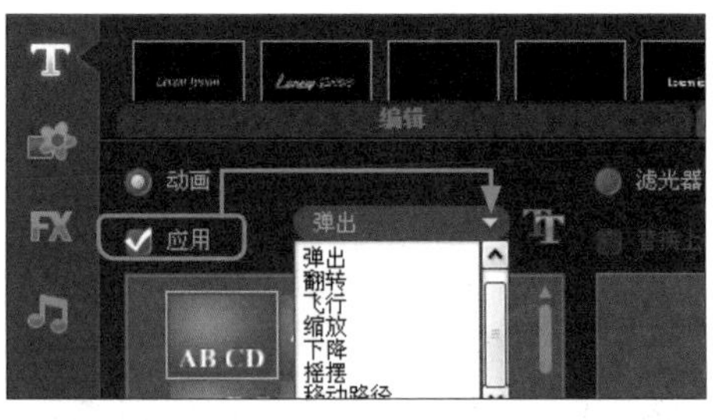

选中 **应用** 复选框，再从右侧列表中选择合适的动画类型（本例选择 **弹出** 类型）。

选择要应用的文字动态类型后，下方会出现数个相关的效果，可以再应用一个最合适的效果。

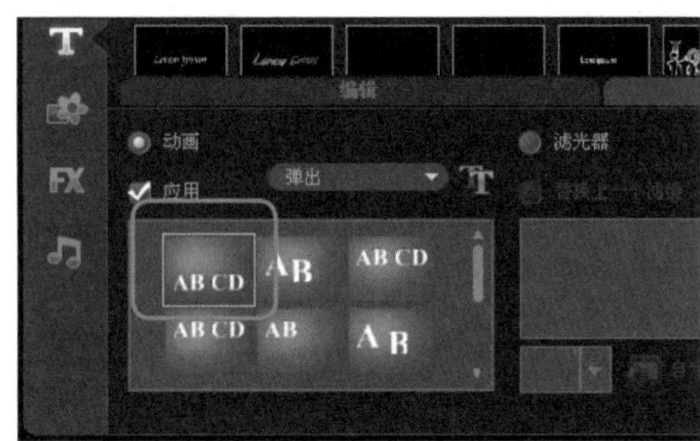

在 **弹出** 类型中应用最合适的效果。

10.7.2 自定义动画属性

应用默认动画效果的标题素材，可以依据影片内容自定义动画的相关属性。

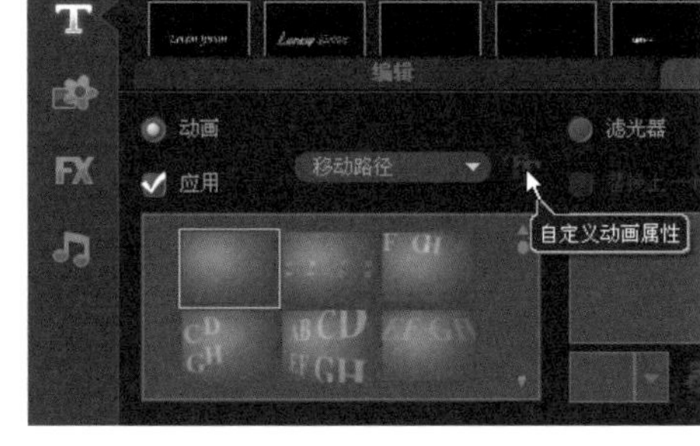

单击 **自定义动画属性** 按钮，打开该动画相关的对话框。

每个动画效果自定义对话框的设置都不太相同，普遍的功能设置有 **单位**；此功能是决定字幕在场景中出现的方式，在此以 **弹出** 动画类型进行说明。

- **单位** 属性有以下4个常用的单位。
  字符：一次出现一个字符。
  字：一次出现一个完整的单字。
  行：一次出现一行文字。
  文本：整个字幕一起出现。
- **暂停**：在动画进入和退出之间添加暂停时间。

自定义属性后（在此设置 **单位**：**文本**、**暂停**：**长**），单击 **确定** 按钮完成设置。

10.7.3 调整文字动画停留时间

文字动画中 **弹出**、**淡化**、**飞翔**、**移动路径**、**摇摆**、**翻转** 6种类型，可以设置动画的暂停时间点，让文字能够在动态效果后以静态模式停留让观众看清楚文字内容。其设置方法可以在上个步骤介绍的对话框 **暂停** 列表框中调整或通过预览窗口下方的 **暂停区间** 控点设置，下面就以后者进行说明。

黑色区域为动画进入或退出时间（部分动画效果没有退出的动画设计，所以没有退出时间的标记）。

蓝色区域为动画暂停时间

将 **暂停区间** 控点拖曳到合适的位置，即可修改动画的暂停时间。

10.7.4 确认调整并浏览实际的播放效果

完成以动态标题素材的设计与调整后，现在预览实际的播放效果。

在预览窗口中，将播放标记移到要浏览的片段，再单击 **项目** 与 **播放** 按钮，开始预览片头标题素材的动态效果。

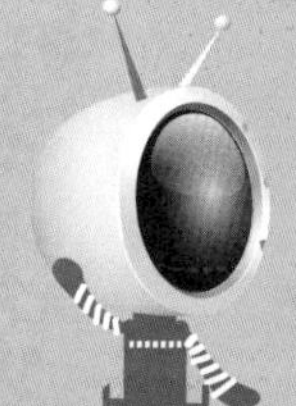

10.8 设计片尾谢幕文字

故事的结尾，添加一段感性的谢幕文字总是让人期待。只要搭配会声会影默认的动画效果，就可以制作出属于自己的谢幕动态文字。

继续上个例子或打开 < C:\ 01范例练习文件 \ ch10 \ 10-04.VSP>进行练习。

10.8.1 添加黑幕

简单的黑幕最适合谢幕时的背景，只要搭配动态的文字设计，就能够让整段影片完美结束。先确认素材库面板已经切换到 **图形**，再按照如下说明进行操作。

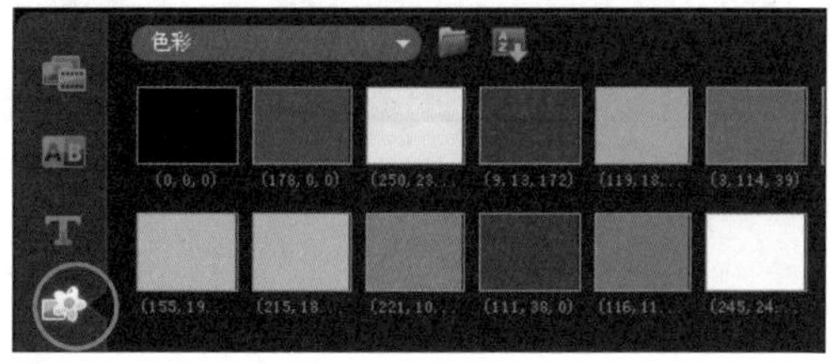

第10章 用字幕帮影片讲故事

第3篇 主题操作

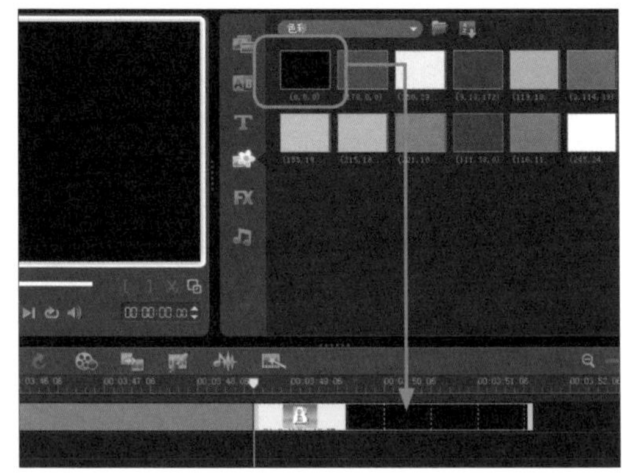

在影片最后添加 **图形 | 颜色** 类别素材库中的“黑色”素材。

选择时间轴 **黑色** 素材的情况下，在选项面板的 **颜色** 标签设置播放时间为15秒。

10.8.2 添加第一段动态文字设计

本例的片尾谢幕文字分为两段，第一段为影片内容的相关说明，第二段添加摄影、策划等片尾字幕。先确认素材库面板已经切换到 **标题**，再按照如下说明进行操作。

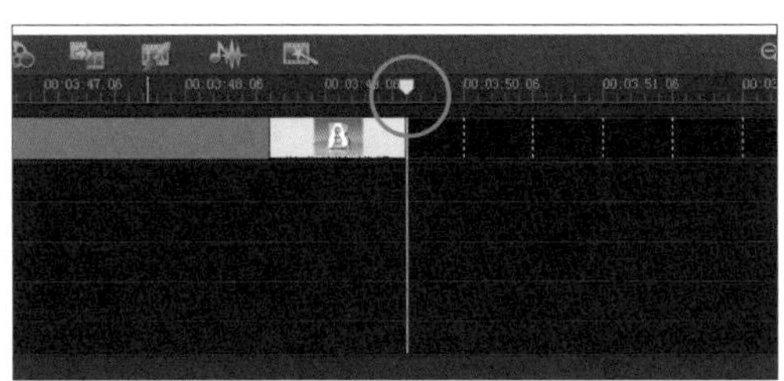

将时间指针移到时间轴片尾黑色素材的开始处。

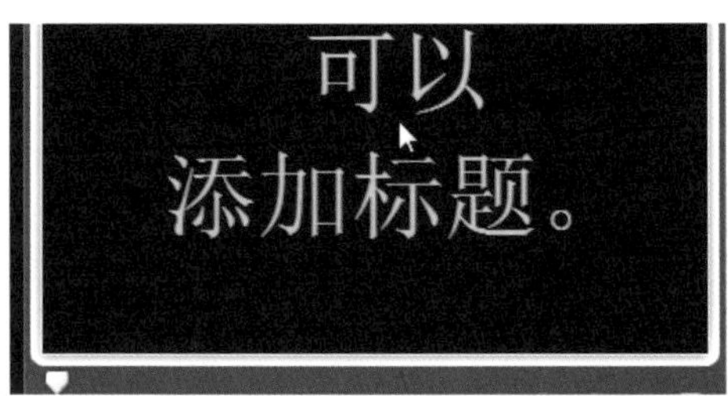

双击预览窗口的中央，进入标题素材编辑模式。

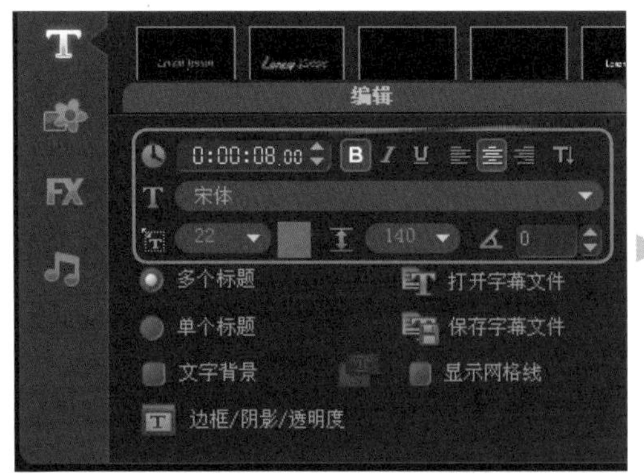

在选项面板的 **编辑** 标签设置 **区间：8 秒、粗体、字体：宋体、字号：22、行距：140、颜色：浅灰蓝**。

输入文字：“感受日月潭之美……日月潭”（可以复制<C:\ 01范例练习文件\ ch10 \字幕文字.txt>文件内的片尾谢幕文字并粘贴到此处）。

接着在预览窗口的标题素材虚线框之外单击，该对象会出现虚线框与黄色控点，此时将鼠标指针移到对象中心（呈手指形），按住鼠标左键拖曳即可调整标题素材的位置。

为第一段片尾字幕应用合适的动画效果。

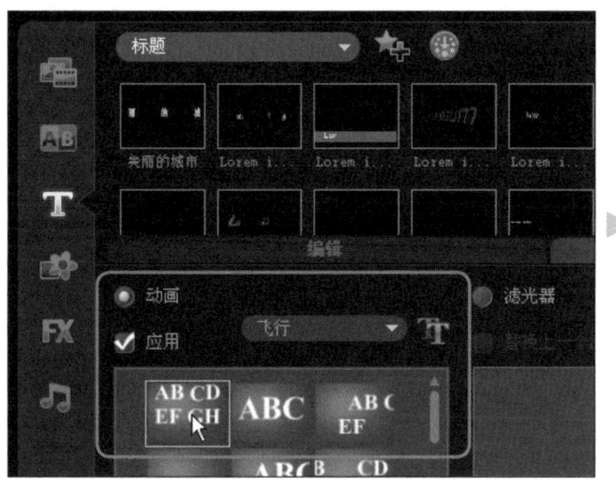

在选项面板 **属性** 标签选择 **动画**、再选择 **应用**，选择 **飞行** 动画类型的第一个效果应用。

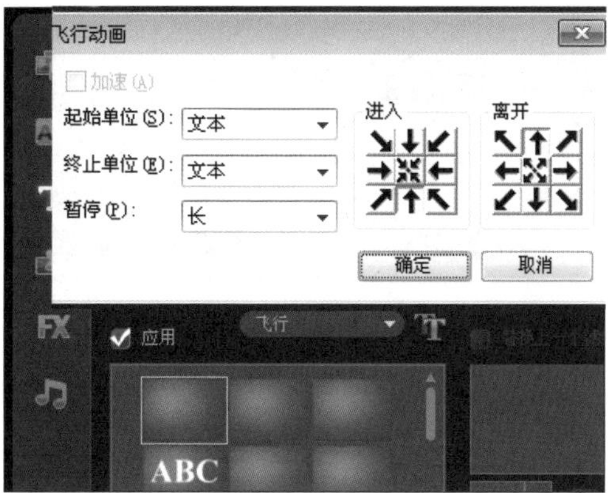

单击 **自定义动画属性** 按钮，打开该动画相关的对话框，设置 **起始单位：文本**、**终止单位：文本**、**暂停：长**、**进入：向上**、**离开：向上**，再单击 **确定** 按钮。

10.8.3 添加第二段动态文字设计

制作第二段片尾字幕，先确认素材库面板已经切换到 **标题**，再按照如下说明进行操作。

将时间指针移到片尾字幕的第一段文字结束处。

双击预览窗口的中央，进入标题素材编辑模式。

在选项面板的 **编辑** 标签设置 **粗体**、**字体：宋体**、**字号：22**、**行距：140**、**颜色：白**。

为第二段片尾字幕设置格式与应用合适的动画效果。

输入文字："地点……谢谢收看-"（可以复制<C:\01范例练习文件\ch10\字幕文字.txt>文件内的片尾谢幕文字并粘贴到此处）。

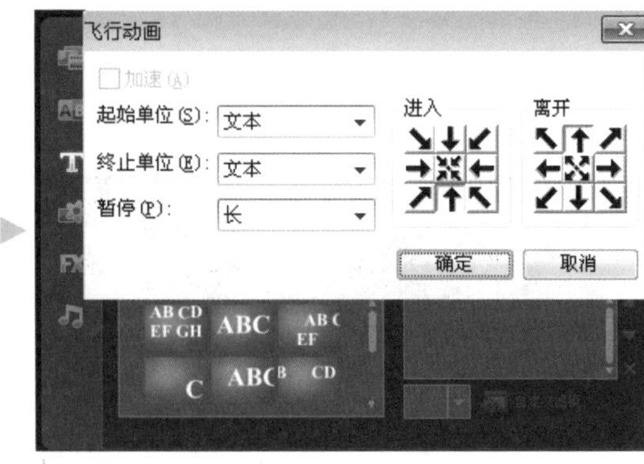

单击 **自定义动画属性** 按钮，打开该动画相关的对话框，设置 **起始单位**：**文本**、**终止单位**：**文本**、**暂停**：**长**，**进入**：**向上**、**离开**：**向上**，再单击 **确定** 按钮。

将第二段片尾字幕的播放时间延长到影片最后。

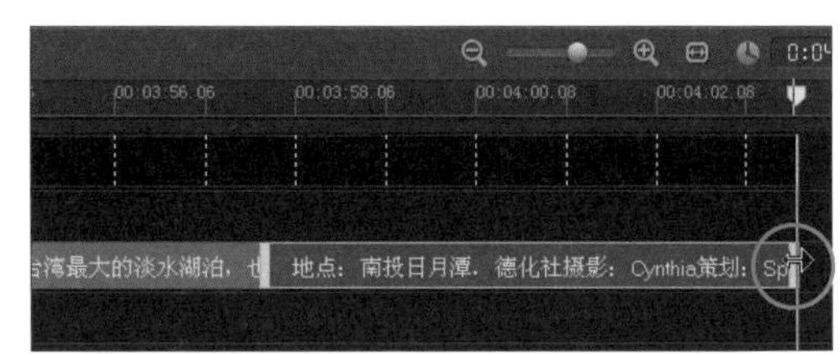

将鼠标指针移到第二段片尾字幕标题素材右侧黄色修整控点，呈现黑色箭头时，按住鼠标左键不放向右拖曳到影片结束处释放。

10.8.4 确认调整并浏览实际的播放效果

完成以片尾谢幕文字的设计操作后，现在预览实际的播放效果。

在预览窗口中，将播放标记移动到要浏览的片段，再单击 **项目** 与 **播放** 按钮，开始预览片尾谢幕文字的动态效果。

第11章 与众不同的影片创意

会声会影提供的图像覆叠轨，可以让视频影片重叠播放。通过两个视频素材的重叠设计，还可以生成嵌套画面的效果，让影片富有变化。除了提供视频文件的重叠功能之外，还支持图像图形文件（背景透明格式文件），例如TGA、TIF、PNG、PSD等，此外更是提供了高达6个覆叠轨，连同视频轨，一共可以摆放7轨视频相关素材的强大编辑功能。

11.1 作品抢先看

本章将通过Flash动画、边框、对象和嵌套画面等效果的设置，不仅让影片更加有趣，而且让影片富有变化。

动态效果

设计重点：

为片头标题添加Flash动画、照片的部分添加边框与对象素材，最后为片尾谢幕设计应用遮罩效果的照片素材。

参考完成文件：

<01范例练习文件\ch11\11-06.VSP>

媒体素材

边框、对象和Flash素材

项目名称：F06

项目名称：D26

项目名称：MotionF18

视频素材

文件名：去背视频素材.wmv

文件名：PaintingCreator~10.UVP11-4

制作流程

1 视频设计——嵌套画面：
通过 覆叠轨”将照片、视频素材重叠摆放在背景视频上以产生嵌套画面，并学习调整覆叠素材位、大小与设置边框。

2 片尾谢幕设计——遮罩效果：
为覆叠素材应用遮罩效果，并应用淡入/淡出设计以及调整播放时间。

3 相册创意设计——边框、对象效果：
为照片素材设计边框与小插图对象，让静态内容更具有可看性。

4 片头设计——Flash动画：
添加Flash动画，再加以调整播放时间、位置和大小。

5 蓝、绿幕抠像合成影片：
通过色度键功能，为覆叠素材去除背景色彩。应用 绘图创建器 设计手绘插图，以及了解如何控制覆叠素材淡入/淡出时间点。

11.2 两段影片重叠播放——嵌套画面

将照片和视频等各类素材重叠摆放在背景视频上，只要知道如何应用覆叠素材和覆叠轨，就可以轻松为项目设计出各种不同的创意。

继续上个例子或者打开< C:\01范例练习文件\ ch11 \11-01.VSP>进行练习。

本例在时间轴 **视频轨** 视频素材 **05.mpg** 的播放点，设计一段嵌套画面的影片效果。

11.2.1 将素材添加到覆叠轨

将各个素材拖曳到项目 **覆叠轨**，即可快速应用覆叠素材的属性，使用覆叠素材可以产生画中画效果，让影片看起来更具专业水平。

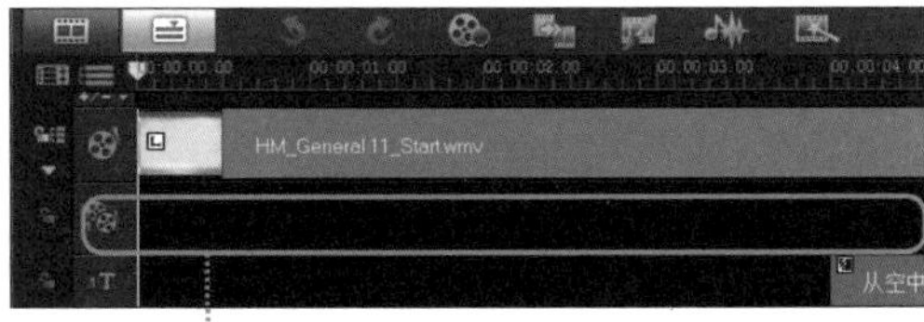

时间轴 **覆叠轨**

有两种将素材添加到 **覆叠轨** 的方法，第一种方法是直接从素材库内将素材拖曳到 **覆叠轨** 中摆放，另一种方法是复制 **视频轨** 中现有的照片或视频素材。在此使用第二种方法进行说明。

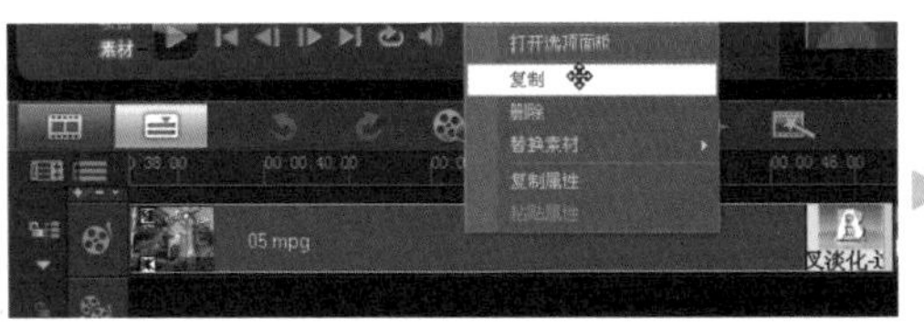

在时间轴 **视频轨** 视频素材 **05.mpg** 上右击，选择 **复制** 命令。

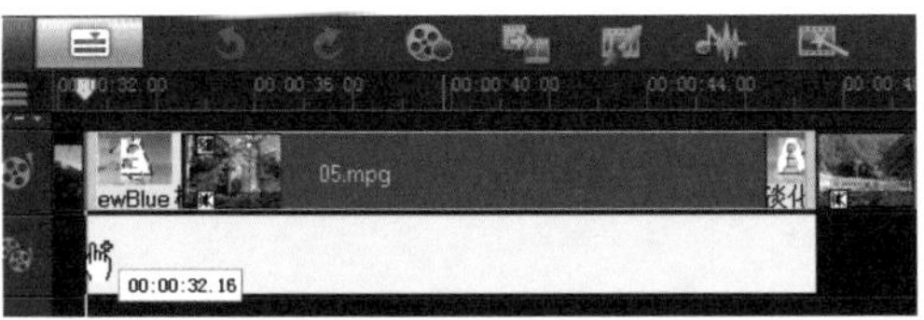

将鼠标移到 **覆叠轨** 中，复制的素材会出现一段白色色块，将其移到视频轨 **视频** 素材 **05.mpg** 起始相对位置处单击，完成素材的复制操作。

完成覆叠素材的操作，并且在预览窗口中可以看到已经初步完成两个素材重叠展现的嵌套画面影片效果。

11.2.2 调整覆叠素材的位置与大小

初步添加到 **覆叠轨** 的素材，会摆放在画面中央并以默认大小展现。这时，可以根据背后的视频内容将覆叠素材调整到合适的位置。

将鼠标指针移到覆叠素材中心点，呈现 ✥ 时，按住鼠标左键不放把此素材拖曳到合适的位置摆放。

在预览窗口中，还可以调整覆叠素材的大小与扭曲变形。

- **维持宽高比调整覆叠素材大小**：拖曳覆叠素材4个角落的黄色控点，可以按宽高比调整大小。
- **任意调整覆叠素材大小**：拖曳覆叠素材上的任意黄色控点，可以任意调整其宽与高。
- **扭曲覆叠素材**：拖曳覆叠素材4个角落的绿色节点，可以用于扭曲素材。

本例以覆叠素材维持宽高比调整的方式，将素材稍微缩小一些。

11.2.3 设置覆叠素材的动态效果

在覆叠素材选项面板的 **属性** 标签中，可以设置素材在画面中移动的方向和样式、遮罩和色度键、滤镜等动态效果。

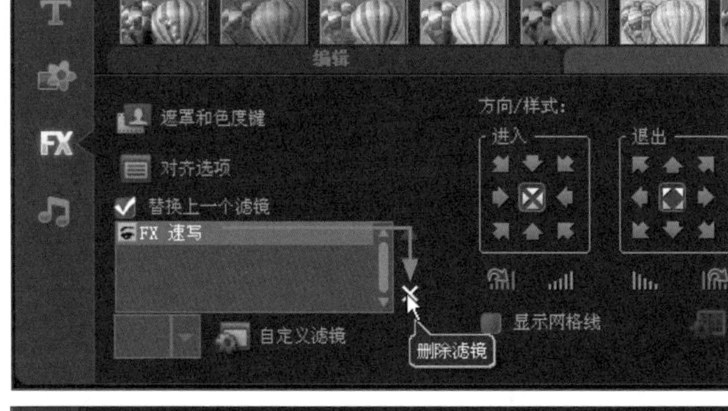

在此选择滤镜列表中的滤镜名称，并且单击 ✕ 按钮，删除原素材应用的滤镜效果。

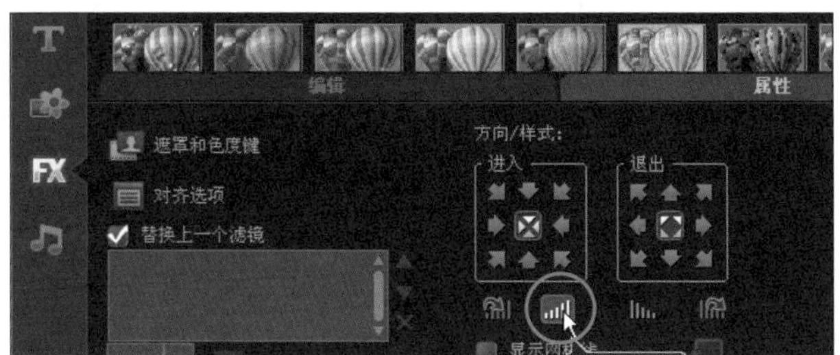

单击 **淡入动画效果** 按钮，让覆叠素材以淡入的方式出现。

11.2.4 设置覆叠素材的边框

为覆叠素材添加简单的线条边框，可以突显出嵌套画面。

单击选项面板 **属性** 标签的 **遮罩和色度键**，编辑相关的属性。

设置 **边框粗细：1**、**边框色彩：白色**（可以在预览窗口中看见应用后效果）。

完成以上设计步骤后，单击预览窗口中的 **项目**，再单击 **播放** 按钮，预览嵌套的画面效果。

11.3 为影片添加遮罩效果

遮罩是美工编辑时常用的一项功能，主要是通过一张灰阶图片设计出对象部分透明的效果（黑色为完全透明、白色为完全不透明）。会声会影中内置多款遮罩样式，能够让素材的表现更加活泼。

继续上个例子进行练习。

本节要为片尾谢幕文字添加照片素材的设计，然而方方正正的照片放在黑幕中略显生硬，这时可以应用遮罩效果让照片的造型大不相同。

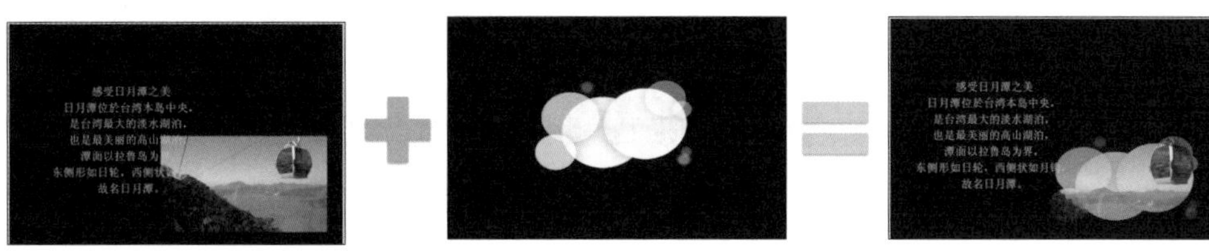

11.3.1 将素材添加到覆叠轨

素材库面板切换到 **媒体 | 照片** 类别后，将合适的素材拖曳到片尾 **覆叠轨** 摆放。

如图将照片素材 **日月潭10.jpg** 拖曳到片尾处 **覆叠轨** 摆放，并拖曳其右侧黄色修整控点，将播放时间调整到影片结束（日月潭10.jpg照片素材已经在第8章练习时导入，如果没有此素材，可以从< C: \ 01范例练习文件\照片素材>文件夹导入）。

11.3.2 设置覆叠素材的应用遮罩效果

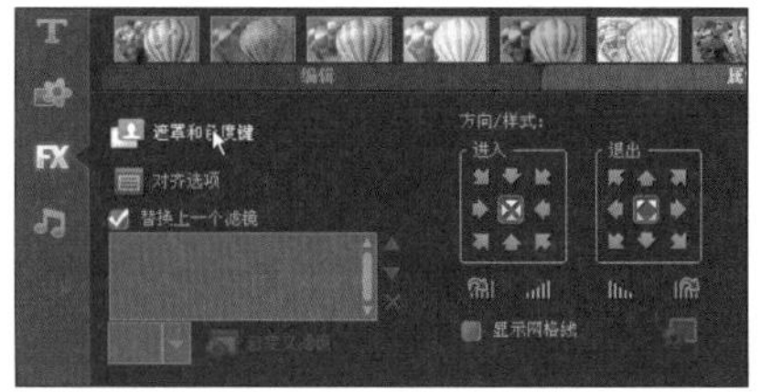

保持时间轴 **覆叠轨** 照片素材 **日月潭10.jpg** 选择状态下，在选项面板单击 **属性** 标签的 **遮罩和色度键**，设置素材遮罩效果的相关属性。

在 **属性** 标签中为素材应用合适的遮罩样式。

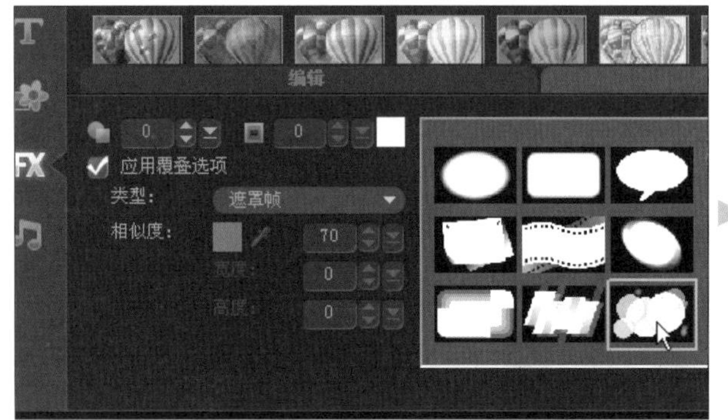

选择 **应用覆叠选项**，设置 **类型：遮罩帧**，再从右侧应用合适的遮罩样式。

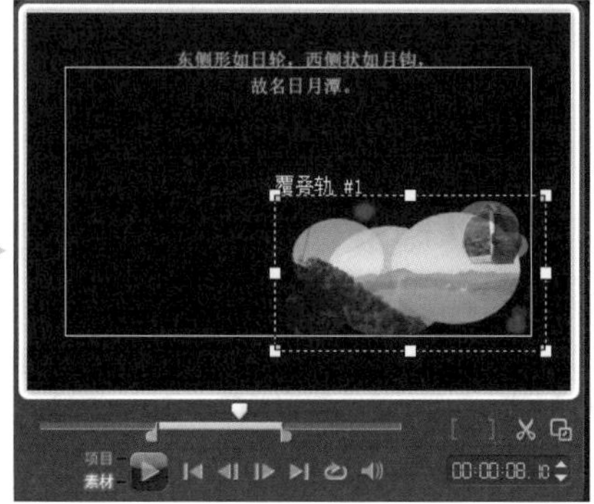

从预览窗口可以看到已经应用遮罩的素材，将鼠标指针移到覆叠素材中心点，呈现 ✥ 时，按住鼠标左键不放将此素材拖曳到合适的位置摆放。

扩大预览窗口内容以方便放大、缩小和变形素材

在预览窗口中需要通过黄色或绿色控点来放大、缩小和变形覆叠素材时，是否会觉得目标太小，控点不易调整等问题，需要适当放大一些预览窗口。

只要单击预览窗口右下角的 **扩大** 按钮，即可切换到全屏模式，让用户更方便操作。待操作完成后单击 **最小化** 按钮，即可返回项目模式。

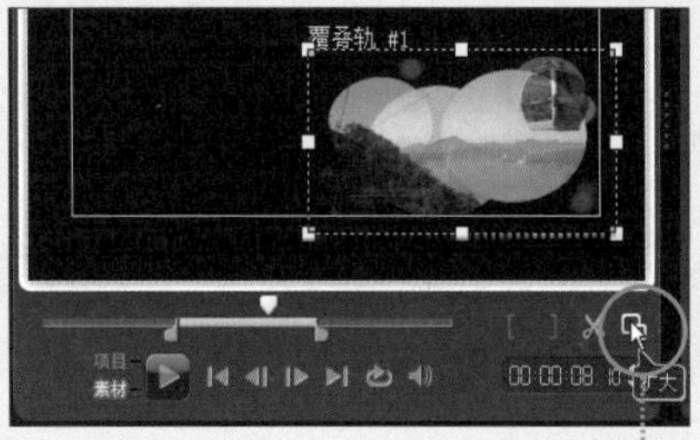

扩大 按钮

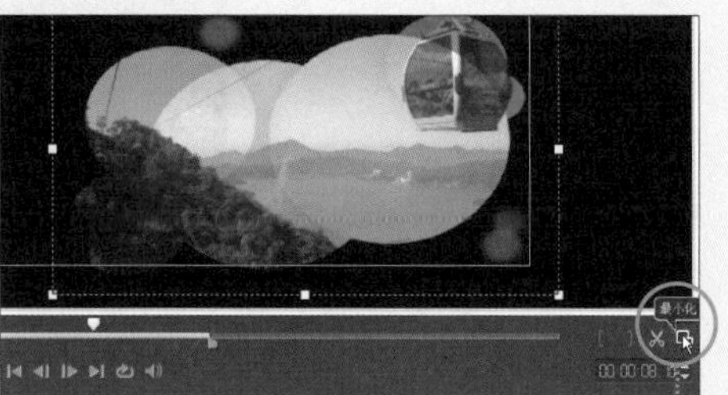

最小化 按钮

11.3.3 设计覆叠素材的淡入/淡出效果

为覆叠素材适当设计淡入或淡出效果，可以让该素材或特效在影片中出现时不至于太突然。在保持时间轴 **覆叠轨** 照片素材 **日月潭10.jpg** 的选择情况下，单击选项面板 **属性** 标签的 **淡入动画效果** 按钮与 **淡出动画效果** 按钮，即可达到让覆叠素材以淡入、淡出的方式显示。

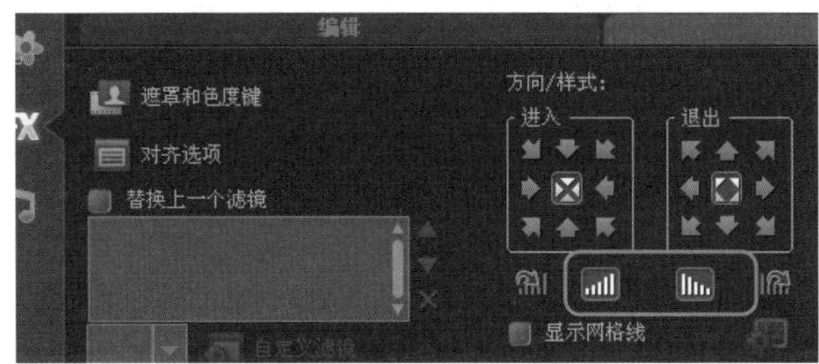

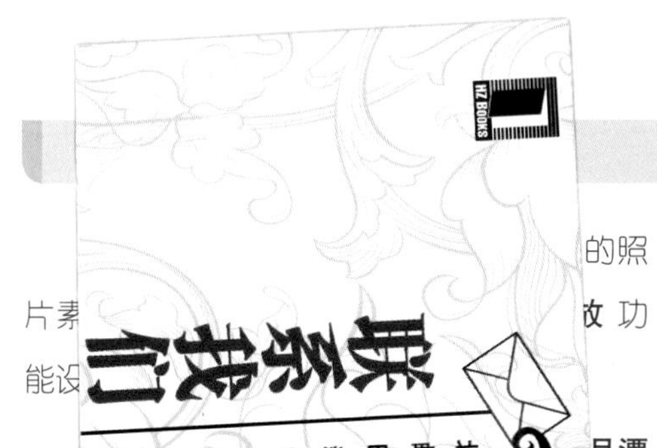

……的照片素……放 功能设……月潭

10.j……

在选项面板 **编辑** 标签内选中 **应用摇动和缩放** 复选框，并在默认列表中选择合适的效果应用（本例应用第一个效果）。

……话框，调整缩放比例与出现的范围。

……，以免文字与照片重叠而无法完整展示。

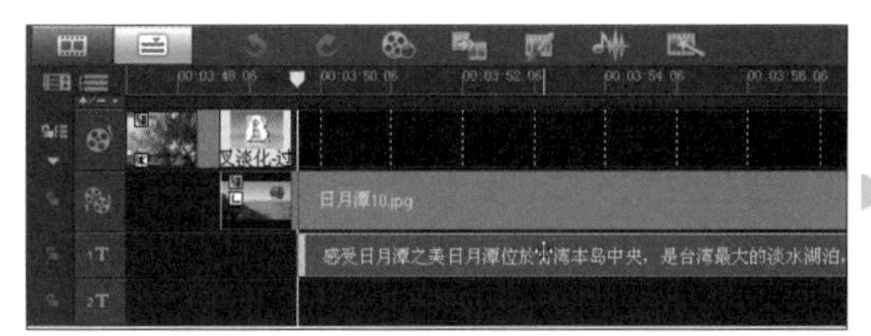

在时间轴片尾 **标题轴** 中双击“感受日月潭之美……”素材，选择该素材。

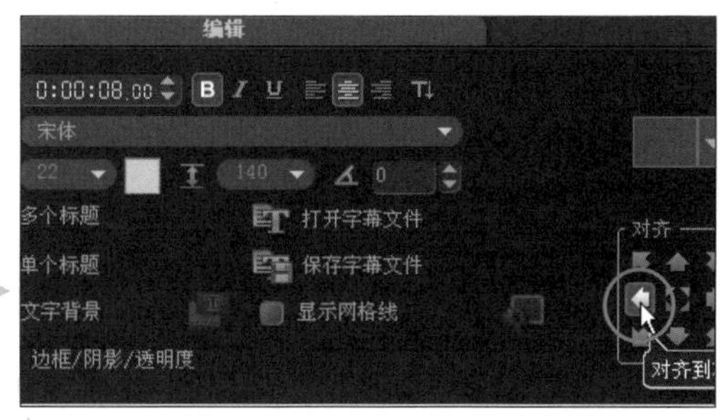

在选项面板的 **编辑** 标签中，单击 **对齐到左边中央** 按钮。

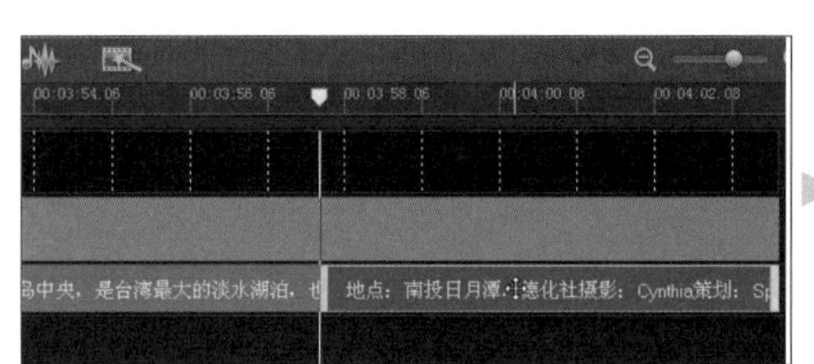

同样，选择时间轴片尾 **标题轴**“地点：南投日月潭”等素材，并且设置为左侧中央对齐。

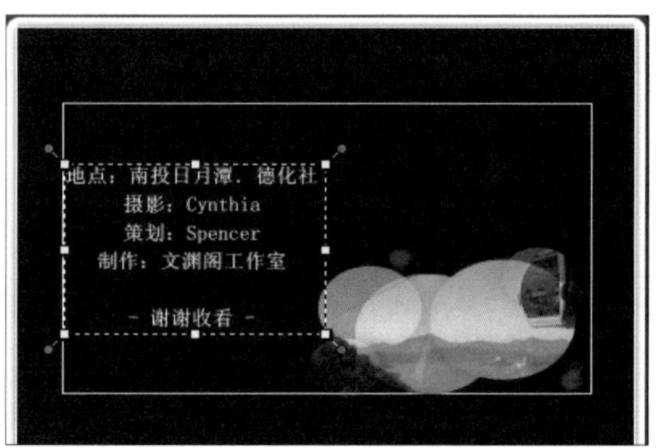

完成了应用遮罩效果与片尾谢幕文字的设计。

这样，为片尾谢幕添加了遮罩的覆叠特效！

11.4 为影片添加创意设计——边框、对象和Flash动画

覆叠轨可以添加其他的特效，例如，边框、图片对象、Flash动画效果等，让影片拥有更多的创意与变化。

继续上个例子或者打开< C:\01范例练习文件\ch11\11-02.VSP>进行练习。

11.4.1 添加装饰边框

将 **边框** 类素材置于 **覆叠轨** 会自动将素材中白色部分去除，并显示出 **视频轨** 的内容，让影片更具个人风格。本步骤将为后半段的视频影片添加装饰边框的设计。

素材库面板切换到 **照片 | 边框** 类别后，将合适的素材拖曳到 **覆叠轨** 摆放。

将边框素材 **F06** 拖曳到 **视频轨** 视频素材 **06.mpg** 下方的 **覆叠轨** 摆放。

接着，调整覆叠素材 **F06** 的“起始”与“结束”时间点：

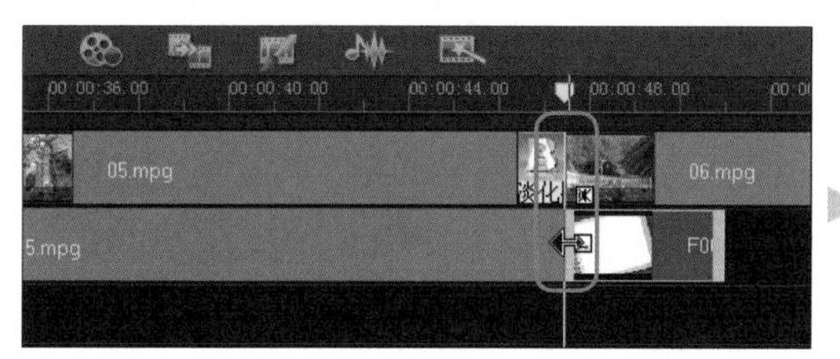

起始时间点：将鼠标指针移到覆叠素材 **F06.png** 左侧黄色修整控点，呈现黑色箭头时，向左拖曳到上方 **视频轨 05.mpg** 右侧转场效果的起始位置。

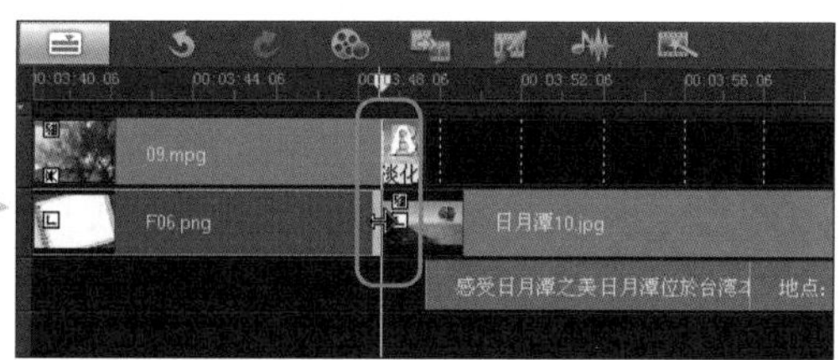

结束时间点：将鼠标指针移到覆叠素材 **F06.png** 右侧黄色修整控点，呈现黑色箭头时，向右拖曳到片尾 **视频轨 09.mpg** 右侧转场效果的结束位置。

这样，就完成添加边框的覆叠特效！

提示

两段覆叠素材部分重叠时会自动产生转场效果

在时间轴视图模式中，前后两段覆叠素材部分叠放在一起时，就会自动产生默认转场效果，并且按照其重叠的位置自动计算转场的最佳区间。

11.4.2 添加有趣的对象

将 **对象** 类素材添加到 **覆叠轨** 会自动为素材去除背景，可以布置在影片各个角落增添趣味性或者设计出卡通漫画效果的对话框。本步骤将为3段视频影片添加 “对话云” 对象的设计。

1. 打开第2层“覆叠轨”

由于本例需要用到第2层的 **覆叠轨**，单击时间轴左侧 **轨道管理器** 按钮，在打开的对话框中选择 **覆叠轨#2**，再单击 **确定** 按钮。

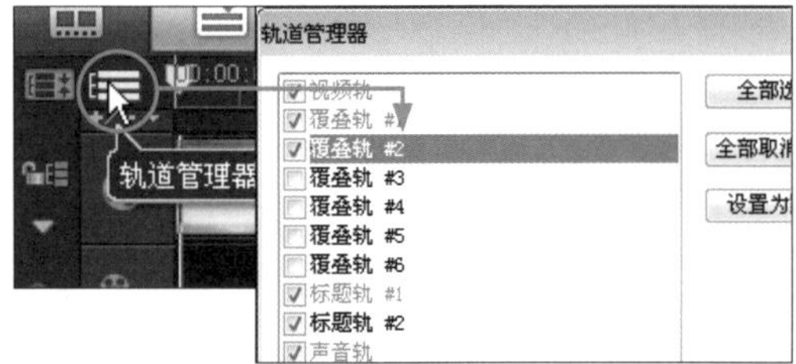

2. 添加并调整“对象”类别覆叠素材

素材库面板切换到 **图形 | 对象** 类别后，将合适的素材拖曳到 **覆叠轨 #2** 中摆放。

将对象素材D26拖曳到“视频轨”视频素材06.mpg下方的“覆叠轨 #2”摆放（如图对齐视频素材06.mpg起始点）。

为初步添加到“覆叠轨 #2”的素材调整合适的位置与大小。

在预览窗口可以看到添加的对象覆叠素材，将鼠标指针移到覆叠素材中心点，呈现 ✥ 时，按鼠标左键不放将此素材拖曳到合适的位置摆放。可以通过拖动4个角落的黄色控点，以维持宽高比的方式调整对象的大小。

3. 添加标题素材

为刚才添加的“对话云”对象添加相关的说明文字。

将素材库面板切换到 **标题**，在预览窗口的“对话云”对象上添加文字“从德化社附近的日月潭缆车站出发”（可以复制<C:\01范例练习文件\ch11\字幕文字.txt文件内的相关文字并将其贴到此处）。

在选项面板 **编辑** 标签中设置 **粗体**、**居中**、字体：宋体、字号：22、颜色：黑、行距：140。

4. 将自定义素材效果添加到素材库

完成第一组的对象与文字设计后，将此“覆叠素材”与“标题素材”添加到相关素材库中，便于以后快速应用。

选择时间轴的覆叠素材 **D26**，拖曳到右侧素材库中再释放鼠标左键，将该素材自动添加到 **照片** 类素材库中。

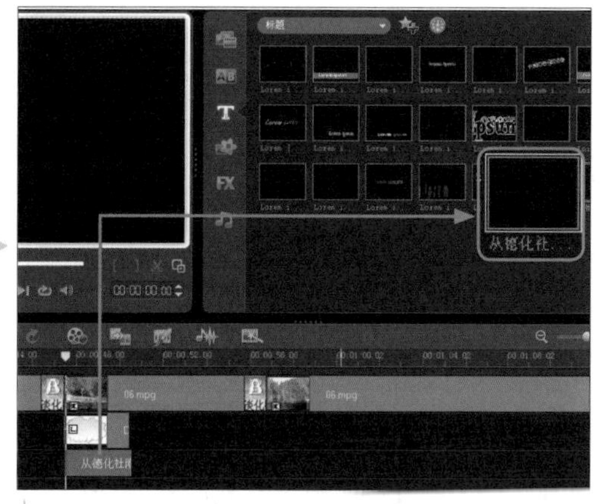

选择时间轴的标题素材 **从德化社……**，拖曳到右侧素材库中再释放鼠标左键，会自动将该素材添加到 **标题** 类素材库中。

5. 调整素材的播放时间

接着，将时间轴 **覆叠轨#2** 覆叠素材 **D26.png** 与 **标题轨** 标题素材 **从德化社……** 的播放结束时间点都延长到 **视频轨** 视频素材 **06.mpg** 结束点。

6. 应用自定义素材并调整字幕

完成 **06.mpg** 视频画面添加“对话云”对象的设计后，采用同样的方法，将上页制作的 **对象** 类素材库 **D26** 素材以及 **标题** 类素材库 **从德化社……** 素材，添加到 **08.mpg**、**09.mpg** 视频相对位置，让这两段视频画面也能够显示“对话云”对象的设计。

接着，根据对应的视频调整其覆叠素材与标题素材的播放区间。

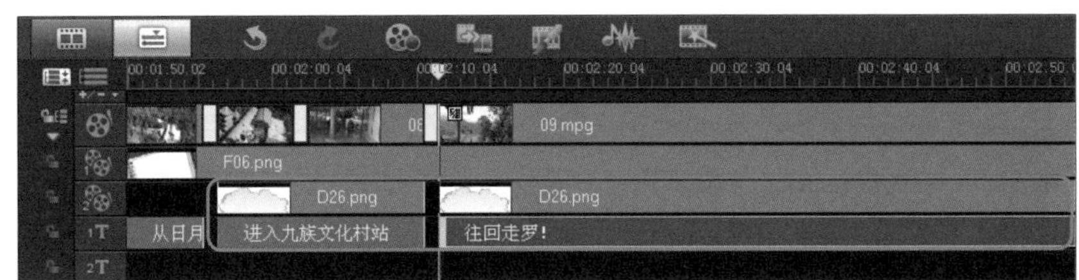

最后，将 **08.mpg** 视频画面相对的标题素材内容文字调整为：“进入九族文化村站”， **09.mpg** 视频画面相对的标题素材内容文字调整为：“往回走罗！”

这样，就完成在3段视频影片添加对象的覆叠特效！

11.4.3 添加Flash动画

将 **Flash动画** 类素材添加到 **覆叠轨** 会自动去除素材背景，并且同时保留动画的特性，让影片更加生动。另外，还可以应用Flash软件自制*.swf格式的动画文件，将该文件加载素材库中再拖曳到 **覆叠轨** 应用即可。本步骤要为影片片头添加“白云飘飘”的动画设计：

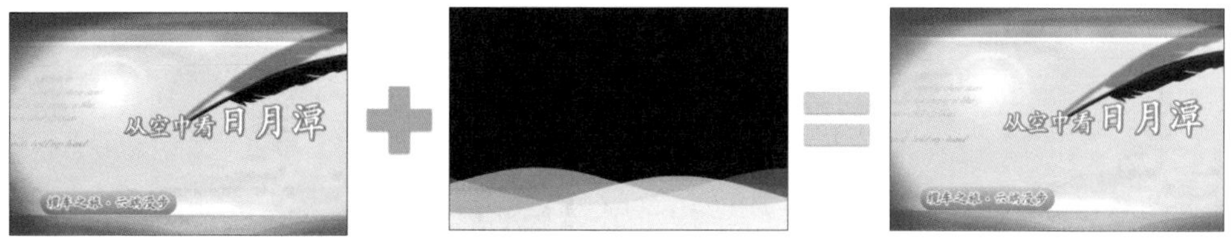

将素材库面板切换到 **图形** | **Flash 动画** 类别，把合适的素材拖曳到 **覆叠轨** 摆放。

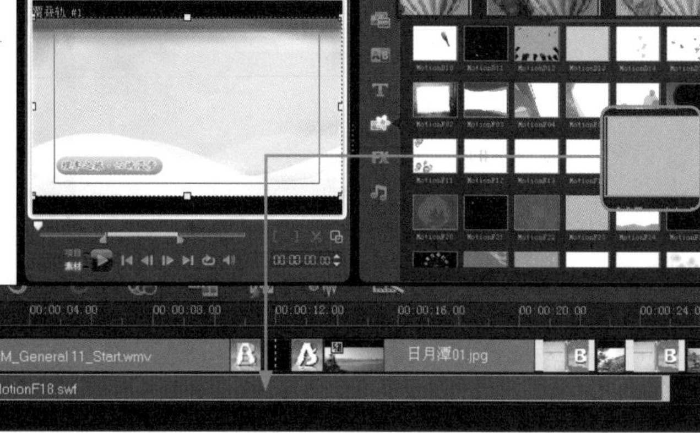

将Flash动画素材 **MotionF18** 拖曳到片头下方的 **覆叠轨** 摆放。

接着，调整覆叠素材 **MotionF18** 的“起始”与“结束”时间点。

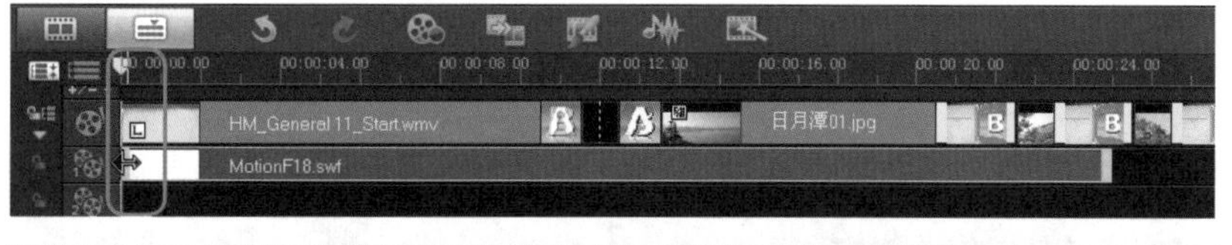

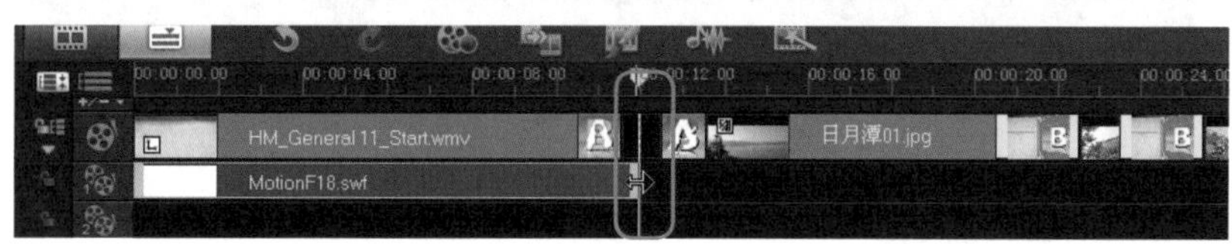

分别拖曳覆叠素材 **MotionF18** 左、右两端黄色修整控点，如图扩展到影片开头与片头结束处。

在选择 **覆叠轨** 覆叠素材 **MotionF18** 的状态下，调整覆叠素材的位置与相关属性。

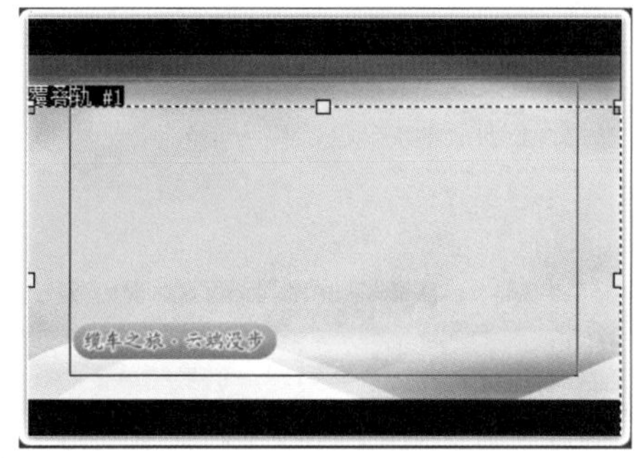

从预览窗口可以看到添加的对象覆叠素材，将鼠标指针移到覆叠素材中心点，呈现 ✥ 时，按住鼠标左键不放将素材拖曳到合适的位置。

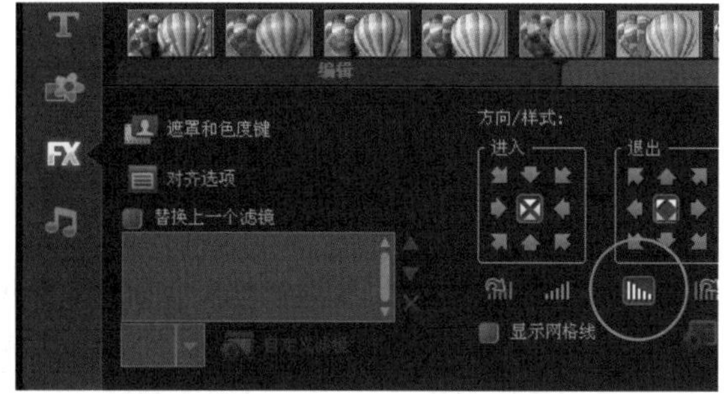

在选项面板的 **属性** 标签中单击 **淡出动画效果** 按钮，设置该覆叠素材会以淡出的方式展现。

这样，就完成添加Flash动画的覆叠特效！

11.4.4 浏览各类创意素材的效果

完成以上素材的添加与调整操作后，现在预览实际的播放效果。

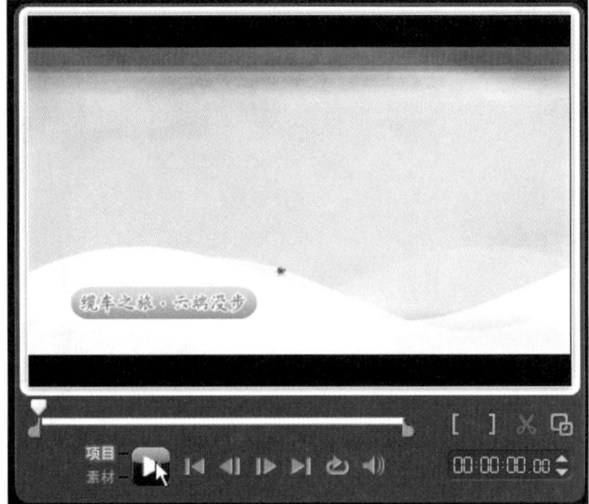

在预览窗口将播放标记移到开始处，再单击 **项目** 与 **播放** 按钮，开始预览影片的创意效果。

注意

提供更多的Flash动画素材

本书附赠光盘<Flash动画素材>文件夹中提供了许多免费动画素材供用户应用。

11.5 蓝、绿幕抠像合成影片

在一般电视新闻、旅游景点等节目中会看到这样的表现方式：一方面播放着影片，一方面有主持人介绍说明。这就是应用覆叠中嵌套画面的设计，应用“色度键”功能为覆叠素材去除背景色彩后的合成效果。

打开< C:\01范例练习文件\ch11\11-04-蓝绿幕.VSP>进行练习。

现在，动手试试图像抠像合成的效果：

 +  = 

11.5.1 制作容易抠像的影片

在素材方面最重要的问题就是如何制作一个可以方便抠像的影片呢？以下是拍摄时要注意的事项。

- **背景**：可以去布店买一块单色的布作为背景，注意布的大小要大于被摄影者才行。比较常用的是以蓝色布作为背景拍摄影片，即一般称为“蓝幕”。不过，也可以用绿色（绿幕）或者其他单色，重点在于背景的颜色要单纯，便于后期制作时去除背景。

- **服饰**：被摄影者的服饰必须避开背景颜色，如果背景是蓝色，被摄影者也穿蓝衣服，那么抠像时也会去除被摄影者的身体部分，需要十分注意这一点。
- **摄影方式**：如果被摄影者是以静态的方式（一直坐着或站着）介绍说明，摄影时最好先固定摄影机（应用三脚架）以免产生晃动；如果被摄影者是以动态的方式（走动）介绍说明，摄影时最好先固定住摄影机的高度，这样拍摄的效果比较好。

11.5.2 调整覆叠素材大小与位置

<11-04-蓝绿幕.VSP>范例文件中已经在影片片头添加了以绿幕方式录制的视频素材，先调整该素材的位置与大小。

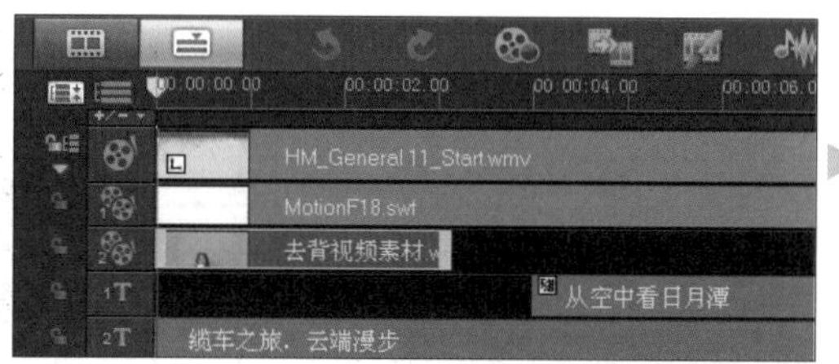

选择置于时间轴 **覆叠轨 #2** 中覆叠素材 **去背视频素材.wmv**。

将鼠标指针移到该覆叠素材上，通过拖曳黄色控点调整素材的大小与位置。

11.5.3 应用色度键抠像

在选中时间轴 **覆叠轨 #2** 中覆叠素材 **去背视频素材.wmv** 的状态下，打开选项面板设置相关的属性以及抠像效果。

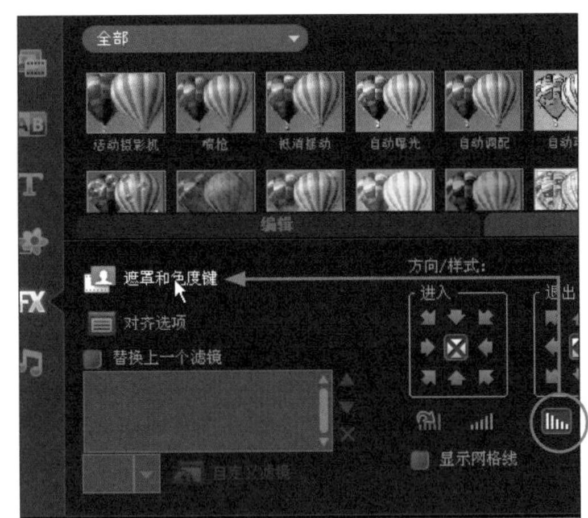

在 属性 标签中，先单击 淡出动画效果 按钮，让素材应用淡出呈现的效果，再单击 遮罩和色度键。

通过以下两个步骤为蓝幕或绿幕视频进行抠像合成。

- 步骤一：选中 **应用覆叠选项** 复选框，设置 **类型：色度键**，此时软件会自动检测该素材中所占比例最大的色彩，再根据该色彩进行初步的抠像操作（如果该视频背景色分布十分均匀；范例自动抠像后的效果已经不错，不需要再经过步骤二的手动设置）。

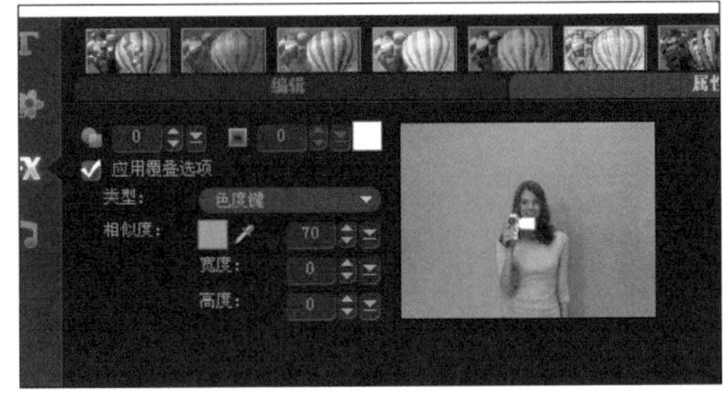

在 属性 标签中，选中 应用覆叠选项 复选框，设置 类型：色度键。

- 步骤二：在预览窗口可以看到经过步骤一抠像后的合成效果。如果效果不太理想，可以手动在素材中以吸取颜色的方式进行调整。

单击 滴管 按钮，在右侧素材缩略图背景色上单击，吸取颜色。

在 覆叠遮罩的色彩 框中指定要变成透明色彩的色彩范围值。

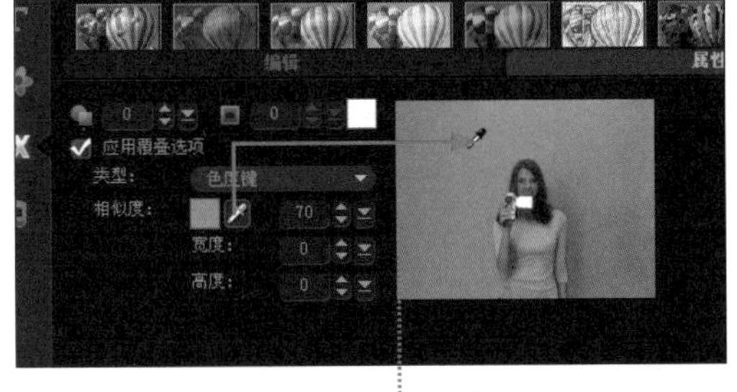

调整 **覆叠遮罩的色彩** 框的值时，可以在左侧预览窗口浏览当前的效果。

11.5.4 浏览蓝绿幕抠像的合成效果

完成以上素材的添加与调整操作后，现在预览实际的播放效果。

在预览窗口中，将播放标记移到开始处，再单击 项目 与 播放 按钮，开始预览当前影片的抠像合成效果。

11.6 设计动态手绘插图——绘图创建器

想要产生犹如在视频上绘图、描边或着色等效果吗？千万不可错过“绘图创建器”功能的介绍。

继续上个例子或者打开< C:\01范例练习文件 \ ch11 \ 11-03.VSP>进行练习。

绘图创建器 通过默认的各种笔刷、纹理和色彩组，可以将绘图工作阶段录制为动态影片或静态图像作品，并且可以应用为项目的覆叠素材，从而增强影片的创意。

11.6.1 启动与认识画面

本例将动态手绘插图素材添加项目 **09.mpg** 视频片段，现在先进入绘图创建器的画面。

将时间轴的播放指针移到影片中要布置动态手绘插图的时间点，再单击 **绘图创建器** 按钮启动绘图创建器。

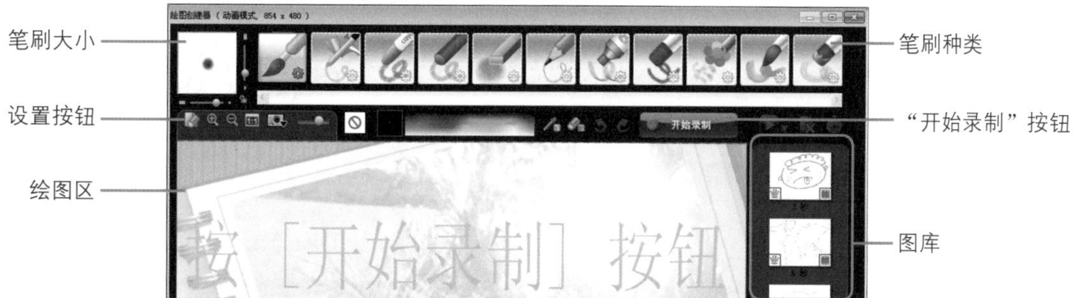

11.6.2 绘制前的环境设置

开始动手绘制插图之前，建议先确认环境模式、预览背景与透明度等设置值，好的开始是成功的一半。

- **调整为“动画”或“静态”模式**：绘图创建器的作品可以设置为动画与静态两种模式，动画模式建立的视频文件格式为<.UVP>，静态模式建立的图像文件格式为<.PNG>。由于动画模式下产生的视频作品可以转换为静态的图像作品，所以一般都是以 **动画模式** 进行绘图操作。在开始绘制前要记住检查。
- **背景图像选项**：单击此按钮可以更改当前的背景图像，默认为 **当前时间轴图像**。在此调整为 **自定义图像**，并指定为事先准备好的插图底图<C:\01范例练习文件\ch11\底图.tif>，这样可以更方便第一次使用此功能绘图的用户。

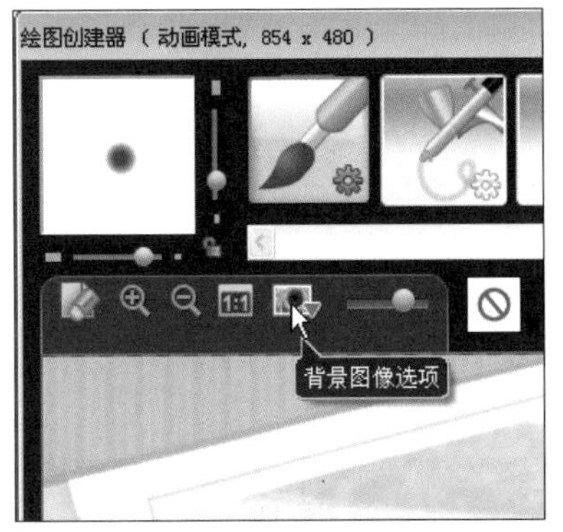

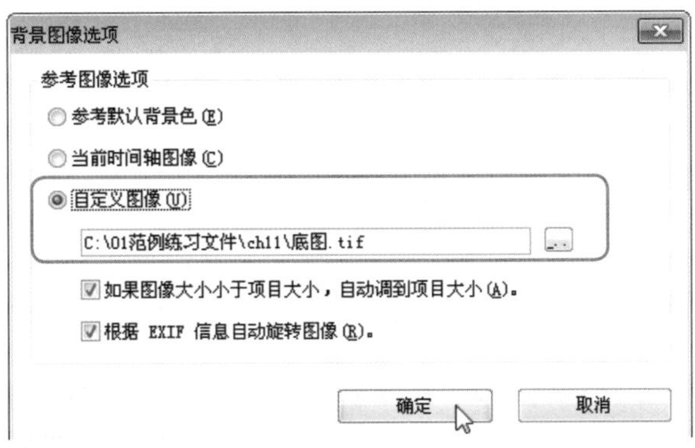

- **背景图像透明度**：为方便描绘的操作，将预览窗口背景图像的透明度设置为不太透明（该比例调整到50%），背景图像越清晰，越容易按照背景图进行绘制。

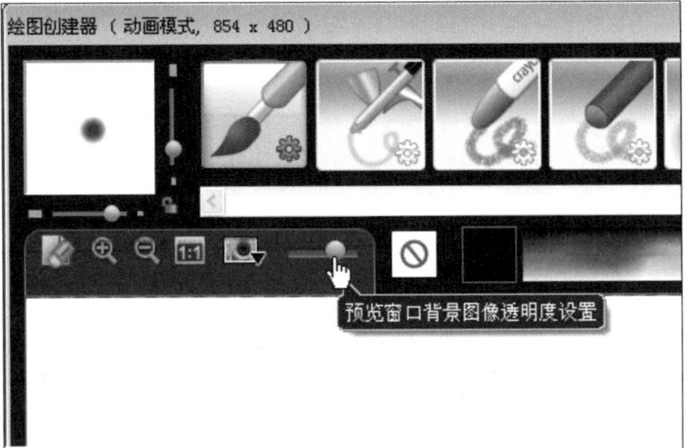

11.6.3 绘制前的笔刷样式、大小与色彩设置

如果用户将<底图.tif>设置为背景时，会发现要绘制的插图已经淡淡出现在绘图区，等一下只要选择好合适的笔刷与色彩开始描绘即可！

- **笔刷样式设置**：上方提供11种笔刷样式，将鼠标指针移到各样式按钮上会出现该笔刷的名称，单击即可选用笔刷（单击笔刷样式按钮右下角的齿轮图标可以设置其相关属性）。
- **笔刷大小设置**：拖曳“笔刷宽度”水平滑杆与 **笔刷高度** 垂直滑杆可以改变笔刷大小，数值越大笔刷越粗，反之越细（画人物边缘时，可以用比较粗的笔刷；画脸部或其他部位时，可以用比较细的笔刷）。

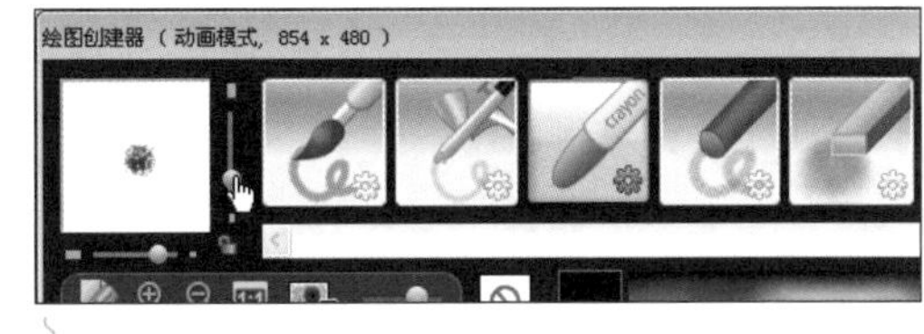

设置 笔刷高度：22、笔刷宽度：22、笔刷样式：蜡笔。

- **色彩设置**：可以通过以下3种方法选择合适的色彩。

除了色彩外，笔刷还可以使用纹理来绘图，单击“纹理选项”按钮可以选择合适的纹理。

单击“色彩选取器”选择合适的色彩。

使用滴管在色谱上选择合适的色彩。

完成相关设置后，建议正式绘制前可以在绘图区练习一下，先熟悉鼠标操作绘制的方式，确认设置的笔刷样式、大小和色彩是否合适。

11.6.4 开始绘图并录制

单击 开始录制 按钮开始正式绘图并录制，在绘图区开始描绘。

绘制的过程仍然可以修改笔刷的样式、大小和色彩，再继续绘图，不会影响录制的操作。

可以应用 **放大** 与 **缩小** 按钮缩放画布，处理细小的部分。

绘制完毕后，单击 停止录制 按钮停止录制。录制的素材会自动存放在右侧的图库区，可以选择绘制好的素材缩略图，再单击 **播放** 按钮预览。

停止录制后，在图库区选择要浏览的素材缩略图，再单击 **播放** 按钮可以浏览该素材的动态内容。

提示

绘制时可以随时返回上一步重画

绘制过程中，如果有描绘不满意的部分，可以按 Ctrl + Z 键撤销后继续绘图，不会影响录制，也不会将重绘、换色和换笔刷等操作录制下来。

11.6.5 调整动态手绘素材的区间

由于绘图创建器默认的动画素材区间只有3秒，所以在播放时会觉得整个动画绘制的操作太快了，这时可以进行如下操作调整素材的区间。

选择要调整的素材缩略图，单击 按钮。

在 **区间** 对话框中设置 **区间：10**，再单击 **确定** 按钮。

11.6.6 将动态项目转换为静态素材

绘图创建器中录制完成的动态项目也可以转换为静态图片，在素材库中右击需要转换的素材选项，选择 **将动画效果转换为静态**。

这样，在素材库会产生一个代表静态的素材选项。

11.6.7 转换素材后回到主画面

完成绘图创建器的录制后与相关设置后，在右侧图库区中选择完成设计的素材缩略图，再单击 **确定** 按钮，绘图创建器开始将此作品转换为素材库中的素材文件。

选择素材库录制完成的动态、静态两个素材选项，再单击 **确定** 按钮。

完成转换后会自动关闭窗口，回到会声会影主画面编辑区。

11.6.8 布置到影片合适的片段

分别在 **媒体** 的 **视频**、**照片** 类别素材库中，可以看到刚才设计完成的素材，应用这两个素材为影片展现出不同的风貌。

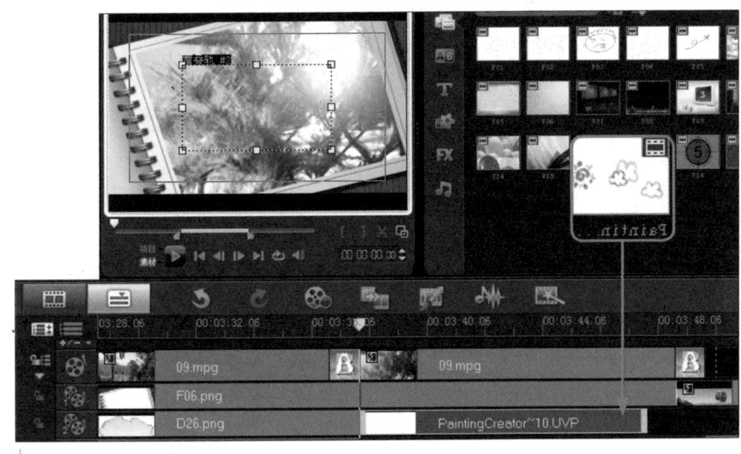

将 **媒体** 的 **视频** 类别 **PaintingCreator.UVP** 拖曳到 **视频轨** 视频素材 **09.mpg** 下方的 **覆叠轨 #2** 摆放。

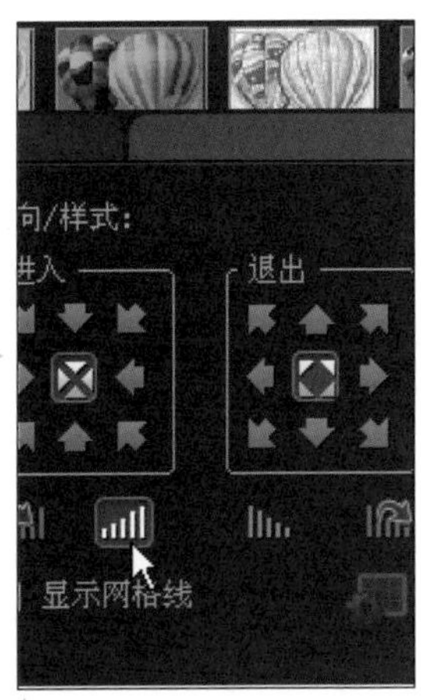

在选项面板的 **属性** 标签中单击 **淡入动画效果** 按钮，让素材应用淡入显示的效果。

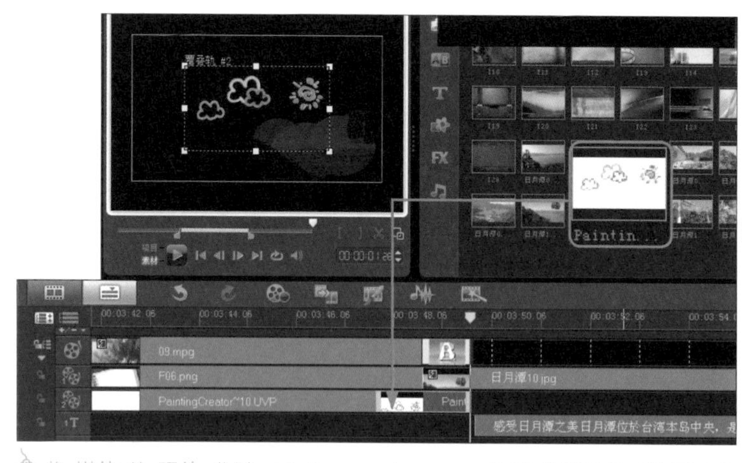

将 媒体 的 照片 类别 **paintingcreator.png**，拖曳到 **覆叠轨 #2** 刚才的 **PaintingCreator.UVP** 右侧，并如图进行调整播放时间。

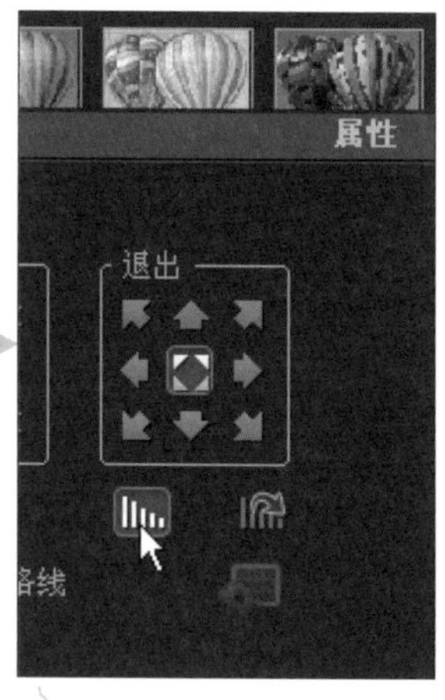

在选项面板的 **属性** 标签中单击 **淡出动画效果** 按钮，让素材应用淡出显示的效果。

完成以上素材的录制与添加操作后，现在预览实际的播放效果。

11.7 有效控制覆叠素材淡入与淡出时间点

在前面的练习中，为了让“覆叠轨”上的素材出场时更加自然，多次用到“淡出”、“淡入”这两个功能进行设计，但是如何控制淡出与淡入的时间点呢？

继续上个例子或者打开< C:\01范例练习文件 \ ch11\11-05.VSP>进行练习。

针对 **覆叠轨** 上的素材，虽然 **淡出**、**淡入** 这两个功能好用，但其缺点是无法有效控制淡出与淡人效果的时间点，反而影响素材内容播放的完整性，在此通过转场效果并添加一些编辑技巧，从而轻松解决这个问题。

11.7.1 设置自动添加转场效果为“过滤-交叉淡化”

在调整之前，先选择 **设置 | 参数选择** 命令，在 **编辑** 标签确定是否已经选中 **自动添加转场效果**，并设置 **默认转场效果** 为 **过滤-交叉淡化**，这样会显示最自然的淡出/淡入效果。

11.7.2 删除原“淡出”与“淡入”效果

本例针对片尾中覆叠素材 **日月潭10.jpg** 调整淡出与淡入效果，先选择该素材并取消原来应用的淡出与淡入效果，这样才能显示接下来设置的淡出与淡入效果。

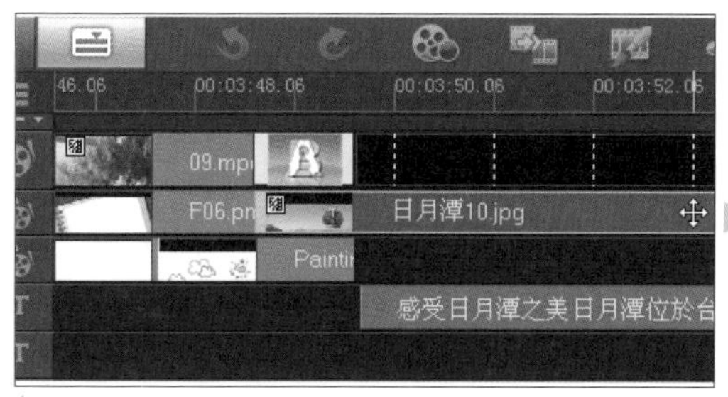

选择时间轴 **覆叠轨** 覆叠素材 **日月潭10.jpg**。

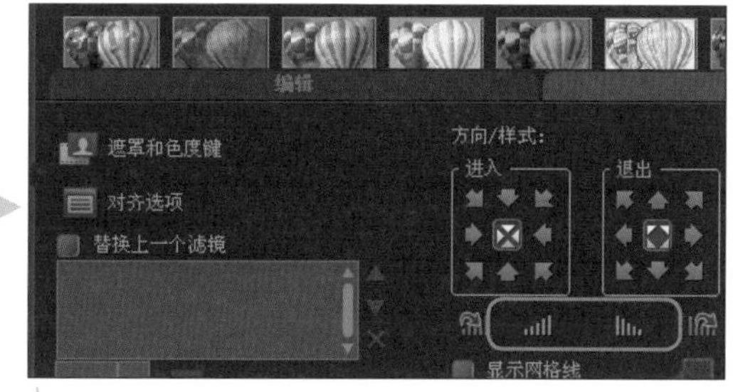

在选项面板的 **属性** 标签中，取消选择 **淡出动画效果**、**淡入动画效果** 按钮。

11.7.3 添加黑色的色彩素材

因为片尾中覆叠素材 **日月潭10.jpg** 的左侧已经有一个与前面素材重叠而产生的转场效果，所以在此只要针对该素材的右侧进行设计即可。首先应用黑色色彩素材自制一个淡出效果。

在 **图形 | 色彩** 类别，将黑色素材拖曳到片尾，对齐影片结尾处摆放，两个素材重叠处会自动产生转场效果。

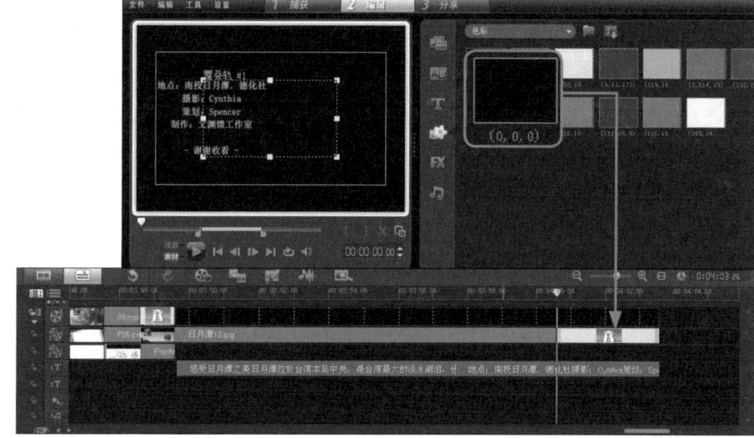

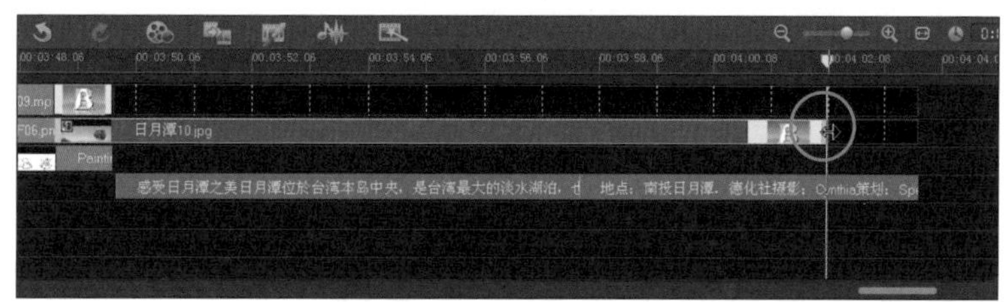

选择时间轴覆叠素材 **日月潭10.jpg**，拖曳其右侧的黄色修整控点，将结束点调整到合适的转场效果结束点处，完成此素材转场的调整。

11.7.4 复制属性

为了避免黑色色彩素材位置大小与覆叠素材 **日月潭10. jpg** 不一致，这样播放时效果会很奇怪，在此针对黑色色彩素材的属性进行调整。

右击时间轴覆叠素材 **日月潭10.jpg**，选择 **复制属性**。

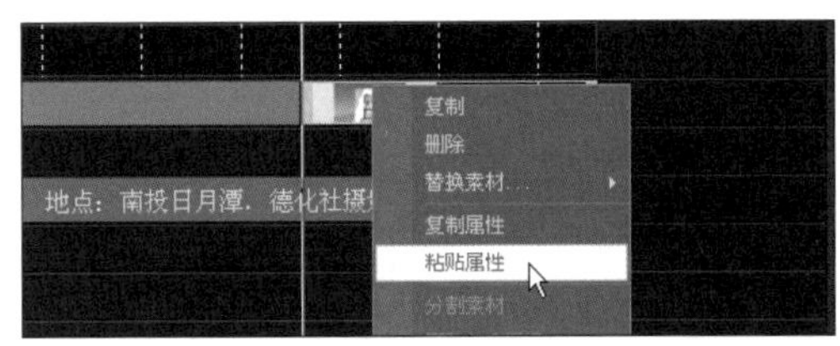

右击后方黑色色彩素材，选择 **粘贴属性** 命令，则黑色色彩素材会自动按覆叠素材 **日月潭10.jpg** 当前设置的大小、位置属性进行调整。

11.7.5 设置黑色色彩素材的透明度

接下来，选择刚才添加片尾 **覆叠轨** 的黑色色彩素材，在 **属性** 标签上单击 **遮罩和色度键**，将透明度调整到最大99。

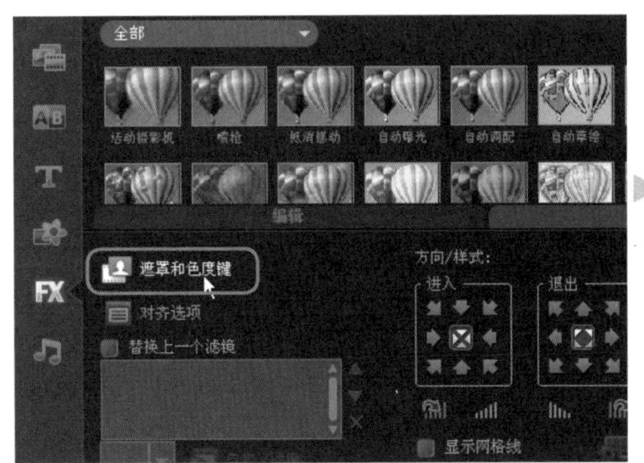

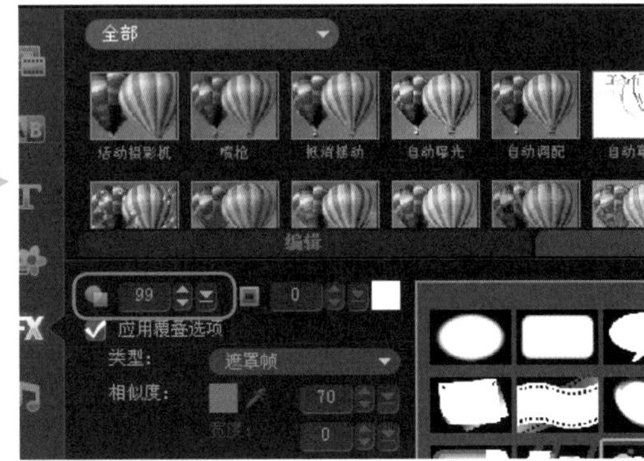

11.7.6 预览设计后的淡入与淡出效果

切换到 **项目** 模式预览当前设计的淡入与淡出效果，比应用默认的功能好多了，并且只要调整覆叠素材前后相邻的转场效果的区间与开始播放时间点，即可有效地控制该淡入与淡出效果。

最后记住保存文件，可以参考< C:\01范例练习文件\ ch11 \ 11-06.VSP>完成结果。

第12章 动感音效完美表现

一部好的影片作品，音频效果是其中不可缺少的重要设计。背景音乐可以主控整部影片的情境，不论是浪漫、紧张或悬疑等，只要搭配合适的音乐，即可轻轻松松地让视觉与听觉融为一起。

12.1 作品抢先看

本章应用会声会影默认的音频素材与自动音乐曲目，让用户为影片搭配合适的背景音乐，并且针对时间点、播放长度、情境效果和过场等进行设计，充分展现动感音效。

动态效果

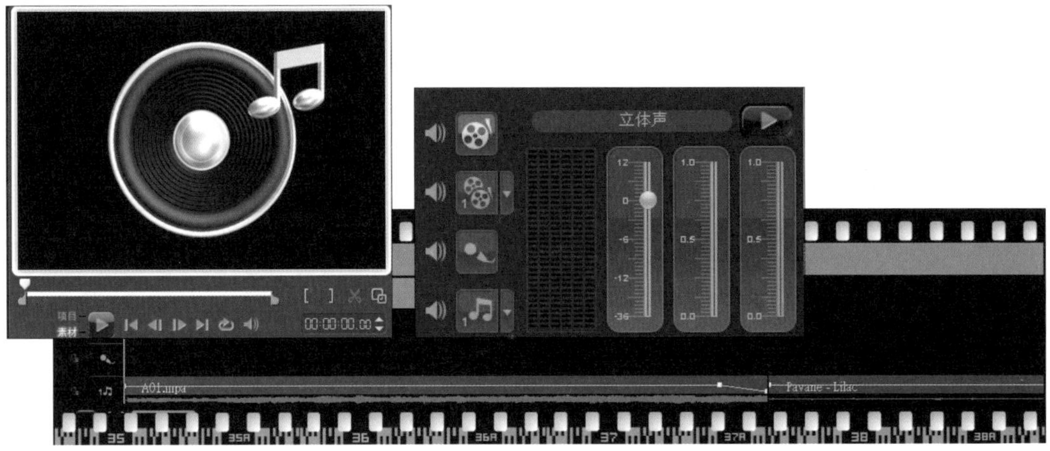

设计重点：

为影片片头添加开场音频素材，再应用自动音乐的曲目为照片部分与视频部分加上一段合适的背景音乐。

参考完成文件：

<01范例练习文件\ch12\12-03.VSP>

媒体素材

音频素材

文件名：A01.mpa

自动音乐曲目 – Pavane

自动音乐曲目 - Handel Air Piano

制作流程

1 **片头配乐制作：**

向项目中添加会声会影素材库的音频素材，并学习如何调整播放区间与淡入与淡出效果。

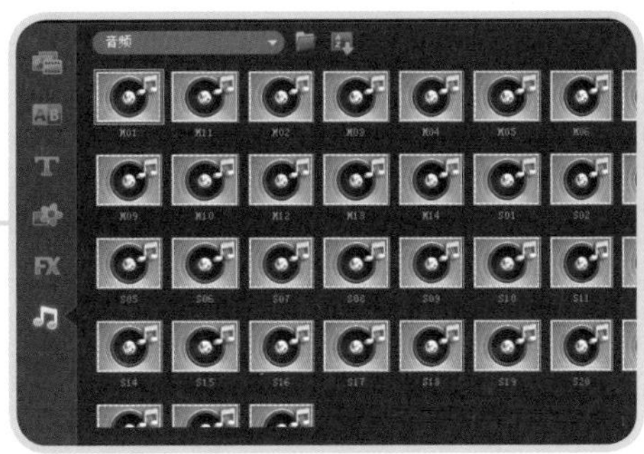

2 **应用自动音乐曲目配乐：**

- 第一次使用“自动音乐”先下载音乐库
- 按照“自动音乐选择曲目5大步骤”选择曲目与试听
- 自动修整添加时间轴
- 设置淡入/淡出与音量值
- 设置曲目情境

3  **音频修整：**

经常遇到音频修整的情况，例如，添加的音频素材比视频播放时间还长或前奏、结尾太长等，这时适当地修整会使作品更加美观。

4 **添加旁白：**

- 检查麦克风设备与调整音量
- 了解录音前的准备操作
- 开始录声音旁白

5 **添加音乐CD内的音乐：**

- 放入CD
- 开始转存
- 添加项目

添加其他外部音乐：

- 包含有mp3、wav、wma等音乐格式，也可以添加视频文件中的音频部分作为配乐。

6 **配乐歌曲过场效果设计：**

- 让前后音频素材重叠就会自动产生声音的过场（转场）效果。

音频滤境与环绕混音的应用：

- 放大音量、延长回音、个别音频混音。

12.2 轻松应用音频素材

整部影片的编辑操作中，通过音频素材的添加可以自由地配乐、录制旁白等。与早期动辄数百万的混音剪辑器相比，真的很难想象，只要一台计算机、一款软件就可以轻轻松松地在家完成配音。现在体验一下会声会影中影音音效的神奇功能。

打开<C:\01范例练习文件\ch12\12-01.VSP>进行练习。

12.2.1 添加前的认识与准备

1. 哪里会产生声音

“配乐”是决定影片作品是否成功的关键因素之一，会声会影项目中可以添加声音的位置有以下4个。

- **视频轨**、**覆叠轨**：播放视频素材本身的声音。
- **声音轨**：通过麦克风为影片录制声音旁白，并将该声音文件添加到 **声音轨**；当然，也可以将各类音频素材添加到此轨。
- **音乐轨**：从 **音频** 类素材库中添加的素材、从音乐CD转换为WAV格式文件后添加的素材、从SmartSound添加的素材等其他声音文件的添加，都会放置在 **音乐轨** 中。

时间轴的 **声音轨** 与 **音乐轨**

提示

可打开3个音乐轨

会声会影 **X3** 内置3个 **音乐轨**，默认在时间轴中仅显示一轨。如果需要，可以通过 **轨道管理器** 打开。

2. 调整视频本身的音量以配合背景音乐

拍摄影片时，会录制现场的人声、车声甚至杂音等。如果不是为了刻意录制，建议可以将这些声音先设置为静音，这样可以去除现场杂音，并且突显出背景音乐的效果。

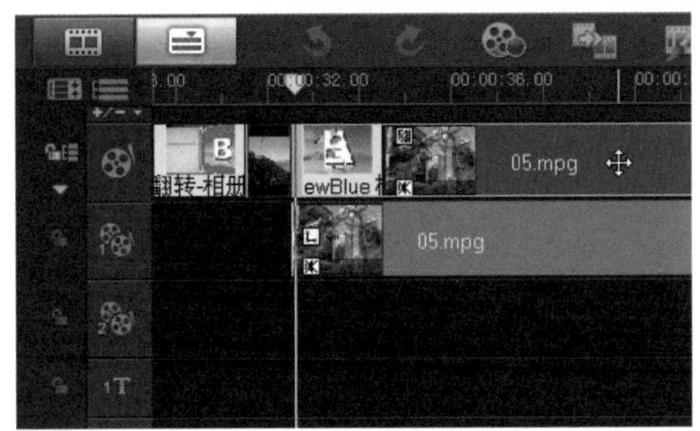

选择要设置为静音的视频素材 **05.mpg**。

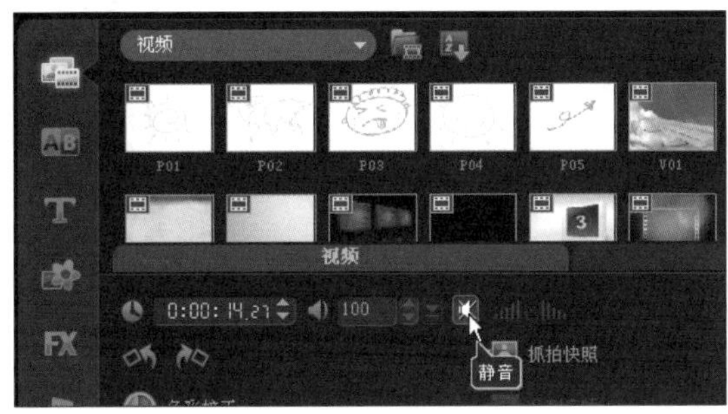

打开 **选项** 面板，在 **视频** 标签中单击 **静音** 按钮。

12.2.2 选择音频素材并预览素材库中的音频素材效果

会声会影素材库中内置了39个音频素材，其中M01～M14是属于配乐性质的音频；S01～S25是属于音效性质的音频（如鸟叫声、烟火声、关门声等），用户可以选择合适的音频素材进行搭配与设计。

将音频素材添加到项目之前，可以通过预览窗口试听该素材的乐曲内容（先确定已打开喇叭并调整到合适音量）。

将素材库面板切换到 **音频**，再选择想要预览的音频素材。

单击预览窗口下方的 **播放** 按钮，即可听到该素材的乐曲内容。

12.2.3 按照主题添加合适的标题素材

经过试听后可以选择一个音频素材，并添加到项目的合适时间点。

为了让影片刚开始的气氛充满神秘感，选择音频素材 **M14** 添加到影片片头处。

选择音频素材 **M14**，按住鼠标左键不放拖曳到时间轴 **音乐轨**，并且对齐影片开头的时间点。

12.2.4 调整播放区间

安排项目时，希望此段音频素材在片头后黑色色彩素材转场时结束，所以先调整该素材的播放区间。

通过 **音乐轨** 音频素材 **A01.mpa** 右侧黄色修整标记，将结束点向左侧拖曳，缩短调整到上方 **视频轨** 黑色色彩素材右侧转场下方。

12.2.5 设置音频淡入或淡出效果

为音频素材适时地设计淡入或淡出效果，可以让该配乐在影片中出现或结束时不至于太突然。

选择时间轴 **音乐轨** 音频素材 **A01.mpa**，在选项面板 **音乐和声音** 标签中单击 **淡入** 按钮或 **淡出** 按钮，即可达到让该素材以淡入或淡出的方式呈现。

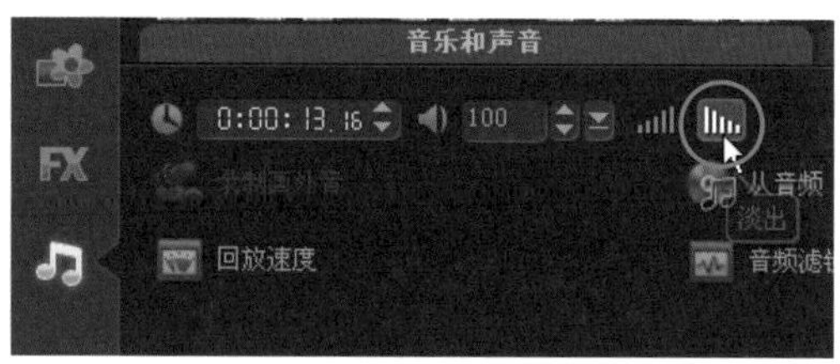

为添加片头的音频素材 **A01.mpa** 设置 **淡出** 效果。

12.3 用“自动音乐”配乐

“自动音乐SmartSound”拥有许多音乐素材，提供了能够自动判断影片长度并且针对时间调整音乐的小节、自动延长或缩短乐曲等功能，是非常强大的配乐好帮手。

继续上个例子进行练习。

12.3.1 第一次使用并下载“自动音乐”音乐库

切换到素材库面板 **音频** 类别，在选项面板单击 **自动音乐** 标签即可启动自动音乐。如果第一次使用此功能时，面板上看不到任何项目，用户必须先进行相关安装操作后才会出现SmartSound曲库与曲目。

进入 **自动音乐** 会自动出现 **音乐库更新检查** 对话框，进行更新操作（如果没有出现此对话框，重新打开会声会影软件，再次进入素材库面板 **音频** 类别的选项面板的 **自动音乐** 标签）。

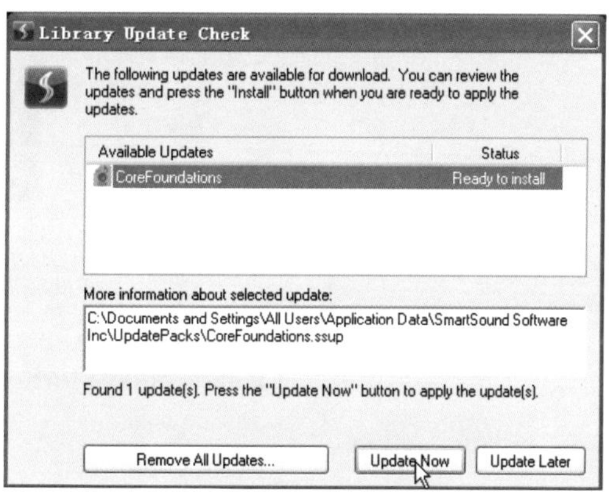

单击 **Update Now** 按钮开始安装，完成后单击 **关闭** 按钮返回会声会影主画面。

提示

更新了哪些项目

自动音乐的音乐库更新时建议维持网络连接状态，可以让更新下载的选项更加齐全。除了此次更新操作之外，自动音乐还会不定期地更新曲目资料。

12.3.2 “自动音乐”曲目的基本选择

通过 **自动音乐** 选择曲目的方式与添加一般 **音频** 素材略有不同。在素材库面板 **音频** 类别的选项面板的 **自动音乐** 标签中，可以先通过 **滤镜**、**子滤镜** 选项筛选出合适的曲目类别，再从 **音乐** 项目列表中选择曲目，之后还可以根据 **变化** 选择同一首曲目的其他曲调，最后单击 **播放** 选择的音乐进行试听加以确认。

建议“自动音乐”选择曲目流程如下：

首先确定时间轴影片中要添加曲目的时间点。

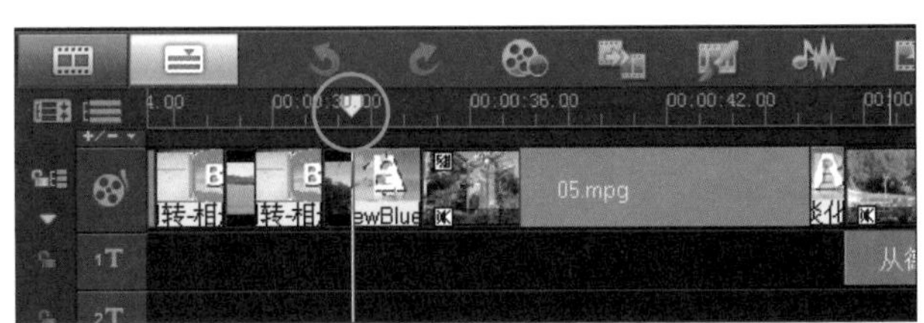

将时间指针移到时间轴视频素材 05.mpg 左侧转场的开始处。

本例要挑选一首古典乐曲以搭配影片后半段视频素材的播放。

设置 范围：Owned Titles、滤镜：Style、子滤镜：Classical、音乐：Handel Air Piano、变化：Tender，接着单击 播放所选的音乐 聆听当前设置出来的曲目。

需要购买才能使用的曲目素材

范围 下拉列表中的 **SmartSound Store选项** 包含了许多曲目，但是这些曲目只能试听。如果要添加影片，必须单击面板上的 **购买** 按钮进行购买才能使用。

12.3.3 自动修整并添加到时间轴

经过前一个步骤的设置与试听，确定选择合适的曲目后，接下来将其添加到影片中。

选中 自动修整 复选框，再单击 添加到时间轴 按钮。

查看是不是根据时间指针所在位置自动添加选择的曲目，并且自动音乐会按照项目区间在影片结束时将配乐节拍自动收尾（需要先选中 **自动修整** 复选框，再添加到时间轴才能自动收尾）。

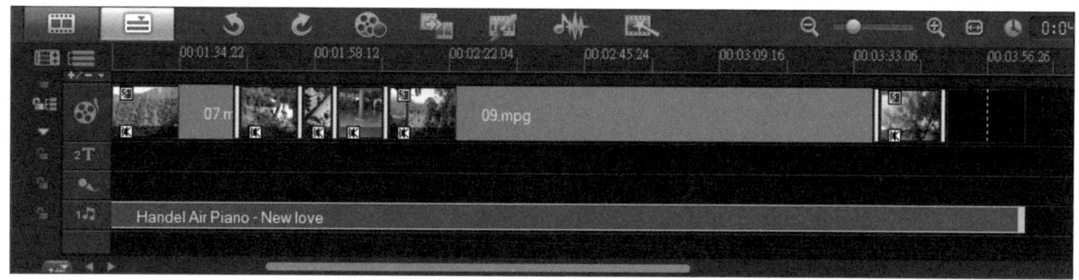

12.3.4 设置素材淡入、淡出与音量

选择时间轴 **音乐轨** 音频素材：**Handel Air Piano** 状态下，切换到选项面板 **自动音乐** 标签，单击 **淡入** 按钮或者 **淡出** 按钮，即可达到让该素材以淡入、淡出的方式展示。

素材音量 可以设置该音频素材的音量大小，其值范围为0～500%，其中0%表示完全静音，而100%表示保持原来的录音音量。

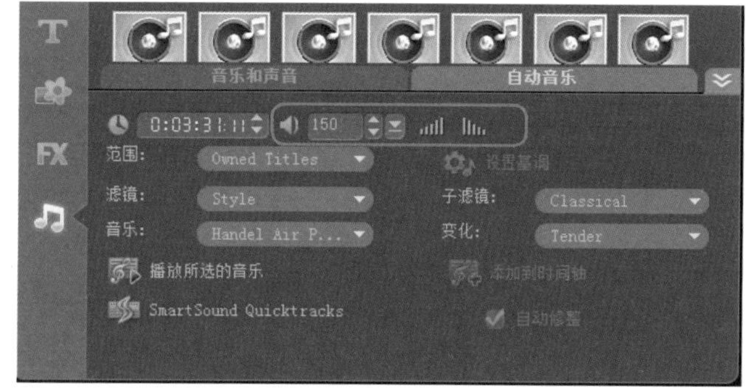

单击 淡入 按钮与 淡出 按钮，再设置 素材音量：150。

12.3.5 设置“自动音乐”曲目情境

自动音乐拥有多个媒体库，其中 **Core Foundations** 媒体库内的曲目前面都有一个 * 号，表示这些曲目为 **多层音乐**，可以在选用后更改曲目的情境或感觉，例如，背景、寂静、多彩、低音等选项，或者指定仅弹奏特定乐器，例如，木管乐器、吉他等，每个曲目可选择的情境不尽相同。

1. 添加 Core Foundations 媒体库曲目

首先在时间轴中确定影片要添加曲目的时间点。

将时间指针移到时间轴 **音乐轨** 音频素材 **A01.mpa** 右侧结束处。

本例挑选一首 **Core Foundations** 媒体库曲目中轻柔的背景音乐以配合影片前半段照片素材的播放。

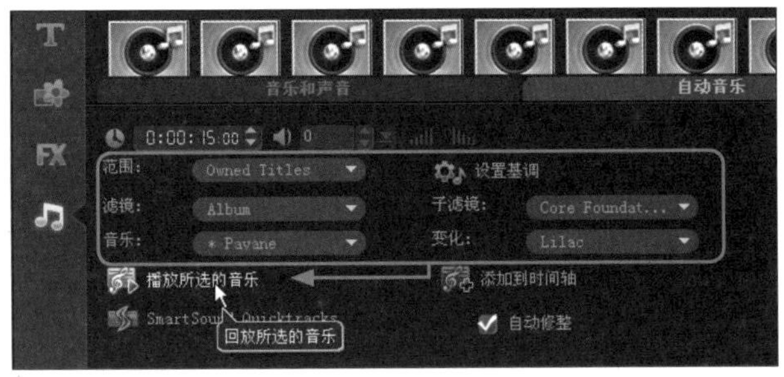

设置范围：**Owned Titles**、滤镜：**Album**、子滤镜：**Core Foundations**、音乐：***Pavane**、变化：**Lilac**，接着单击 **播放所选的音乐** 聆听当前设置的曲目。

2. 设置曲目情境效果

单击 **设置基调** 按钮，进入相关对话框选择默认的情境模板或者手动调整。

Soundtrack Player 属性

Mood

Mood: Background

Bass

Guitar

Oboe

Flute 2

Flute 1

Full / Background / Dialog / Light / Leads / Woodwinds / Bass & Wwnds / Small Group / Guitar / Color / Sparse / Silence

确定　取消　应用(A)

可以拖曳曲目组成选项的控点，调整该选项的音量大小。

打开 **Mood** 下拉列表，根据曲目特性列出了多项情境模板，从中选择合适的模板（例如选择 **Background**），再单击 **确定** 按钮。

3. 将“自动音乐”曲目添加到音乐轨

完成前面 **自动音乐** 相关设置与选曲后，再次聆听当前设置出来的效果，然后选中 **自动修整** 复选框并单击 **添加到时间轴**，将该曲目添加到影片中。

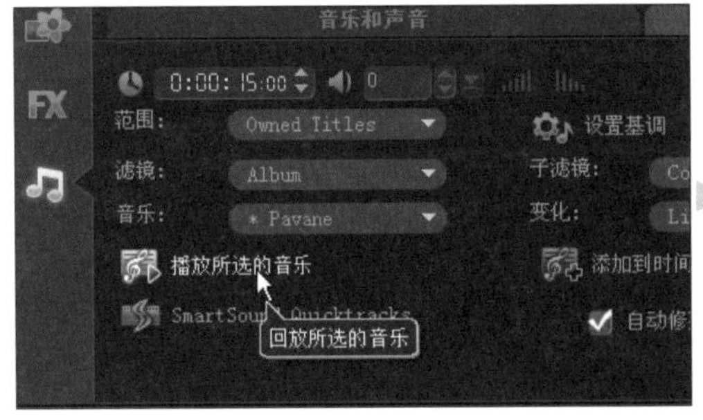

根据时间指针所在位置自动添加选择的曲目，并且自动填满 **音乐轨** 中没有音频素材的区段。

没有办法单击“添加到时间轴”？

因为自动音乐的曲目只能添加到 **音乐轨** 中，所以应用 **自动音乐** 将曲目添加到时间轴之前，时间指针所在的位置十分重要。如果指向已有音频素材的位置，则不能单击 **添加到时间轴** 按钮。

4. 配合整体背景音乐调整播放音量

最后播放整个影片项目，按照其他段背景曲目的效果与音量调整此段曲目，让整体背景音乐听起来更加协调。

在预览窗口中单击 **项目**，再单击 **播放** 按钮，在播放整个影片项目的过程中注意聆听是否有哪一段曲目特别大声或小声。

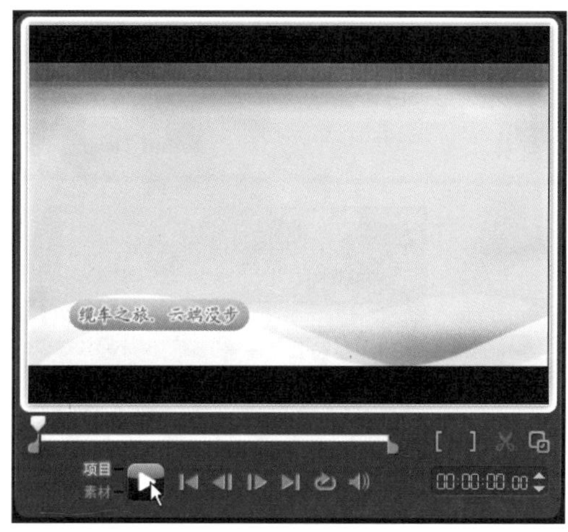

单击时间轴 **音乐轨** 音频素材 **Pavane**，在选项面板的 **自动音乐** 标签设置 **素材音量：400**

12.3.6 修改已添加到项目中的“自动音乐”曲目

1. 修改属性

自动音乐 曲目主要由 **变化**、**情境**、**淡入/淡出** 与 **音量** 等属性设计而成。如果想稍微修改已经添加到项目的“自动音乐”曲目，就需要重新制作并再次添加吗？

其实没有这么麻烦，只需选择 **音乐轨** 中要调整的自动音乐曲目素材，再从选项面板 **自动音乐** 标签调整相关属性，即可立即应用到 **音乐轨** 选择的素材上。

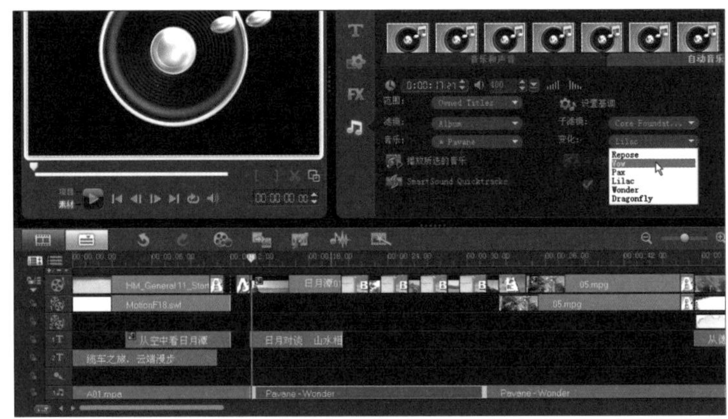

2. 修改播放长度

在设计 **自动音乐** 曲目时，如果选中 **自动修整** 复选框并单击 **添加到时间轴**，则将该曲目添加到影片，会根据时间指针所在位置自动添加选择的曲目，并且填满 **音乐轨** 没有音频素材的区段。然而调整好的曲目素材经过手动更改其播放长度时，会不会破坏整个曲目？其实不会，自动音乐的曲目同样可以通过左、右两侧的黄色修整标记来调整播放长度，修改后再次播放聆听，发现曲目还是一样的流畅，并且再次调整结束点的节拍自动收尾。

完成以上两段自动音乐的设计后，记住保存文件，并且再次聆听整个项目的配乐效果是否协调。

“自动音乐”的补充说明

- 如果需要，可以上网购买更多 **自动音乐** 的素材库，只要在“http://www.smartsound.com/”中订购所需的音乐光盘，然后返回会声会影 **音频** 类别 **自动音乐** 标签中单击 **SmartSound Quicktracks** 按钮，再从 **媒体库** 标签中单击 **添加** 按钮，就可以添加购买的音乐。
- 如果想得知更多关于 **自动音乐** 的信息，同样可以进入官方网站 “http://www.smartsound.com”进行查询。

12.4 音频修整

作品中经常遇到音频修整的情况，例如，添加的音频素材比视频播放时间还长，或者前奏、结尾太长等，这时适当地修整音频，使作品更加完美。

打开< C:\01范例练习文件\ch12\12-音频修整.VSP>进行练习。

12.4.1 调整太短的音频素材

如果希望项目从头到尾能够播放背景音乐，但是添加到 **音乐轨** 的配乐和项目长度不同。音频素材太短时应该如何处理呢？

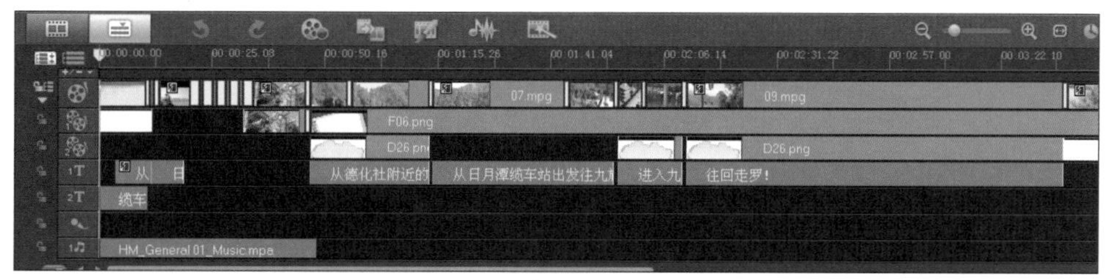

一般音频素材可以缩短却不可以拉长，这时再将一个或多个同样的音频素材添加到 **音乐轨** 原素材的后方（也可以添加不同的音频素材），直到 **音乐轨** 素材的长度超过项目结束点为止。

12.4.2 调整太长的音频素材

添加声音或音乐的音频素材后，音频素材的播放长度与视频长度不一定吻合，因此可以手动调整音频素材的长度。在时间轴中利用鼠标将音频素材的结束点拖曳到希望的区间；或者直接选择该音频素材，并在选项面板的 **音乐和声音** 标签的 **区间** 中进行设置。

有时，改变音频素材的长度会造成配乐好像突然中断，因此添加 **音乐和声音** 标签上的 **淡出** 功能，让影片结束时配乐的音量也逐渐减小。

为什么我的淡出/淡入效果不明显？

- 虽然应用 **淡出** 功能可以让音乐不会突然中断，但是如果时间不足而导致淡出效果不明显时，还是会让人觉得不顺畅。因此，可以选择 **设置 | 参数选择** 命令，在 **编辑** 选项卡的 **默认音频淡入 | 淡出区间** 选项中，建议设置为6～8秒，音频的淡入/淡出功能效果会比较理想。
- 如果修整的是自动音乐的曲目，因为此类曲目素材已经应用了 **自动修整** 功能，所以采用了小节自动判断，可以不使用 **淡出** 功能。

12.4.3 修整一般音频素材的前奏与结尾

修整一般音频素材的方法与前面章节提到剪辑视频文件的方法相同，只要自定义开始与结束标记即可完成修整的效果。首先选择轨道需要修整的音频素材，再如下所示进行设置（自动音乐的曲目无法修整其前奏与结尾）。

- 标记开始时间：

单击 **播放** 按钮开始播放。

在要设置为结束的位置单击 **暂停** 按钮。

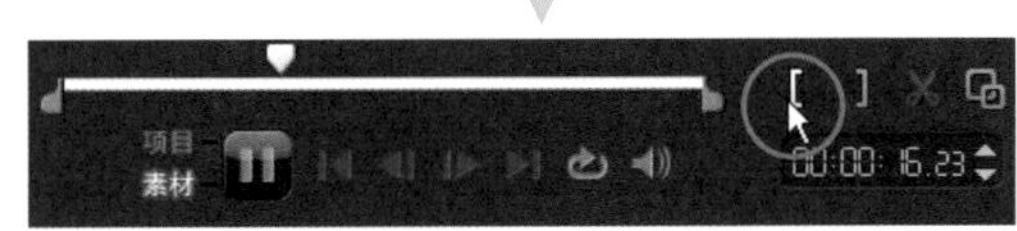

单击 **开始标记** 按钮，完成标记开始时间设置。

- 标记结束时间：

单击“播放”按钮开始播放。

在要设置为开始的位置单击 **暂停** 按钮。

完成修整音频素材的操作，非常简单！如果还要调整，只需拖曳修整后生成的前、后两个“修整标记”即可。

单击 **结束标记** 按钮，完成标记结束时间的设置。

12.5 添加真人发声的旁白

纪录片和新闻节目经常使用旁白来帮助观众进一步了解影片的进展。如果希望为影片录制旁白，像介绍旅游景点或者活动流程的解说，都可以参考本节的操作。

继续上个例子或者打开<C:\01范例练习文件\ch12\12-01.VSP>进行练习。

12.5.1 检查麦克风设备与调整音量

将素材面板切换到 **音频** 类别，打开选项面板的 **音乐** 和 **声音** 标签，在此可以自行通过麦克风录制旁白。开始录制之前，先将麦克风设备连接到计算机，并对麦克风进行相关的调整与设置。

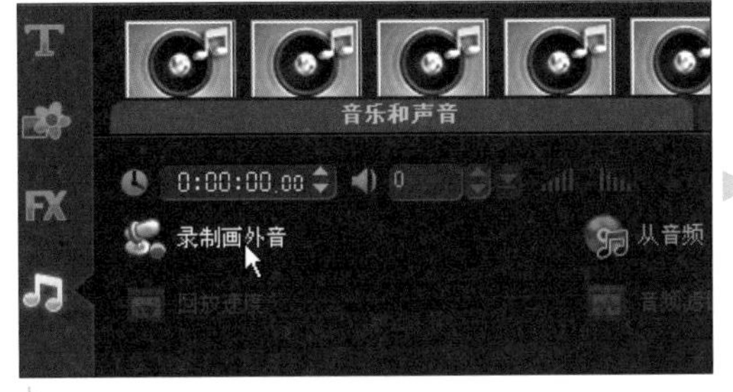

单击 录制画外音。

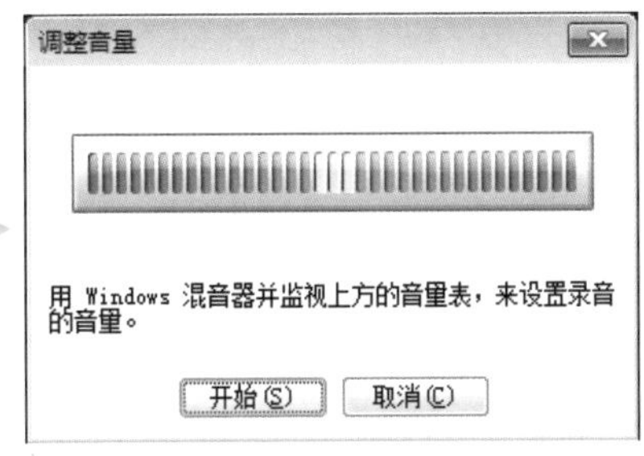

在 调整音量 对话框中，可以检测麦克风的信号与音量，先对麦克风说话，并检查仪表中是否看到波动。如果有波动，表示麦克风已经正确地连接到计算机（如果无波动，则参考提示中的说明）。

根据波动判断当前音量情况

如果只出现黄色波动表示音量太小，黄色到橘色表示正常音量；如果已经扩展到红色波动，表示音量太大。

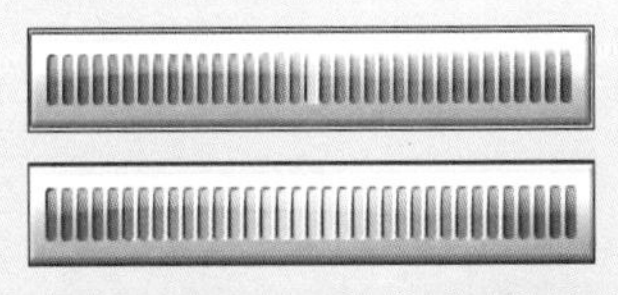

确认麦克风设备的线路已经正确连接后，通过 **控制面板** 打开录音控件，以便调整麦克风的音量。

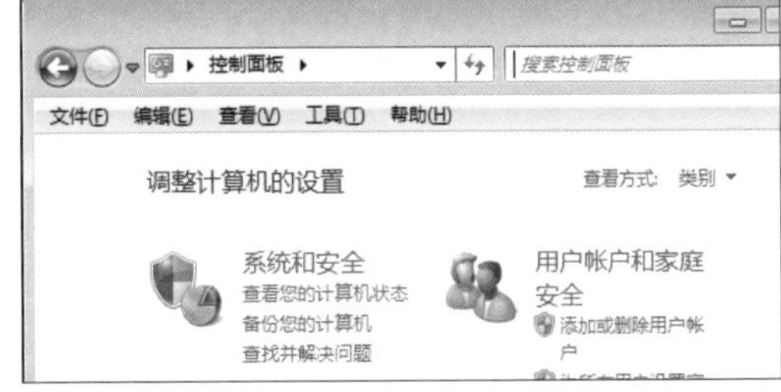

先打开控制面板窗口。

按照如下操作步骤进入 **声音** 对话框：

单击 硬件和声音

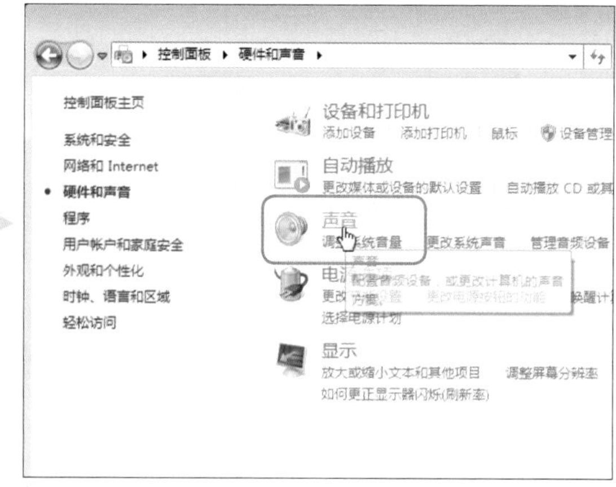

单击 声音

进入 录制 标签，选择 麦克风 选项，再单击 属性 按钮，打开麦克风属性对话框

进入 **级别** 标签，首先确定已经打开麦克风音量，再提高音量值，接着单击 **确定** 按钮回到开始进行语音录制的操作。

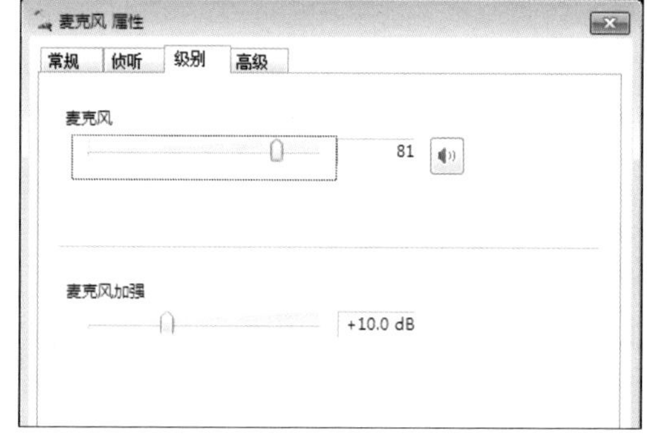

提示

如果没有“波动”或者没有“麦克风”设备选项

在会声会影中单击 **录制旁白**，如果在 **调整音量** 对话框中没有任何波动，再次确认麦克风与声卡是否安装正确。

或者在 **控制面板 | 硬件和声音 | 声音 | 录制** 标签中，根本没有麦克风设备的图标，可以更换一个麦克风插孔试试，也可以将麦克风拿到另一台计算机测试麦克风本身是否存在问题。

12.5.2 录制前的准备操作

录制之前了解几个准备步骤，可以让旁白录制更加流畅、音质更好。

浏览项目 → 编写旁白草稿 → 试讲几次并调整口气与语调 → 准备开始录制

12.5.3 开始录制声音旁白

录制旁白的同时，建议可以一边播放项目画面一边录制。因此，先将时间轴的时间指针移到要添加声音旁白的开始时间点，再开始录制。

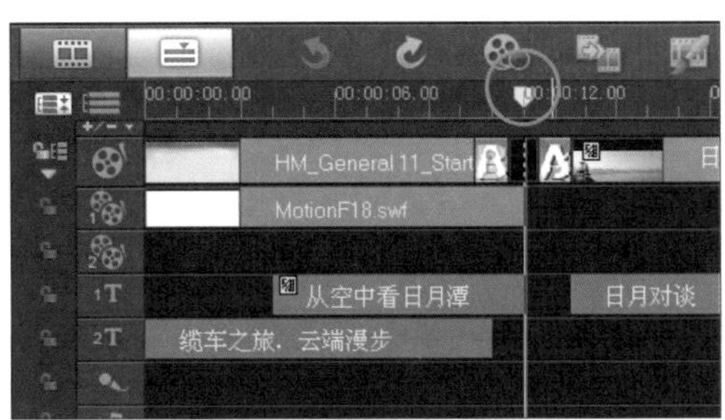

将时间指针移到项目中要录制旁白的开始时间点。

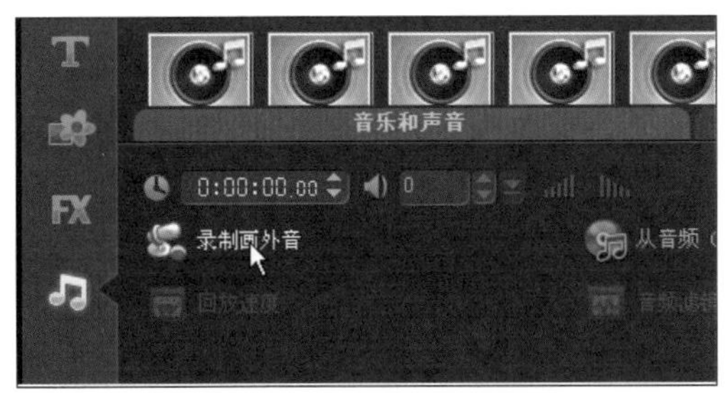

在素材库面板 音频 类别的选项面板中单击 音乐和声音 标签，单击 录制画外音 按钮。

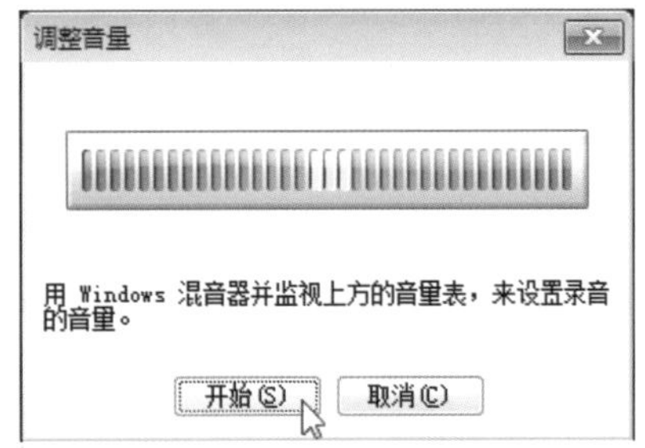

单击 开始 按钮，这时配合影片内容开始读出旁白内容。

录制过程中，如果需要停止录制声音，可以在选项面板 **音乐** 和 **声音** 标签中单击 **停止**，则会停止当前录制的操作，并且将录制的声音文件自动添加到时间轴的 **声音轨** 中。

接着可以针对 **声音轨** 上的旁白素材设置相关的音频信息，如区间、音量大小、淡入/淡出等功能。

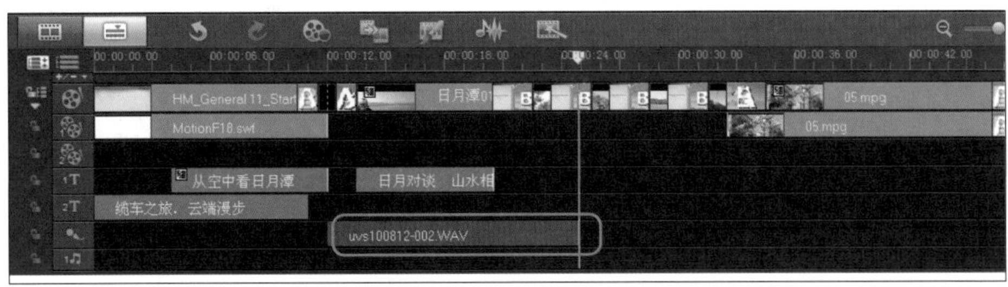

关于录制声音旁白

- 如果无法单击 **录制画外音** 图标，则检查 **声音轨** 当前的时间点处是否存在其他音频素材，因为无法在相同时间的“声音轨”上重叠声音。如果要继续录制，则将时间轨上的时间指针拖曳到没有音频素材的位置，即可开始录制。
- 录制好的音频素材，因为时间已经受到限制，因此只能缩短，无法延长。

录制好的旁白声音文件保存在哪里呢？

- 录制好的旁白会保存在会声会影默认的工作文件夹中，可以单击 **设置 | 参数选择** 命令，在 **常规** 标签的“工作文件夹”框中查看路径。
- 默认的文件名称格式为：“uvs日期 + 录制流水号”，例如，“uvs071014-001.WAV”，录制完成时会自动保存与自动命名。

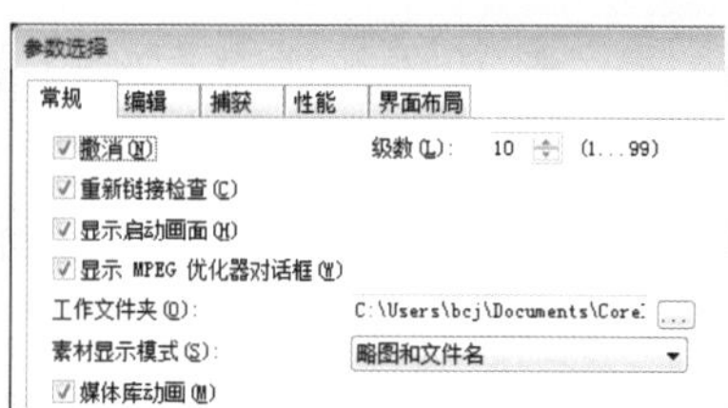

12.6 添加CD内的音乐

用户可以利用自己喜爱CD音乐，导入作为适当的背景音乐，为影片增添气氛。

继续上个例子或者打开<C:\01范例练习文件\ch12\12-01.VSP>进行练习。

12.6.1 放入音乐CD

将素材面板切换到 **音频** 类别，打开选项面板的 **音乐** 和 **声音** 标签，如果希望从自己的CD中转存配乐，首先将CD放入光驱，并单击 **从音频CD导入**。

12.6.2 读取音乐曲目并开始转存

系统自动列出音乐CD的所有曲目，并且按照说明添加合适的曲目。

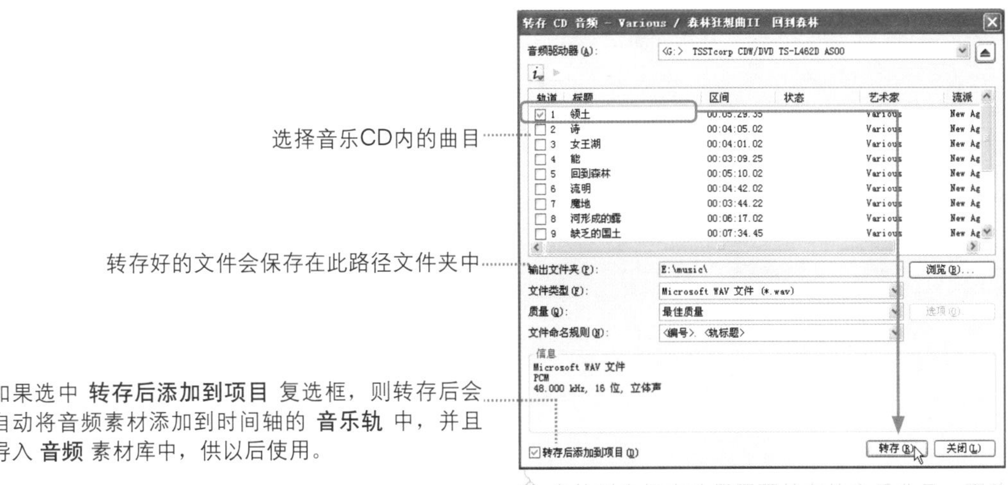

先从列表框中选择需要转存的音乐曲目，再单击 转存 按钮即可开始转存指定的曲目。

12.6.3 调整播放区间

完成指定曲目的转存操作后，选中的曲目会标示 **完成**，单击 **关闭** 按钮关闭此窗口，返回会声会影的编辑区。

添加配乐后，在 **音乐轨** 中可以看到添加的音频素材，音乐的播放长度与项目长度不一定吻合。因此，可以手动调整音频素材的长度，利用鼠标拖曳音频素材的结束点修整长度，最后应用淡出、淡入效果让整个背景音乐更加协调。

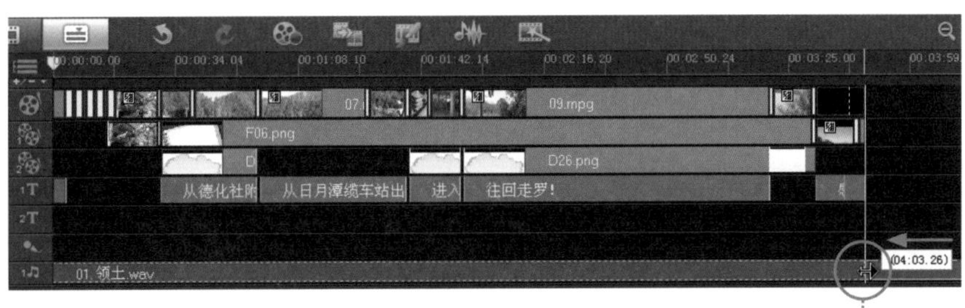

修整素材的操作能够将转存的音频素材缩短但无法延长

如果一次转存整张CD专辑曲目

- 一次转存整张CD专辑曲目需要比较长的转存时间，并且建议撤选 **转存后添加到项目** 复选框，避免转存的曲目全添加到时间轴中，影响作品本身。
- 一旦撤选 **转存后添加到项目** 复选框，返回会声会影编辑区时就不会在时间轴的 **音频** 素材库中看到该素材。如果为了方便项目的设计，可以通过 **库创建者** 在 **音频** 下新建一个以该专辑名称命名的文件夹，并且加载刚才转存的曲目，这样就可以在素材库中看到此专辑的所有曲目。

12.7 添加其他外部音乐

会声会影支持的外部音乐格式有mp3、wav、wma等，还可以添加视频文件中的音频部分作为配乐（只会播放声音不会播放影片），本节将介绍两个加载外部音频文件的方法。

继续上个例子或者打开<C:\01范例练习文件\ch12\12-01.VSP>进行练习。

12.7.1 方法一：先加载音频素材库再拖曳到时间轴

将素材面板切换到 **音频** 类别，再动手加载外部音乐文件。

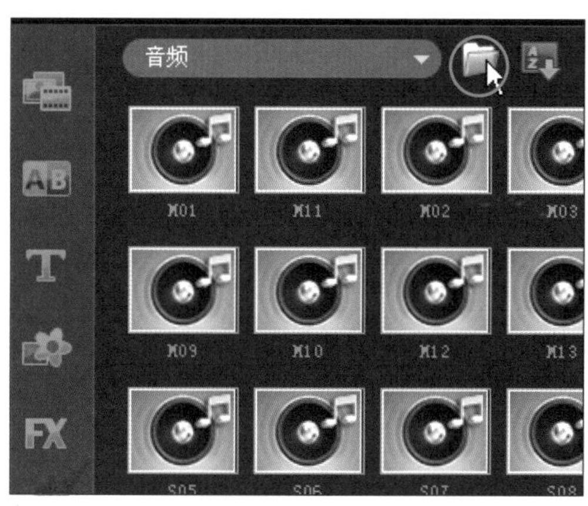

单击 添加 按钮。

在存放相关音乐文件的路径下，选择要加载的音乐曲目，再单击 **打开** 按钮。

加载音乐文件后，将音频素材放入右侧的 **音频** 类别素材列表中。只要将该缩略图拖曳到 **音乐轨** 或 **声音轨** 上释放，即可添加到项目中。

注意

关于音乐文件版权

- 因为音乐版权的问题，本节练习的内容仅供参考，请用自己的音乐文件进行练习。
- 转存外部音乐文件时，大多数音乐文件有版权限制，所以在使用时要特别小心。

12.7.2 方法二：直接将媒体文件添加到时间轴

用户可以右击时间轴，再选择 **插入音频 | 到声音轨** 或 **到音乐轨**，这样就可以快速地将外部音乐文件添加到时间轴中。

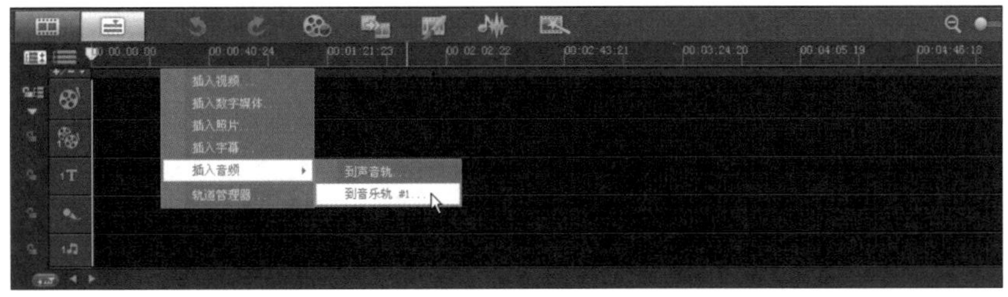

使用此方法将外部的音乐文件添加到时间轴后，只会将音频素材添加到 **声音轨** 或 **音乐轨**，不会自动添加到素材库中，这是与前一种方法的不同之处。

提示 网络提供免费音乐

- http://www.tw-icon.com.tw/index-suport.php
- 繁体中文画面，提供免费的声音文件，可以在网页右侧选择音效类别（有动物音效、环境效果与生活音效等），找到合适的音效文件再直接单击 **下载** 按钮，即可开始下载。
- http://freemusicarchive.org/

  不着合法的自由音乐网站，找到合适的音效文件再直接单击右侧的↓，即可开始下载。

12.8 配乐歌曲的转场效果

当背景音乐由多首曲目组成时，以前必须通过声音淡入/淡出的手动设置才能减少转场时的突然性。其实，只要利用鼠标拖曳，让前后音频素材重叠就会自动运算产生声音的转场（或称为过场）效果，并可以自定义控制转场的区间，非常方便！

● 打开<C:\01范例练习文件\ch12\12-02.VSP>进行练习。

在调整之前，先选择 **设置 | 参数选择** 命令，在 **编辑** 标签内确认是否已经选中 **自动应用音频交错淡化** 复选框，再进行如下的操作：

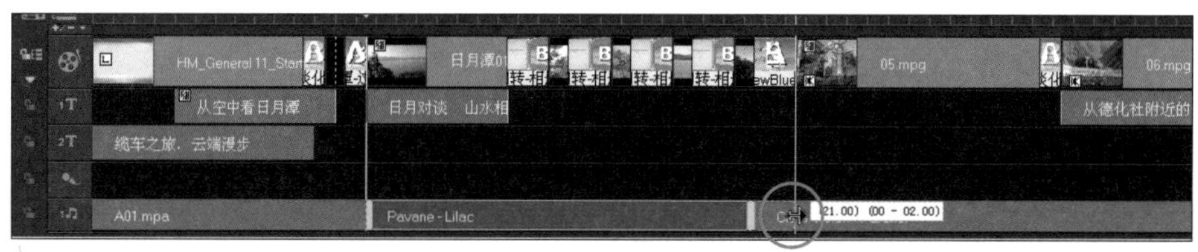

利用鼠标拖曳音频素材。

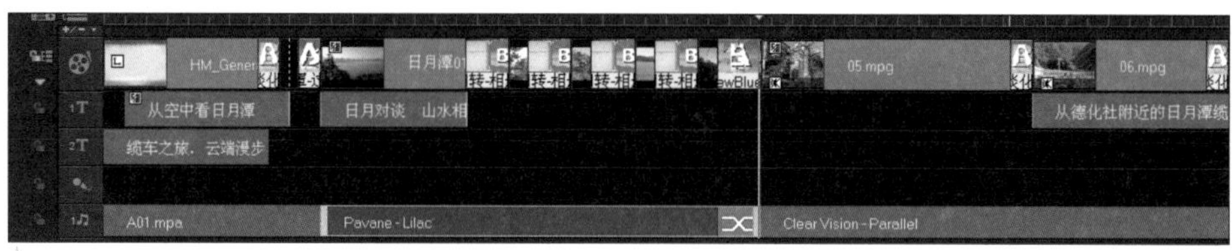

让两个音频素材重叠，则 **音乐轨** 的音频素材会自动运算产生声音的转场效果（转场效果的设计会影响自动音乐曲目的情境设置，如果拖曳的是自动音乐曲目素材，则再次进入其情境设置中检查设置值）。

任何相邻的音频素材都可以调整为重叠吗？

经过笔者多次测试，如果在时间轴上将普通音频与自动音乐重叠以产生转场效果，有时会发生中断或造成其他视频格式文件中断的情况，建议产生转场效果的重叠操作最好仅应用在相同属性的音频素材上。

12.9 应用音频滤镜

会声会影让音频素材也可以应用滤镜，此“音频滤镜”功能拥有11个选项，能够产生不同的效果。

继续上个例子进行练习。

音频滤镜 主要用来修饰音频素材，例如，放大音量、嘶声降低、延长回音、删除噪音、体育场和音量级别等，让 **声音轨** 与 **音乐轨** 上的音频素材变化更多。

12.9.1 应用到素材

选择要应用音频滤镜的音频素材，切换到素材库面板的 **音频**类别，再按照如下说明应用滤镜。

在选项面板的 音乐 和 声音 标签中单击 音频 滤镜，即可开始为素材应用滤镜。

应用滤镜的方法如下：

在 **可用滤镜** 列表框中选择所需的滤镜效果，然后单击 **添加** 按钮移到 **已用滤镜** 列表框中。

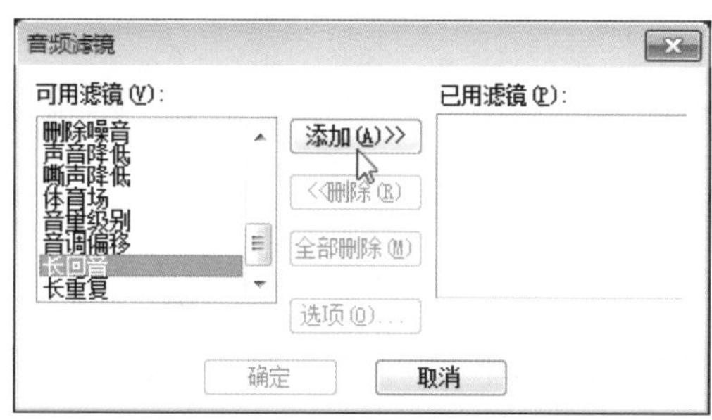

删除滤镜的方法如下：

在 **已用滤镜** 列表框中选择要删除的滤镜效果，然后单击 **删除** 按钮即可。

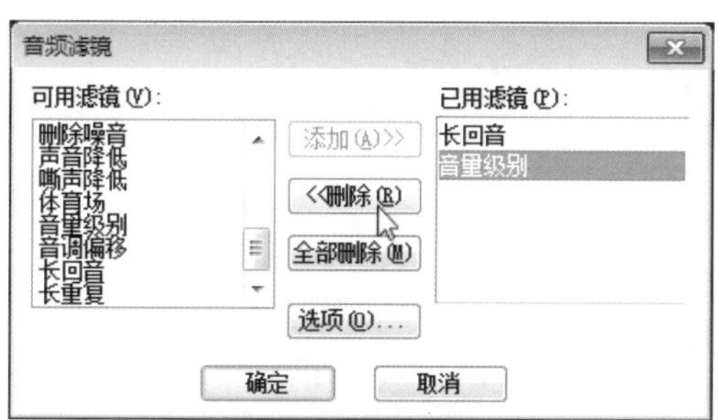

最后单击 **确定** 按钮，完成音频滤镜的应用。

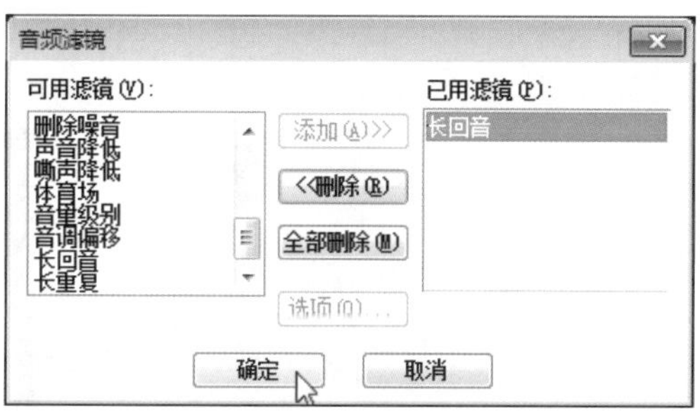

12.9.2 试听应用后的效果

完成设置后，通过项目播放，试听设计的滤镜效果与整体的背景配乐是否合适。

在预览窗口中，将播放标识移到要浏览的片段，再单击 项目 与 播放 按钮，开始试听整段影片的配乐效果

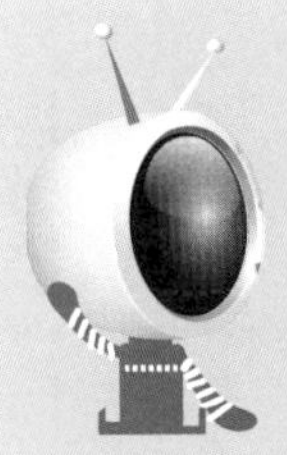

12.10 设计环绕音效

"环绕混音"面板让旁白、背景音乐以及视频素材的音频能够自然混合，其目的是为了控制不同素材的音量，并且还拥有5.1声道的混音定位系统。

继续上个例子进行练习。

12.10.1 认识"环绕混音"标签

切换到素材库面板的 **音频** 类别，单击工具栏上的 **混音器** 按钮进入 **环绕混音** 标签，如下图所示标识该标签的相关功能。

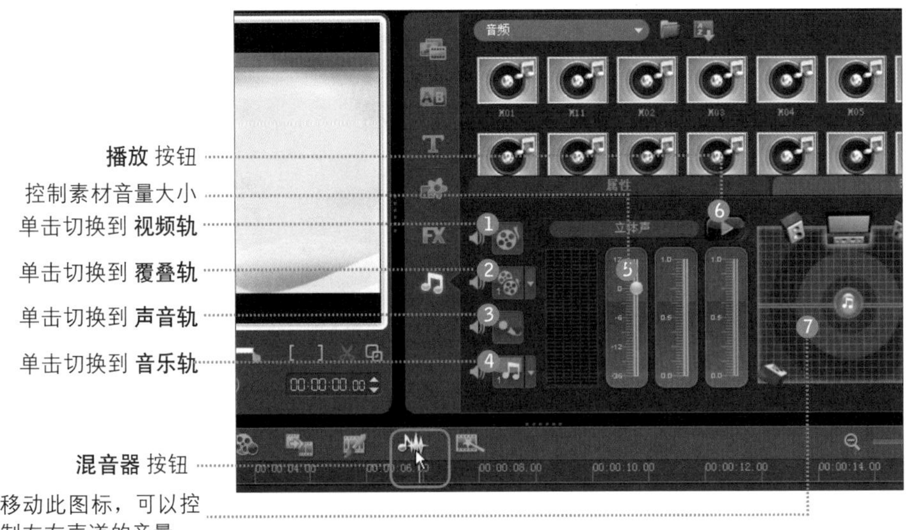

提示 **使用混音控制**

“混音控制”对于一般家用影片来说用途不大，其中有些高级的设置，可以等到对影音剪辑有一定了解后再进行尝试。

12.10.2 通过“音量调整器”调整音量

在 **混音器** 模式下，**音量调整器** 是声音轨、音乐轨中间的水平线。在音量调整器中可以添加或删除控制点来调整项目中各轨道内音频素材的音量。

1. 添加音频素材控制点

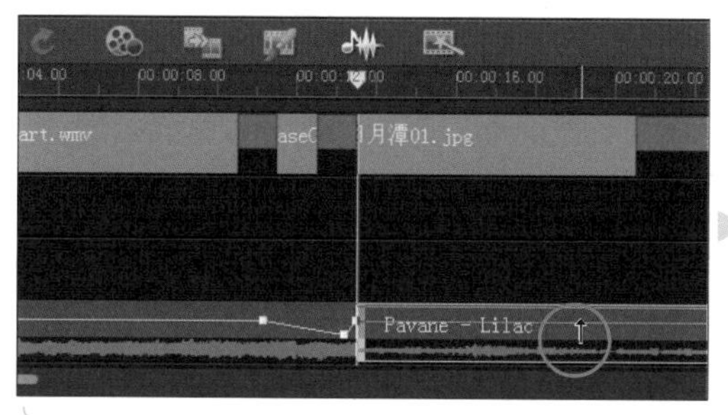

选择音频素材后，将鼠标指针移到红色水平线上，显示向上的白色箭头时单击鼠标左键，即可添加一个音量控制点。

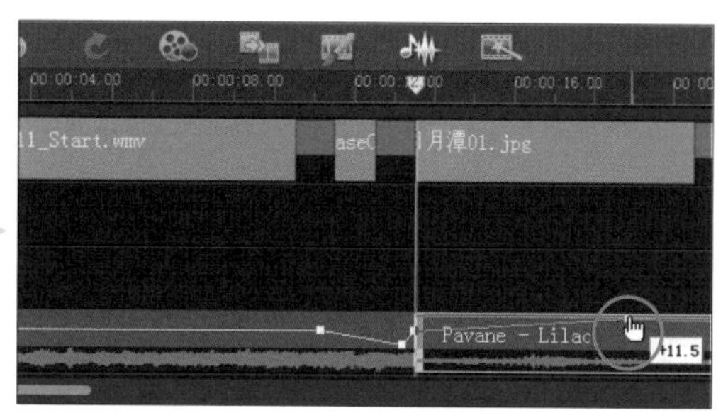

将鼠标移到音量控制点上，当鼠标指针显示为白色手指时，向上或向下拖曳音量控制点，可以提高或降低素材上该点的音量。

2. 删除音频素材控制点

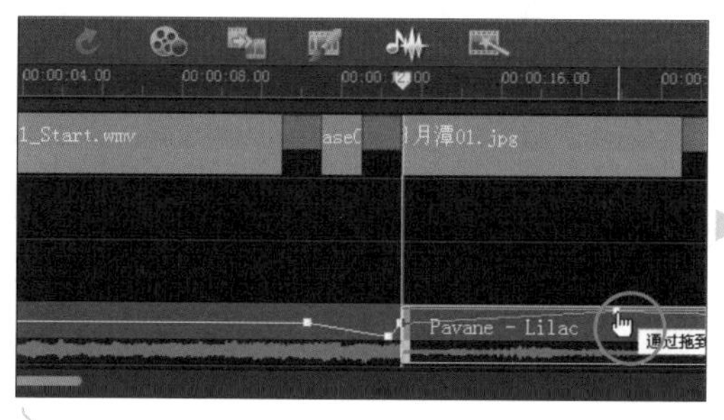

选择音频素材后，将鼠标移到音量控制点上，当鼠标指针显示为白色手指时，将控制点向上或向下拖曳到轨道之外，再释放鼠标。

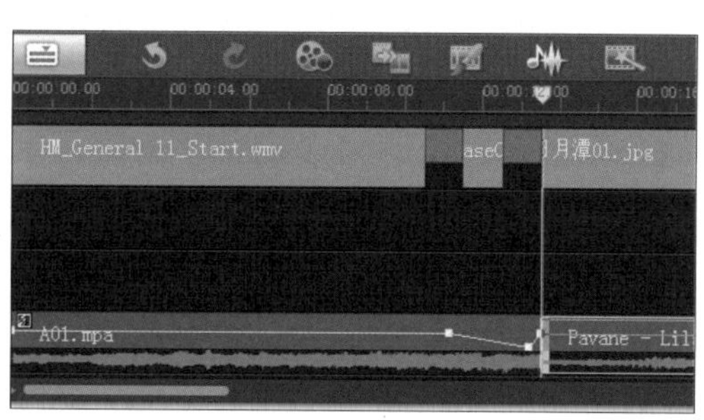

可以看到控制点已经被删除。

12.10.3 启用5.1环绕声

会声会影除了继承原有的混音功能外，还提供了5.1声道环绕混音功能。相对于一般的 **立体声** 的双声道音效，**5.1环绕声** 提供了6个喇叭（左前、右前、中央、重低音、环绕左、环绕右）的环绕效果。

单击**设置 | 启用5.1环绕声**”，打开5.1环绕模式。

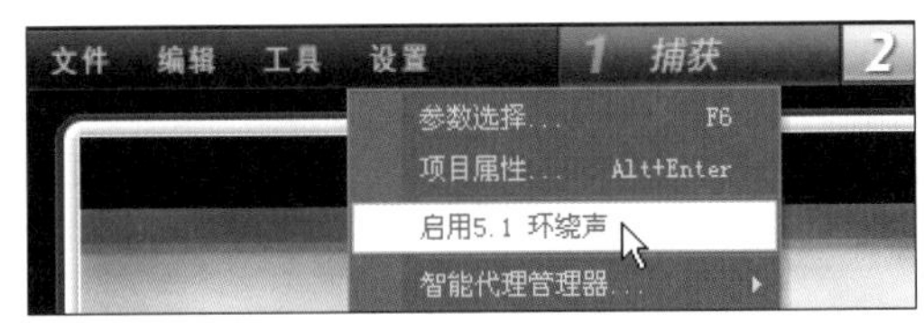

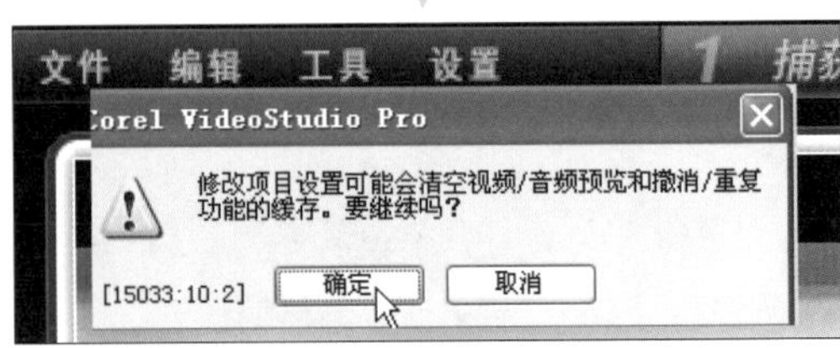

提示原项目会被修改的对话框，单击"确定"按钮继续进行。

按照说明设置该音频素材的音量、中央喇叭音量、重低音喇叭音量与音频的环绕位置。

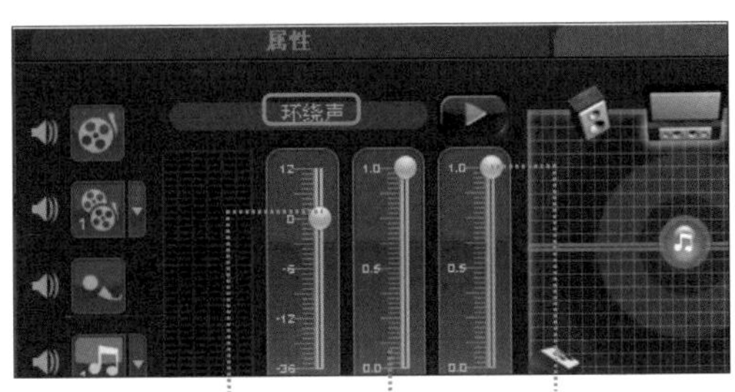

控制一般音量　控制重低音喇叭音量

控制中央喇叭音量

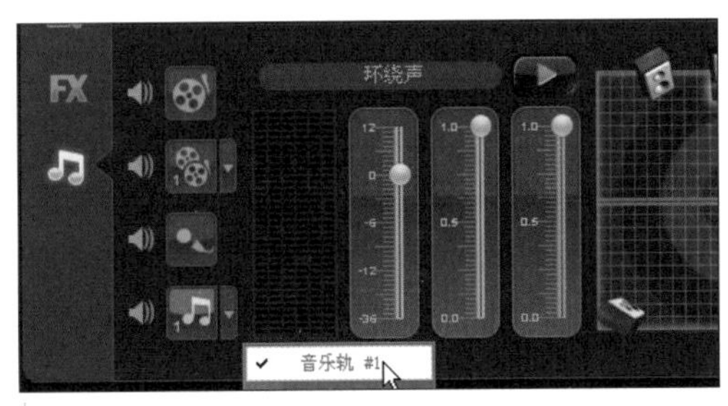

在时间轴选择要调整的音频素材，或者从 音乐轨 下拉列表中选择要设置的音乐轨。

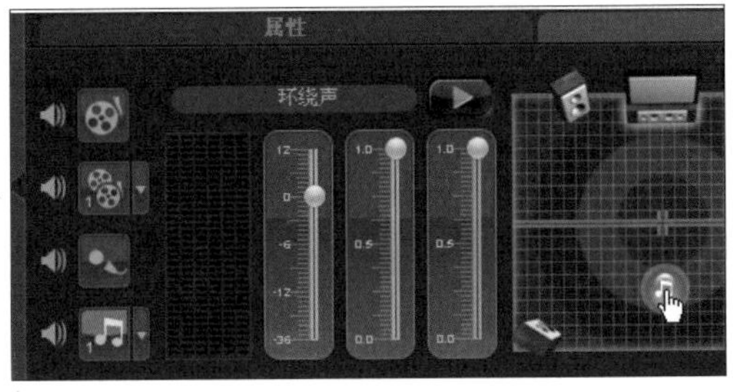

单击环绕混音中央的音符符号，将它拖曳到合适的位置摆放。

12.10.4 边听边调整声音

在素材库面板 **音频** 类别下，不仅可以调整音量、增加音频控制点，还可以一边看影片、听音乐，一边手动调整音量，迅速整合整个项目作品的声音效果。

要体验5.1声道，摄影时需要使用具有5.1声道录音功能的摄像机。同样，播放制作好的5.1声道环绕影片时，如果播放系统没有环绕设备，播放效果也会大打折扣。

按照下列说明进行调整声音的操作：

切换到 项目 模式。

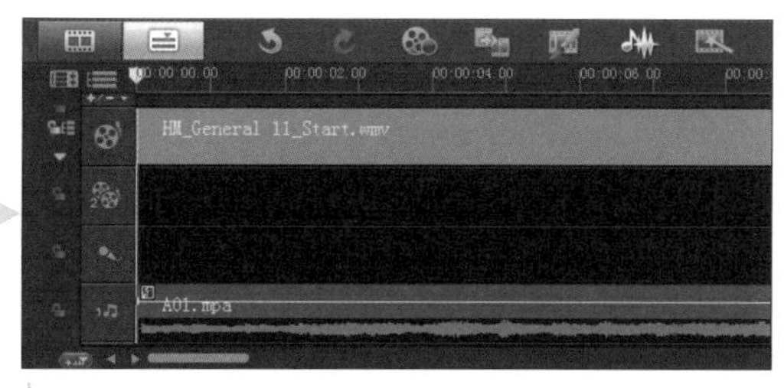

将播放头移到项目的开始处。

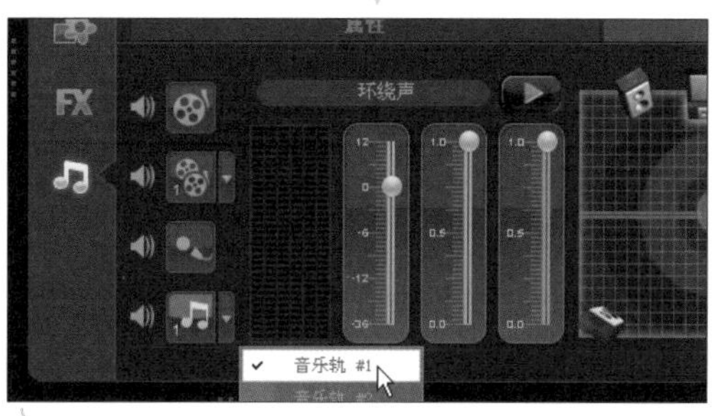

单击要调整的轨道。

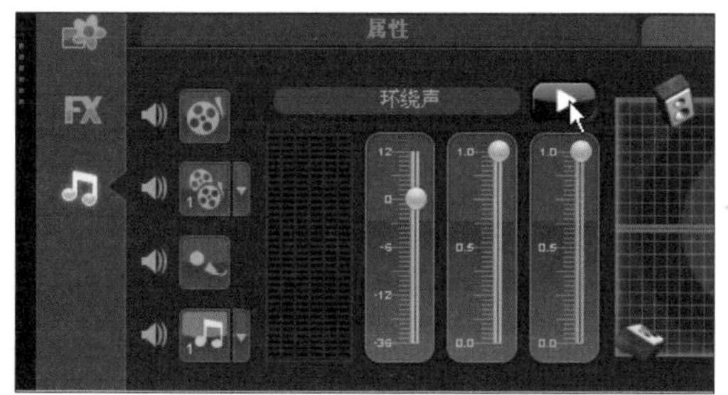

单击"立即播放"按钮开始播放。

单击 **环绕混音** 标签中的 **立即播放** 按钮后，即可一边看影片、听音乐，一边利用 **环绕混音**"标签中的3个控制器调整声音效果。

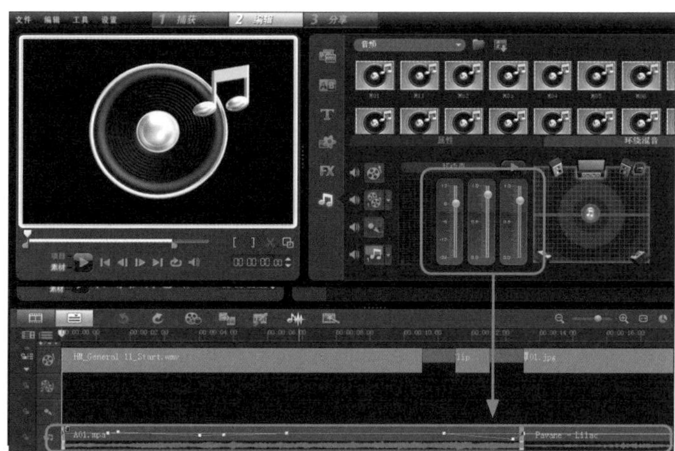

学习笔记

第13章 大功告成！分享影片

辛苦编辑出来的影片，总不能仅用会声会影欣赏。本章将按照项目中各个细节的设计，把它编辑成视频文件或刻录成DVD光盘，就能够将创建的作品分享给亲朋好友欣赏！

13.1 作品抢先看

用户可以将渲染好的影片项目导出为视频文件、或者刻录到拥有菜单画面的AVCHD、DVD和BDMV视频光盘、移动设备，以及直接导出为网页作品与电子邮件附件或者屏幕保护程序等多元化的应用。

动态效果

设计重点：

首先说明如何将项目作品创建为各种视频格式的文件，而后半段章节是将已经完成导出的视频文件设计为视频光盘、网页作品、电子邮件与屏幕保护程序。

参考完成文件：

<01范例练习文件\ch13\输出练习完成文件>文件夹下的作品。

媒体素材

视频素材

文件名：13-片头.mpg

文件名：13-DVD.mpg

文件名：13-02.wmv

文件名：13-自定义视频文件.mp4

制作流程

1

查看项目的剪辑效果：

通过 **项目回放** 功能从头到尾预览影片，先查看整个项目，如果发现问题还可以即时修改。

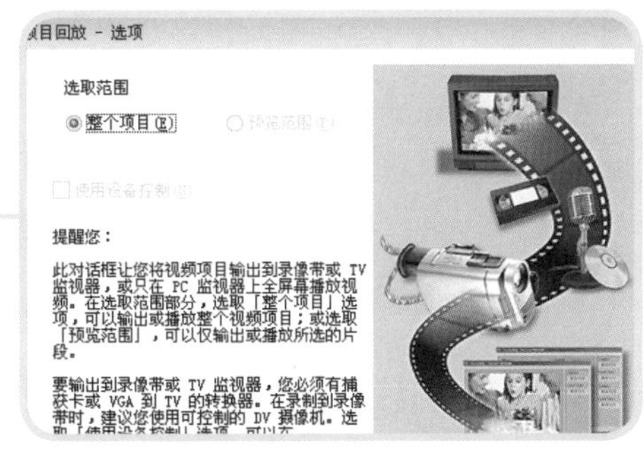

2

选择影片要保存的格式：

- 了解各类视频格式特性
- 是否在电脑中播放
- 是否要上传到网络供他人浏览下载

3

创建各类视频文件：

将编辑好的项目属性，渲染为各种视频文件。主要针对“与项目设置相同”、“应用默认影片模板“、“MPEG优化器”、“自定义文件格式”、“导出到移动设备”5种方式进行说明。

4

设计个性化的视频光盘：

会声会影X3新的调整，将影片光盘制作与刻录的部分独立出来，通过 DVD Factory Pro 2010 模式轻松处理。

从新模式的认识、媒体添加、格式与样式说明、编辑标题、调整配乐、自定义转场、新建装饰、设计背景、创建章节等到光盘刻录，样样具备，轻松制作。

5

将已经导出完成的视频素材通过“文件”｜“导出”下的功能，可以转换为网页、电子邮件、屏幕保护程序作品。

13.2 查看整个项目的剪辑效果

在制作成品之前，可以先检查项目中是否存在不小心遗漏在角落或修整后没有放在正确播放点的素材，通过“项目回放”功能从头到尾预览播放剪辑设计的影片，能够查看整个项目播放的感觉与成果，一旦发现问题可以及时修改。

打开< C:\ 01范例练习文件\ ch13\ 13-01.VSP>进行练习。

13.2.1 检查项目素材

项目的视频、照片、特效与音频等素材都按照指定时间点摆放在 **时间轴** 中，建议可以通过时间轴右上方的 **缩小**、**放大** 与 **将项目调到时间轴窗口大小** 3个控制按钮，为影片输出把好关：

- 检查整个时间轴各个素材的衔接点是否正确。
- 检查影片头、尾是否有被忽略的多余素材。
- 检查整段项目中间是否有遗漏的空白片段。

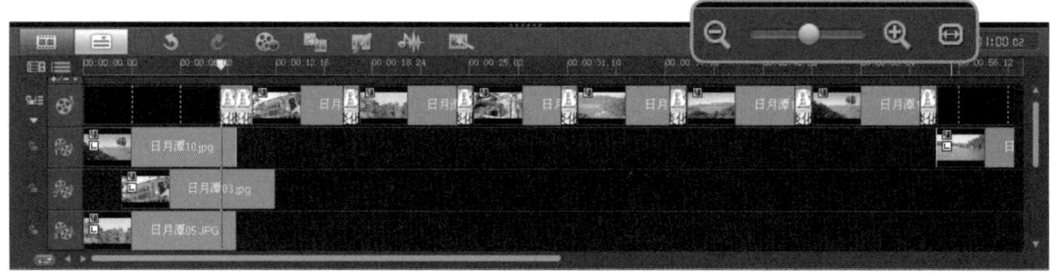

13.2.2 预览项目的完整播放内容

浏览影片项目的内容，最常用到的方式是从预览窗口下方切换到 **项目**，再单击 **播放** 按钮观看。不过，要浏览整个项目的播放内容时，建议使用 **项目回放** 功能，全屏幕的放映画面让用户看得更清楚！

切换到 **分享** 步骤选项面板，通过 **项目回放** 功能从头到尾预览播放影片，查看整个项目各素材的感觉与成果，一旦发现问题可以及时修改。

单击 **项目回放** 按钮。

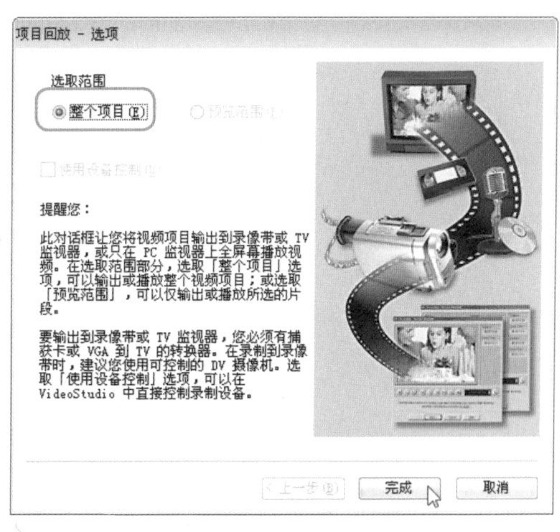

选中 **项目回放-选项** 对话框的 **整个项目** 单选按钮，再单击 **完成** 按钮。

以全屏方式观看视频，如果要退出播放画面，只需按 **Esc** 键即可返回会声会影主画面。

13.3 选择影片要保存的格式

会声会影可以创建的视频文件格式相当多，在进行视频文件作品的创建与转换之前，一起先想想到底要转换成什么影音格式文件？其中，除了考虑以后的用途之外，还要了解各种格式的优缺点与适用性。

13.3.1 “创建视频”支持的命令与模板

在 **高级编辑** 模式 **分享** 步骤选项面板中，通过 **创建视频文件** 功能可以将前面编辑的项目作品输出为各种影片格式。

单击 **创建视频文件** 图标，在弹出的菜单中显示多种创建视频文件选项的命令与模板。

13.3.2 了解格式的属性

会声会影中可以将项目创建为MPEG、AVI、FLV、WMV、MPEG-2、MPEG-4等多种视频格式，下表中的几点说明可供大家参考。

格式	说明
AVI	Audio Video Interleave，即音频视频交叉访问格式。图像质量优，兼容性高，但文件庞大，5分钟的影片约占1 GB空间
WMV	微软通用视频格式，常用于网络中，不但可以按照网络带宽属性来制作不同类型分辨率，轻松地利用比较小的媒体文件与亲友分享，还可以提供网站在线影音播放，可以说是一个公认好用的类型
MPEG-2	比较常用的媒体类型，该格式文件应用比较精致的压缩技术，MPEG文件的最大好处在于文件格式小，并且质量比较好。 MPEG-2是目前国内DVD影片的压缩标准，高分辨率，此格式在兼顾画质以及音质的情况下，又可以节省许多硬盘空间，DVD提供的分辨率达720×480
MPEG-4	常用于网络视频，具备DVD视频品质与MP3音频质量
MOV	Quick Time（mov电影媒体文件）原为苹果电脑的媒体文件，目前常用于数码相机的动态录像格式。在会声会影软件的完整安装过程中包含Quick Time格式，所以可以制作出mov文件
RM	Real Video是网络经常使用的流媒体影音格式之一

13.3.3 仅在计算机中播放

如果要在计算机中欣赏影音作品，可以导出为质量最优、未压缩的AVI格式或拥有DVD质量的MPEG-2格式视频文件。

13.3.4 放在网络上供他人欣赏或下载

虽然现在网络针对影片上传的格式与文件大小限制越来越宽松，甚至可以上传HD高清影片，但是仍然建议使用比较理想的MPEG-2、FLV或者现在YouTube也支持的MPEG-4 格式。除此之外，还应该到要上传的网络空间了解上传文件大小的上限。

13.4 创建视频文件——与项目设置相同

会声会影可以将编辑好的项目渲染成各种视频文件，并且支持的媒体文件类型也相当丰富。本节根据项目的属性设置值，快速创建出合适的视频文件。

打开前面练习的项目作品或者< C:\ 01范例练习文件 \ ch13 \ 13-01.VSP>进行练习。

13.4.1 确认当前项目属性的设置

如果要应用 **分享** 步骤选项面板中 **创建视频文件** 菜单的 **与项目设置相同** 命令，首先必须先确认当前的项目属性设置。

选择 **设置 | 项目属性** 命令，再针对文件格式、宽高比、帧类型、帧大小和媒体质量等要素进行调整。

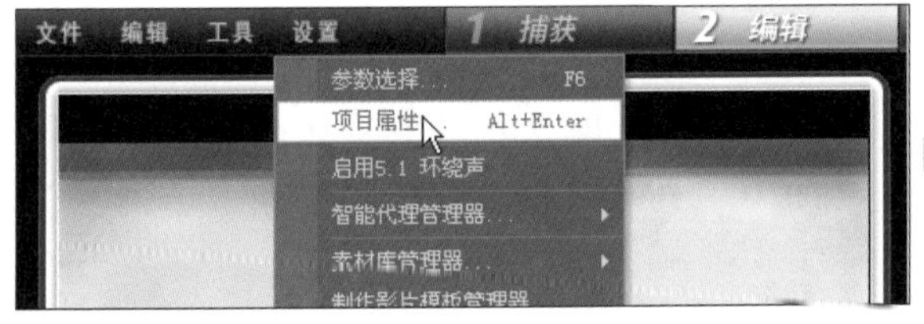

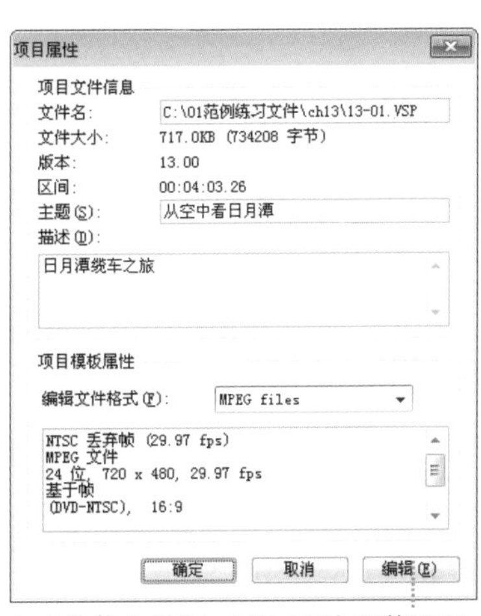

单击“编辑”按钮，可以再次调整项目属性的设置。

13.4.2 按照项目设置创建视频文件

在选项面板中选择 **创建视频文件 | 与项目设置相同** 命令，指定视频文件的保存位置再单击 **保存** 按钮，开始按照项目属性设置创建视频文件。

13.5 创建视频文件——应用默认影片模板

默认模板可以让用户创建适合网页或输出到DVD视频光盘、AVCHD视频光盘、蓝光光盘等各种主流影音产品，按照影片输出后的用途来选择要输出的格式。

打开前面练习的项目作品或者<C:\01范例练习文件\ch13\13-01.VSP>进行练习。

13.5.1 按用途选择输出格式

在选项面板中单击 **创建视频文件**，在菜单中会看到会声会影内置的影片模板，选择 **DVD \ NTSC DVD（16:9杜比数字5.1）** 格式。

13.5.2 开始输出指定格式的视频文件

指定视频文件的保存位置，再单击 **保存** 按钮，开始按照指定的影音模板创建视频文件。

13.6 创建视频文件——MPEG优化器

比较常用的媒体类型应该是MPEG，其文件格式比较小，而且播放质量也不错，本节将针对MPEG文件进行优化分析。

打开<C:\01范例练习文件\ch13\13-02.VSP>进行练习。

13.6.1 什么是“MPEG优化器”

针对处理MPEG文件的输入/输出，会声会影提供了 **MPEG优化器**，它会分析并找出最适合使用的MPEG设置或最佳项目设置的配置文件，不但省时又保持了项目质量。不过，此功能先检测项目的来源素材中是否含有<mts>、<m2ts>、<.mpg>或<.mpeg>等格式的视频文件才能使用。

13.6.2 按照“MPEG优化器”创建视频文件

在选项面板中选择 **创建视频文件 | MPEG优化器** 命令，会提供最合适的配置文件（如果是第二次通过此程序转换文件，**MPEG优化器** 会自动检测项目，仅渲染编辑过的部分，从而缩短渲染所需的时间）。

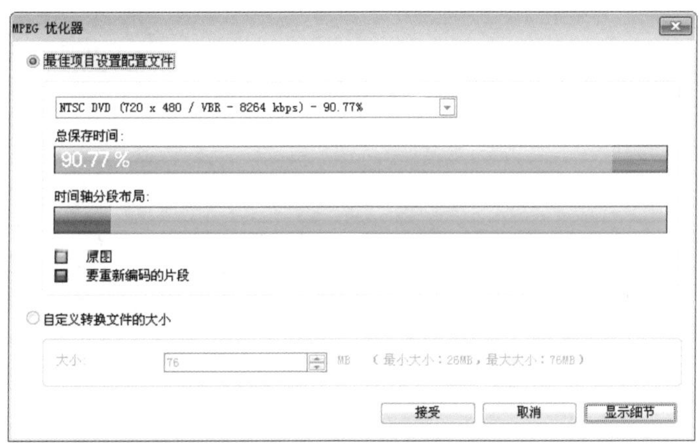

单击 接受 按钮，指定保存位置并进行视频渲染操作。

在 **MPEG优化器** 中，有以下两种情况不能使用 **最佳项目设置配置文件** 功能：

- 项目中没有MPEG优化器可以判断的<mts>、<m2ts>、<.mpg>或<.mpeg>等格式视频文件。
- 项目中MPEG优化器可以判断的<mts>、<m2ts>、<.mpg>或<.mpeg>等格式视频文件都应用了会声会影的特效，而使运算变得比较烦锁。

无法应用 **最佳项目设置配置文件** 功能时，**MPEG优化器** 会改用 **自定义转换文件的大小** 功能来输出最佳化的MPEG影片。

打开<C:\01范例练习文件\ch13\13-01.VSP>进行练习。

在选项面板中选择 **创建视频文件 | MPEG优化器** 命令，会提供最合适的配置文件。

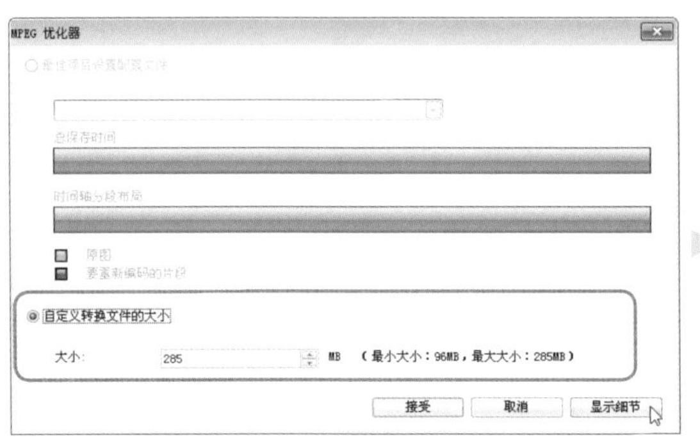

检测<13-01.VSP>后，选中 **自定义转换文件的大小** 单选按钮，单击 **显示细节** 按钮可以看到相关的设置。

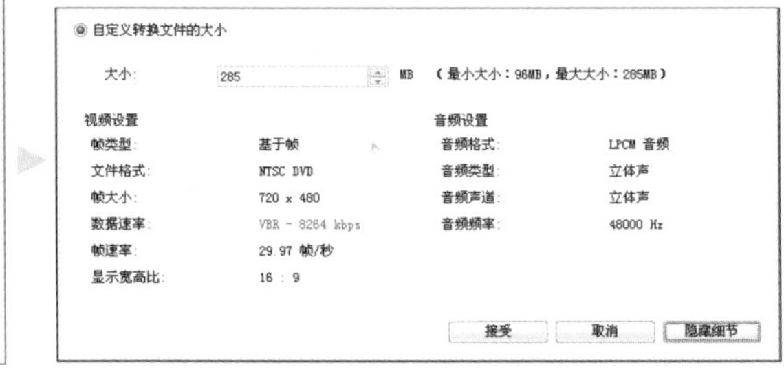

在此可以看到 **MPEG优化器** 自动调整输出的相关设置，以符合指定的文件大小。单击 **接受** 按钮，指定保存位置并进行视频渲染。

13.7 创建视频文件——自定义文件格式

会声会影提供的默认影片模板不符合用户需求时，还可以利用“自定义”功能自行设置文件格式或局部的压缩方法等。

打开<C:\01范例练习文件\ch13\13-02.VSP>进行练习。

13.7.1 选择保存类型

在选项面板中选择 **创建视频文件 | 自定义** 命令，在 **创建视频文件** 对话框中可以选择多种保存类型（目前所支持的媒体文件格式）。例如，avi文件、AutoDesk动画文件（flc、fli、flx）、mpeg文件（mpg、m2t）、Windows Media Video文件（wmv、asf）、RealVideo文件（rm）、QuickTime文件（mov、qt）等。

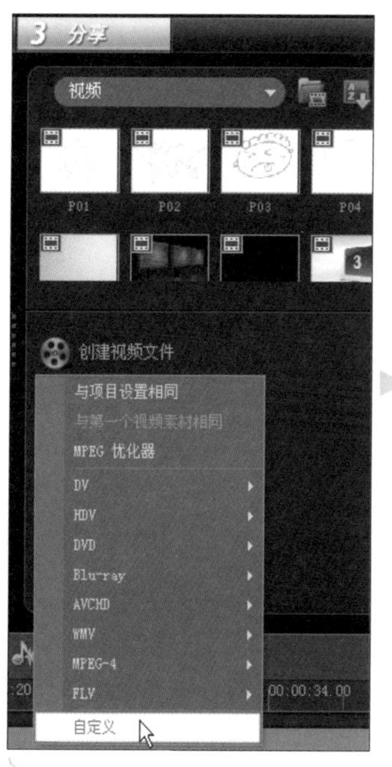

选择 创建视频文件 | 自定义 命令。

选择合适的 保存类型，并指定保存位置与文件名，接着单击 选项 按钮进行该类型格式的局部设置。

13.7.2 共享选项设置

选择保存类型（本例为MPEG-4文件）后单击 **选项** 按钮进行局部的格式设置。在弹出的 **视频保存选项** 对话框中显示3个标签，参考下列说明加以调整与设置。

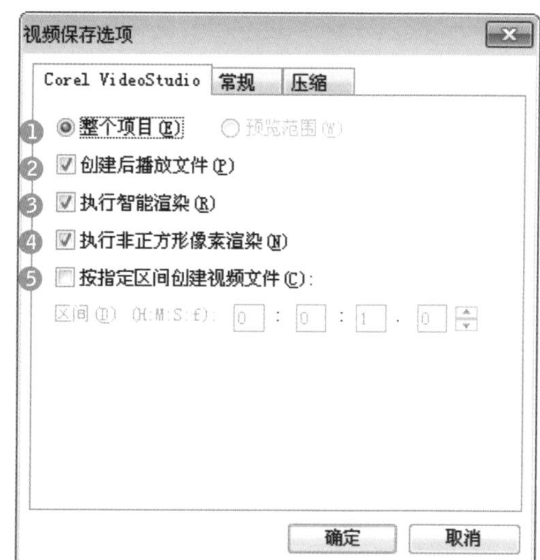

1. Corel VideoStudio 标签

本部分建议只需要应用默认值即可。

❶ **整个项目、预览范围**：选择要保存的范围。

❷ **创建后播放文件**：可以在视频文件创建完成后重头播放一次。

❸ **执行智能渲染**：在第二次创建时可以加快制作的时间，会声会影会自动判别之前是否渲染过该文件。如果已经渲染过，会将当前的视频文件与之前的渲染进行对比，内容完全一样时不再进行渲染操作而直接保存；如果有不同之处，仅将该部分修正处理。

第3篇 主题操作

❹ **执行非正方形像素渲染**：可以避免DV和MPEG-2格式内容的扭曲并维持实际分辨率，“正方形像素”适用于计算机屏幕，而“非正方形像素”适用于电视屏幕。

❺ **按指定区间创建视频文件**：当项目长度超过光盘容量时，可以在此设置视频区间。

2. “常规”标签

本部分建议使用默认值。

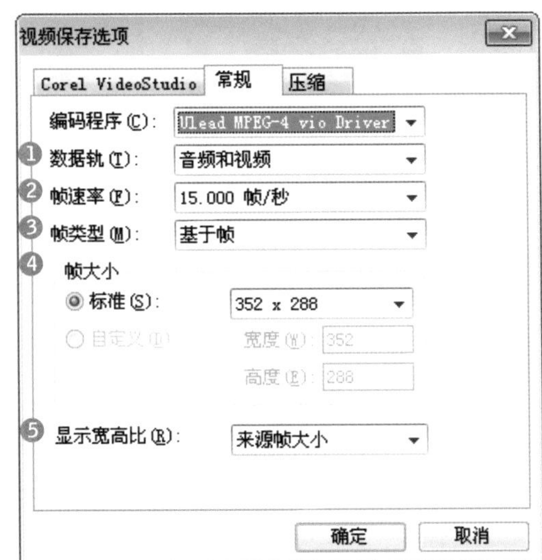

❶ **数据轨**：指定要渲染的文件中是否需要包含视频与音频。如果无特别需求，一般选择“音频与视频”并同时渲染。

❷ **帧速率**：帧速率越高，所提供的视频质量会越好并且动作越自然。如果是NTSC系统，只需使用默认的29.97帧/秒即可正常播放。

❸ **帧类型**：如果仅在计算机上播放，不刻录到光盘通过电视播放，应该选择 **基于帧**。如果希望先渲染文件，以后刻录为视频光盘并通过电视播放，为减少渲染和转换文件所花的时间，应选择 **低场优先**（如果效果不佳，再选择 **高场优先**）。

❹ **帧大小**：可以直接使用默认值，或者挑选需要的大小。

❺ **显示宽高比**：提供4:3与16:9两种选择。

13.7.3 特定选项设置

视频保存选项 对话框的第3个标签，会按照前面选择的 **保存类型** 而出现特定的选项标签。本例选择的是MPEG-4格式，可以使用此标签调整MPEG-4格式的压缩方式与相关属性。完成各选项的设置后，单击 **确定** 按钮。

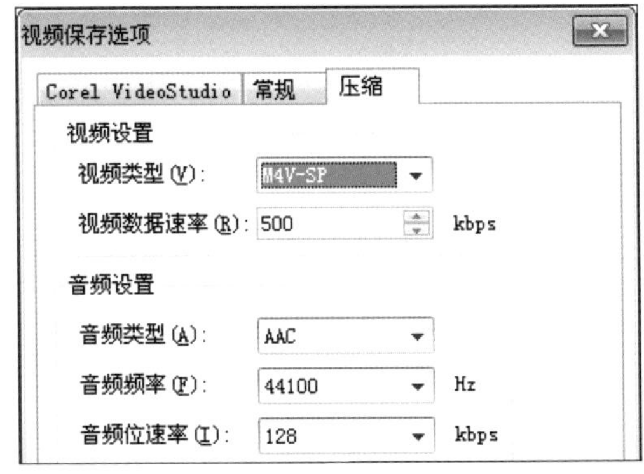

返回 **创建视频文件** 对话框，单击 **保存** 按钮，开始按照自定义设置创建视频文件。

13.8 创建视频文件——导出到移动设备

剪辑好的项目文件也可以导入其他外部设备，例如，Apple iPod、Apple iPhone、Sony PSP、移动电话以及智能手机和Pocket PC。

打开<C:\01范例练习文件\ch13\13-02.VSP>进行练习。

13.8.1 选择移动设备类型

首先将移动设备连接到计算机后，在选项面板单击 **导出到移动设备**，其菜单中会看到目前支持的移动设备类型，按照目前的移动设备选择输出格式。

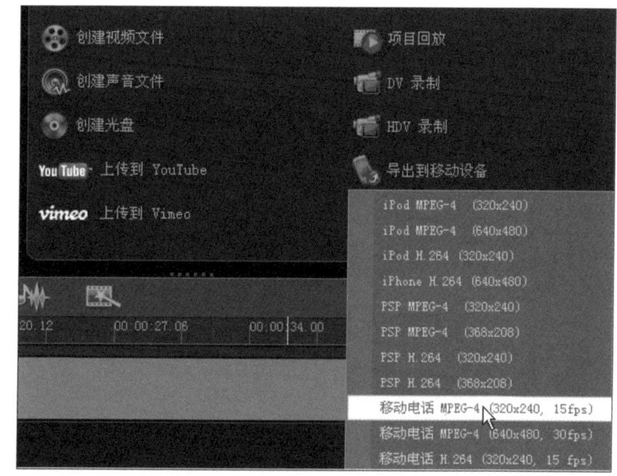

13.8.2 开始输出指定格式视频文件

指定文件名后，在 **设备** 菜单中选择要导入的移动设备，再单击 **确定** 按钮，开始执行输出操作。

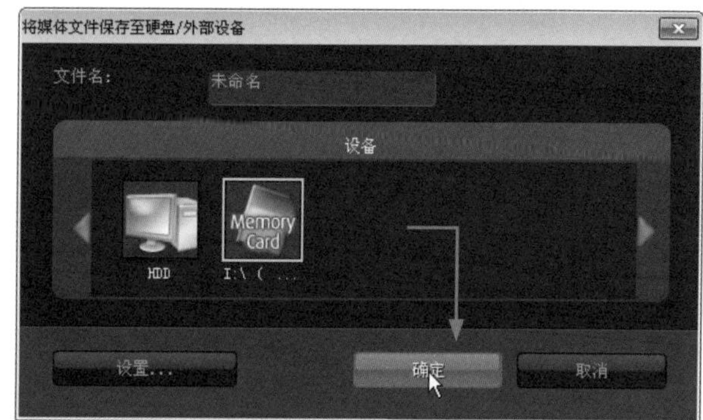

13.9 设计个性化的视频光盘

光盘的制作可以说是整个流程的压轴，只要经过渲染与转换文件两个操作过程，就可以将作品轻松制作成视频光盘。

13.9.1 创建光盘流程表

会声会影X3的新调整是将影片光盘制作与刻录的部分独立出来，通过 **DVD Factory Pro 2010** 模式轻松处理光盘。下面简单了解本节设计视频光盘的流程：

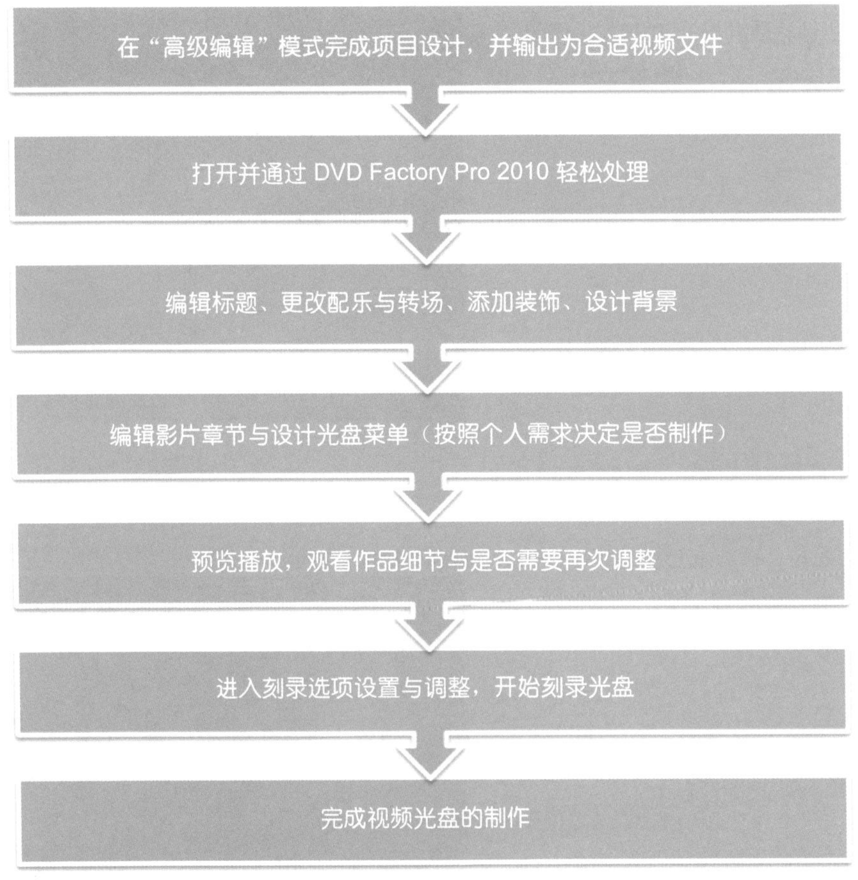
在“高级编辑”模式完成项目设计，并输出为合适视频文件
打开并通过 DVD Factory Pro 2010 轻松处理
编辑标题、更改配乐与转场、添加装饰、设计背景
编辑影片章节与设计光盘菜单（按照个人需求决定是否制作）
预览播放，观看作品细节与是否需要再次调整
进入刻录选项设置与调整，开始刻录光盘
完成视频光盘的制作

13.9.2 按照使用需求选择最合适的创建方法

会声会影X3提供了全新的 **DVD Factory Pro 2010**，可以让用户制作出具有完整章节和菜单的影音光盘；或者在 **高级编辑** 模式的 **分享** 下选择 **创建光盘** 功能制作视频光盘。这两种方法的优缺点可以参看下表。

	可使用的媒体	是否将特定文件夹添加到媒体库	是否编修已经添加到要刻录的媒体
DVD Factory Pro 2010模式	已添加到媒体库中的视频文件、照片文件（不包含项目文件 *.VSP 格式，项目文件需要先转换为视频文件才能添加）	可以	可以
高级编辑 模式 **分享** 下单击 **创建光盘** 功能	已添加到媒体库菜单中的视频文件、照片文件，以及目前打开的项目	否	可以，但是项目文件无法编修，所以要确认项目已经设计完成后再使用

至于到底要选择哪一种方法创建视频光盘，可以考虑以下几个方面：

- **DVD Factory Pro 2010**模式比较全面，一开始即可将存放相关制作数据的文件夹指定添加到媒体库菜单中，方便以后各媒体的使用。虽然无法直接添加到项目文件，但是因为与影片编辑操作分割开，仅进行视频光盘制作的部分，操作比较单纯、顺畅。
- **高级编辑** 模式 **分享** 下的 **创建光盘** 功能，比较适用于想将当前打开的项目“直接”转换为视频光盘时使用。以后针对该项目制定样式、菜单、章节和配乐等编辑操作与 **DVD Factory Pro 2010** 模式几乎是完全相同。

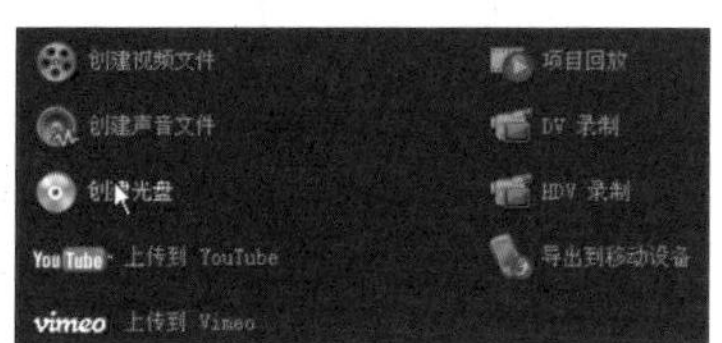

13.9.3 使用DVD Factory Pro 2010创建视频光盘

本节将采用 **DVD Factory Pro 2010** 模式进行说明，应用已经转换好的视频、图像文件制作出属于自己的视频光盘。

1. 打开与进入DVD Factory Pro 2010模式

在会声会影的开始画面中单击 **刻录DVD Factory Pro 2010** 按钮；如果已经在 **高级编辑** 模式下，则选择 **工具 | DVD Factory Pro 2010** 进入。

2. 将指定文件夹添加到媒体库

进入 **DVD Factory Pro 2010** 主画面，在此将<C:\01范例练习文件>下的<ch13>、<照片素材>、<视频素材> 3个文件夹添加到媒体库。

选择 导入 | 我的电脑，打开 我的电脑 窗口。

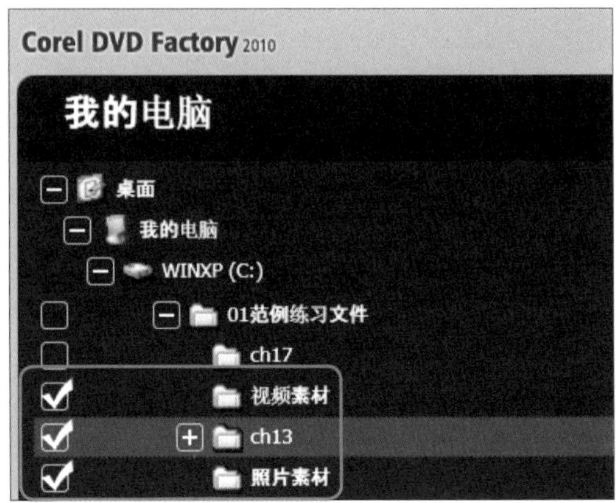

选择<C:\01范例练习文件>下的<ch13>、<照片素材>、<视频素材>3个文件夹，再单击 开始 按钮。

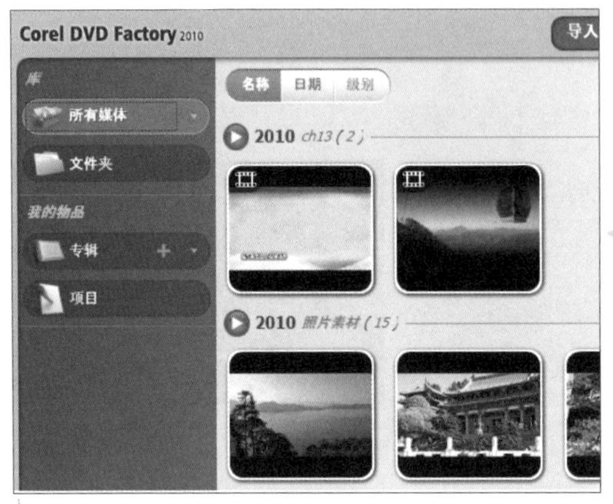

返回主画面，单击 库 | 所有媒体 按钮，即可在工作区中查看刚才导入的相关媒体。

3. 将媒体添加到媒体托盘菜单中

将要添加到视频光盘的媒体添加到媒体托盘，在此添加<ch13>文件夹中的 **13-片头.mpg** 与 **13-主影片.wmv** 两个视频媒体。

在 **13-片头.mpg** 右上角的打勾图标上单击，显示为选中状态，以便将该媒体添加到下方的媒体托盘。

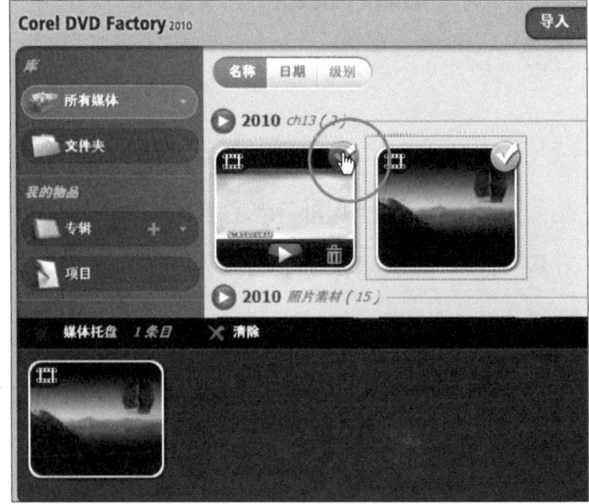

以同样的方法选中 **13-主影片.wmv**。

会将该媒体也添加到媒体托盘，排列在 13-片头.mpg 的后方。

将媒体项目从媒体托盘菜单中删除

如果要删除媒体托盘中的媒体项目，则将鼠标指针移到媒体托盘菜单中要删除的媒体缩略图上，单击×按钮即可删除。

4. 开始制作视频光盘

选择 **创建 | 视频光盘** 图标，进入制作视频光盘的设计窗口。

5. 确认格式与样式

在“创建视频光盘”窗口第一个画面中，除了输入项目名称与选择格式外，更重要的是决定此视频光盘所要创建的格式。

要将影片刻录为DVD还是Blu-ray（蓝光）格式呢？目前市场上比较普遍的是DVD设备，但高质量的Blu-ray又令人向往。下面提出几点建议供大家参考。

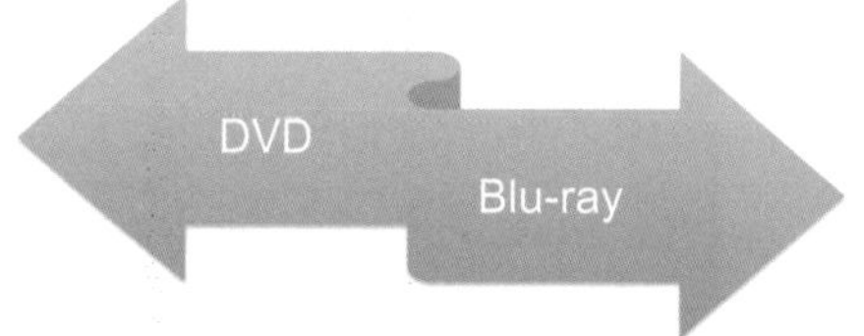

- **按画质好坏考虑**：Blu-ray是用来保存高质量的影音以及高容量的数据，所以画质明显比DVD好，Blu-ray最大双层为50GB可以录制HD节目5.6小时，并且可以播出更高画质以及更好的音效。然而，目前市场上比较普及的是DVD，影音质量也相当出色，按照价格与普及程度，可以视为现阶段市场的主流。
- **按刻录设备考虑**：DVD格式文件是使用DVD刻录机和DVD光盘进行刻录。目前DVD刻录机已经普及，空盘价格也很便宜，采用DVD刻录会节约成本。

Blu-ray格式文件需要使用BD蓝光刻录机和Blu-ray Disc（蓝光光盘）才能进行刻录，其价格和市场普及程度都不如DVD（光盘格式的补充说明可以参考附录C）。

- 按播放设备考虑：将影片刻录为光盘后，DVD格式的DVD光盘可以通过一般家用的DVD播放器进行观看，Blu-ray Disc（蓝光光盘）需要通过支持蓝光的光驱才能读取。如果影片光盘要分送给朋友，也应该考虑对方是使用哪一种播放器。

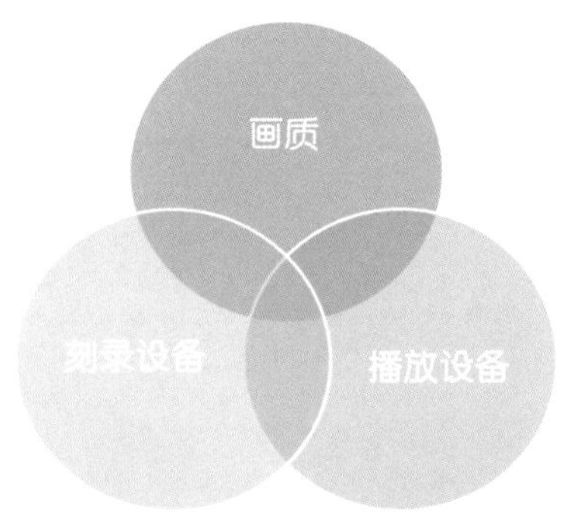

确定选用的刻录格式后，接下来开始输入 **项目名称**，并选择合适的 **选取光盘** 与 **项目格式**。

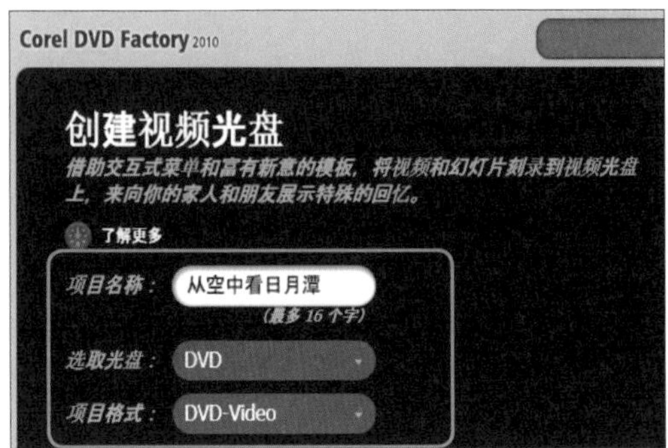

接着，在下方 **选择一个样式** 菜单中选择“趣味”样式，可以在右上方预览画面中看到应用后的效果，确认后单击 **转到菜单编辑** 按钮进入下一步。

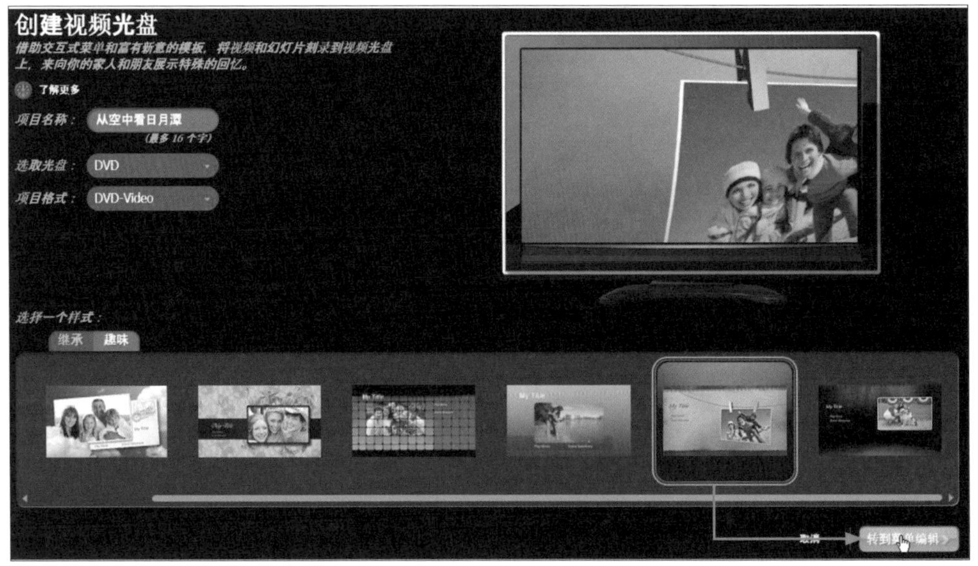

6. 放入空白光盘并确认当前项目的容量与内容

放入主要的媒体要素后，还要动手修改目前项目的文字、音乐等设计。在此之前，建议用户先确认当前项目所需的空间，以免兴高采烈设计完成的影音作品却因为空间不足而无法进行刻录。

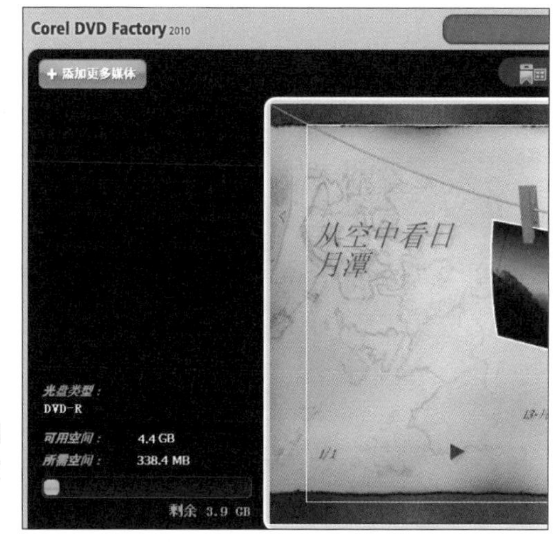

将空白光盘放入可刻录光驱中，在窗口左侧会看到当前 **可用空间**、**所需空间** 以及 **剩余空间**。

如果 **所需空间** 大于 **可用空间** 时，可以考虑删除部分媒体素材，以便完成后能够顺利地刻录到光盘中。

确认要放入此视频光盘的媒体项目后，可以预览整体的动态效果与内容，了解当前已经设计好的菜单与影片，以便进行标题、音乐、菜单和背景等操作。

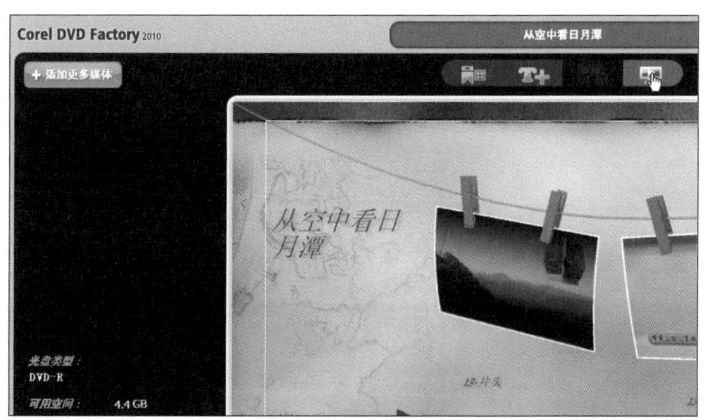

单击 **在家庭播放器中预览播放光盘** 按钮。

单击 **后退** 按钮，返回主画面。

预览后，如果不满意当前的菜单样式，可以在媒体托盘中切换到 **趣味** 标签，再次选择合适的主题样式。

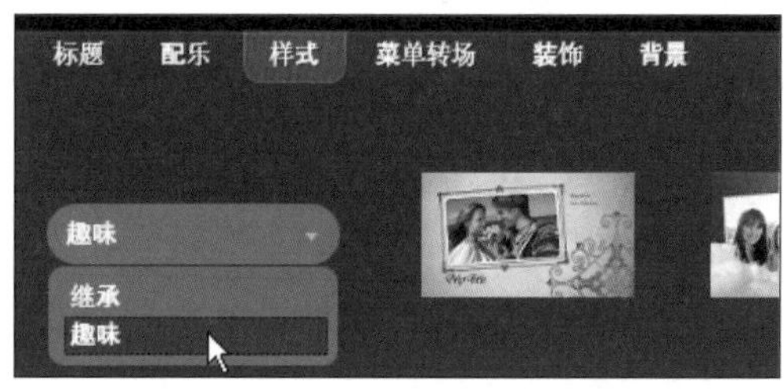

重新应用样式会将自定义的文字格式与其他设置删除

重新应用样式时，会将自定义的文字格式与其他设置（配乐、背景和装饰）删除。因此，建议先确认要应用的样式，再进行其他项目的设计。

7. 编辑标题

默认情况下，媒体文件名就是主菜单上的标题，可以进入其编辑状态并调整文字内容。

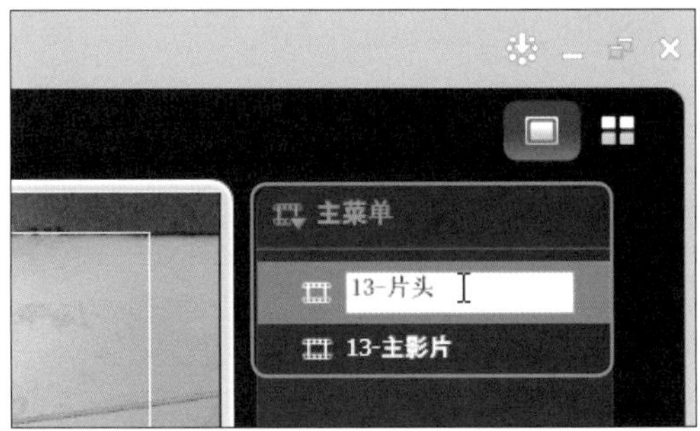

双击预览画面右侧的标题名称进入编辑状态，调整文字内容。

菜单上的文字可以单独设置其属性，彼此之间并不会相互影响。

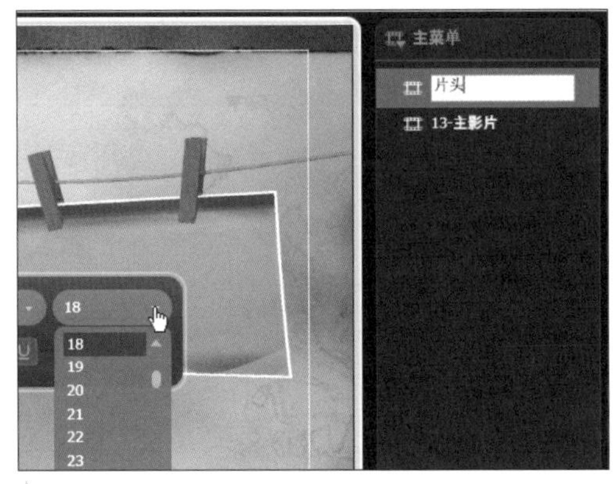

单击预览画面上要修改的文字，选择该文字对象后将鼠标指针移到其右上角的半透明工具面板中可以设置文字格式。

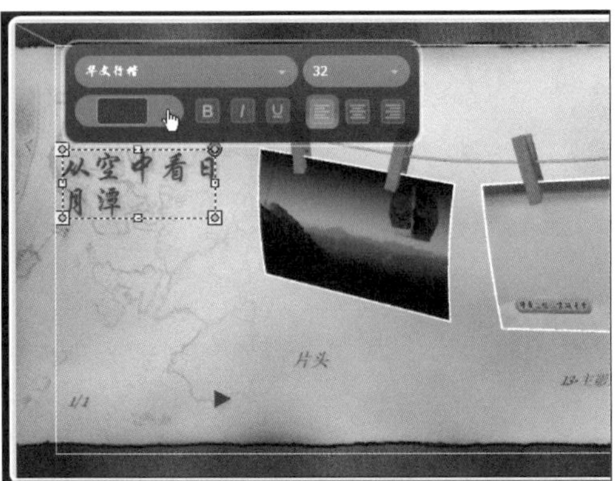

影片标题也是采用相同的方式设置其格式。

8. 调整配乐

切换到 **配乐** 标签，可以调整和指定视频光盘的背景音乐。

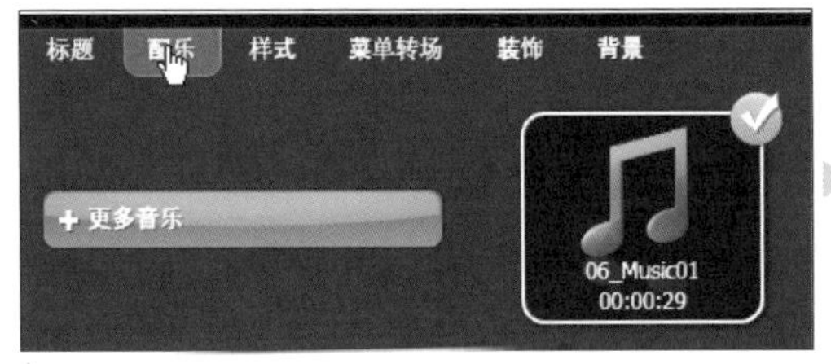

单击 **配乐** 标签。

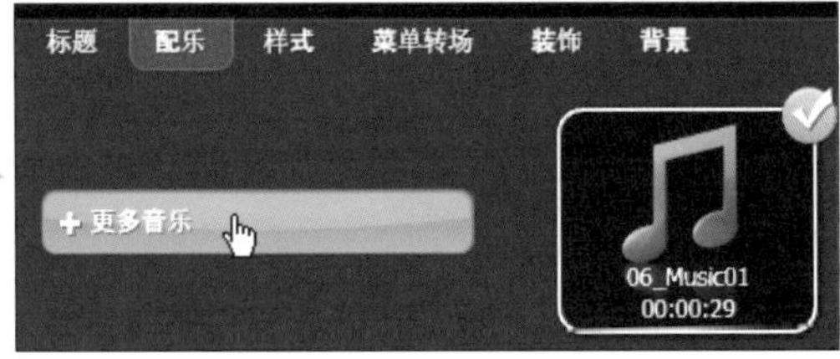

单击 **+更多音乐** 按钮，可以浏览其他的音乐文件。

在默认的配乐文件夹或本地计算机存放音乐文件的文件夹中，选择要添加的配乐媒体。

单击 **播放** 按钮可以聆听该曲目

在音乐菜单中，选择要添加到媒体托盘的文件，再单击 **添加** 按钮。

返回主画面，即可选择添加到媒体托盘菜单中的音乐媒体作为背景配乐或者将其删除。

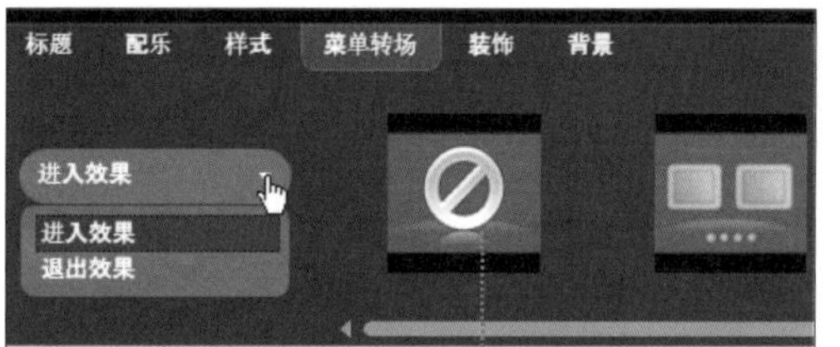

将鼠标指针移到要指定为配乐的缩略图上方，单击缩略图上的+按钮，完成指定的操作（单击×按钮即可删除该配乐）。

9. 自定义菜单转场效果

菜单转场是指“菜单”切换到“影片”时的动态效果。用户可以在 **菜单转场** 标签中分别对 **进入效果** 与 **退出效果** 进行设计。

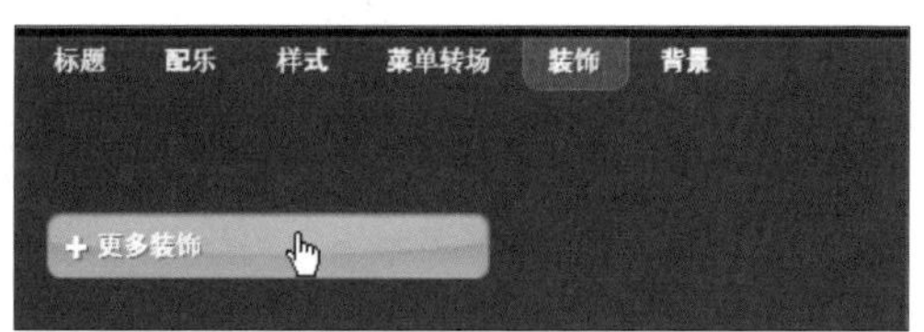

第一个菜单效果是删除转场选项

10. 添加装饰图案

会声会影的“装饰”功能，就像为菜单与画面设计插图，装饰对象可以分为常见的（*.png）或（*.swf）两种格式。

选择 **装饰** 标签，再单击 **+更多装饰** 按钮，可以浏览其他素材文件。

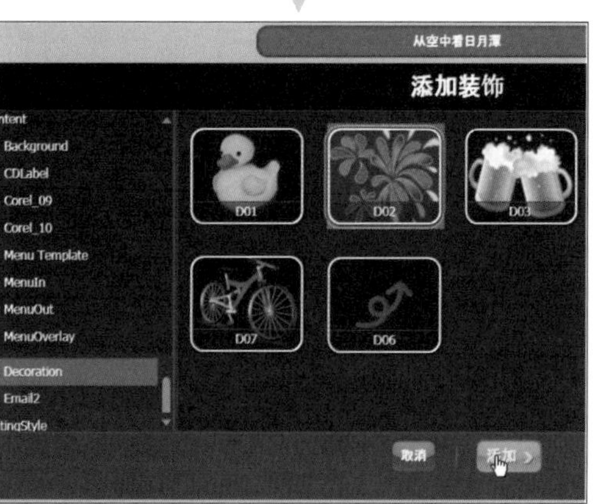

在菜单中，选择要添加到媒体托盘的文件，再单击 **添加** 按钮。

提示 哪里有更多的装饰素材

除了默认路径下可以看到几个装饰素材外，还可以在<C:\Program Files\Corel\Corel VideoStudio Pro X3\Samples>下的<Decoration>或<Video>文件夹中以及附赠光盘内找到Flash素材文件，能够为视频光盘增添不同的元素。

返回主画面，即可按照当前媒体托盘菜单中的装饰媒体选择要添加的画面或将其删除。

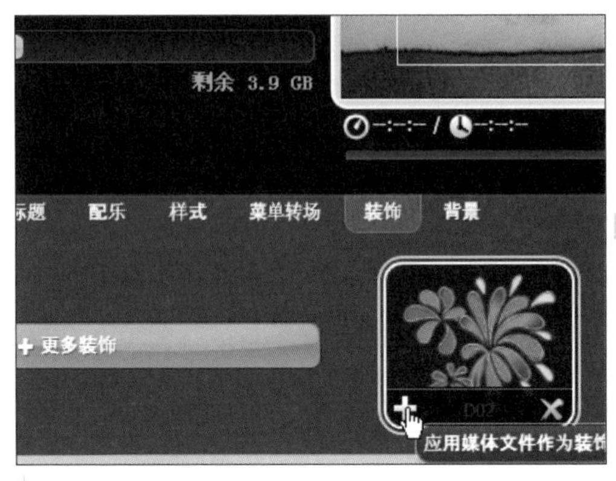

将鼠标指针移到要添加画面的装饰缩略图上方，单击缩略图上的+按钮，即可完成添加的操作（单击×按钮，即可删除该装饰）

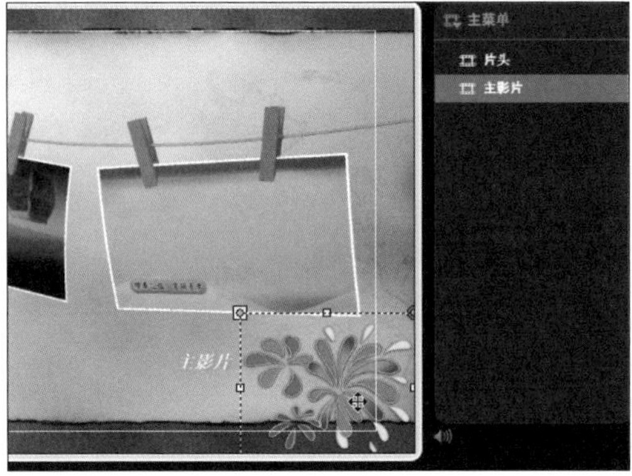

调整装饰图案的大小与位置。

11. 设计背景图像

默认的模板提供了几个背景图像让用户按照主题进行替换。用户还可以自己设计图像作为菜单背景，让背景图像与作品更加贴近。

选择 **背景** 标签，再单击 **+更多背景** 按钮，可以浏览其他背景图像文件。

单击 **库 | 自定义** 按钮，指定要添加到媒体库的相关媒体，并且从 **2010照片素材** 选项下单击一个符合主题的图像文件。

选择合适的图像文件后，单击窗口右下方的 **转到菜单编辑** 按钮。

返回主画面，选择合适的图像媒体后，在上方预览区可以看到应用后的效果。

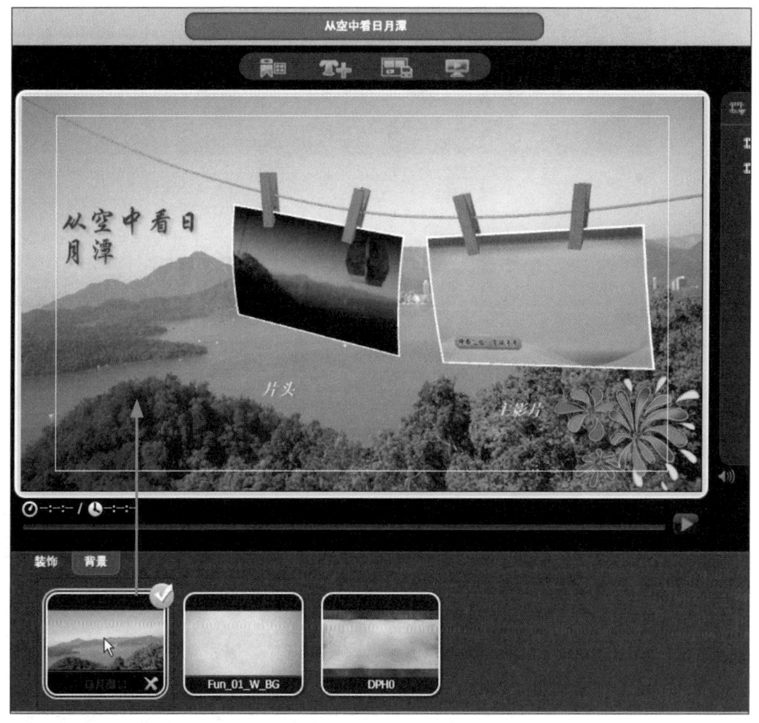

12. 创建播放菜单——手动自定义

如果视频媒体的内容很长，就需要经过章节制作将其在合适的时间点加以分割，把一份媒体分成多个章节以便浏览者选择想要观看的片段。

（1）指定要创建章节的视频媒体

首先针对“主影片”视频媒体自定义合适的章节点进行分割，从而生成该视频媒体的子菜单。

单击 **创建章节** 按钮，进入章节窗口。

在右侧标题菜单中，选择 **主影片**。

（2）指定与添加章节的时间点

调整预览栏，可以根据缩略图大小在合适的时间点添加章节。

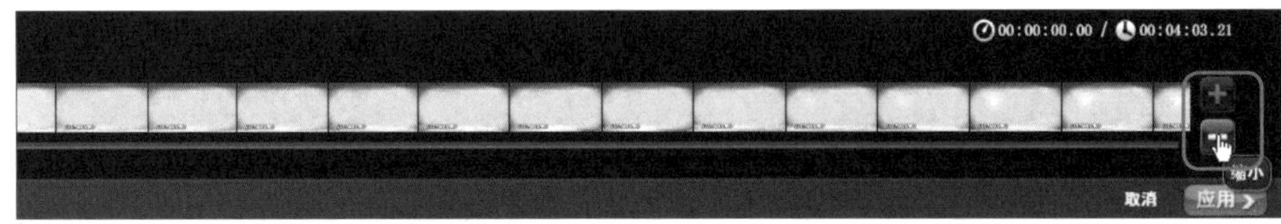

通过 **放大**、**缩小** 按钮，将预览栏上的缩略图缩放到合适的大小。

将预览栏上的控点拖曳到要创建为章节的时间点。

单击 **+添加章节** 按钮。

立即创建了一个自定义的章节点，并命名为“章节02”，在下方的 **章节** 菜单中也会生成该章节的缩略图。

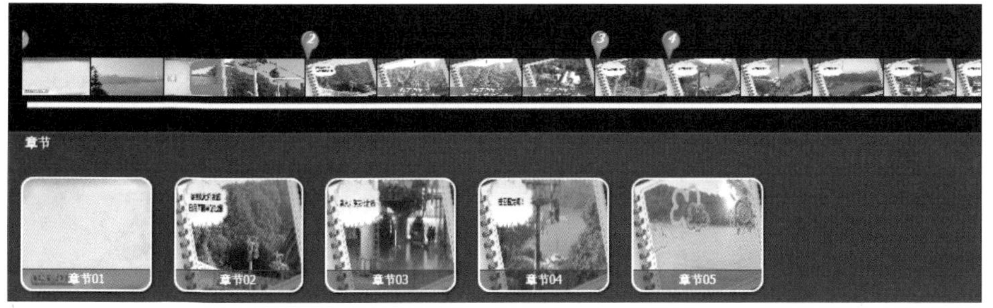

采用同样的方法，在合适时间点添加章节，本例在下方 **章节** 菜单中共创建5个章节。

这样，就在 **主影片** 视频媒体中以手动的方式创建了5个章节。

13. 创建播放菜单——按场景或间隔自动添加章节

除了以手动方式将视频媒体在指定的时间点分割成各章节之外，还可以通过相同界面按场景或间隔自动添加章节。

（1）指定要创建章节的视频媒体

接着为“片头”视频媒体按场景创建章节，从而生成该视频媒体的子菜单。

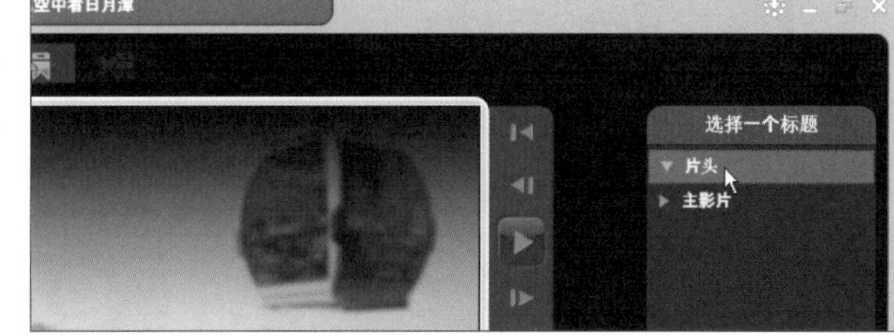

在右侧标题菜单中选择 **片头**。

（2）自动添加章节时间点

将此视频按场景自动设置章节。

单击 **按场景或固定间隔自动添加章节** 按钮。

在右侧菜单中选择合适的自动设置方式，在此选中 **每个场景** 单选按钮，再单击 **确定** 按钮。

这样，可以在章节菜单中自动按场景分割出多个章节。完成视频媒体章节分割的操作后，单击 **应用** 按钮返回主画面。

14. 添加更多的文字

本节前面主要针对标题文字进行编辑，如果用户希望在画面上添加一些文字说明，可以选择窗口上方 **为当前菜单添加更多文本** 按钮，以便添加更多的文字。

而文字位置、格式等的调整与前面提到的标题文字编辑方法完全相同（此处添加的文字可以参考<C: \01范例练习文件\ch13\菜单补充文本.txt>文件中的内容）。

15. 刻录前的设置

将鼠标指针移到主画面右侧的 **设置**，会打开 **设置** 面板，其中 **项目格式**、**屏幕格式**、**视频质量** 等需要特别注意。另外，还有多项刻录与播放的高级设置，将项目刻录到DVD光盘前一起进行最后的检查工作。

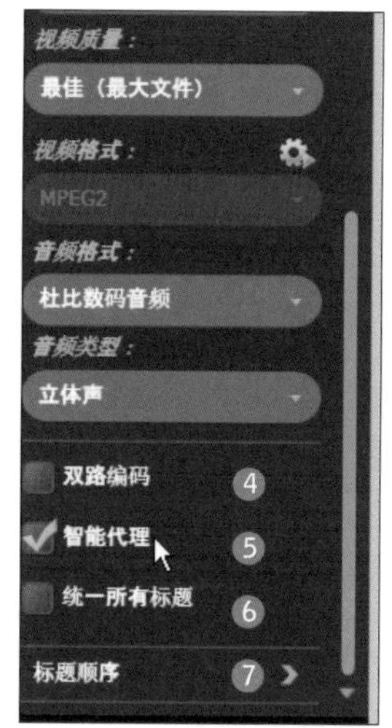

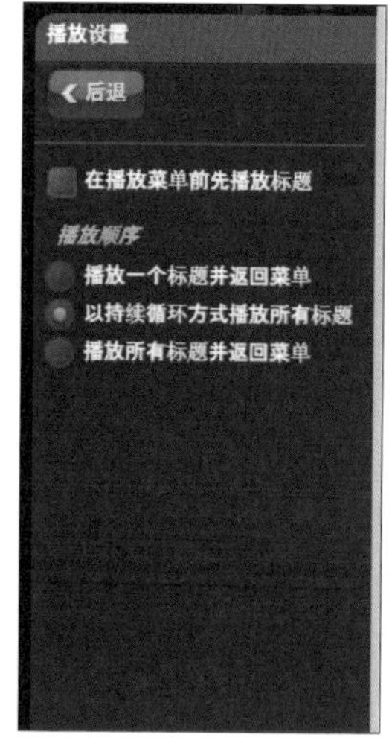

❶ **创建视频文件夹**：如果项目为DVD Video格式时可以选择此选项，会声会影将整个项目封包为DVD Video并保存在计算机中（创建为<VIDEO_TS>文件夹）。待以后要刻录到光盘时，再通过Nero等刻录软件刻录为DVD Video。

❷ **屏幕格式**：按照项目视频内容选择合适的画面比例。

❸ **电视格式**：NTSC是目前美国、日本和中国台湾地区采用的标准，而PAL是中国大陆地区和欧洲采用的规格，其详细的说明与介绍请参考第1章。

❹ **双路编码**：选中此复选框，可以让影片的输出质量变得比较好，但是会增加运算与刻录时间。

❺ **智能代理**：选中此复选框，可以在预览高画质影片时比较流畅。

❻ **统一所有标题**："标题"是指影片，选中此复选框，会将项目内所有视频媒体按照视频质量指定的标准进行编码；如果不选中此复选框，则会按照视频媒体默认质量进行处理，因此建议不选中此复选框，以免重新编码的过程中破坏了该视频媒体的内容。

❼ **标题顺序**："标题"是指影片，主要控制播放刻录后的视频光盘时，菜单与影片的播放模式。

16. 将自定义菜单样式保存到"收藏夹"

单击窗口上方的**将菜单另存为样式** 按钮，可以将当前的项目与其他各项设置保存为新的样式模板。

下次其他项目再次使用此样式时，可以在 **样式** 标签 | **收藏夹** 中选择自定义的样式。

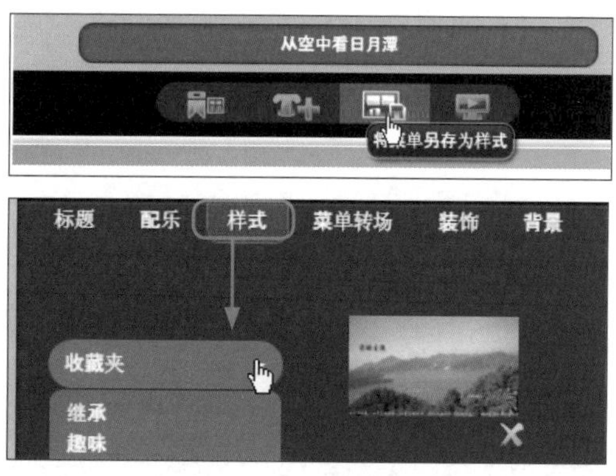

17. 预览播放

完成前面各个步骤进行设置，建议预览整个项目的内容后再进行刻录。

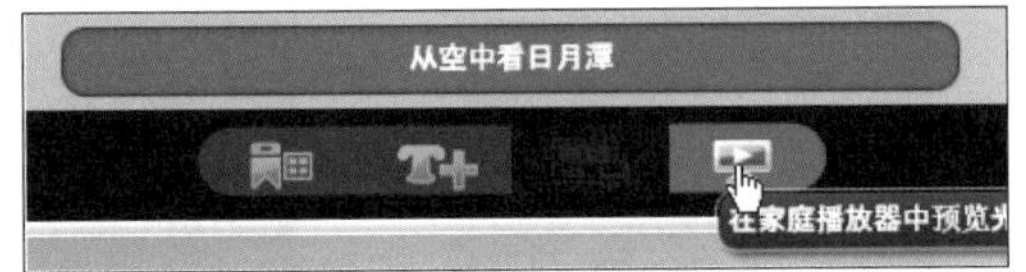

选择窗口上方 **在家庭播放器中预览光盘** 按钮，浏览影音内容。

预览影音后单击左上角的 **后退** 按钮，返回主画面。

18. 将项目保存并刻录到光盘

刻录视频光盘前的最后一步工作是先保存项目，再进行刻录。

在主画面窗口右下角，单击 **保存** 按钮。

单击 **刻录** 按钮进行光盘刻录。

刻录视频光盘时会耗用计算机相当大的资源与时间，需要耐心等待。刻录完成后出现一个提示对话框，单击 **确定** 按钮完成整个视频的刻录操作。

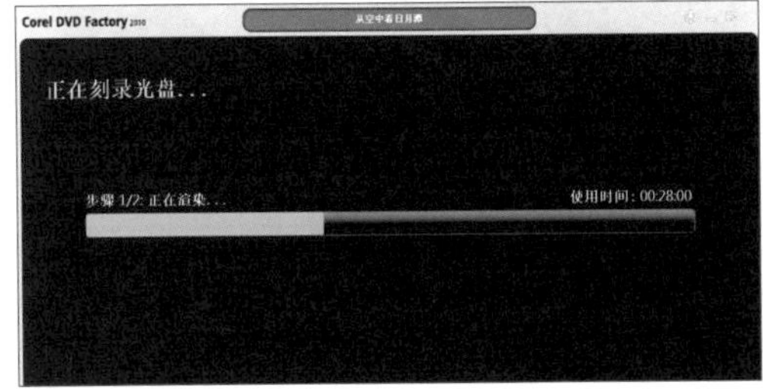

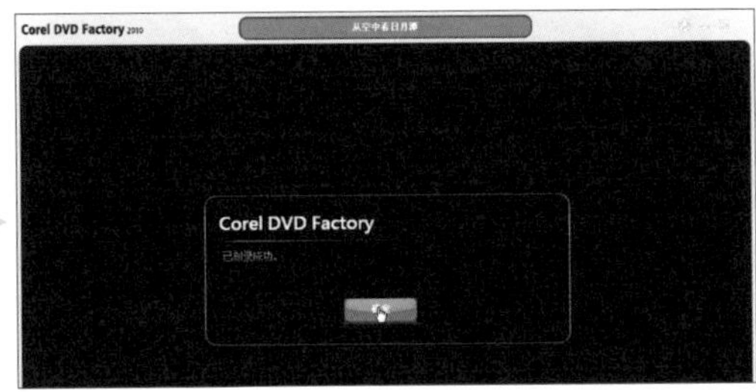

关闭DVD Factory Pro 2010后应该如何再次打开已保存的项目

打开 **DVD Factory Pro 2010** 模式后，在 **媒体库** 的 **项目** 文件夹中，可以看到曾经在该电脑中创建完成并保存的项目。双击该项目的缩略图即可将其打开，再次进行编辑、调整与刻录等操作。

13.10 仅输出声音文件

会声会影提供将项目中的视频与音频分离的功能，仅录制声音文件，此功能适合将相同的声音用于另一组图像或想要捕获影片中现场表演的音频时，可以轻松地使用MP4、MPA、RM、WMA以及WAV格式创建声音文件。

打开<C:\01范例练习文件\ch13\13-02.VSP>进行练习。

13.10.1 选择输出的声音文件格式

在选项面板中选择 **创建声音文件**，在打开对话框的 **保存类型** 下拉列表框中看到当前支持的声音文件格式，选择合适的格式。

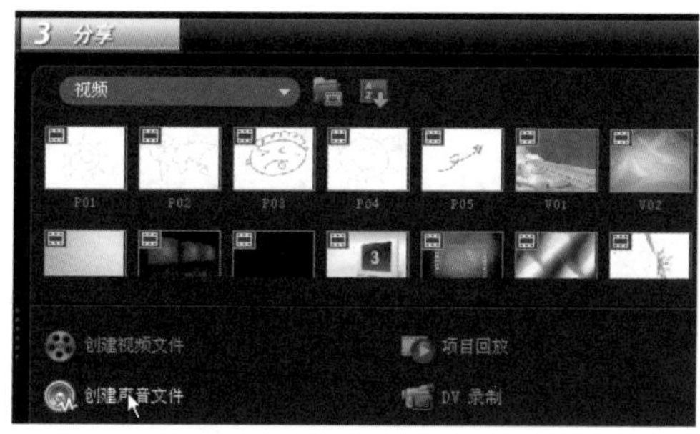

单击 **创建声音文件** 图标。

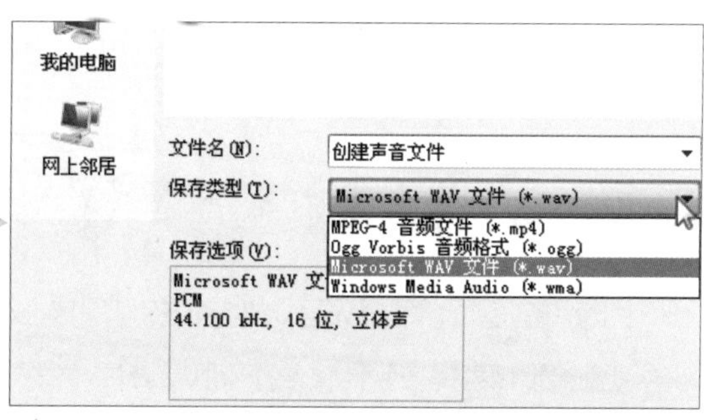

选择合适的 **保存类型**，并指定保存位置与文件名。

13.10.2 开始输出指定格式的声音文件

确认保存类型与各个选项设置值后，可以开始创建声音文件。

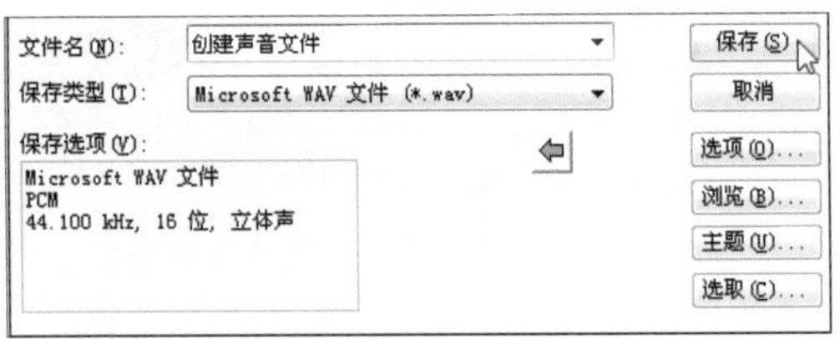

单击 选项 按钮可以进行高级设置，单击 保存 按钮即可开始创建声音文件。

声音文件创建完成后，会自动添加到素材库的 **音频** 分类中，用户还可以通过“资源管理器”从保存声音文件的磁盘中找出此文件。

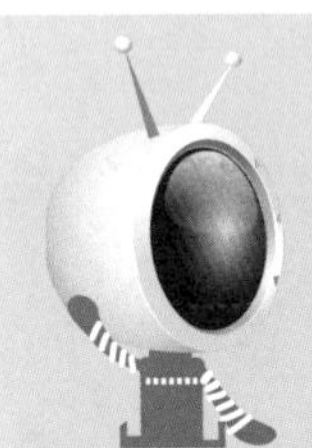

13.11 将影片导出为网页

除了通过“分享”步骤输出为指定格式的作品之外，会声会影对已经导出完成的视频素材（项目无法使用），还可以再导出为网页、电子邮件、屏幕保护程序。本节先介绍将影片导出为网页的方式。

13.11.1 将视频作品添加到素材库

首先打开一个新项目，切换到 **分享** 步骤，将要导出为网页的视频作品添加到素材库 **类别** 中。

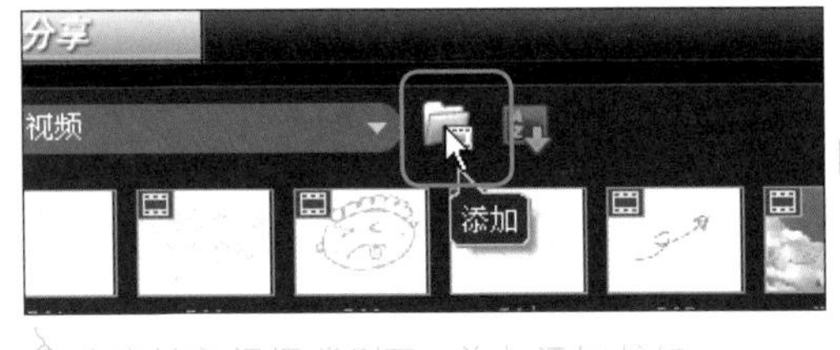

在素材库 视频 类别下，单击 添加 按钮。

选择<C:\01范例练习文件\ch13\输出练习完成文件\13-02.wmv>视频作品，再单击 打开 按钮。

13.11.2 导出为网页

因特网的盛行，很多人喜欢把自己的作品放在网页上欣赏，尤其是网络上的影音流文件，让一般人能够通过浏览器或者播放软件快速在线欣赏影片。会声会影也提供将素材导出为网页的功能。

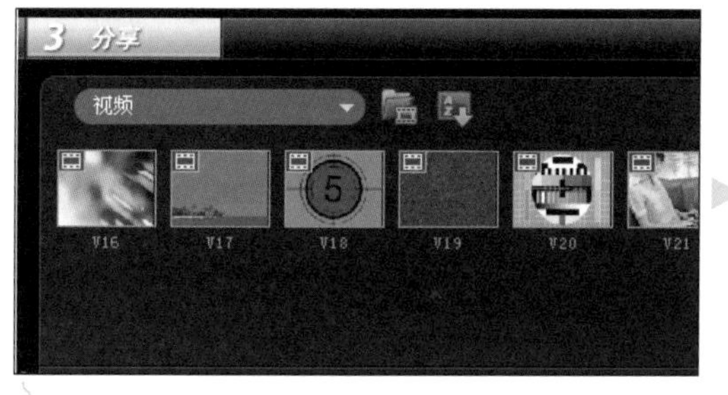

在素材库 视频 类别下，选择<13-02.wmv>素材缩略图。

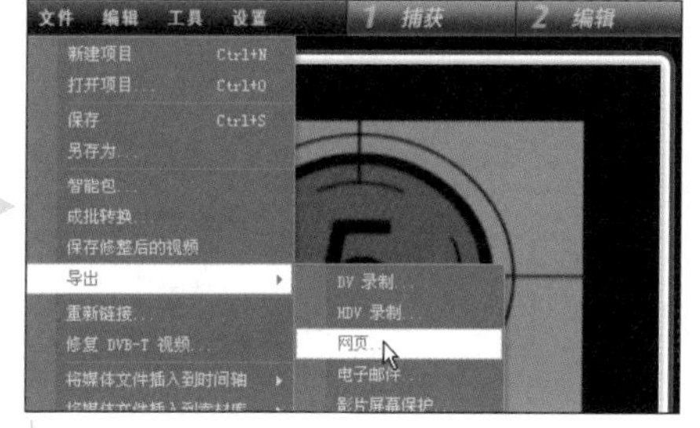

选择 文件 | 导出 | 网页 命令。

出现ActiveMovie控件提示对话框，提示用户选择影片插入的方式，单击“是”按钮选择将影片直接插入网页中显示。

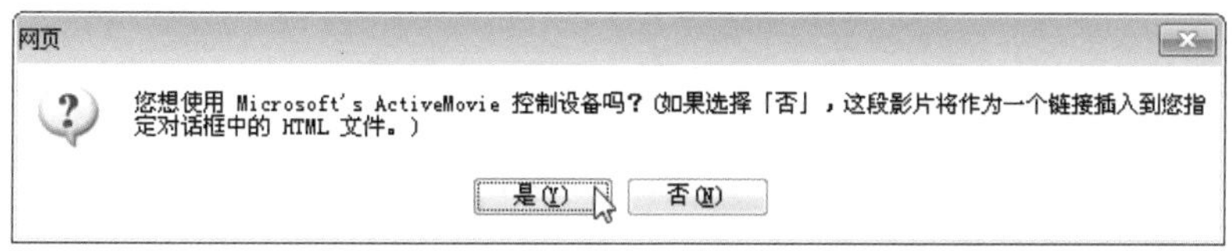

接着，设置输出的路径与文件名，再单击 **确定** 按钮。

完成后，系统自动打开导出的网页窗口，该视频影片会自动播放或者可以单击 **播放** 按钮预览网页中的作品。

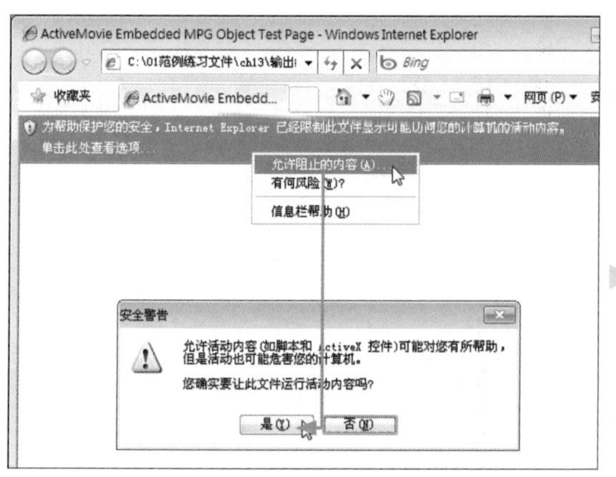

如果显示网页安全设置，则单击网页上方的黄色控制栏，再选择 允许阻止的内容，并单击弹出对话框的 是 按钮。

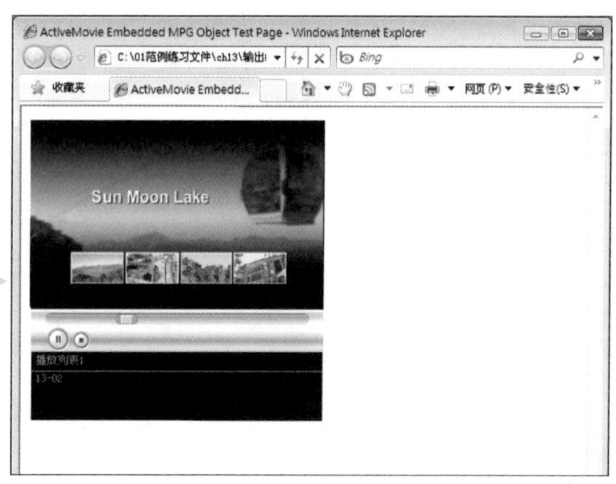

在网页中自动播放影片视频。

13.12 将影片导出为电子邮件

除了网页之外，电子邮件也是许多人联络感情、分享好东西的媒介之一。要立即与亲友分享值得回忆的画面吗？可以使用电子邮件，但是不要心急，先了解当前的带宽和邮箱空间是否支持要分享的文件大小。建议用户截取精彩片段进行传送，以免电子邮件因为空间的限制而无法顺利传送。

13.12.1 将视频作品添加到素材库

与导出为网页的操作方法相同，会声会影仅能针对已经导出完成的视频素材转换为电子邮件，同样应用上节已经导入的<13-02.wmv>视频作品进行练习。

13.12.2 导出为电子邮件夹文件

选择要导出为电子邮件夹文件的视频作品，再选择 **文件 | 导出 | 电子邮件** 命令。

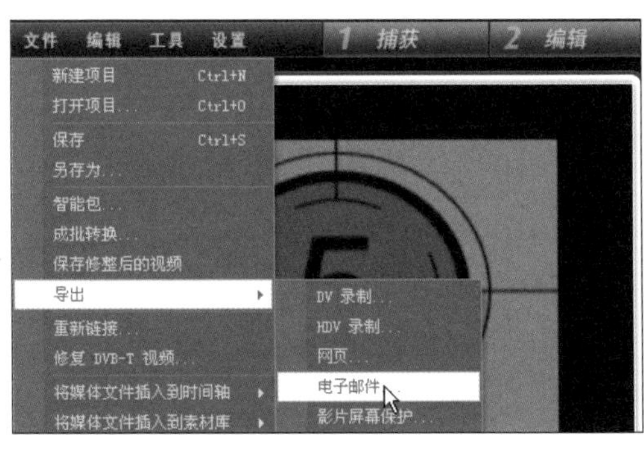

通过默认的电子邮件软件打开新邮件窗口，并且在 **附件** 框中添加指定影片文件，填写亲朋好友的电子邮件地址，与他们分享美好的回忆（必须将电子邮件寄出或关闭，才能继续操作会声会影）。

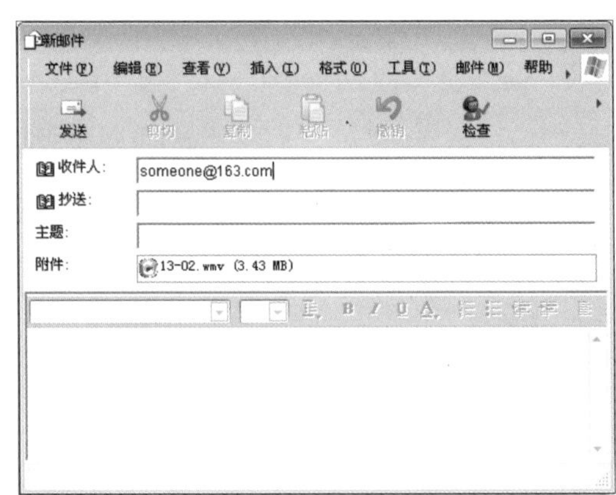

13.13 将影片导出为屏幕保护程序

希望拥有自己独特的专用屏幕保护程序吗？会声会影的输出功能允许将已经转录好的视频素材导出为屏幕保护程序。

13.13.1 将视频作品添加到素材库

与导出为网页的操作方法相同，会声会影针对已经导出完成的视频素材转换为屏幕保护程序，并且仅支持WMV文件格式，同样应用已经导入的<13-02.wmv>视频作品进行练习。

13.13.2 导出为屏幕保护程序

选择要导出为屏幕保护程序的视频作品，再选择 **文件 | 导出 | 影片屏幕保护** 命令。

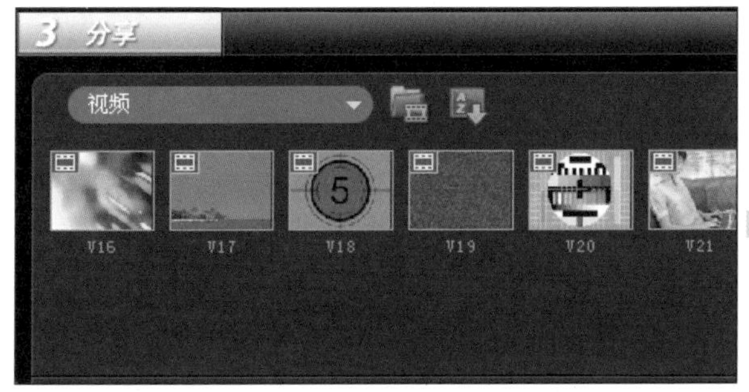

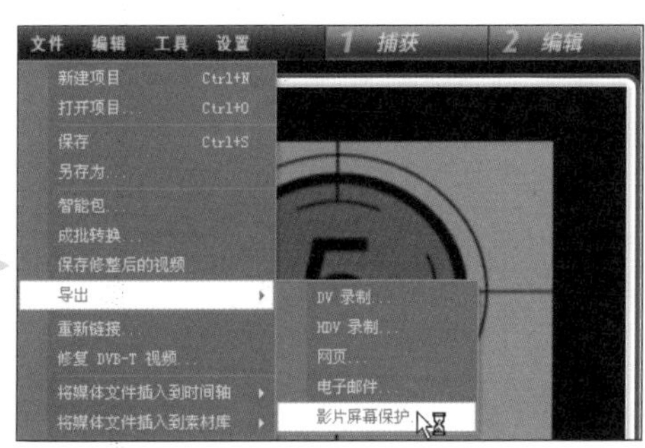

系统会自动将素材设置到屏幕保护程序，弹出 **屏幕保护程序设置** 对话框时，发现作品已经取代为屏幕保护程序，单击 **确定** 按钮完成设置。

学习笔记

第4篇　技巧活用

用即时项目快速制作电影作品

如果用户正在为不具备基本剪辑技巧，以及缺乏创作灵感而烦恼？别担心，现在只要应用会声会影X3提供的即时项目，再使用自己拍摄的照片或视频替换模板中的默认素材，然后调整片头与片尾的标题，即可快速将照片、视频制作成引人入胜的电影作品。

14.1 应用合适的即时项目

本节先介绍如何将合适的即时项目插入到时间轴，再将模板中的默认素材逐一替换为自己的照片与视频素材，完成自制电影作品的雏形。

新建一个项目进行练习。

14.1.1 根据主题选择合适的即时项目

会声会影X3提供多个默认即时项目，让用户不用耗费精力设计，只要将模板插入到时间轴即可轻松应用。新建一个项目，然后进行如下操作。

单击 **时间轴** 工具栏上的 **即时项目** 按钮，打开 **即时项目** 窗口。

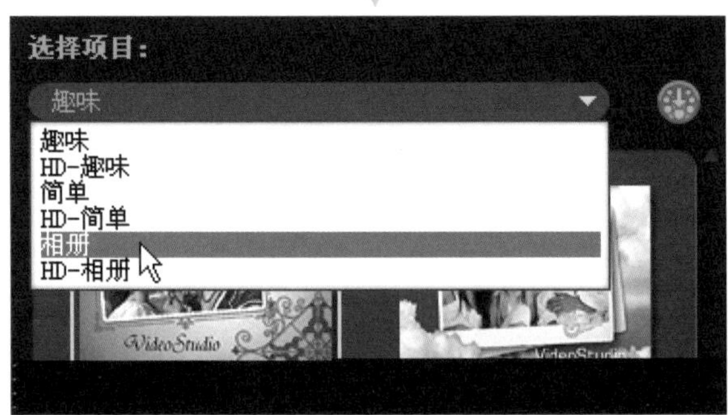

在 **选择项目** 列表框中选择 **相册** 选项。

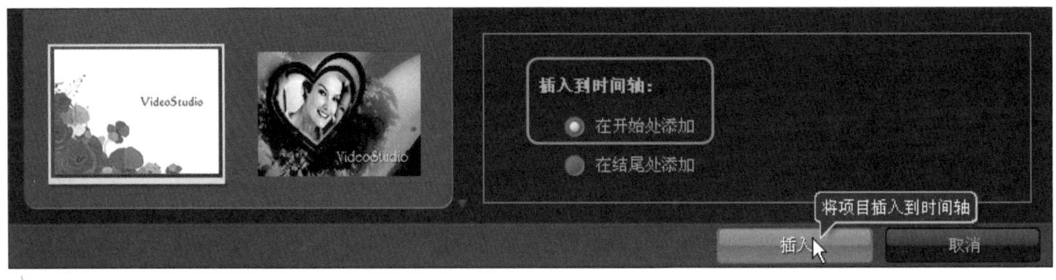

选择此模板后，从 **插入到时间轴** 选项组内选中 **在开始处添加** 单选按钮，再单击 **插入** 按钮。

14.1.2 替换模板中的默认素材

在 **时间轴** 上，可以看到插入的模板中包含片头与片尾动画、照片素材、转场和滤镜特效、标题与音频。

如果要查看“时间轴”上的各项素材，可以通过单击“缩小”、“放大”按钮或者拖曳滑杆中的滑块放大或缩小“时间轴”窗口。

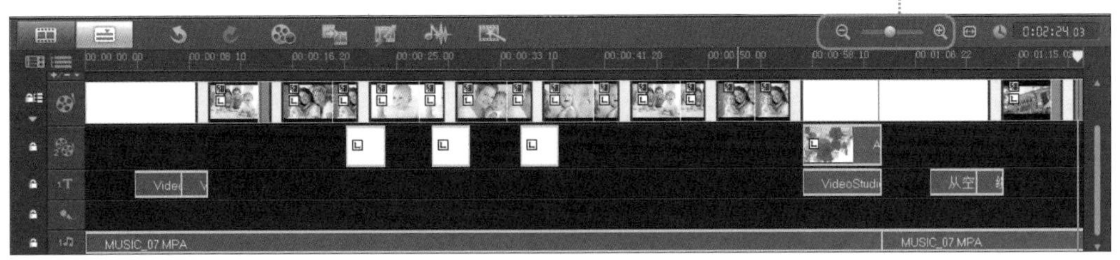

接下来，要将模板中的默认素材逐一替换为用户自己的照片与视频素材。

在时间轴 **视频轨** 的 **Sample001.jpg** 上右击，选择 **替换素材 | 照片** 命令，打开 **替换 | 重新链接素材** 对话框，选择<C:\01范例练习\照片素材\日月潭03.jpg>，再单击 **打开** 按钮。

▼

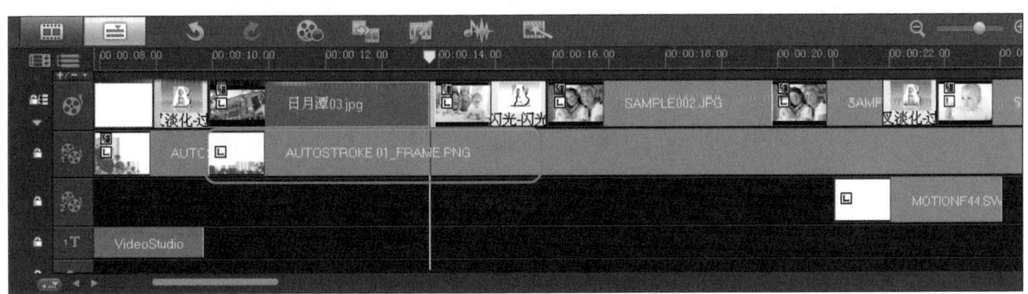

在时间轴的 **视频轨** 可以看到 **Sample001.jpg** 已经替换为选择的照片素材 **日月潭03.jpg**。

应用相同的方法，参考下表说明（从左表到右表），逐一替换时间轴 **视频轨** 以及 **覆叠轨** 的其他素材（本例中的 **Sample003.jpg** 替换为视频素材<C:\01范例练习文件\视频素材\ 05.mpg>）。

原始素材	替换素材
Sample001.jpg	<日月潭03.jpg>
Sample002.jpg	<日月潭07.jpg>
Sample003.jpg	<05.mpg>
Sample004.jpg	<日月潭10.jpg>

原始素材	替换素材
Sample006.jpg	<日月潭01.jpg>
Sample001.jpg	<日月潭12.jpg>
Sample002.jpg	<日月潭09.jpg>
Sample005.jpg	<日月潭08.jpg>

完成模板中的素材替换后，其结果如下图所示。

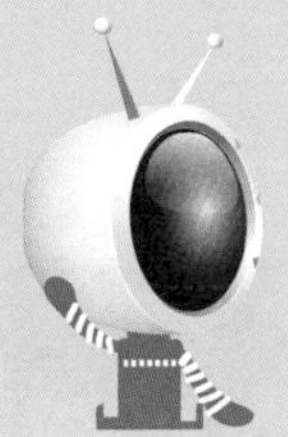

14.2 利用“连续编辑”同步移动时间轴素材

在调整素材区间的过程中，有时会发现原来设计好的模板全部乱了。本节将介绍如何利用“连续编辑”让轨道中的素材可以同步移动，避免打乱原来的设计架构。

继续上一个例子进行练习。

14.2.1 启用“连续编辑”模式

启用 **连续编辑** 模式，将所有轨道切换到锁定状态。

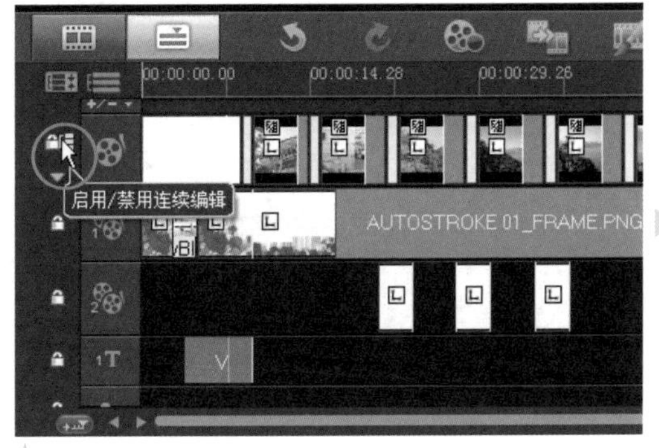

在时间轴左侧单击 **启用/禁用连续编辑** 图标，打开 **连续编辑** 模式。

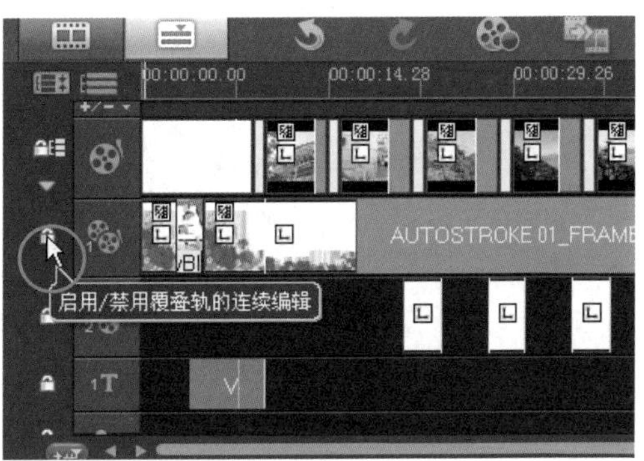

接着单击下方 **启用 / 禁用覆叠轨的连续编辑** 图标，让 **覆叠轨** 呈现锁定状态。

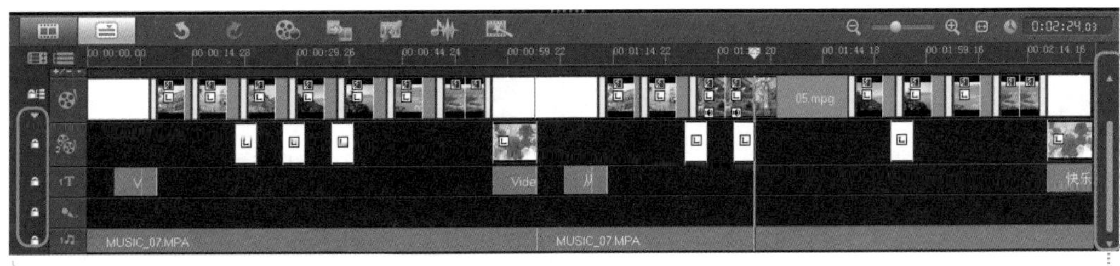

以同样的方式，将其余4个轨道锁定。

可以通过拖曳滚动条预览时间轴范围。

14.2.2 同步移动时间轴素材

此处要将第2个 **05.mpg** 视频素材维持原来的区间长度，按照如下步骤进行操作。

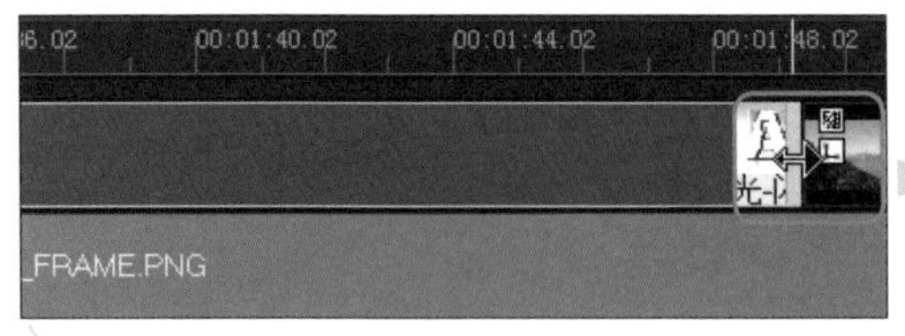

将鼠标移到时间轴 **视频轨** 的第2个 **05.mpg** 视频素材右侧黄色修剪控制点上，鼠标指针显示黑色箭头状。

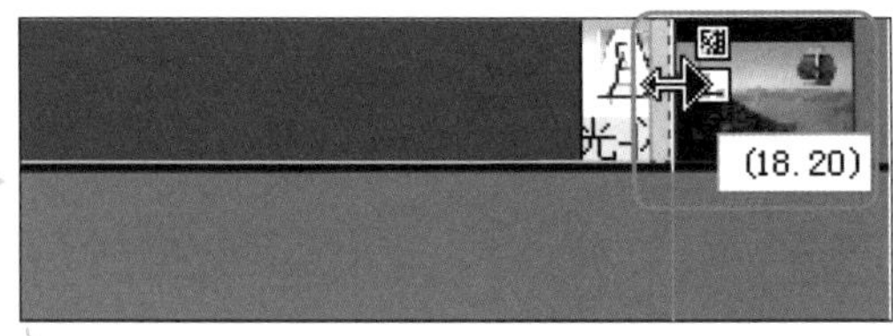

按住鼠标左键不放往右拖曳到视频素材播放结束位置（就是拖曳到无法再往右侧拖曳的状态）。

14.2.3 调整音频的播放速度

因为默认的音频素材区间过短，可以按照如下说明调整音频的播放速度。

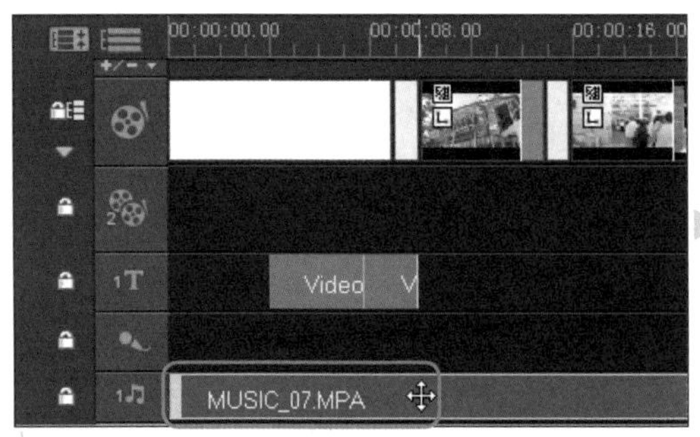

单击时间轴 **音乐轨** 上的 **MUSIC_07.MPA** 音乐素材，使其呈选择状态。

在选项面板中单击 **回放速度** 按钮。

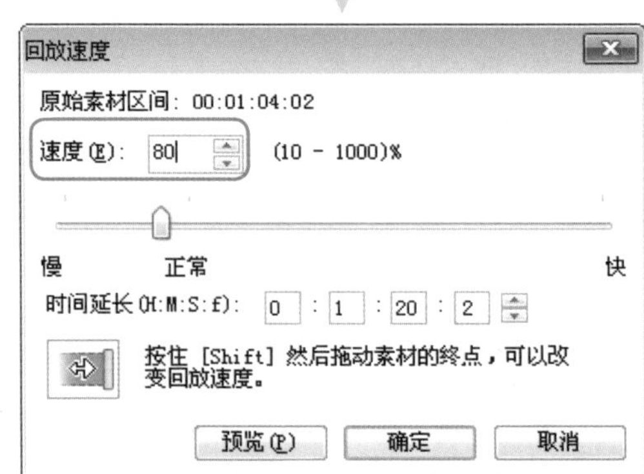

在 **回放速度** 对话框中，设置 **速度：80**，再单击 **确定** 按钮。

14.3 调整片头与片尾标题

由于模板中默认的片头与片尾标题素材设计不一定符合用户的需求，所以接下来通过小幅调整，让片头与片尾标题素材贴近主题，从而完成电影的制作。

继续上一个例子进行练习。

14.3.1 调整文字内容与格式

为了让片头或片尾标题素材能够贴近主题，需要进行如下的调整。

选择时间轴 **标题轨** 的第一个 **VideoStudio** 标题。

双击预览窗口的标题素材，进入标题文字编辑模式。

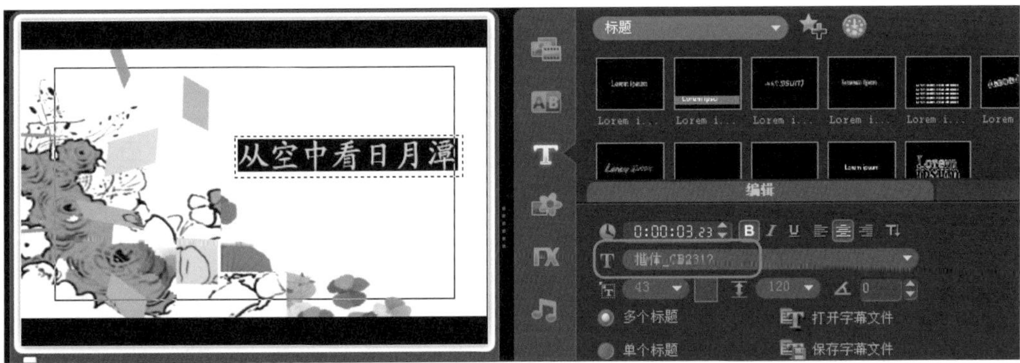

输入文本“从空中看日月潭”，然后选择标题文本，在选项面板的 **编辑** 标签中设置 **字体：楷体_GB2312**。

采用相同的方法，调整时间轴 **标题轨** 的其他两个标题，并分别输入文本为“缆车之旅．云端漫步”、“快乐的旅程～”。

第2个标题素材。

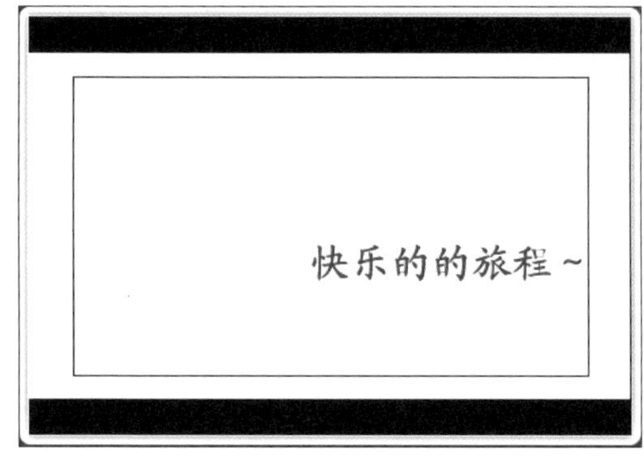

第3个标题素材。

14.3.2 调整标题的文字位置

最后，将第2个片头标题文本调整到适当的位置。

进入标题编辑模式，将鼠标移到标题文字上，当鼠标指针呈手指形时拖曳，将标题文字调整到所需的位置。

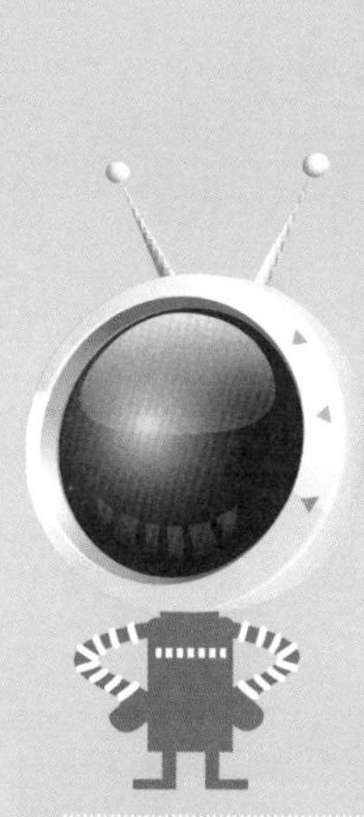

第15章 聪明剪辑高清影片——智能代理功能

由于高清影片不论是进行文件转换运算或者进入预览模式，都相当耗费计算机资源，也考验用户的耐性。因此，针对高清影片剪辑，会声会影提供了一个智能代理功能，可以自动将高清影片创建为分辨率比较低的智能代理文件，以便进行剪辑工作。实际输出时才采用高分辨率运算，从而有效降低计算机资源的耗用。

15.1 设置智能代理功能

默认情况下，会声会影的智能代理功能是关闭的，让用户可以根据个人的需求决定是否启用该功能。本节将绍介如何设置智能代理功能，以便用户剪辑高清的影片。

15.1.1 进入参数选择对话框

从菜单中选择 **设置 | 智能代理管理器 | 设置** 命令，打开 **参数选择** 对话框。

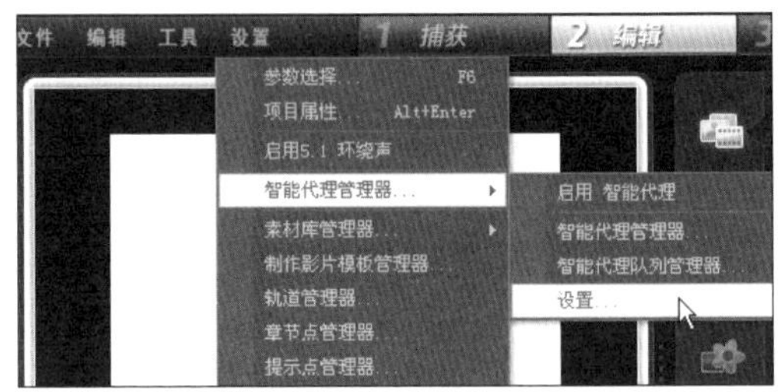

15.1.2 启用智能代理功能

在 **性能** 标签中，选中 **启用智能代理** 复选框，使用默认720×480视频大小，再选中 **自动生成代理模板** 复选框，最后单击 **确定** 按钮。

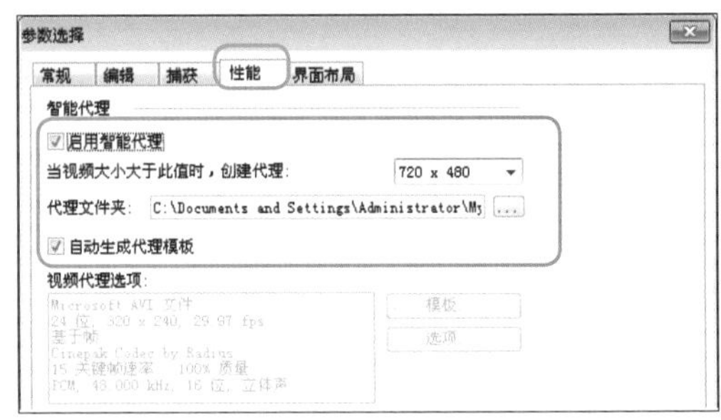

提示 自定义代理模板的分辨率

可以在 **参数选择** 对话框的 **性能** 标签中，先撤选**自动生成代理模板** 复选框，再单击 **模板** 按钮并在下拉列表中选择合适的视频格式，即可自定义代理模板的分辨率。如果要针对视频格式进行详细设置，可以单击 **选项** 按钮，打开 **视频保存选项** 对话框来调整各个设置值。

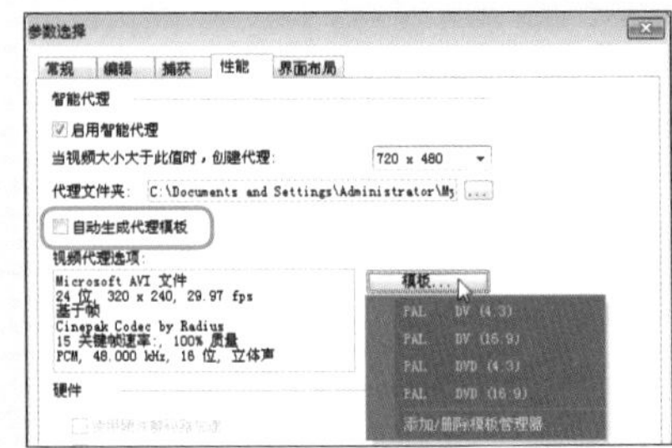

15.2 轻松剪辑高清影片

启用智能代理功能可以让用户在剪辑高清影片时，如同剪辑普通影片一样轻松，而实际输出时才采用高分辨率运算，以便保留原始高清的影像。

选择 **设置 | 智能代理管理器”** 命令，会发现 **启用智能代理** 已经是启用状态。

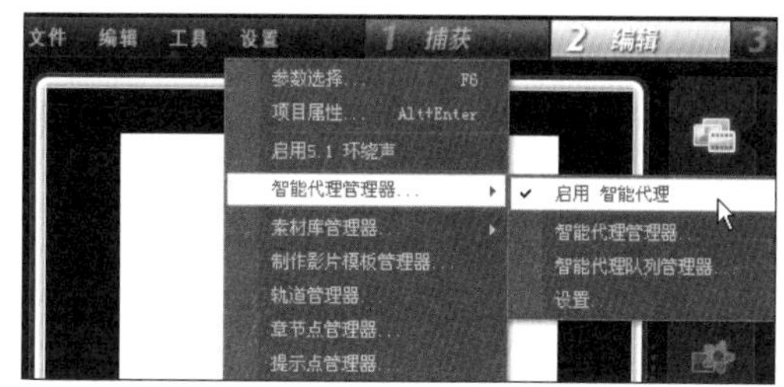

15.2.1 导入高清影片

将画质高于720×480的高清影片导入 **素材库**。

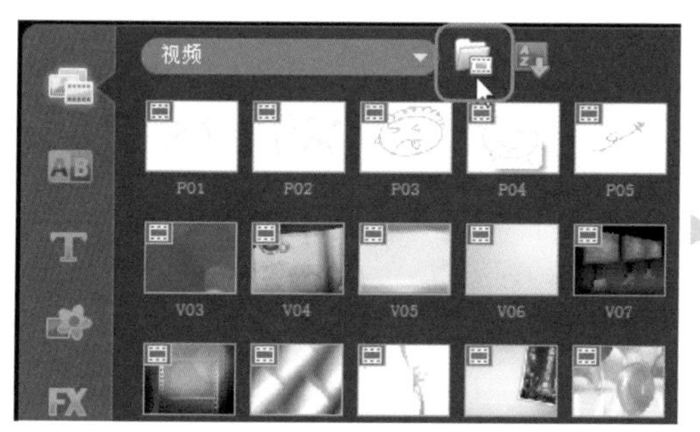

在素材菜单中选择 **视频**，再单击 **添加** 按钮。

打开 **浏览视频** 对话框，选择高清影片后单击 **打开** 按钮。

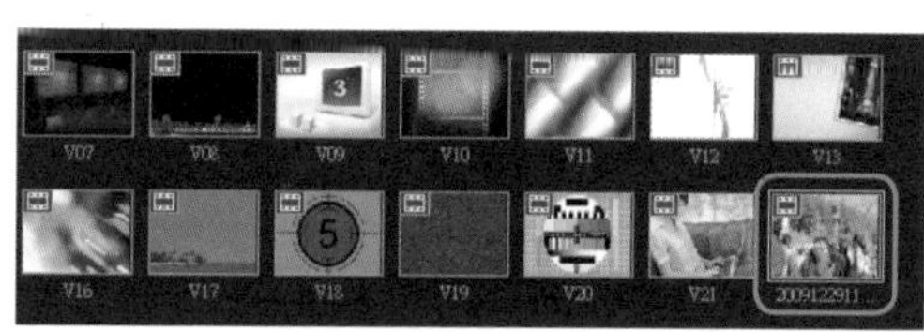

在素材库中导入此高清影片。

15.2.2 创建智能代理文件

在导入的高清影片上右击，再选择 **创建智能代理文件** 命令，打开 **创建智能代理文件** 对话框。

创建智能代理文件

以下文件将被包含到「智能代理管理器」中。
您可以取消选取文件，从「智能代理管理器」中删除它。

D:\vedio\未命名.mpg

全部删除　全部选取　确定　取消

确认文件为选中状态，再单击 **确定** 按钮

如果要了解智能代理文件的转换进度，可以选择 **设置 | 智能代理管理器 | 智能代理队列管理器** 命令，打开 **智能代理队列管理器** 对话框。

智能代理队列管理器

智能代理管理器已包含以下文件。
您可以取消选取文件，将它从智能代理管理器队列中删除。

D:\vedio\未命名.mpg

当前创建：D:\vedio\未命名.mpg

全部删除　全部选取　确定　取消

绿色状态栏代表的是当前转换进度，等列表中的文件不见时，表示已经完成代理文件的创建，单击 **确定** 按钮可以退出查看状态。

完成智能代理文件创建后，会发现 **素材库** 中原始的高清影片缩略图出现此图标。接下来，即可通过代理文件轻松剪辑高清影片。

创建智能代理文件的注意事项

1. 虽然在创建智能代理文件的过程中还是可以剪辑影片，但是此时计算机的反应速度会变慢，所以建议等到运算完成后，才开始进行剪辑影片的操作。
2. 在创建智能代理文件的过程中，不要关闭会声会影，以免发生程序死机的情况。因为如果关闭会声会影或者死机，已经完成的代理文件将失去连接性，必须重新创建智能代理文件。
3. 当其他项目需要使用到已经完成智能代理文件创建的影片时，将不用再次重新创建，可以直接拖曳到 **素材库** 中，该影片的代理文件将到 **工作区** 的 **视频轨** 中进行剪辑工作。

15.2.3 删除智能代理文件

项目制作完成后，如果短时间内不需要使用到代理文件，想释放硬盘空间，可以选择 **设置 | 智能代理管理器 | 智能代理管理器** 命令，打开 **智能代理管理器** 对话框。

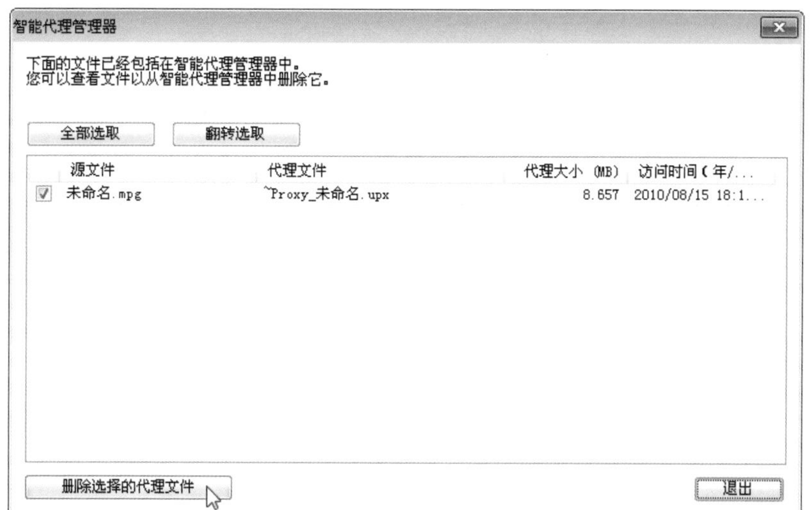

选中要删除的文件，再单击"删除选择的代理文件"按钮，即可删除代理文件。

关于智能代理文件

智能代理文件是视频文件的较低分辨率的工作副本。之所以需要产生这样的低分辨率或压缩率高的文件，就是为了加快高清影片和其他大型视频来源文件的编辑速度，并让计算机发挥最高性能、节省空间！

学习笔记

第16章 上传视频到博客与光盘封面制作

用户独自享受剪辑后的旅游摄影或其他影片有点可惜，然而通过刻录视频光盘发送给亲朋好友，又要花费很多的时间。这时，将影片上传到视频共享网站中，能够在短时间内与许多人分享影片。本章将介绍新浪博客与土豆网两个视频共享网站，为用户说明如何申请账号以及上传视频的操作步骤。

剪辑完成与家人或朋友出游的影片光盘后，很想制作漂亮、有质感的封面，再发送给每个人，让大家留下一个美好的旅游回忆。本章将为用户介绍如何通过PhotoImpact、LightScribe光雕刻录机与直接打印光盘的打印机来制作精美的光盘封面。

第4篇 技巧活用

16.1 最佳化的流媒体格式

现在有许多共享网络视频的博客，让用户可以将辛苦剪辑的影片上传并与别人共享。只要通过会声会影的“创建视频文件”功能，将影片转换为适合的文件格式即可。

剪辑好影片之后，先切换到 **分享** 步骤，进行转换文件的设置。

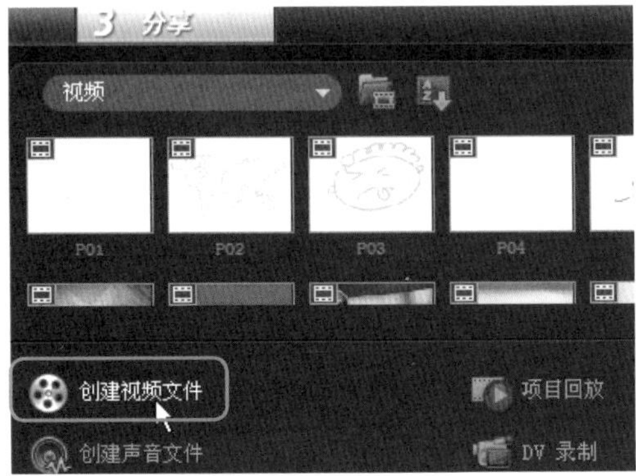

在 选项面板 中单击 创建视频文件 图标。

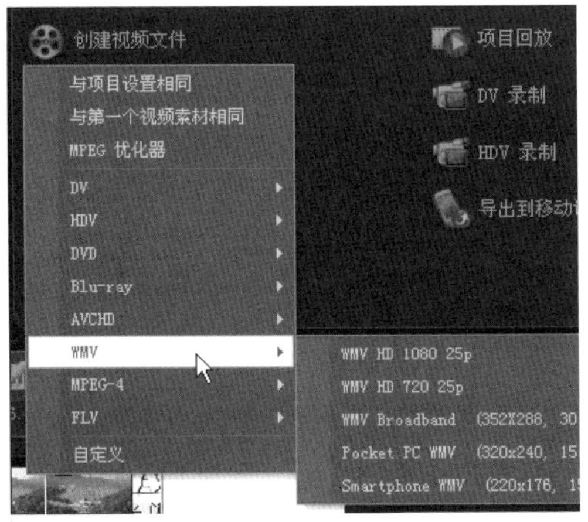

在列表中选择适合的流媒体格式，并进行保存操作。

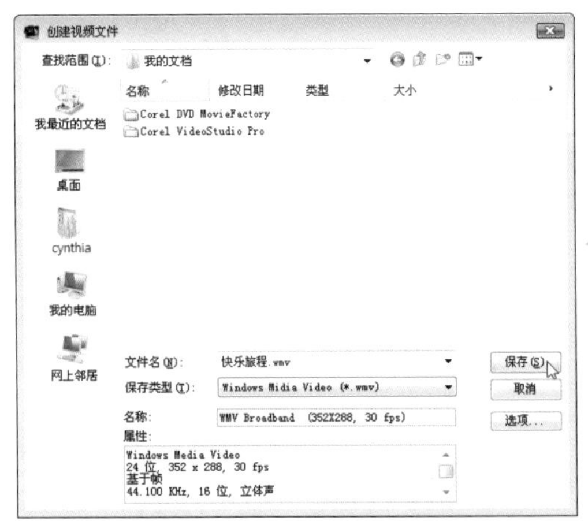

选择文件保存的路径与文件名，再单击 保存 按钮进行操作。

16.2 将视频共享到新浪博客

准备好视频文件后，接下来申请一个免费的网络空间。在此以新浪网站提供的服务作为参考范例。

16.2.1 申请新账户

连接因特网，打开网页http://blog.sina.com.cn/，然后执行下面的操作。

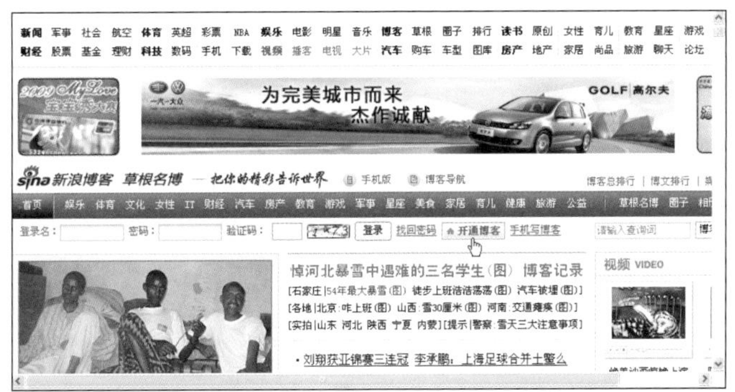

单击“开通博客”按钮

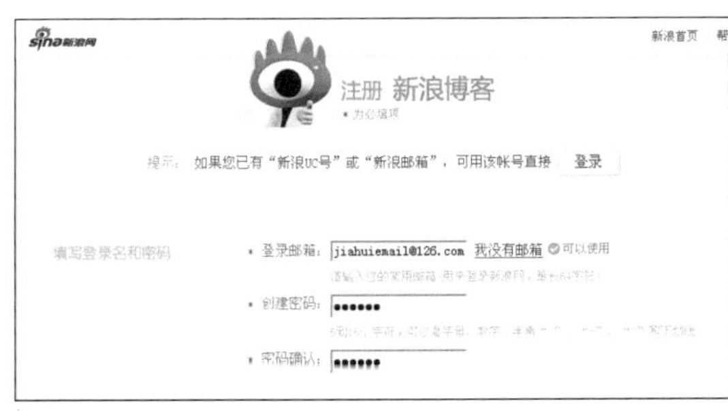

进入填写登录信息网页，输入相关的信息。

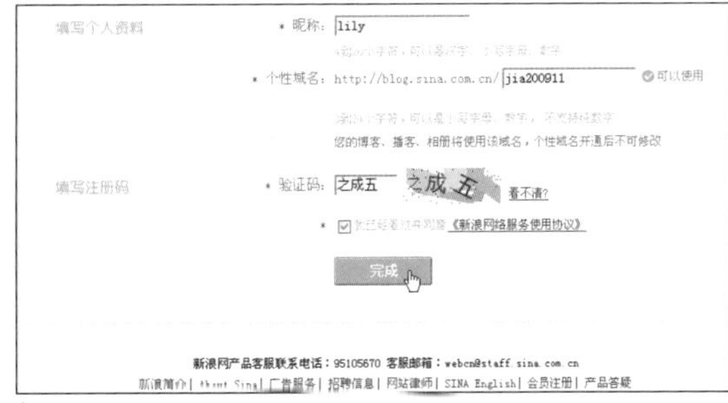

单击“完成”按钮。

按照屏幕提示进行操作，弹出“新浪通行证”注册成功的页面后，输入密码并单击“登录”按钮，准备上传视频文件的操作。

16.2.2 上传视频文件

完成电子邮件验证之后，现在开始进行上传视频的操作。

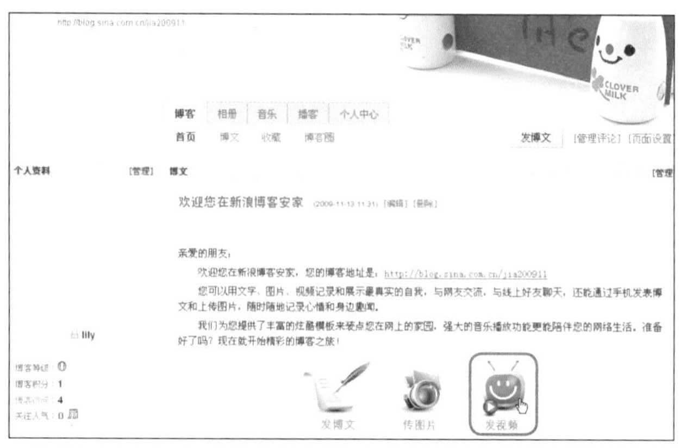

进入新浪博客首页后，单击“发视频”按钮。

接下来，在打开的“上传视频”页面中单击“浏览”按钮，选择保存在计算机中的路径与文件，单击“打开”按钮。

单击“下一步”按钮，输入标题、描述、标签和频道等相关信息，单击“完成”按钮，完成视频文件的发表。

上传成功后，单击“管理视频”按钮，转到“播客”页面，单击上传的视频标题。

刚添加的视频文件已经出现在自己的博客中，赶紧播放欣赏，并且可以将网址提供给亲朋好友。

将视频共享到土豆网

土豆网是国内比较有影响力的视频网站，只要注册为会员，即可在土豆网创建个人主页并上传自己的视频作品，其具体操作方法与将视频上传到新浪博客比较类似。

16.3 使用PhotoImpact制作光盘封面

本节将说明如何活用PhotoImpact制作出具有个人风格与时尚感的CD的标签，以及CD盒的封面和封底。

通过PhotoImpact中的创意影像模板，可以让用户自制的光盘封面作品，让PhotoImpact作品展现真实的一面。

CD

CD盒封面

CD盒封底

为了方便大家学习会声会影的实际操作，先将附赠光盘中<01范例练习文件>文件夹整个复制到硬盘中（本例是复制到C盘），以供后面章节练习与使用。

16.3.1 打开PhotoImpact并进入Photo Projects

选择 **开始 | 程序 | PhotoImpact X3 | PhotoImpact X3**打开此软件。

在工具栏上选择 **Share | Photo Projects** 命令进入其设计窗口。

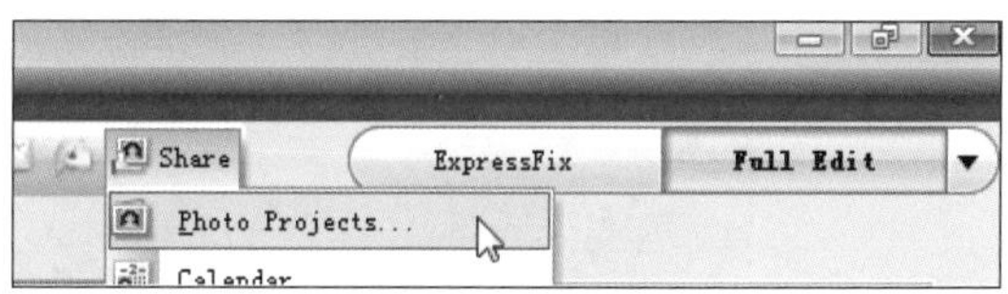

16.3.2 制作与打印CD标签

在设计窗口中，选择CD/DVD Label类别，选择CD 6（CD Label）的模板进行应用。

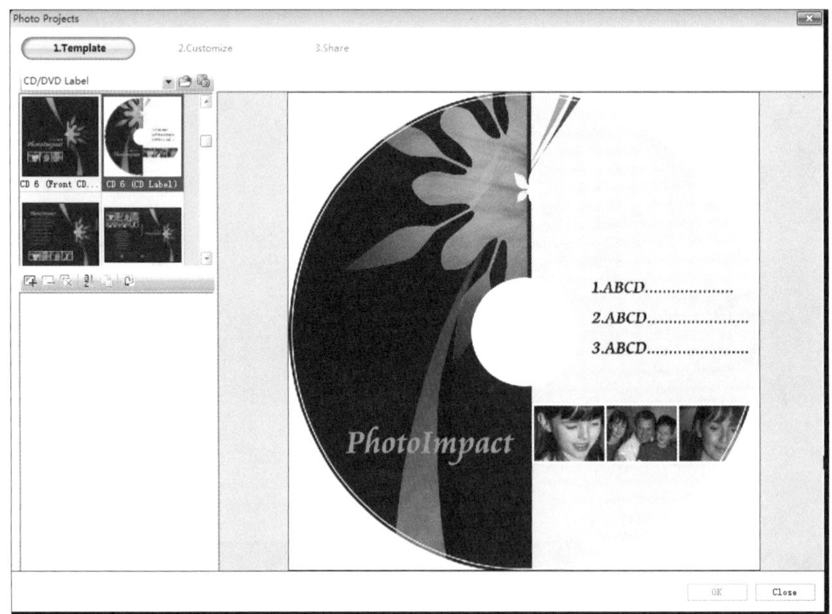

从下拉列表中选择 **CD/DVD Label** 类别，应用 **CD 6**（**CD Label**）的模板

单击此按钮，添加素材

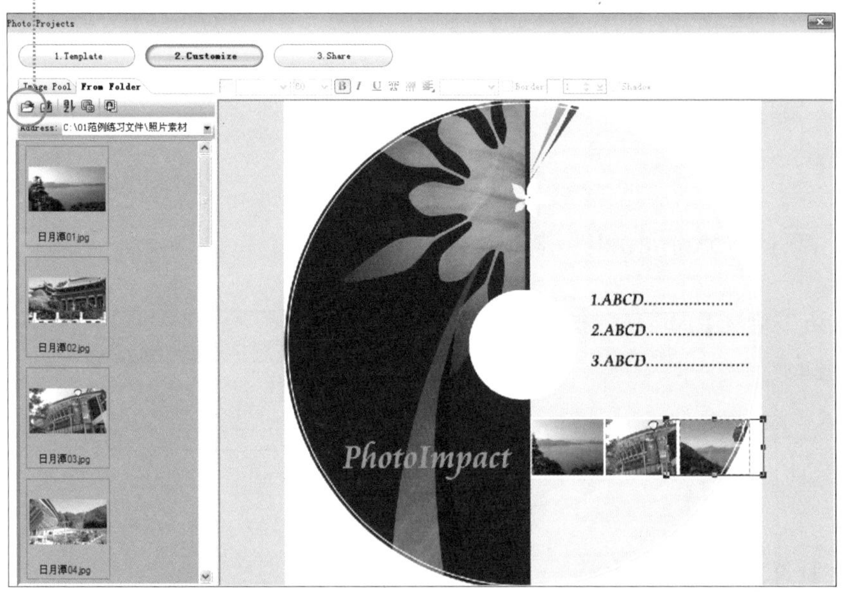

单击 **Customize**（自定义）按钮后，单击 **add images**（添加图片）按钮从打开的对话框中选择<C:\01范例练习文件\照片素材>文件夹中所有的图片，再选择模板编辑区内的图片，按住鼠标左键不放拖曳到模板编辑区内，逐一替换为<照片素材>文件夹中合适的图片。

调整好图片之后，同样在 **Customize**（**自定义**）步骤中，为CD标签设计合适的文字。

将鼠标指针移到要调整的标题文字上方，双击鼠标进入文字编辑区，输入如上图所示的文字，并设置文字的相关格式（英文文字则设置大小：58）

最后，在设计窗口 **Share**（**分享**）步骤中进行如下操作。

先单击 **Save**（保存）按钮将作品保存为 **UFP** 格式的模板文件，再单击 **Print**（打印）按钮在PhotoImpact编辑区中打印作品（如果想对作品进一步编辑，请单击 **Edit in PhotoImpact** 按钮，回到PhotoImpact编辑区中继续编辑与保存）。

16.3.3 制作与打印CD盒封面

根据CD标签的操作流程，完成其他CD盒封面的制作、保存与打印。

CD 封面

最后，在设计窗口 **Share**（**分享**）步骤进行如下操作。

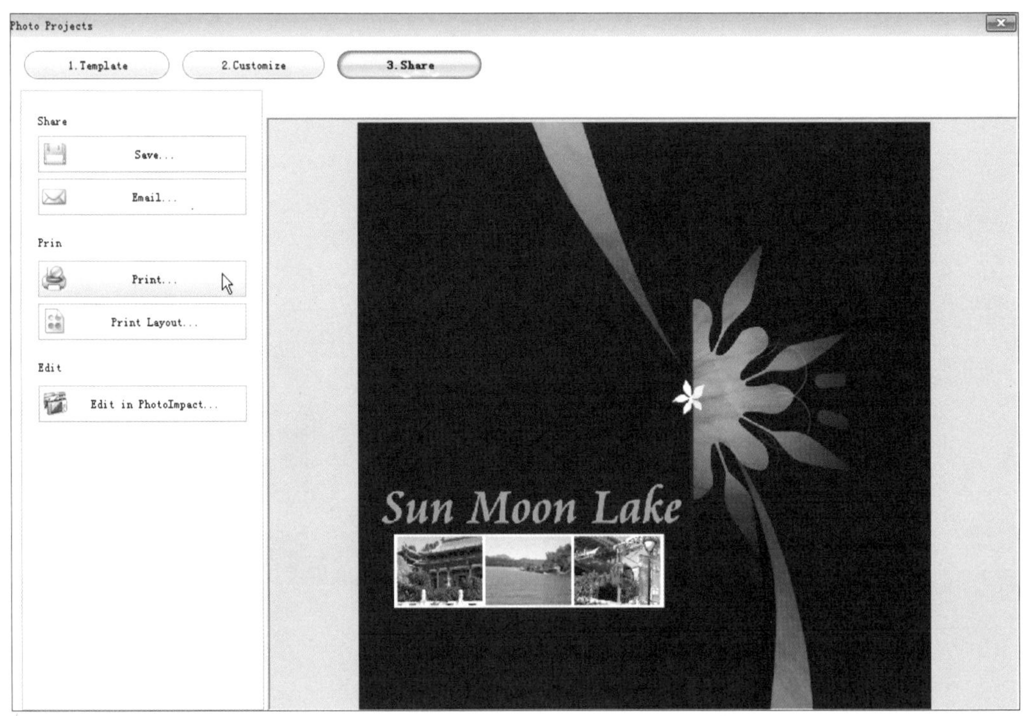

先单击 **Save**（保存）按钮将作品保存为 **UFP** 格式的模板文件，再单击 **Print**（打印）按钮在PhotoImpact编辑区中打印作品（如果想对作品做进一步的编辑，请单击Edit in PhotoImpact按钮，返回PhotoImpact编辑区中继续编辑与保存）

16.3.4 制作与打印CD盒封底

根据CD标签的操作流程，完成其他CD盒封底的制作、保存与打印。

CD 底部封面

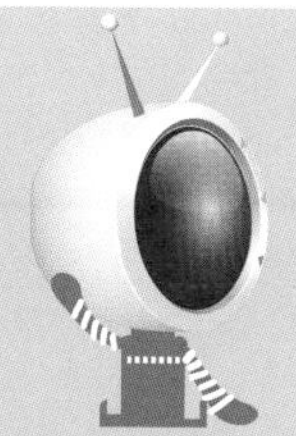

16.4 使用其他方式制作光盘封面

随着光盘刻录市场的普及化，目前已经有许多制作光盘封面的产品问世，而且价格都很平民化，例如，LightScribe光雕刻录机和可打印光盘的打印机，都是相当不错的制作光盘封面设备。

16.4.1 LightScribe光雕刻录机

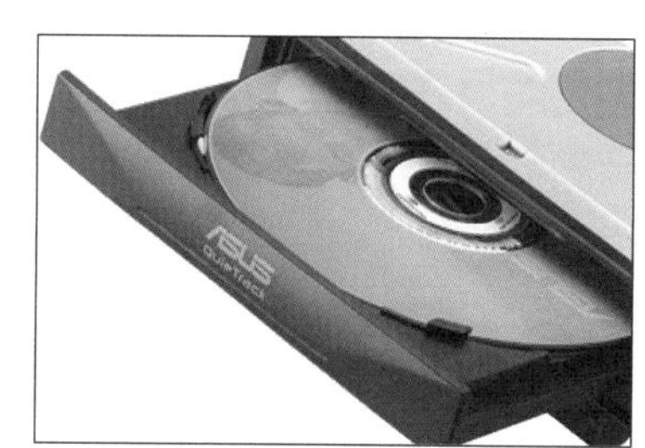

LightScribe光雕刻录机是应用特殊的激光，穿透刻录到拥有LightScribe光盘标签的特殊材质光盘上。该特殊的外层只覆盖在光盘的标签面上，当激光穿透时，会造成光盘涂层产生化学反应，因此显示出设计的图样。一张拥有高分辨率绢印/灰阶质量效果的图画、文字或照片的标签就会显示在光盘封面上，非常时尚。

1. 制作LightScribe标签需要的设备

- **支持LightScribe功能的DVD光盘刻录机**：通常支持LightScribe功能的DVD光盘刻录机托盘或计算机本身会标示LightScribe标志 lightScribe 或LightScribe的字样。
- **LightScribe支持的光盘标签刻录软件**：通常支持LightScribe功能的计算机或DVD光盘刻录机都会附带此软件（例如，Nero）。

- **LightScribe System Software（LightScribe系统软件）**：此软件类似于驱动程序，通常附在LightScribe硬件中。
- **特殊涂层的LightScribe CD或DVD光盘**：在各大零售店或网络上分别出售，LightScribe光盘片的外包装盒上均会标示LightScribe标志 。

2. 开始制作

打开支持LightScribe的刻录软件，按照指定的步骤操作，即可制作出独具个人风格与时尚感的激光打印光盘。

另外，支持LightScribe功能的DVD光盘刻录机采用激光技术，可以将图像直接刻录到LightScribe光盘标签刻印面上的涂层。LightScribe标签刻录系统不怕墨水污痕，所以无需担心纸张卷曲等问题。

标签的刻录时间

标签刻录时间取决于刻录的数据内容以及所使用的硬件、媒体和打印模式。通常，如果使用第一代技术刻录只包含标题的标签内容，刻录时间需要大约2～5分钟左右。如果要以最佳质量模式刻录完整的光盘图片，那么需要大约30～35分钟的时间。

16.4.2 直接打印光盘的打印机

另一种制作光盘封面的方式，就是利用喷墨打印机配合设计软件，直接打印在白色可打印的光盘上。目前喷墨的技术非常好，效果也相当漂亮。不过，并非所有喷墨打印机都支持此功能，必须选购支持可打印光盘的专用打印机。

接下来，打开光盘打印机附赠的设计软件，按照指定的步骤进行操作，打印出专用的光盘封面（不同机型打印机附赠的软件也不尽相同，但操作原则大同小异）。